NOUS, LES DIEUX

Du même auteur
Aux Éditions Albin Michel

LES FOURMIS, 1991

LE JOUR DES FOURMIS, 1992

LES THANATONAUTES, 1994

LA RÉVOLUTION DES FOURMIS, 1996

LE LIVRE DU VOYAGE, 1997

LE PÈRE DE NOS PÈRES, 1998

L'ENCYCLOPÉDIE DU SAVOIR RELATIF ET ABSOLU, 2000

L'EMPIRE DES ANGES, 2000

L'ULTIME SECRET, 2001

L'ARBRE DES POSSIBLES, 2002

NOS AMIS LES HUMAINS, 2003

NOUS, LES DIEUX
1. L'île des sortilèges (2004)
2. Le souffle de l'histoire (à paraître)
3. Le dernier mystère (à paraître)

Bernard Werber

NOUS, LES DIEUX

*

L'île des sortilèges

ROMAN

Albin Michel

Pour Gérard Amzallag,
un esprit libre

Avant-propos

Et si ce n'était pas les civilisations les plus raffinées mais les plus féroces qui avaient laissé leurs marques dans l'histoire humaine ?

À bien y regarder, les cultures disparues n'ont pas été forcément les moins évoluées. Il suffit parfois d'un chef naïvement abusé par les promesses de paix de ses adversaires ou d'aléas météorologiques bouleversant le cours d'une bataille pour que bascule le destin de tout un peuple. Les historiens des vainqueurs réécrivent ensuite à leur guise le passé des perdants afin de justifier leur anéantissement. Pour effacer tout scrupule aux générations ultérieures, la formule « Malheur aux vaincus » clôt le débat. Et Darwin a même trouvé une légitimation scientifique à ces massacres avec sa « sélection naturelle » et sa théorie de « la survivance des plus aptes ».

Ainsi s'est créée l'histoire des humains de la Terre, sur des charniers et des traîtrises oubliés.

Qui a vu ?

Qui sait vraiment ?

Je n'ai trouvé qu'une réponse : « le » ou « les » dieux, à condition bien sûr qu'« il » ou « ils » existe(nt).

J'ai tenté d'imaginer ces témoins discrets. Des dieux scrutant une humanité grouillante à la manière d'entomologistes observant des fourmis.

Si des dieux existent, quelle a été leur éducation ?

Tout évolue. Comment sont-ils passés de la jeunesse à l'âge mûr ? Comment interviennent-ils ? Pourquoi les intéressons-nous ?

J'ai cherché des réponses dans les textes sacrés, du *Livre des morts* tibétain au *Livre des morts* égyptien, en passant par le chamanisme ou les grandes cosmogonies des peuples des cinq continents. Ils donnent des informations qui ne se contredisent que très rarement. Comme s'il existait une perception collective de la dimension qui nous dépasse et des règles du jeu cosmique.

Philosophie et science ont toujours été opposées, mais pour moi elles se rejoignent dans ce qu'on pourrait nommer la « spiritualité laïque ». Là, ce qui importe, ce sont les questions plus que les réponses.

Pour le reste, j'ai laissé libre cours à mon imagination.

À mes yeux, *Nous, les dieux* constitue la prolongation naturelle des *Thanatonautes* et de *L'Empire des anges*. Après la conquête du Paradis et la découverte du monde angélique, il était logique que le niveau d'évolution supérieur soit précisément celui des dieux…

C'est pourquoi Michael Pinson, ainsi que son étrange ami Raoul Razorback, Freddy Meyer, Marilyn Monroe, tous les ex-thanatonautes-ex-anges, réunis sous le slogan « L'amour pour épée, l'humour pour bouclier » sont ici de retour. Je me suis laissé emporter dans ce monde imaginaire comme dans un rêve éveillé. La nuit je continuais à revivre certaines scènes.

J'ai travaillé en écoutant nombre de musiques de films, et notamment celles du *Seigneur des anneaux,* de *Dune* et de *Jonathan Livingstone le Goéland.* S'y sont ajoutés les neuf symphonies de Beethoven, Mozart, Grieg, Debussy, Bach, Samuel Barber et la symphonie des *Planètes* de Gustav Holst pour le classique ; côté rock, Mike Oldfield, Peter Gabriel, Yes, Pink Floyd.

Lorsque j'ai parlé de mon projet à mon éditeur, il s'est montré enthousiaste devant cette création d'un monde. Résultat : plus de mille pages, qui constitueront trois volumes.

Au bout de la quête initiatique de mon héros : la rencontre avec le Créateur de l'univers.

Alors peut-être vous poserez-vous la question vous aussi : « Et moi, si j'étais à la place de Dieu, je ferais quoi ? »

Bernard Werber

« C'est pour te faire voir tout cela qu'on t'a amené jusqu'ici. »

Ézéchiel 40-4.

« Ceux qui n'ont pas compris le passé,
Ceux qui n'ont pas compris le passé de l'humanité en général,
Ceux qui n'ont pas compris leur propre passé en particulier,
Ceux-là seront condamnés à le reproduire. »

Edmond Wells
Encyclopédie du Savoir Relatif et Absolu, Tome V.

Un hamster de laboratoire dit à un congénère :
« J'ai dressé le savant. Chaque fois que j'appuie sur ce bouton, il m'apporte des graines. »

Freddy Meyer

1. ENCYCLOPÉDIE : AU COMMENCEMENT

...Rien.
Au commencement, il n'y avait rien.
Nulle lueur ne troublait l'obscurité et le silence.
Partout était le Néant.
C'était le règne de la première force.
La force « N » : la force Neutre.
Mais ce Néant rêvait de devenir quelque chose.
Alors apparut une perle blanche au milieu de l'espace infini : un Œuf Cosmique porteur de tous les potentiels et de tous les espoirs.
Cet Œuf commença à se fendiller...

Edmond Wells,
Encyclopédie du Savoir Relatif et Absolu, Tome V.

2. QUI SUIS-JE ?

Jadis j'ai été mortel.
Puis j'ai été ange.
Et maintenant, que vais-je devenir ?

3. ENCYCLOPÉDIE : AU COMMENCEMENT *(suite)*

… Et l'Œuf Cosmique explosa.

Cela arriva à 0 an, 0 mois, 0 jour, 0 heure, 0 minute, 0 seconde.

La coquille de l'œuf primordial fut brisée en deux cent quatre-vingt-huit morceaux par la deuxième force.

La force « D », la force de Division.

De cette déflagration jaillirent de la lumière, de la chaleur et une vaste giclée de poussières qui se répandirent en poudre chatoyante dans les ténèbres.

Un Nouvel Univers était né.

En se répandant, les particules dansèrent sur la symphonie du temps qui commençait à s'écouler…

Edmond Wells,
Encyclopédie du Savoir Relatif et Absolu, Tome V.

4. ARRIVÉE

Je vole.

Pur esprit, je fends l'espace à la vitesse de ma pensée.

Je suis sorti de l'empire des anges, mais pour aller où ?

Je plane doucement.

Devant moi, une lueur.

Elle fascine mon âme. Je me sens papillon attiré par une flamme.

Je découvre une planète isolée dans le vide sidéral.

Une planète avec deux soleils et trois lunes.

Mon âme fend son atmosphère et je suis aspiré par sa surface.

Je tombe.

Surprise : il n'y a plus de portance. La gravité m'appelle.

En bas, l'océan se rapproche, fonce à ma rencontre.

Durant ma descente, je me solidifie. Ma peau s'opacifie.

D'abord mes pieds, puis mes jambes, puis mes bras et mon

visage. Là où il y avait une enveloppe translucide, il y a maintenant une peau rose et opaque.

Mes orteils perçoivent un choc.

Dans un grand fracas, je brise le miroir turquoise.

Je suis sous l'eau.

C'est froid, c'est gluant, c'est désagréable.

J'étouffe. Je m'asphyxie. Que se passe-t-il ? Il me faut de… l'air.

Je me débats. Je dois absolument remonter. L'eau salée pique mes yeux. Je serre les paupières. Je me démène. J'émerge enfin à la surface, j'avale une énorme goulée d'air, et, soulagement, je parviens à sortir de l'eau.

Je respire !

J'éprouve d'abord un sentiment de panique, puis la sensation devient presque agréable.

Je vide mes poumons, les emplis d'air à nouveau.

Aspiration, expiration. Cela me rappelle la première bouffée d'air de ma dernière naissance humaine. L'air, cette drogue originelle dont il est impossible de se passer. Mes alvéoles pulmonaires se gonflent comme autant de petites baudruches. J'ouvre les yeux et j'aperçois le ciel. J'aimerais m'envoler là-haut, vers les nuages, mais je reste prisonnier de la pesanteur.

Je sens la chair autour de mon âme et elle me pèse. Je sens la rigidité de mes os, la sensibilité de ma peau, et une idée effrayante me traverse. J'en tremble.

Je ne suis plus un ange. Serais-je redevenu un « humain » ?

5. ENCYCLOPÉDIE : AU COMMENCEMENT (*suite*)

… Il était quelques secondes à peine et, déjà, certaines de ces particules s'aggloméraient, poussées par la troisième force. La force « A », la force de l'Association.

Les particules Neutrons, représentant la force Neutre, se lièrent aux particules Protons, chargées positivement, pour former un noyau. Les particules Électrons, chargées négativement, gravitèrent autour de ce noyau pour lui donner un parfait équilibre.

Les trois forces avaient trouvé ensemble leur place et leur distance pour former une entité plus complexe, première représentation du pouvoir d'Association : l'Atome. Dès lors, l'énergie s'était transformée en matière.

C'était le premier saut évolutif.

Cependant cette matière rêva d'accéder à un stade supérieur. Alors apparut la Vie.

La Vie était la nouvelle expérience de l'Univers et elle avait inscrit en son cœur la trace des trois forces (Association, Division, Neutralité) qui la composaient en détaillant leurs trois initiales : A.D.N.

Edmond Wells,
Encyclopédie du Savoir Relatif et Absolu, Tome V.

6. DANS LA CHAIR

Comme il est difficile de redevenir un être de matière après avoir été un pur esprit.

C'est lourd. J'avais oublié.

Et à l'intérieur de cette chair, je sens grouiller des nerfs, des tuyaux, des sacs qui gargouillent. Je sens mon cœur battre, la salive rafraîchir ma gorge. Je déglutis. Je bâille à en décrocher mes dents toutes neuves. Je tousse encore.

J'éprouve ma mâchoire. Je me palpe. Oui, je suis bien nanti d'un corps, tout comme lorsque j'étais un humain mortel sur la Terre. Et j'entends avec mes oreilles, non plus avec mon âme.

Incapable désormais de voler, je nage. La nage, quel pénible moyen de locomotion ! Lent et épuisant.

Enfin, au loin, je distingue une île.

7. ENCYCLOPÉDIE : AU COMMENCEMENT *(fin)*

…Mais la Vie n'était pas l'aboutissement de l'expérience de cet univers nouveau-né. La Vie rêva elle-même d'accéder à un stade supérieur. Elle se mit donc à proliférer, à se diversifier, à tenter des expériences de formes, de couleurs, de températures et de comportements. Jusqu'au moment où, à force de tâtonnements, la Vie trouva le creuset idéal pour poursuivre son évolution.

L'Homme.

Posé sur une charpente verticale composée de deux cent huit os, l'Homme était une couche de graisse, un réseau de veines et de muscles enveloppés dans une peau épaisse et élastique. L'Homme était en outre doté dans sa partie supérieure d'un système nerveux central particulièrement performant, branché sur des capteurs visuels, auditifs, tactiles, gustatifs et olfactifs.

Avec l'Homme, la Vie pouvait découvrir l'expérience de l'Intelligence. L'Homme grandit, proliféra, se confronta aux autres animaux et à ses semblables.

Il les Aima.

Il les Domina.

Il les Négligea.

Cependant, la Vie rêva d'accéder à un autre stade supérieur. Dès lors la prochaine expérience pouvait commencer :

L'Aventure de la Conscience.

Elle était alimentée encore et toujours par ces trois énergies primordiales :

L'Amour.

La Domination.

La Neutralité.

Edmond Wells,
Encyclopédie du Savoir Relatif et Absolu, Tome V.

8. UNE ÎLE

J'atteins la grève. J'ai mal partout. À tous mes os. À tous mes muscles. À tous mes tendons. Je m'effondre, épuisé d'avoir nagé si longtemps. J'ai froid et je tousse. Je lève la tête et découvre les alentours. Je me trouve sur une plage de sable blond et fin, recouverte d'une brume épaisse qui ne laisse entrevoir que des troncs de cocotiers. Plus loin, au clapotis des vagues, je devine des falaises plongeant à pic dans l'eau. Je frissonne, faible et perdu. Et revient, taraudante, la question qui a bercé ma vie : « *Mais au fait… Qu'est-ce que je fais là ?* »

Des odeurs marines et végétales me parviennent soudain. J'avais oublié qu'on pouvait sentir avec son nez. Mille effluves m'enveloppent. L'air tiède est saturé d'iode, de parfums de fleurs, de pollen, d'herbe et de mousse. De noix de coco aussi, de vanille et de banane. S'y ajoute une note sucrée, de la réglisse peut-être.

J'ouvre grands les yeux. Je suis sur une île, sur une planète isolée. À l'horizon, je ne distingue aucune autre terre. À part les végétaux, y a-t-il seulement une forme de vie ici ?

Une fourmi répond à ma question en escaladant mon orteil. Elle est seule. Je la prends sur un doigt et la porte à mon œil. Elle agite ses antennes pour tenter de sentir ce qui lui arrive, mais je sais qu'elle ne discerne qu'une forme géante et rose.

– Où sommes-nous ?

Ses antennes se dressent au son de ma voix. Pour elle, je suis une montagne tiède dont le souffle affole ses récepteurs olfactifs.

Je repose la fourmi sur le sable et elle déguerpit en zigzaguant. Mon maître Edmond Wells était un spécialiste de ces insectes. Il aurait peut-être pu m'enseigner comment communiquer avec eux. Mais je suis seul ici.

C'est alors qu'un hurlement déchire l'air. Un hurlement humain.

9. ENCYCLOPÉDIE : DEVANT L'INCONNU

Ce qui effraie le plus l'Homme, c'est l'Inconnu. Sitôt cet Inconnu, même adverse, identifié, l'Homme se sent rassuré. Mais « ne pas savoir » déclenche son processus d'imagination. Apparaît alors en chacun son démon intérieur, son « pire personnel ». Et croyant affronter les ténèbres, il affronte les monstres fantasmagoriques de son propre inconscient. Pourtant, c'est à l'instant où l'être humain rencontre un phénomène nouveau non identifié que son esprit fonctionne à son meilleur niveau. Il est attentif. Il est éveillé. De toutes ses facultés sensorielles, il cherche à comprendre afin d'endiguer la peur. Il se découvre des talents insoupçonnés. L'inconnu l'excite et le fascine tout à la fois. Il le redoute et en même temps l'espère pour voir si son cerveau saura trouver les solutions pour s'y adapter. Tant qu'une chose n'est pas nommée, elle dispose d'un pouvoir de défi pour l'humanité.

Edmond Wells,
Encyclopédie du Savoir Relatif et Absolu, Tome V.

10. PREMIÈRE RENCONTRE

Le cri provient du haut de la falaise. Je cours dans sa direction, à la fois inquiet de ce qui l'a provoqué, et rassuré par cette présence humaine. Je fonce, je gravis la pente, et arrive essoufflé sur le promontoire rocheux.

Là, un corps gît, étendu sur le ventre. C'est un homme vêtu d'une toge blanche. Je m'approche, le retourne. Une brûlure fume encore à son flanc. Son visage ridé est mangé de barbe blanche. L'image m'intrigue, cette figure ne m'est pas inconnue. Je l'ai déjà vue dans des livres, des dictionnaires, des encyclopédies. Et soudain je sais. *Jules Verne.*

Je dois déglutir plusieurs fois afin que la salive humidifie mes cordes vocales et me permette d'articuler.

– Vous êtes…

Parler m'écorche la gorge.

L'homme agrippe mon bras, le regard dément.

– SURTOUT… ne pas aller… LÀ-HAUT !…

– Il ne faut pas aller où ?

Il se soulève avec peine et pointe l'index vers ce qui m'apparaît, à travers le brouillard, comme une vague forme de montagne.

– …NE PAS ALLER LÀ-HAUT !

Il tremble. Ses doigts se crispent sur mon poignet. Son regard s'accroche au mien puis dévie vers un point situé au-delà de mon épaule, et son visage reflète une épouvante extrême.

Je me retourne mais ne distingue rien d'autre que des cocotiers à demi masqués par des écharpes de brume et vaguement agités par le vent. Soudain, comme si l'énormité du danger lui insufflait un regain d'énergie, il se lève d'un bond, court vers le bord de la falaise et veut sauter dans le vide. Je me précipite à sa suite et le retiens d'une main, juste avant que son corps ne bascule.

Il se débat, va jusqu'à me mordre pour me forcer à le lâcher. Je tiens bon, et de mon autre main le récupère par sa toge. Il me considère un instant, surpris de mon acharnement, et m'adresse un sourire triste. Le tissu blanc se déchire, inexorablement. Je veux assurer ma prise, mais j'entends le bruit mat de son corps heurtant le sable mouillé. Un morceau d'étoffe est demeuré entre mes doigts crispés.

Tout en bas, Jules Verne gît comme une marionnette désarticulée.

Je me redresse lentement, et fouille des yeux le décor qui l'a tant effrayé. En vain. Je ne vois là qu'une succession de troncs, des palmes balancées par le vent, un brouillard persistant et, au loin, peut-être, une montagne.

Son imagination si fertile lui aurait-elle joué quelque tour ?

Je redescends péniblement de la falaise, dans une atmosphère de plus en plus lourde et chaude. À ma grande surprise, quand je parviens sur la plage, le corps de l'écrivain a disparu. Il n'en subsiste que l'empreinte dans le sable, flanquée de ce qui ressemble à des traces toutes fraîches de sabots de cheval.

Je ne suis pas remis de ma surprise que déjà une nouvelle étrangeté se manifeste. Un froissement d'ailes au-dessus de moi attire mon attention. Un volatile a surgi du manteau de brume pour s'immobiliser face à mon visage. De si près, je constate que l'être ailé n'est nullement un oiseau, mais une jeune fille miniature dotée de grandes ailes de papillon – un monarque bleu fluorescent –, prolongées de longues protubérances noires.

– … Heu… Bonjour, dis-je.

Elle m'examine, mutine, dodelinant de la tête, l'air étonné. Elle a de grands yeux verts, des taches de rousseur et une longue chevelure rousse nouée par une herbe tressée. Elle reste là à voleter autour de mes oreilles et à m'étudier, comme si elle n'avait jamais vu quelqu'un comme moi auparavant.

Elle me sourit et je lui souris en retour.

– Heu… Mmh… Vous me comprenez quand je parle ?

La fille-papillon ouvre alors la bouche et déroule une langue fine et pointue, rouge carmin, comme un long ruban.

Elle secoue gentiment sa chevelure de feu, mais quand je veux approcher mes doigts de son visage, elle s'enfuit à tire-d'aile.

Je cours derrière elle, trébuche sur des cailloux acérés et m'étale de tout mon long. Une méchante estafilade me déchire le poignet.

Douleur aiguë.

Différente de celle qui brûlait mes yeux au contact de l'eau salée, ou de celle qui torturait mes poumons privés d'air. Je saigne.

Je regarde, étonné, mon sang rouge foncé perler sur ma peau rose clair.

J'avais oublié comme il est douloureux… d'avoir mal. Je pense à tous ces moments où mon corps souffrait lorsque j'étais un humain. Ongles incarnés, caries dentaires, aphtes, névrites, rhumatismes… Comment ai-je pu supporter tant de misères ? Sans doute parce que j'ignorais alors qu'il existait une vie sans souffrance aucune. Mais maintenant, après avoir connu le bien-être du pur esprit, la douleur m'est intolérable.

La fille-papillon a disparu vers les grands arbres estompés par la brume.

Dans quel monde ai-je donc atterri ?

11. ENCYCLOPÉDIE : ET SI NOUS ÉTIONS SEULS DANS L'UNIVERS ?

Un jour m'est venue cette pensée étrange : « Et si nous étions seuls dans l'univers ? » Confusément, même les plus sceptiques d'entre nous caressent l'idée qu'il peut exister des peuples extraterrestres, et que si nous échouons, nous, humanité terrestre, ailleurs, peut-être très loin, d'autres êtres intelligents réussiront. Et cela est rassurant… Mais si nous étions seuls ? Vraiment seuls ? S'il n'y avait rien d'autre de vivant et d'intelligent dans l'infini de l'espace ? Si toutes les planètes étaient comme celles que l'on peut observer dans le système solaire… trop froides, ou trop chaudes, constituées de magmas gazeux ou d'agglomérats rocheux ? Si l'expérience terrestre n'était qu'une suite de hasards et de coïncidences tellement extraordinaires qu'elle n'aurait jamais eu lieu ailleurs ? Si ce n'était qu'un miracle unique et non reproductible ? Cela voudrait dire que si nous échouons, si nous détruisons notre planète (et nous en avons depuis peu la possibilité par le nucléaire, la pollution, etc.), il ne subsistera plus rien. Après nous, peut-être que « the game is over » sans aucune possibilité de rejouer la partie. Peut-être sommes-nous l'ultime chance. Alors notre faute serait énorme. La non-existence des extra-terrestres est une idée bien plus dérangeante que celle de

leur existence… Quel vertige. Et en même temps quelle responsabilité. C'est peut-être cela le message le plus subversif et le plus ancien : « Nous sommes peut-être seuls dans l'univers, et si nous échouons, il n'existera plus rien nulle part. »

Edmond Wells,
Encyclopédie du Savoir Relatif et Absolu, Tome V.

12. RENCONTRES

Il faut que je retrouve la fille-papillon. Je m'enfonce dans une forêt de cocotiers et de bruyères de plus en plus touffue. Tout à coup un froissement tout proche m'arrête net. Dans la brume qui s'effiloche, j'aperçois un être au torse humain et au corps de cheval.

La créature a les bras croisés, la mine butée, et sur sa nuque, une crinière noire semble poser un châle battu par les vents. L'homme-cheval s'avance doucement vers moi et ouvre les bras comme pour une accolade. Je recule vivement. Il souffle de la vapeur par les naseaux, se cabre en hennissant et en tambourinant son poitrail des deux poings. De lui se dégage une impression de puissance à la fois humaine et animale. Tandis qu'il se met à frapper le sol du sabot tel un taureau s'apprêtant à charger, je déguerpis à toutes jambes. Mais le lourd galop se rapproche. Il me rattrape. Deux bras velus m'enlacent. L'homme-cheval me soulève, me serre contre son torse, et m'emmène. Ni mes cris, ni mes coups de talon désespérés ne semblent l'affecter, il s'élance au galop. Juché ainsi à quelques dizaines de centimètres du sol, je sens les fougères fouetter mes chevilles.

Ensemble, nous traversons des forêts de cocotiers, jusqu'à une vaste clairière d'où part un sentier qui monte. Il l'emprunte sans me lâcher. Nous galopons longtemps. Aux alentours se succèdent d'autres bois, des plaines, de petits lacs bordés d'arbres tordus.

Au bout du sentier, nous débouchons sur un vaste plateau. Au centre, se dresse ce qui me paraît être une grande cité blanche, ceinte d'un carré de murailles en marbre hautes de plusieurs mètres. De part et d'autre, deux collines l'enserrent, occultant toute visibilité. Seule la base de la montagne, en face, émerge du brouillard.

Dans la blancheur de la muraille, le portail de la ville découpe son ogive dorée, flanquée de deux immenses colonnes, l'une noire, l'autre blanche. C'est ici que se termine notre course.

L'homme-cheval me dépose à terre, me retient par le bras et frappe plusieurs fois l'imposant heurtoir contre le battant. Quelques instants plus tard, le portail s'ouvre lentement. Un barbu ventripotent, en toge blanche, mesurant plus de deux mètres, la tête ceinte d'une couronne de feuilles de vigne, apparaît sur le seuil. Pas d'ailes de papillon cette fois, pas de sabots de cheval. Mis à part sa taille de géant, l'homme semble « normal ».

Il me regarde avec suspicion.

– Êtes-vous « celui que l'on attend » ? demande-t-il.

Je me sens soulagé d'avoir enfin en face de moi un être qui parle et avec qui je peux communiquer.

D'un ton amusé, le géant ajoute :

– En tout cas, je peux déjà constater que vous êtes… (Il baisse les yeux.) Nu.

Je place précipitamment mes deux mains devant mon sexe tandis que l'homme-cheval s'esclaffe, de même que la fille-papillon réapparue tout à coup. Si ces deux-là ne parlent pas, du moins comprennent-ils tout ce qui se dit.

– Ici ce n'est pas « tenue chic exigée », mais pas non plus un club de naturistes.

D'un sac, il tire une tunique et une toge blanches et m'enseigne comment m'en vêtir. Tourner deux fois le drap autour du corps puis lancer le pan restant par-dessus l'épaule.

26

– Où suis je ?

– Au lieu de l'Initiation Ultime. Nous avons coutume d'appeler cet endroit « Aeden ».

– Et cette ville ?

– C'est sa capitale. Nous avons coutume de l'appeler Olympie. Et vous, quel est votre nom ? Enfin, quel a été votre nom à l'époque où vous en possédiez un ?

C'est vrai qu'avant d'être un ange, j'ai été un mortel.

Pinson. Michael Pinson. Français. Sexe masculin. Marié. Père de famille. Décédé parce qu'un Boeing est venu fracasser son immeuble.

– Michael Pinson.

Le géant coche une case sur une liste.

– Michael Pinson ? Très bien. Villa n° 142 857.

– Avant d'aller plus loin, je veux savoir ce que je fais ici.

– Vous êtes un élève. Vous êtes venu pour apprendre le plus difficile des métiers.

Face à mon incompréhension, il précise :

– Ça n'a déjà pas été si simple d'être un ange, n'est-ce pas ? Eh bien, sachez qu'il y a plus ardu encore. Une tâche qui exige talent, doigté, créativité, intelligence, subtilité, intuition… (Le géant souffle plus qu'il n'articule.) Di-eu. Vous êtes au Royaume des dieux.

J'avais certes envisagé qu'il puisse y avoir des entités supérieures aux anges, mais de là à oser rêver de devenir un jour un… dieu…

– … Cela s'apprend, bien sûr. Pour l'heure, vous n'êtes qu'un élève dieu, précise mon interlocuteur.

Je ne suis donc pas redevenu exactement un humain, comme je me l'étais imaginé en découvrant mon enveloppe de chair. Edmond Wells m'avait expliqué autrefois qu'« Élohim » – nom donné en hébreu à Dieu – était en fait un pluriel. Paradoxe de la première religion monothéiste : son dieu unique, elle le désigne par un pluriel.

– …Et vous ?

— On a coutume de m'appeler Dionysos. À tort, certains m'ont décrit comme le dieu des fêtes et des libations, de la vigne et des orgies. Erreurs et contre-vérités. Je suis le dieu de la Liberté. Or, dans l'imagination populaire, la liberté est toujours suspecte et facilement associée à la débauche. Je suis un dieu très ancien et je prône la liberté d'exprimer ce qu'en nous il y a de meilleur. Et tant pis si je passe pour un libertin.

Il soupire, saisit un grain de raisin et le happe.

— Aujourd'hui, c'est mon tour d'accueillir les nouveaux arrivants, car je suis aussi professeur à l'École des dieux, autrement dit Maître dieu.

Un géant Maître dieu couronné de vigne, une fille-papillon en suspension dans les airs, un homme-cheval piaffant... Où suis-je donc tombé ?

— J'ai assisté à un crime, là-bas, sur la falaise.

Dionysos me considère avec gentillesse, sans trop manifester d'intérêt pour l'information.

— Avez-vous pu identifier la victime ? demande-t-il.

— Je crois qu'il s'agissait de Jules Verne.

— Jules Verne ? répète-t-il en reprenant sa liste. Jules Verne... Ah oui, l'écrivain de science-fiction du XIXe siècle. En avance, celui-là, beaucoup trop en avance... Et beaucoup trop curieux aussi. Sachez que les gens curieux ont souvent des problèmes.

— Des « problèmes » ?

— Ne soyez donc pas trop curieux à votre tour. Je sais bien qu'il nous sera difficile de surveiller tout le monde avec le grand nombre d'élèves que compte cette promotion. Mais pour l'heure, contentez-vous de gagner vos quartiers, en l'occurrence votre villa. Vous y serez chez vous.

Il y a si longtemps que je n'ai plus eu de « chez-moi ».

— En Aeden, les nuits sont fraîches, et l'aube aussi. Je vous conseille de vous installer. Villa 142 857. La chérubine vous guidera volontiers. Ce n'est pas loin mais vous pouvez chevaucher le centaure si vous êtes fatigué.

« Chérubine », la fille-papillon ; « centaure », l'homme-cheval, tous ces métissages d'humain et d'animal sont des chimères. Que des chimères. Cela me rappelle *L'Île du docteur Moreau,* où un savant fou avait croisé des hommes et des bêtes.

— Je préfère y aller seul. C'est où ?

— Empruntez la grande avenue, traversez la place centrale, puis prenez la troisième rue à gauche, la rue des Oliviers. Vous trouverez facilement le 142 857. Reposez-vous mais tenez-vous prêt. Lorsque la cloche sonnera trois longs coups, vous devrez regagner aussitôt la grande place.

J'enfile les sandales que me tend Dionysos. Ainsi chaussé, vêtu de ma toge immaculée, je franchis l'imposant portail d'Olympie.

13. ENCYCLOPÉDIE : JÉRUSALEM CÉLESTE

Extraits de l'Apocalypse de Jean : « Il me transporta sur une haute montagne. Et il me montra la grande cité, la "Jérusalem Céleste". Elle était ceinte d'une haute muraille percée de douze portes, avec un ange à chaque porte, douze anges, donc, et sur chacune le nom d'une des douze tribus des enfants d'Israël »...

« La ville était construite en un carré aussi long que large »...

« On y apportera la gloire et l'honneur des nations. Il n'y entrera rien de souillé, ni aucun de ceux qui pratiquent l'abomination et le mensonge. »

Edmond Wells,
Encyclopédie du Savoir Relatif et Absolu, Tome V.

14. LA CITÉ DES BIENHEUREUX

La cité des dieux resplendit devant mes yeux émerveillés.

Comme un sillon clair, une large voie traverse la ville, bordée d'une haie de cyprès.

J'avance dans l'avenue centrale d'Olympie.

De part et d'autre, collines et vallées sont constellées d'édifices monumentaux probablement conçus par des titans. Des lacis de rivières se faufilent, enjambées par des ponts de bois, pour aller se mêler à des lacs recouverts de nénuphars mauves. Sur les pentes escarpées que je distingue au sud, de larges bassins en terrasses sont hérissés de bambous, de roseaux et de palmiers. On dirait qu'un architecte en état d'ivresse a dessiné la ville de son délire : une succession de dénivelés enfermés derrière de hautes murailles.

Une foule bigarrée circule dans les avenues, les rues, les ruelles. Des jeunes gens et des jeunes femmes portent comme moi une toge blanche ; probablement des élèves dieux. Ils ne me prêtent aucune attention.

Une jeune femme en toge jaune promène un chien à trois têtes de teckel, sorte de minicerbère. Il y a aussi des centaures, des satyres, des chérubines.

Je distingue des « mâles » et des « femelles ». Papillons aux allures de garçons, et même centaures cachant leur poitrine proéminente sous leurs longs cheveux-crinière.

Je marche et découvre d'autres décors. Des marchés où les gens et les monstres discutent par signes, des petites maisons de pierre blanche au toit de tuiles rouges, et aux colonnades corinthiennes, des balustrades sculptées, des fontaines où des tritons de pierre font jaillir une eau aux reflets cuivrés.

L'air tiède embaume le pollen et le gazon fraîchement tondu. Il me semble distinguer des zones de culture de céréales qui côtoient des potagers. Quelques herbivores non chimériques – chèvres, moutons, vaches, semblables à ceux de la Terre – broutent, indifférents à ce paysage grandiose.

De nouvelles villas apparaissent derrière des pins. Et toutes n'ont qu'un seul étage.

Au bout de l'avenue je débouche sur une vaste place circulaire creusée d'un bassin, au milieu duquel pousse, sur une petite île, un arbre séculaire.

De plus près, je comprends que cet arbre plein de majesté est un pommier. Ses fruits eux aussi ont la couleur de l'or. Serait-ce le pommier du Jardin d'Éden, l'arbre de la Connaissance du Bien et du Mal qui a entraîné la sortie du Paradis pour Adam et Ève ? Son écorce est ridée par les millénaires, ses racines affleurant la terre de cette île particulière se contorsionnent pour contourner les rochers. Ses branches plongent dans le ciel et se répandent largement, dépassant le bassin qui entoure l'île et même le muret qui encercle le bassin. Son ombre couvre pratiquement toute la place centrale.

À nouveau me reviennent des extraits de l'Apocalypse de Jean. « *Au milieu de la place de la ville était l'Arbre de vie… et les feuilles de l'Arbre étaient là pour guérir les nations.* »

De la place centrale partent quatre larges avenues perpendiculaires. Des panneaux indicateurs précisent :

à l'est : CHAMPS-ÉLYSÉES.

au nord : AMPHITHÉÂTRE ET MÉGARON.

à l'ouest : PLAGE.

Aucune pancarte n'indique ce qu'on trouve au sud. Un léger souffle d'air rafraîchit ma nuque. Je me retourne et aperçois, voletant silencieusement derrière moi, la chérubine aux cheveux roux et à l'air mutin.

– Que me veux-tu ? Quel est ton nom ?

La chimère éternue et je lui tends un bout de ma toge pour l'aider à se moucher.

– Bien. Puisque tu ne veux rien me dire, pour moi tu seras donc la… moucheronne. C'est en bûchant qu'on devient bûcheron, c'est en lisant qu'on devient liseron, c'est en se mouchant qu'on devient…

La moucheronne s'agite, fâchée que je me moque d'elle. Elle tire sa fine langue de papillon, grimace et roule des yeux. Je l'imite, tire la langue, puis reprends ma marche sans plus m'occuper d'elle.

Je constate que, si toutes les avenues sont droites, toutes les rues sont en courbe et s'enroulent autour de la place centrale. Devant les demeures, s'étalent des jardins avec des arbres inconnus de moi dont les fleurs ressemblent à des orchidées, leur parfum rappelant le santal et le clou de girofle.

Rue des Oliviers, le 142 857 se révèle être une villa blanche au toit de tuiles rouges, ombragée d'une haie de cyprès. Ni grille ni muret, tout est ouvert. Un chemin de gravillons mène à une porte sans serrure. À la chérubine qui me suit, j'indique que je suis ici « chez moi » et que je veux être seul. Tant pis pour sa mine dépitée quand je lui claque la porte au nez.

Je constate alors qu'un loquet de bois permet de bloquer l'entrée et je soupire d'aise. Je ressens immédiatement le bonheur d'être dans un lieu où nul ne pourra me déranger. Il y a longtemps que cela ne m'était pas arrivé. « Chez moi ». J'examine les lieux. Une vaste pièce fait office de salon, avec en son centre un divan rouge et une table basse en bois noir face à un mur blanc auquel est pendu un écran de télévision plat.

Sur le côté, une bibliothèque dont les livres ne me proposent que des pages blanches, toutes résolument vierges.

Une télévision sans télécommande.

Des livres sans texte.

Un crime sans enquête.

À droite de la bibliothèque, un fauteuil et un bureau aux multiples tiroirs. Sur le dessus, une plume d'oiseau trempe dans un encrier. Suis-je supposé remplir de mon écriture ces livres vides ?

Après tout, mes aventures méritent d'être racontées, j'en suis convaincu, et comme tout un chacun j'ai envie de laisser une trace. Mais par quel bout commencer ? « Pourquoi pas par

la lettre A ? me souffle ma voix intérieure, ce serait logique. »
« A » donc. Je m'assois au bureau et j'écris.

« A… Ai-je le droit de tout retracer ? Même à présent, même avec du recul, j'ai du mal à croire que moi, Michael Pinson, j'ai participé à une si formidable épopée et… »

Ma plume reste suspendue. Je n'ai pas été que Michael Pinson. Au Paradis, j'ai redécouvert qu'en tant qu'humain, j'ai connu des centaines de vies étalées sur trois millions d'années. J'ai été chasseur, paysan, femme au foyer, artisan, mendiant. J'ai été homme, j'ai été femme. J'ai connu l'opulence et la misère, le bien-être et la maladie, le pouvoir et la servitude. La plupart de mes vies étaient banales… J'ai quand même bénéficié d'une dizaine de karmas intéressants. Odalisque férue d'astronomie dans un sérail égyptien, druide guérisseur par les plantes en forêt de Brocéliande, soldat maniant la cornemuse dans l'Angleterre saxonne, samouraï habile au sabre dans l'empire nippon, danseuse de french-cancan aux amants innombrables dans le Paris de 1830, médecin pionnier de l'asepsie chirurgicale dans la Saint-Pétersbourg tsariste…

Pour la plupart, ces vies extraordinaires se sont mal terminées. Témoin d'un massacre, le druide dégoûté de ses congénères a préféré mettre fin à ses jours. La danseuse s'est donné la mort suite à un chagrin d'amour. Le médecin russe a succombé, victime d'une tuberculose. Pourtant, d'errements en errements, j'ai fini par m'améliorer.

Dans mon ultime vie, j'ai été Michael Pinson, et c'est son apparence que je conserve aujourd'hui. Dans cette dernière existence, je m'étais lié d'amitié avec Raoul Razorback, lequel m'a entraîné dans une étrange aventure. Adultes, devenus tous deux scientifiques, nous avons allié nos connaissances, moi en médecine, lui en biologie, pour tenter une expérience qui unirait la science à la spiritualité : voyager hors du corps à la découverte du continent des morts. Cette activité, nous l'avons nommée « thanatonautique », du grec « thanatos », la mort, et « nautis », explorateurs.

Ensemble, nous, thanatonautes, nous avons construit des thanatodromes d'où prendre notre essor. Nous avons patiemment apprivoisé les techniques de décorporation et d'envol des âmes au-delà de la Terre. Nous avons guerroyé pour parvenir les premiers au Paradis, avant les clercs des religions consacrées. Une à une, nous avons franchi les sept portes du continent des morts, affrontant chaque nouveau territoire encore inconnu avec détermination. Être thanatonaute, c'était faire œuvre de pionnier, mais c'était aussi pratiquer un métier périlleux. J'ai peu à peu révélé au grand jour les secrets millénaires réservés aux seuls initiés. J'en ai dit beaucoup plus que ce que l'humanité était prête à recevoir.

Un avion fracassant mon salon a mis un terme à ma vie de Michael Pinson et à celle de tous les miens. « On » me rappelait ainsi aux cieux.

Là-haut, j'ai été mesuré et jugé pour ce que, en tant que Pinson, j'avais accompli de bien et de mal sous cette dernière défroque humaine. Heureusement, pour ce procès, j'ai eu droit à un avocat exceptionnel : l'écrivain Émile Zola en personne, mon ange gardien. Grâce à lui, je l'ai échappé belle et j'ai cru être délivré à jamais de cette obligation de renaître mortel.

Je suis devenu un pur esprit. Un ange. Et en tant qu'ange, j'ai reçu en charge trois humains que je devais aider à mon tour à sortir du cycle des réincarnations. Je me souviens de ces trois « clients ». Igor Tchekov, soldat russe ; Venus Sheridan, mannequin et actrice américaine ; Jacques Nemrod, écrivain français.

Mais les humains ne sont pas faciles à aider. Edmond Wells, mon mentor en matière d'angélisme, avait coutume de dire : « Ils s'efforcent de réduire leur malheur plutôt que de construire leur bonheur. » Lui m'a appris comment agir sur les humains au moyen des cinq leviers : les rêves, les intuitions, les signes, les médiums et les chats. Ainsi, j'ai pu sauver l'un de mes clients, Jacques Nemrod, et lui proposer de sortir s'il le souhaitait du cycle des réincarnations. Quant à moi, j'ai été autorisé à quitter l'empire des anges pour passer à l'étage au-dessus.

Et à présent, me voilà en... « Aeden ». J'ai été mortel, j'ai été ange. Maintenant, que vais-je devenir ?

« Élève dieu », a dit Dionysos.

Je repose la plume dans son encrier et me lève pour poursuivre la visite de ma villa. À la droite du salon, je découvre une chambre meublée d'un large lit à baldaquin. Dans une penderie, m'attendent une vingtaine de tuniques et de toges blanches, identiques à celle dont je suis vêtu. Dans le prolongement de la chambre, il y a une salle de bains tout en marbre, cuvette, baignoire et lavabo, avec des robinets dorés. Un flacon de poudre grise fleure la lavande. Sous l'eau que je fais couler, la mousse devient crémeuse. Je me déshabille et m'immerge avec délices.

Je serre les paupières. J'écoute mon cœur qui fait...

15. UN VISITEUR

...Toc, toc.

Je sursaute. Encore la moucheronne ? Comme on frappe derechef, je me lève pour la chasser, éclaboussant le sol au passage. D'une main, j'entoure mes hanches d'une serviette, de l'autre, je saisis une brosse à dos et ainsi armé j'ouvre la porte.

Mais l'être que je découvre sur le seuil n'est pas une chimère. Edmond Wells, mon maître en angélisme, me fait face en souriant :

– Tu m'avais dit « au revoir ».

Je bredouille :

– Vous m'aviez répondu « adieu ».

– Précisément. « À...dieu », c'est-à-dire « chez les dieux ». Nous y sommes, il me semble.

Nous nous étreignons longuement.

Je m'écarte enfin pour le laisser entrer. Dans le salon, Edmond Wells prend ses aises sur le canapé rouge et, comme toujours, sans préambule, s'empresse de m'informer :

– Cette promotion est particulièrement nombreuse. « Ils » ont manqué d'élèves par le passé alors cette fois, « ils » ont vu grand. « Ils » m'ont laissé venir, moi aussi.

Avec son air énigmatique, ses oreilles pointues et son visage triangulaire, Edmond Wells n'a pas changé. Il m'impressionne toujours autant. Dans son ultime enveloppe humaine, il était un entomologiste spécialisé dans les fourmis. Mais sa tâche favorite a toujours été d'accumuler les savoirs et de créer des ponts entre des êtres a priori incapables de communiquer entre eux. Les fourmis et les hommes certes, mais aussi les anges et les humains.

– Ma villa n'est pas très loin de la tienne, je suis rue des Oliviers, villa 142 851, dit-il comme si nous étions des compagnons de vacances tandis que, rapidement, j'enfile tunique, toge et sandales.

Il me tutoie mais je le vouvoie, incapable de familiarité à son égard. Je chuchote :

– Il se passe des choses étranges ici. Sur la plage, en débarquant, j'ai rencontré Jules Verne. Il est mort quasiment dans mes bras. Une plaie béante au flanc. Assassiné. Dionysos m'a simplement assuré qu'il avait dû avoir des problèmes parce qu'il était arrivé trop tôt et s'était montré trop... curieux.

– Jules Verne a toujours été un pionnier, reconnaît Edmond Wells, pas plus impressionné que Dionysos par ce crime mystérieux.

– Il a juste eu le temps de me conjurer de ne pas me rendre sur la montagne de l'Olympe. Comme s'il y avait vu quelque chose d'épouvantable.

Edmond Wells semble dubitatif, tandis que nos regards glissent vers la fenêtre d'où nous apercevons la base de la montagne toujours enveloppée de son manteau de nuages. J'insiste :

– Tout est si bizarre ici.

– Dis plutôt « si merveilleux ».

– Et ces livres ? Toutes leurs pages sont blanches.

Le sourire de mon maître s'élargit :

– À nous de les remplir, alors. Je vais pouvoir continuer mon œuvre, mon Encyclopédie du Savoir Relatif et Absolu. Et il ne s'agira plus d'informations sur les hommes ou les animaux, ni même sur les anges, mais carrément sur les dieux.

D'une besace qu'il porte en bandoulière, il tire un livre de prime abord semblable aux miens, sauf que celui-ci paraît avoir déjà été manié.

Il en caresse la tranche.

– Maintenant, ce que nous allons vivre ne sera pas perdu. De mémoire j'ai noté les fragments des textes qui me semblaient les plus importants et je les compléterai avec tout ce que nous allons découvrir ici.

– Mais pourquoi avez-vous…

– Tu peux me tutoyer. Maintenant je ne suis plus ton maître, je suis élève dieu comme toi. Ton égal.

– Pourquoi as-tu… Non, désolé, je n'y arriverai pas, je préfère vous vouvoyer… Pourquoi poursuivez-vous cette quête du savoir ?

Il est d'abord étonné que je ne parvienne pas à modifier nos rapports. Il n'insiste pas.

– Peut-être parce que, dans mon enfance, j'avais la hantise d'être ignorant. Une réelle hantise. Un jour un professeur m'a dit, parce que je n'arrivais pas à retenir ma récitation par cœur : « Tu es vide. » Depuis j'ai envie de me remplir. Pas de récitations mais d'informations. À 13 ans j'ai commencé à compiler des gros cahiers d'images, d'informations scientifiques et de réflexions personnelles. (Il sourit à cette évocation.) Je découpais des photos d'actrices nues dans les journaux et je les collais dans mon livre entre les formules mathématiques. Pour me donner envie de le rouvrir. Je n'ai jamais cessé de remplir ce livre. Comme tu le sais, même quand j'étais dans l'empire des anges j'ai souhaité continuer ce projet d'Encyclopédie en inspirant un humain. Cela a failli causer ma perte. Ici, je vais pouvoir poursuivre ma quête du Savoir Relatif et Absolu.

– Le cinquième tome de l'Encyclopédie ?

– Le cinquième tome officiel, mais j'en ai rédigé des « officieux » cachés à plusieurs endroits.

– Des Encyclopédies du Savoir Relatif et Absolu cachées sur Terre ?

– Bien sûr. Mes petits trésors à découvrir plus tard pour ceux qui auront la patience de les chercher. Mais pour l'instant j'entame celui-ci.

Je regarde l'objet. Sur la couverture, Edmond Wells a dessiné en belle calligraphie : ENCYCLOPÉDIE DU SAVOIR RELATIF ET ABSOLU, TOME V.

Il me tend l'ouvrage.

– … Je l'ai écrit parce que je recevais, au hasard des rencontres, énormément de savoir de la part de beaucoup de gens. Mais lorsque je voulais à nouveau le transmettre afin que ce savoir continue de vivre, je me suis aperçu que très peu de personnes étaient intéressées par ce cadeau. On ne peut offrir qu'à ceux qui sont prêts à recevoir. Alors je l'ai livré à tout le monde dans un manuscrit. Comme une bouteille à la mer. Que le reçoivent ceux qui seront capables de l'apprécier, même si je ne les rencontre pas.

Je l'ouvre. À la première entrée, on peut lire : « Au commencement ». Suivent « Devant l'inconnu », « Et si nous étions seuls dans l'univers », « Jérusalem Céleste »… La dernière entrée s'intitule « La symbolique des chiffres ».

– Encore ça ? Vous l'aviez déjà placé dans vos quatre autres volumes.

L'encyclopédiste ne se démonte pas.

– C'est la clé de tout. La symbolique des chiffres. Je me dois de la répéter et de la compléter car elle constitue la voie la plus simple vers la compréhension du sens de l'évolution de l'univers. Souviens-toi, Michael…

16. ENCYCLOPÉDIE : SYMBOLIQUE DES CHIFFRES

L'aventure de la conscience suit la symbolique des chiffres, lesquels ont été inventés il y a trois mille ans par les Indiens.

La courbe indique l'amour.

La croix indique l'épreuve.

Le trait horizontal indique l'attachement.

Examinons leurs dessins.

« 1 ». Le minéral. Un pur trait vertical. Pas d'attachement, pas d'amour, pas d'épreuve. Le minéral n'a pas de conscience. Il est simplement là, premier stade de la matière.

« 2 ». Le végétal. Un trait horizontal surmonté d'une courbe. Le végétal est attaché à la terre par sa barre horizontale symbolisant sa racine qui l'empêche de se mouvoir. Il aime le ciel et lui présente ses feuilles et ses fleurs pour recueillir sa lumière.

« 3 ». L'animal. Deux courbes. L'animal aime la terre et aime le ciel mais n'est attaché ni à l'un ni à l'autre. Il n'est qu'émotion. Peur, désir... Les deux courbes sont les deux bouches. Celle qui mord et celle qui embrasse.

« 4 ». L'homme. Une croix. Il est au carrefour entre le « 3 » et le « 5 ». Le « 4 » est le moment de l'épreuve. Soit il évolue et devient un sage, un « 5 », soit il retourne à son stade « 3 » d'animal.

« 5 ». L'homme conscient. C'est l'inverse du « 2 ». Il est attaché au ciel par sa ligne horizontale supérieure et il aime la terre par sa courbe inférieure. C'est un sage. Il a transcendé sa nature animale. Il a pris de la distance par rapport aux événements et ne réagit plus de manière instinctive ou émotionnelle. Il a vaincu sa peur et son désir. Il aime sa planète et ses congénères tout en les observant de loin.

« 6 ». L'ange. L'âme éclairée est libérée du devoir de renaître dans la chair. Elle est sortie du cycle des réincarnations et n'est plus qu'un pur esprit, lequel ne ressent plus la douleur et n'a plus de besoins élémentaires. L'ange est une courbe d'amour, une pure spirale qui part du cœur, descend vers la terre pour aider les hommes et achève sa courbe vers le haut pour atteindre encore la dimension supérieure.

« **7** ». Le dieu. Ou du moins « l'élève dieu ». L'ange, à force de s'élever, touche la dimension supérieure. Tout comme le « 5 », il a une barre qui l'attache en haut. Mais au lieu de présenter une courbe d'amour vers le bas, il a une ligne. Il agit sur le monde d'en bas. Le « 7 » est là encore une croix, comme un « 4 » renversé. C'est donc une épreuve, un carrefour. Il doit réussir quelque chose pour continuer à monter.

Edmond Wells,
Encyclopédie du Savoir Relatif et Absolu,
(reprise du *Tome IV*).

17. PREMIÈRE FÊTE À L'AMPHITHÉÂTRE

Et qu'y aurait-il au-dessus, un « 8 » ?

La cloche sonne. Trois coups longs. Nous nous hâtons vers la place centrale et son pommier séculaire. D'autres élèves dieux nous ont devancés dans leur toge blanche. Il y a là des gens de tous âges, sans doute celui qui a marqué leur dernier passage sur la Terre. Nous nous dévisageons, surpris d'être aussi nombreux, cherchant à deviner ce qu'il peut y avoir en nous de si remarquable pour que nous ayons mérité de nous retrouver ici.

Par gestes, une jeune fille en toge jaune safran nous intime de nous ranger sur une file.

– C'est l'Heure, me souffle Edmond Wells.

– Je ne sais pas, je n'ai pas de montre.

Mon mentor sourit.

– Tu n'as pas compris. C'est une « Heure », c'est-à-dire une demi-déesse grecque. Elles se nomment ainsi.

– Et il y en a vingt-quatre ?

– Non, murmure-t-il à mon oreille. Il n'y en a que trois. Eunomia, l'Heure de la Discipline, Diké, l'Heure de la Justice, et Erêné, l'Heure de la Paix, toutes demi-déesses parce que filles de Thémis, la déesse de la Loi, et de Zeus, le roi des dieux.

À la façon dont cette Heure-ci nous place promptement en ligne, je pense qu'il doit s'agir de la première. Eunomia... En grec, le préfixe « eu » signifie « bon », comme dans « euphonie », le bon son, « euphorie », le bon état, et dans le cas de notre Heure, le bon nom.

Les élèves se présentent tour à tour et, sur une liste, Eunomia coche les présents et leur indique où se diriger. Lorsque je décline mon identité, l'Heure me scrute avec insistance. Se demanderait-elle également si je suis « celui qu'on attend » ?

Mais elle se contente de me désigner l'avenue Nord qui mène à l'Amphithéâtre.

Là, nouvel attroupement à l'entrée. Une autre Heure, Diké sans doute, vérifie elle aussi les noms sur une liste. Au passage, lorgnant par-dessus son épaule, je constate que le nom de Jules Verne a été biffé et remplacé par celui de... Edmond Wells. Mon instructeur remplacerait-il au pied levé l'écrivain assassiné ?

J'annonce « Pinson » et reçois en échange une boîte. Curieux, je m'empresse de l'ouvrir. Dedans, de la taille d'une main, il y a une croix munie, dans sa partie supérieure, d'une anse en verre transparent et d'une chaînette pour l'accrocher au cou. Dessous, je découvre trois molettes gravées chacune d'une lettre.

– C'est un « ankh », dit Edmond Wells. Le « sceptre des dieux ».

Le sceptre des dieux... Je le retourne et discerne dessous un nombre : « 142 857 », comme ma villa.

Sans m'éloigner de mon mentor et ami, je pénètre dans l'Amphithéâtre. Gradins circulaires, scène centrale, il ressemble à n'importe quel autre amphithéâtre antique. Alentour, des élèves discutent par petits groupes inquiets.

— On se croirait dans le rêve d'un enfant, dis-je.

Mon ami propose une autre hypothèse.

— … Ou dans un livre. Comme si quelqu'un avait écrit un ouvrage avec ce décor. Il suffirait alors qu'un lecteur se penche sur ses pages pour que le livre s'anime. Avec nous dedans.

Je hausse les épaules, peu convaincu, mais il poursuit, imperturbable.

— Quelque écrivain aura dévoré la mythologie grecque pour mieux la matérialiser afin de nous la faire vivre. Selon moi, « tout part et tout aboutit à un roman ».

J'entre dans son idée.

— Dans ce cas, l'écrivain nous observe en tant que personnages. Mais a-t-il déjà rédigé l'histoire en entier ? A-t-il commencé par la fin ou bien découvre-t-il l'intrigue en même temps que nous, ses créatures ?

Il me regarde, mi-sérieux, mi-amusé.

Toge jaune, une jeune fille couronnée de fleurs et de fruits nous fait signe de nous ranger sur le côté pour laisser entrer de nouveaux arrivants.

— La troisième Heure ?

— Non, celle-ci m'a plutôt l'air d'une autre sorte de demi-déesse : une Saison.

Si proche, je respire son parfum. Il y entre du muguet et du lys. Si c'est une saison, ce doit être le Printemps. J'admire ses grands yeux dorés, ses cheveux de lin et ses mains graciles. J'ai un élan pour la toucher mais Edmond Wells me retient.

Je scrute mes compagnons de classe éparpillés sur les gradins. Les célébrités ne manquent pas, il me semble reconnaître en vrac : le peintre Henri de Toulouse-Lautrec, le romancier Gustave Flaubert, Étienne de Montgolfier, l'un des deux frères pionniers du ballon ascensionnel, le céramiste Bernard Palissy, le peintre impressionniste Claude Monet, l'aviateur Clément Ader, le sculpteur Auguste Rodin. Il y a aussi des femmes : la tragédienne Sarah Bernhardt, la sculptrice Camille Claudel, la physicienne Marie Curie, la comédienne Simone Signoret, la danseuse-espionne Mata Hari.

Edmond Wells, très mondain, s'avance vers cette dernière.

– Bonjour, je suis Edmond Wells et voici mon ami Michael Pinson. Ne seriez-vous pas Mata Hari ?

La jeune femme brune confirme. Nous échangeons un regard sans trop savoir quoi nous dire.

Le soir tombe doucement tandis que, d'un même mouvement, nous nous rassemblons le long des travées. Dans le ciel apparaissent non pas une, mais trois lunes, en formation triangulaire. Le sommet du mont Olympe est toujours noyé dans le brouillard.

À haute voix, je formule la question qui me taraude :

– Qu'y a-t-il donc là-haut ?

Vincent Van Gogh est le premier à me répondre :

– Du gris mêlé à des reflets mordorés orange et bleus.

Mata Hari souffle :

– Un mystère.

Georges Méliès renchérit :

– Une magie.

Gustave Eiffel énonce à mi-voix :

– L'Architecte de l'Univers.

Simone Signoret ajoute :

– Le Producteur du film.

Marie Curie rêvasse :

– Le Principe Ultime.

Sarah Bernhardt hésite :

– ...Nous sommes à Olympie. Serait-ce... Zeus ?

Derrière nous une voix tranche.

– Rien du tout.

Nous nous retournons. Nous voyons un petit bonhomme aux longs cheveux filasse, aux lunettes rondes et à la barbe brune.

– ... Il n'y a rien du tout là-haut. Ni Zeus, ni Architecte, ni magie... Rien. Il n'y a que de la neige et du brouillard autour. Comme pour toutes les montagnes.

Comme il prononce ces mots avec assurance, une lumière s'allume tout à coup au sommet et se met à clignoter comme un appel de phares dans la brume.

– Vous avez vu ? interroge Méliès.

– Oui, poursuit le barbu. J'ai vu une lumière. Une simple lumière. « Ils » ont allumé un projecteur sur la cime, histoire de faire travailler votre imagination, et vous la contemplez, tels des moustiques fascinés par une lampe. Tout ça n'est que décor et jeux de scène.

– Qui êtes-vous donc pour être si catégorique ? demande Sarah Bernhardt, agacée.

L'homme se plie en deux :

– Pierre Joseph Proudhon, pour vous servir.

– Proudhon ? Le théoricien de l'anarchisme ? s'enquiert Edmond Wells.

– Lui-même.

J'avais entendu parler de ce trublion, mais sans savoir à quoi il ressemblait. À Karl Marx, en fait. Sans doute la mode de l'époque était-elle de porter barbe et cheveux longs. Le front est haut et lisse, sa chevelure rassemblée en catogan. Il complète :

– Proudhon : athée, anarchiste, nihiliste, et fier de l'être.

– Mais vous vous êtes réincarné..., dit Sarah Bernhardt.

– Ouais. Pourtant je ne croyais pas à la réincarnation.

– Et vous êtes devenu un ange...

– Ouais. Pourtant je ne croyais pas à l'angélisme.

– Et maintenant vous êtes un élève dieu...

– Ouais. Et je serai le « dieu des athées », annonce Proudhon, satisfait de sa formule. Franchement, vous y croyez, vous, à cette école des dieux ? Vous vous figurez qu'on va passer un baccalauréat de Démiurgie ?

44

Un nouvel élève entre dans la discussion. L'homme souffre visiblement d'un fort strabisme convergent qu'il s'efforce de maîtriser.

– Là-haut, s'exclame-t-il d'un ton pénétré, il y a forcément quelque chose de très fort et de très beau. Nous, nous ne sommes que des élèves dieux, des petits dieux. Lui c'est le Grand Dieu.

– Vous pensez à quoi ? dis-je.

– Je pense à quelque chose qui nous dépasse, en puissance, en majesté, en conscience, en tout, dit-il d'un air extatique. Ce nouvel élève se nomme Lucien Duprès et raconte qu'il était ophtalmologiste. Il y voyait double mais il aidait les autres à voir clair. Avant de comprendre finalement que la seule manière de voir c'était avec sa foi.

– Ouais. Libre à vous de proférer ces sornettes, déclare Proudhon. Moi je n'ai pas peur de clamer « Ni Dieu, ni maître ».

Un murmure de réprobation parcourt les rangs des élèves. L'anarchiste poursuit :

– Je suis comme saint Thomas. Je ne crois que ce que je vois. Et je vois des gens rassemblés sur une île qui, alors que tant de religions ont interdit de prononcer ce mot, se gargarisent sans cesse d'un nom de dieu, dieu par-ci, dieu par-là. Vous vous dites croyants quand vous n'êtes qu'un ramassis de blasphémateurs. D'ailleurs, qu'est-ce qu'un dieu ? Jouissons-nous de pouvoirs spéciaux ? Moi, je constate seulement que j'ai perdu mes attributs d'ange. Avant, je volais et je traversais la matière. À présent, j'ai faim, j'ai soif et je suis affublé d'une toge qui me gratte.

Il a raison. Moi aussi, ce tissu rêche me perturbe, et au seul énoncé du mot faim, mon estomac se tord et appelle à l'aide. Pierre Joseph Proudhon poursuit :

– Moi, je dis que tout ce décorum en carton-pâte, cette montagne enfumée, ce n'est que du flan.

À ce moment retentit un son bref et mat.

Un centaure est apparu avec en bandoulière un énorme tambour qu'il frappe à l'aide de deux baguettes.

Un deuxième centaure survient qui frappe à l'unisson. Puis un troisième, puis en procession une vingtaine de centaures battent tambour de toutes leurs forces.

Ils avancent en ligne, longent d'abord l'Amphithéâtre, puis se placent autour de nous, ils nous encerclent, et plus personne ne bouge. Les tambours résonnent de plus en plus fort. Nos cages thoraciques vibrent. Nos cœurs battent à l'unisson. Ils sont maintenant une centaine à frapper et frapper encore. Le rythme résonne dans mon corps tout entier, dans mes tempes, ma poitrine, mes bras et mes jambes. Je prends conscience de chacun de mes os retrouvés, de l'ensemble de mon squelette.

Les centaures semblent engager une sorte de vibrant dialogue. Certains improvisent des solos qui sont autant d'appels auxquels les autres répondent par le même leitmotiv.

Un hennissement vient soudain troubler la formation.

Une femme a fait son entrée, juchée en amazone sur un cheval au pas. Casquée, vêtue d'une toge argentée, elle brandit une lance et, du haut de son épaule, une chouette fixe l'assistance. Les centaures, baguettes levées, s'immobilisent aussitôt.

Dans l'étrange silence qui suit, la femme se place au centre de l'arène. Elle aussi semble mesurer près de deux mètres. Comme Dionysos. Comme sans doute tous les Maîtres dieux.

Elle parle en détachant soigneusement ses mots :

– Vous êtes une promotion vraiment très, très nombreuse. Et encore, tous les élèves ne sont pas arrivés. Vous êtes près d'une centaine, d'autres vous rejoindront dans la soirée. Il n'y a jamais eu autant d'élèves ici. En tout, vous serez cent quarante-quatre en classe.

– Douze fois douze, murmure Edmond Wells à mon oreille. Comme les cent quarante-quatre enfants d'Adam et Ève, les cent quarante-quatre premiers humains...

La femme frappe le sol de sa lance comme pour ramener le calme dans une classe agitée.

– Pour chaque promotion, nous choisissons des anges issus de mortels d'une même culture et d'un même pays. Ainsi, pas

46

de nationalisme qui inciterait à des regroupements partisans. Cette année, nous avons opté pour d'anciens Français.

La déesse parcourt l'Amphithéâtre des yeux. Nul ne bouge. Même Proudhon se tient coi.

D'un geste vif, elle saute à bas de sa monture qui ne bronche pas.

— Ici, continue-t-elle, vous serez « dieux de peuples » comme ailleurs certains sont « bergers de troupeaux ». Ici, vous apprendrez à être de bons bergers.

Comme elle déambule dans l'arène, la chouette quitte son épaule, s'envole et passe au-dessus de nous.

— Sachez qu'il y aura deux sessions, au cours desquelles douze Maîtres dieux s'occuperont de votre instruction. En voici la liste :

1. Héphaïstos. Dieu de la Forge.

2. Poséidon. Dieu des Mers.

3. Arès. Dieu de la Guerre.

4. Hermès. Dieu des Voyages.

5. Déméter. Déesse de l'Agriculture.

6. Aphrodite. Déesse de l'Amour.

Pour la seconde session, interviendront :

7. Héra. Déesse de la Famille.

8. Hestia. Déesse du Foyer.

9. Apollon. Dieu des Arts.

10. Artémis. Déesse de la Chasse.

11. Dionysos. Dieu de la Fête, que vous connaissez déjà.

Pour finir, je viendrai moi-même au pupitre :

12. Athéna. Déesse de la Sagesse.

Je ne sais pourquoi, mais de tous ces noms, un seul demeure en moi : Aphrodite, déesse de l'Amour... Oui, elle a bien prononcé ce nom. J'ai une sensation étrange, comme si je la connaissais déjà. Ou comme si elle faisait partie d'une famille de mon passé. Ou de mon futur.

Quelques pas encore, et la déesse casquée poursuit :

– ... À ces douze Maîtres dieux s'ajouteront des auxiliaires dieux. En ce qui concerne la première session, ce seront Sisyphe, Prométhée et Héraklès. Pour la seconde, vous recevrez la visite d'Orphée, d'Œdipe et d'Icare. S'y ajouteront Chronos, le dieu du Temps, en préambule pour le cours préparatoire, Hermaphrodite qui vous apportera, si vous l'estimez nécessaire, un soutien psychologique, et se tiendra en permanence à votre disposition.

Le brouhaha reprend sur les gradins, mais Athéna n'en a pas encore fini avec nous. À nouveau, sa lance frappe le sol.

– J'ajouterai qu'ici, comme dans toute communauté, il importe de se plier à de strictes règles de vie.

1. Ne jamais s'aventurer hors de l'enceinte d'Olympie après que la cloche a sonné les dix coups marquant vingt-deux heures.

2. Ne jamais se livrer à la violence sur un habitant de l'île, qu'il soit dieu, chimère ou autre élève. Nous sommes ici dans un lieu de paix, un sanctuaire.

3. Ne jamais manquer un cours.

4. Ne jamais se séparer de son ankh, cet objet en forme de bijou qui vous a été remis dans son écrin. Vous devez le porter en permanence autour du cou. Il vous identifiera et vous sera utile dans votre travail.

Nouvelles rumeurs dans les rangs, auxquelles Athéna, consciente de la curiosité qu'ont provoquée ses paroles, répond par une précision.

– Sachez qu'en dehors des murailles de la cité d'Olympie, vous n'êtes plus en sécurité. L'île en son entier regorge de dangers que votre imagination ne peut concevoir.

Loin de se calmer, les rumeurs redoublent.

– De plus, ajoute-t-elle en élevant la voix, il y a ici un personnage apte à vous ôter toute velléité de tourisme. Le diable en personne.

Elle a frissonné d'horreur en prononçant le mot.

Cette fois, c'est un véritable tumulte qu'elle a déclenché. Sa lance n'est plus capable d'en venir à bout et les centaures sont obligés de battre du tambour pour nous faire taire. Chacun a sa propre vision du diable. Les percussions se taisent. Athéna conclut :

– Premier cours, demain. Le dieu Chronos, responsable du temps, vous attendra pour le cours 0. Je vous le répète, je tiens à ce que les cours se déroulent dans le calme, la tranquillité de l'esprit, la sérénité totale.

C'est alors qu'un terrible cri d'agonie retentit.

18. ENCYCLOPÉDIE : CRI

La vie commence et finit souvent par un cri. Chez les Grecs de l'Antiquité, les soldats étaient tenus de lancer lors de l'attaque un « halala » en guise de cri de guerre pour s'encourager les uns les autres. Les Germains poussaient eux une clameur dans leurs boucliers afin de produire un effet de résonance apte à affoler les chevaux de l'armée adverse. Dans la tradition celtique, on évoque Hoper Noz, le crieur de la nuit, qui, par ses clameurs, pousse les voyageurs dans des pièges. Dans la Bible, Ruben, fils de Jacob, était doté d'un cri si puissant qu'en mourait de peur quiconque l'entendait.

Edmond Wells,
Encyclopédie du Savoir Relatif et Absolu, Tome V.

19. PREMIER ASSASSINAT OFFICIEL

Le hurlement dure longtemps puis cesse d'un coup.

Nous nous entre-regardons, inquiets. Le bruit semblait provenir de derrière l'Amphithéâtre. La chouette d'Athéna s'empresse dans cette direction tandis que les centaures galopent déjà hors de l'arène. Tous, nous nous précipitons au-dehors.

Les centaures, bientôt cernés d'une foule compacte, encerclent déjà le lieu où, en jouant des épaules, j'entrevois la victime, gisant sur le dos, les bras en croix. À son cœur, le trou est si large qu'on aperçoit le sol au travers. Comme pour Jules Verne, tout autour de la blessure, la chair est brûlée.

J'ai un frisson. Ange, je croyais être débarrassé définitivement de la peur de la mort. Revenu ici dans la chair, je retrouve cette peur ancestrale. Ainsi, je suis redevenu quelque part mortel. Non seulement je peux souffrir mais je peux mourir.

Pourquoi les dieux ont-ils renoncé à leurs privilèges d'anges ?

Il fait noir à présent et un élève avance une torche près du visage déformé par la terreur, éclairant en même temps l'assistance comme autant de figurants ébahis. J'interroge :

— Qui est-ce ?

— Il s'appelait Debussy, Claude Debussy, chuchote un mélomane.

Le compositeur du *Prélude à l'après-midi d'un faune* était parmi nous et il a disparu sans même que je le reconnaisse.

— Qui a fait ça ? s'enquiert quelqu'un d'autre.

— Le diable…, suggère Lucien Duprès, mystique.

— Et pourquoi pas votre fameux « Grand Dieu »… ? ironise Proudhon. Puisqu'il est censé être dieu de justice, pourquoi ne punirait-il pas de temps en temps ses ouailles ? Puisque vous croyez en lui, acceptez qu'il vous frappe.

Athéna secoue la tête, préoccupée. Sa chouette tournoie au-dessus de nous comme pour repérer l'éventuel tueur.

— Le coupable est l'un d'entre vous, déclare la déesse. Un élève dieu… déicide.

Déicide, le mot impressionne.

— Qui a vu la victime pour la dernière fois ? demande-t-elle.

Deux centaures s'affairent à placer le corps du musicien sur un brancard. Ils le recouvrent d'une couverture sous laquelle la victime me paraît soudain remuer encore. Je me frotte les yeux. Il doit s'agir d'un mouvement réflexe ou d'une hallucination. Je murmure :

– Ce n'est pas le premier crime. Il y a eu aussi Jules Verne.

– Qui a parlé ? s'exclame Athéna, dont je ne soupçonnais pas l'ouïe aussi fine.

Je me dissimule derrière une tête. La chouette prend son essor et nous survole pour nous examiner de plus près. Quand elle passe au-dessus de moi, je sens la pulsation de l'air brassé par ses ailes.

– Du sang au royaume des dieux... Le déicide est forcément l'un des cent quarante-quatre membres de cette promotion.

Son visage devient très dur.

– Je saurai bien le découvrir et le châtier. Et croyez-moi, sa punition sera exemplaire.

– 144 – 1, nous ne sommes plus que 143, remarque Proudhon, apparemment aussi peu impressionné par le crime que par les menaces de châtiment.

Pour ma part, troublé, je crispe ma main sur l'ankh pendu à mon cou.

20. ENCYCLOPÉDIE : ANKH

L'ankh, autrement appelé croix ansée, est dans l'Égypte antique le symbole des dieux et des rois. Il a pour forme un « T » surmonté d'une boucle. Il est aussi nommé « Nœud d'Isis » car, pour les Égyptiens, cette boucle figure l'arbre de l'énergie vitale identifiée à Isis. Il rappelle aussi que l'accession à la divinité acquise ou souhaitée s'accomplit par le dénouement de nœuds, cet acte au sens figuré entraînant au sens propre le « dénouement » d'une évolution d'âme.

On retrouve l'ankh dans les mains d'Akhenaton et dans celles de la plupart des prêtres du culte solaire. Tenue par l'anse durant les cérémonies funéraires, cette croix particulière était considérée comme la clef ouvrant la vie éternelle et fermant les zones interdites aux profanes. Parfois,

51

elle était dessinée sur le front, entre les deux yeux, représentant l'obligation du secret pour le nouvel initié. Celui qui connaît les mystères de l'au-delà ne doit les révéler à personne sous peine de les oublier.

Pour leur part, les Coptes considéraient l'ankh comme la clef de l'éternité.

On retrouve la croix ansée chez les Indiens en tant que représentation de l'union des principes actif et passif, et donc des deux symboles sexuels, rassemblés dans une entité androgyne.

Edmond Wells,
Encyclopédie du Savoir Relatif et Absolu, Tome V.

21. FORÊT BLEUE

– Vous ne pensez pas que nous sommes en train de commettre une énorme bêtise ?

Edmond Wells et moi sommes en train de franchir la muraille orientale de la cité d'Olympie avec, en guise de cordes, des draps que nous avons tressés.

– Le seul moyen de le savoir c'est de la faire, répond ce dernier.

Nous descendons lentement tandis que je marmonne :

– Jules Verne m'a dit : « Surtout n'y allez pas. »

Mes tergiversations agacent mon mentor.

– Tu veux quoi exactement, Michael ? Que nous restions à nous tourner les pouces en continuant à forger des hypothèses sur ce qu'il y a au sommet de la montagne ?

En cet individu résolu qui m'incite à la transgression, je ne reconnais plus l'Edmond Wells qui m'enseignait à obéir aux règles de l'Empire des anges.

Quand nous parvenons enfin au bas du mur d'enceinte, j'ai les mains en feu à force de m'agripper au cordage. Nous dissimulons prestement nos draps noués dans un bosquet d'acacias.

D'ici, on n'aperçoit plus que deux lunes, et la montagne est encore plus impressionnante.

L'Olympe...

Nous progressons dans les herbes hautes en direction de l'est.

Au fur et à mesure que nous avançons, la côte se fait raide et la prairie laisse place à des bosquets de plus en plus nombreux, jusqu'à former une forêt dense. Puis, la pente s'adoucit et notre marche s'accélère parmi les arbres.

Le ciel crépusculaire vire au rouge pivoine.

Soudain, un bruit. Nous nous aplatissons dans les fougères. Une silhouette approche lentement. Toge blanche. Un élève. Je veux me lever pour l'appeler mais Edmond Wells me retient par la manche et me fait signe de rester caché. Je ne comprends pas sa prudence, jusqu'au moment où une chérubine vient survoler le promeneur avant de filer vers la cité. Quelques secondes plus tard, un centaure déboule au grand galop et s'empare du téméraire.

– Les chérubines surveillent, les centaures capturent, murmure Edmond.

L'homme-cheval emporte notre camarade vers le sud et je m'inquiète :

– Que vont-ils faire de lui ?

Edmond Wells reste songeur tandis que l'homme-cheval disparaît au loin. Il guette les alentours pour s'assurer qu'il n'y a ni chérubine ni centaure.

– Pour reprendre le décompte, comme disait Proudhon, nous ne sommes plus 143. Nous voilà 143 – 1, donc 142.

Nous reprenons notre marche, rasant les arbres et surveillant les hauteurs. Nous restons à l'affût du moindre bruit, mais seules les ondulations des feuillages meublent le silence. Le vent se lève, en provenance de l'ouest. Il souffle de plus en plus fort, gonflant nos toges, échevelant les arbres et arrachant leurs feuilles.

Je distingue au loin une chérubine qui tente de prendre son essor, puis y renonce et s'éloigne devant la tempête. Je suppose que ces gamines ailées possèdent un village à elles. Un vaste nid d'oiseau peut-être. J'imagine ces bouts de filles-papillons se prélassant lascivement dans un nid tapissé de mousse, de lichens et de brindilles.

Bruit de sabots. Un centaure arpente les environs, sans doute à la recherche de nouveaux transgresseurs. Nous nous cachons de notre mieux dans un fossé tandis qu'il hume l'air. Sa crinière vole au vent, lui fouettant le visage. Il se cabre pour mieux examiner les lieux, reste en équilibre sur ses sabots arrière, la main en visière sur ses sourcils. Puis il saisit une longue branche et en fouette les bosquets pour en chasser les éventuels intrus. Mais les rafales de vent finissent par avoir raison de sa méfiance et lui aussi repart vers la cité.

Nous nous extirpons enfin du fossé. Le vent doucement se calme. Mes dents claquent irrépressiblement.

– Tu as froid ? demande Edmond Wells.

– Non.

– Tu as peur ?

Je ne réponds pas.

– Tu as peur du déicide ? insiste Edmond.

– Non.

– Du diable, alors ?

– Non plus.

– Alors, quoi ? D'être capturé par un centaure ?

– Je pensais à… Aphrodite.

Edmond Wells me tapote affectueusement l'épaule.

– Ne commence pas à fantasmer.

– Dionysos a dit que ce lieu est celui de l'Initiation Ultime. Il est donc normal qu'on y côtoie le meilleur et le pire, qu'on y éprouve la peur absolue et le désir absolu. Le diable et la déesse de l'Amour…

– Ah, Michael, toujours à te laisser emporter par ton imagination. Te voilà amoureux d'une femme que tu n'as même pas encore rencontrée. Le pouvoir des mots, n'est-ce pas ? « Déesse de l'Amour », tu te complais à prononcer ces mots…

La forêt est de plus en plus escarpée. Le ciel passe du rouge au mauve, du mauve au gris, pour finir bleu marine. Là-haut, le sommet embrumé de la montagne triangulaire émet un nouveau signal lumineux, comme pour nous lancer un défi.

L'obscurité s'accentue. Je ne vois même plus mes pieds. Je songe qu'il vaudrait mieux renoncer quand sonnent en bas les douze coups de minuit.

Tout s'estompe dans le noir. Je distingue pourtant une minuscule lueur scintillant dans les fougères. Une luciole. Un essaim de lucioles s'envole pour former un nuage de lumière à hauteur de nos yeux.

Edmond Wells saisit l'un des insectes phosphorescents et le place au creux de sa paume. La luciole ne s'enfuit pas. Elle augmente même son intensité lumineuse. Avec délicatesse, le spécialiste des fourmis me tend la luciole qui se blottit dans ma main. Je m'étonne qu'une créature si petite produise une si grande clarté. Certes, mes pupilles se sont peu à peu accoutumées à l'obscurité, mais elle me fait pratiquement office de lampe de poche.

Aidés par nos lucioles, nous reprenons notre chemin, jusqu'à ce que, soudain, d'autres lumières trouent les ténèbres. Nous nous dissimulons à nouveau dans les fourrés, pour assister à une scène étonnante : des élèves dieux se déplacent en produisant de la foudre pour s'éclairer. Ainsi, les ankhs peuvent créer de la foudre. Je comprends pourquoi Athéna était aussi catégorique quant à l'implication d'un élève dieu dans la mort de Claude Debussy. Autour de la blessure, la chair était carbonisée. Croix ansée, croix de vie peut-être, mais aussi croix de mort.

Là-bas, les marcheurs ont perçu notre présence. Ils éteignent leurs ankhs, nous déposons nos lucioles à terre. Nous ne les voyons plus, ils ne nous voient pas davantage, mais nous sommes les uns et les autres conscients de notre présence à environ cinquante mètres de distance. Je me risque :

– Qui êtes-vous ?

– Et vous ? répond une voix de femme.
– Vous d'abord.
Une voix masculine intime en face :
– Vous en premier.
Dialogue de sourds. Je me ressaisis :
– Rencontrons-nous à mi-chemin.
– D'accord. À trois. Un... Deux... Trois...

Personne ne bouge. La scène me rappelle un passage de l'Encyclopédie de Wells à propos du paradoxe du prisonnier, lequel ne parvient jamais à faire totalement confiance à ses complices et préfère toujours les dénoncer plutôt que de risquer d'être dénoncé par eux. Mais là, quelque chose me trouble. Cette voix masculine... il me semble la connaître. Incrédule, je lance :

– ... Raoul ?
– MICHAEL !

Dans le noir, nous courons l'un vers l'autre et, à tâtons, nous nous trouvons et nous étreignons, éperdus. Raoul, Raoul Razorback. Mon meilleur ami. Mon frère. Raoul, le gamin taciturne croisé au cimetière du Père-Lachaise et qui m'avait transmis son goût pour la conquête des territoires inconnus de l'esprit. Avec lui, à ses côtés, j'avais repoussé les limites de la connaissance du territoire des morts. Raoul, le véritable inventeur de la thanatonautique, l'intrépide pionnier de l'au-delà. Il brandit son ankh et le pointe vers le sol. La lumière éclaire son visage en lame de couteau, le mien aussi.

– Michael, toujours à me suivre partout !

Il m'étreint encore, entre ses longs bras. Derrière lui, deux autres silhouettes se présentent. Je me frotte les yeux. Il y a là Freddy Meyer, le rabbin aveugle qui nous a initiés aux secrets de la kabbale. Freddy, avec son visage rond, son air bonhomme, le pionnier des envols groupés avec tresses de cordons d'argent, celui qui d'une courte blague désamorçait les situations les plus angoissantes.

– L'univers est vraiment petit, s'exclame-t-il. On ne peut même plus changer de planète sans tomber sur des amis...

Il éclaire le sol d'un trait d'ankh et je vois son visage.

Lui qui sur Terre était aveugle a donc recouvré la vue. Marilyn Monroe se presse à ses côtés. Marilyn Monroe, sex-symbol entre tous, était devenue la compagne du rabbin au pays des anges. « Parce que l'humour constitue le meilleur ciment d'un couple », affirmait-elle. La star est plus séduisante que jamais dans sa toge moulante. Je la serre aussi contre moi.

– Et voilà, dit Freddy, à peine revenu dans la chair, tous les prétextes sont bons pour peloter ma femme...

– Athéna a dit qu'il n'y avait que des Français ici. Or, Marilyn, si je m'en souviens bien, tu es américaine...

Freddy explique qu'en l'épousant, sa compagne a pu choisir entre les deux nationalités. Pour ne plus le quitter, elle s'est déclarée française, ce qu'a admis l'administration céleste. Je pense pour ma part que les autorités de l'Olympe devaient vraiment tenir à la présence du rabbin alsacien dans cette promotion pour consentir à cette entorse au règlement. Ou peut-être envisagent-elles cette notion de nationalité au sens large, puisque Mata Hari et Vincent Van Gogh, bien que décédés en France, étaient d'origine néerlandaise...

L'actrice est toujours aussi impressionnante. Son nez retroussé, ses yeux bleus ombragés de longs cils soyeux, son teint laiteux, tout en elle mêle force et fragilité, douceur et tristesse, tout m'émeut et me touche.

Edmond Wells sort à son tour de l'ombre. Il y avait toujours eu une certaine méfiance entre Raoul et mon mentor, mais à présent, ils paraissent avoir oublié leurs griefs.

– « L'amour pour épée, l'humour pour bouclier » ! s'exclame Marilyn, rappelant ainsi le cri qui autrefois nous ralliait.

D'un même élan, nous reprenons notre ancienne devise, sans plus nous soucier des chérubines et des centaures.

– « L'amour pour épée, l'humour pour bouclier » !

Nos mains se joignent. Nous sommes de nouveau ensemble et nous nous sentons bien. Tant d'images communes remontent en nos mémoires.

Ensemble, lorsque nous étions des anges, nous nous sommes lancés dans le cosmos à la recherche d'une planète habitée par des êtres intelligents, et nous avons trouvé Rouge.

Ensemble, nous avons livré bataille à l'armée des anges déchus et nous l'avons emporté avec « l'amour pour épée, l'humour pour bouclier ».

— Nous étions des thanatonautes quand nous sommes partis à la découverte du continent des morts, dit Freddy Meyer. Nous avons été des angelonautes quand nous avons exploré l'Empire des anges. Maintenant que nous découvrons le royaume des dieux, il nous faudrait une nouvelle appellation.

— Les « théonautes », de « theo », dieu en grec, car nous serons les explorateurs de la divinité, dis-je.

— Va pour « théonautes », approuvent mes amis.

Raoul m'indique comment manier mon ankh. Pour produire des éclairs de lumière, il faut tourner la molette D puis appuyer dessus. En illuminant le sol, je constate que mes trois compagnons sont couverts de terre.

— Nous avons creusé un tunnel sous le mur, dans un coin où un bosquet dissimule l'issue, explique le rabbin. Nous nous sommes contentés de poser les pierres à même le sol. À trois, c'est allé vite.

— Poursuivons le voyage ensemble, propose Edmond Wells.

Maintenant, nous sommes cinq à monter parmi les arbres. Nous passons des ravines, longeons des sentiers. Derrière une haie de broussailles nous débouchons sur un site étrange.

Il y a là une vallée, avec en son centre un fleuve bleu turquoise large de plusieurs dizaines de mètres, luminescent, resplendissant dans l'obscurité comme une vaste piscine illuminée de l'intérieur. L'eau est opaque, mais par endroits, on distingue des noctiluques, la version aquatique des lucioles. Ce sont elles qui éclairent l'eau.

Je n'ai jamais vu de bleu aussi intense.

I. ŒUVRE AU BLEU

22. LE FLEUVE BLEU

Bleu.

Nous restons longtemps à observer le fil de l'eau. Des lucioles tournoient à la surface, touche de lumière dans l'étonnant tableau.

Le vent s'est calmé. Pas de centaure en vue. S'ils sont allés se coucher, comment dorment-ils ? Debout, la tête penchée, comme les chevaux, ou bien couchés sur le flanc, comme les hommes ?

La cloche sonnant l'unique coup de une heure du matin tinte en bas, dans la vallée, et c'est alors, à notre grande stupeur, qu'une lueur vive apparaît à l'horizon. Un flot de lumière troue les nuages, beaucoup plus puissant que celui qui jaillit parfois au sommet de la montagne. Une aurore se produit donc ici, à une heure, et je comprends que le deuxième soleil vient de prendre le relais. Il s'élève moins haut que le premier et, du coup, reste rouge.

Devenues inutiles, nos lucioles nous faussent compagnie. Le fleuve bleu turquoise vire au mauve sur fond de sable beige et de forêt vert tendre.

Nous longeons la rive à la recherche d'un gué, mais une bruyante chute d'eau qui rappelle à Marilyn Monroe son tournage de *Niagara* nous barre le chemin. Nous ne passerons pas. Plus bas, en aval, le courant reste fort, mais semble moins susceptible de nous emporter. Faut-il risquer la traversée à la nage ou chercher encore ?

Un bruit de pas interrompt le dilemme et nous précipite dans les fourrés. C'est un élève dieu qui avance vers nous, seul. D'un bond, Raoul se dresse :

— Père !

Francis Razorback semble beaucoup moins bouleversé que son fils par cette rencontre inopinée.

— Que fais-tu là, Raoul ?

— Tu me croyais donc incapable de devenir un dieu, Père ?

Un livre tombe de sa toge. Raoul s'empresse de le lui ramasser.

Francis Razorback explique qu'après avoir rédigé sur Terre *La Mort, cette inconnue*, il poursuit ici son œuvre par une *Mythologie*. Il a noté en arrivant tout ce dont il se souvenait des enseignements de philosophie et de mythologie grecques qu'il avait prodigués en son ultime vie. Cette centaine de pages, il compte bien la compléter au fur et à mesure de ses découvertes dans l'île.

Edmond Wells se déclare très intéressé et précise que lui aussi continue son Encyclopédie plus générale. Il serait ravi d'y inclure les connaissances mythologiques de Francis Razorback, sans doute plus précises que les siennes.

Mais Francis Razorback a un mouvement de recul.

— Qu'un autre profite du fruit de mes recherches ? Ce serait trop facile ! À chacun son labeur et son chemin.

— Je pense que le savoir n'appartient à personne, dit mon mentor. Il est à la disposition de tous. La mythologie grecque nous est essentiellement connue par Hésiode, il me semble. Nous n'inventons rien, nous ne créons rien, nous ne faisons que récapituler chacun à notre manière les connaissances qui existaient avant nous.

Mais l'autre se tait, peu convaincu par ces arguments.

— Vous n'avez pas inventé la mythologie grecque, monsieur Razorback, et je n'ai pas inventé la physique quantique. Rien de tout cela ne nous appartient en propre. Nos ouvrages ne sont que des vecteurs de transmission. Nous ne sommes que les rubans rassemblant les fleurs d'un bouquet.

Le visage de Francis Razorback s'empourpre brutalement.

– Quand j'étais mortel, je ne prêtais ma brosse à dents à personne et je ne permettais pas que l'on mange dans mon assiette. Je ne vois pas pourquoi, devenu dieu, je changerais de comportement. Tout se dilue, tout se désagrège lorsqu'on se livre à d'inutiles mélanges. Gardez les fleurs de votre « bouquet » et je garderai les miennes.

– Mais Papa…, tente Raoul.

– Tais-toi, mon fils, tu n'y connais rien, tranche Francis Razorback.

– Mais…

– Mon pauvre Raoul. Toujours à geindre, toujours à te plaindre. Tout le portrait de ta mère. Comme toi, la malheureuse est restée perpétuellement dans mon ombre, et lorsque je suis parti, j'ai constaté que vous n'étiez capables de vivre que par procuration.

– Mais Papa… c'est toi qui nous as abandonnés !

Razorback se redresse et toise son fils qui se recroqueville pour le compte.

– En disparaissant, je vous ai contraints à découvrir vos propres talents. Un muscle qui ne sert pas s'atrophie. Or, l'audace est un muscle, l'indépendance est un muscle, l'ambition est un muscle.

Raoul lutte pour se justifier :

– Père, tu m'as dit : « Obéis-moi, sois libre. » Ces deux notions sont contradictoires.

– Je t'ai observé de l'au-delà et j'ai bien vu que tu continuais à traînasser plutôt que d'aller de l'avant.

– Comment peux-tu dire cela, Père ? proteste Raoul. J'ai créé la thanatonautique. J'ai découvert la planète Rouge.

– Sans panache, continue le père. Toujours en te faisant accompagner. Et par qui, je te le demande ? Par plus indécis, plus timorés que toi. Seul, tu serais allé plus vite, plus haut, plus loin. Sans eux, tu aurais été un véritable héros.

– Un héros mort, soupire Raoul.

Le père hausse les épaules.

Nous n'avons vraiment pas notre place dans ce duel, même si j'aperçois soudain dans le regard de mon ami cette lueur qui m'avait tant inquiété jadis.

— Ta bravoure, ton sens du sacrifice, tu les as prouvés en te... suicidant, Père, insiste Raoul.

— Parfaitement, clame l'autre. Je me suis suicidé pour continuer à explorer de nouveaux territoires. Ceux de la mort. Pour vous montrer le chemin. Toujours tenter, narguer les dieux, provoquer le destin. Toi, tu as toujours pesé le pour et le contre, multiplié les hésitations avant d'oser te lancer.

Et là-dessus, comme s'il était las de tant de palabres, Francis Razorback se déshabille soudain, lançant sa tunique, sa toge et son livre sur un tas de fougères. Nu, il se jette à l'eau, indifférent au froid et au courant, et s'éloigne d'un crawl parfait. Parvenu au milieu du courant, il se tourne vers nous :

— Tu vois, mon fils, toujours à lambiner, toujours à attendre les autres plutôt que d'entreprendre toi-même. Dans la vie, on fonce d'abord, on argumente ensuite.

Nous nous apprêtons effectivement à suivre l'exemple de plus audacieux que nous quand Marilyn nous arrête. Des créatures viennent de surgir au ras de l'eau. Des femmes-poissons. Leur torse est celui d'une jeune femme mais leur bassin se prolonge d'une longue queue de poisson aux nageoires latérales et dorsales.

Leurs écailles scintillent, d'un bleu argenté, comme autant de paillettes.

— Attention, Papa ! crie Raoul.

L'ancien professeur ne l'écoute pas. Il nage déjà à vive allure. Quand il prend conscience de la menace, il est trop tard. Il a beau accélérer sa course, il n'a plus le temps d'atteindre l'autre rive. Déjà, les créatures du fleuve l'ont agrippé aux mollets et entraîné sous l'eau. Raoul a un élan pour plonger et tenter de le secourir mais le rabbin Freddy Meyer le retient d'une main ferme.

– Lâche-moi ! clame Raoul en se débattant pour se dégager.

Freddy ne pourra pas le retenir longtemps. Je comprends que c'est à moi d'agir et, ramassant une pierre, je l'abats sur la tête de mon ami. Je viens tout juste de le retrouver, ce n'est pas pour le perdre à nouveau. Un instant, il me considère, étonné, avant de s'écrouler de tout son long sur le sable.

Dans le fleuve, son père agite une dernière fois un bras hors de l'eau, puis disparaît définitivement.

Sans doute alerté par nos cris, un centaure se rapproche au galop. Freddy et moi saisissons Raoul par les pieds et les épaules et nous l'emportons vers les fourrés où nous nous dissimulons. Le centaure passe, se penche sur nos empreintes, les renifle, fouette d'une branche l'épaisse végétation et s'éloigne enfin.

Les sirènes sortent leurs jolis visages de l'eau et entonnent un chant mélodieux pour nous inciter à les rejoindre.

– On ne pourra plus rien faire ce soir. Je crois qu'il est temps de rentrer, dit Edmond Wells en fronçant le sourcil.

J'ai juste le temps de ramasser le livre intitulé *Mythologie*.

23. *MYTHOLOGIE* : GENÈSE GRECQUE

Au commencement était Chaos.

Rien ne l'avait préfiguré. Il avait juste surgi ainsi, sans forme, sans bruit, sans éclat, et d'une taille infinie. Des milliers d'années de sommeil s'écoulèrent avant qu'inopinément Chaos donne le jour à Gaïa, la Terre.

Gaïa était féconde et elle enfanta un œuf d'où jaillit Éros, la pulsion de l'amour. Dieu non incarné, Éros circula dans l'univers, invisible, impalpable, mais répandant partout ses pulsions amoureuses.

Engendrer des divinités avait ravi Chaos. Il ne s'arrêta donc pas en chemin et créa Érèbe, les Ténèbres, et Nyx la Nuit. Tous deux ne tardèrent pas à s'accoupler pour

enfanter Aither, l'Éther, qui monta surplomber l'univers, et Hemare, la Lumière, qui entreprit de l'éclairer. Cependant, les Ténèbres et la Nuit se chamaillaient. Ils détestaient leurs enfants par trop étranges et s'en éloignèrent rapidement. Dès qu'apparaissaient l'Éther et la Lumière, aussitôt les Ténèbres et la Nuit déguerpissaient, et lorsqu'ils se décidaient à revenir, c'était au tour des autres de s'en aller.

Gaïa, de son côté, continuait d'enfanter.

Apparurent ainsi Ouranos, le Ciel, qui prit position au-dessus de sa tête, Ouréa, les Montagnes, qui s'installèrent à son flanc, Pontos, l'Eau qui ruissela sur son corps. Un quatrième resta dissimulé dans le giron de sa mère : Tartare, le monde souterrain des cavernes. Ciel, mer, montagne, monde souterrain, Gaïa était désormais à la fois déesse et planète parfaite. Mais elle était toujours loin d'être stérile et son panthéon n'était pas encore au complet. Avec son premier fils Ouranos, elle mit au monde douze Titans, trois Cyclopes et trois Hécatonchires, géants aux cinquante têtes et aux cent bras.

Mais lorsque Ouranos prit conscience qu'il n'était qu'un jouet entre les bras de sa mère, il refusa son rôle de père, méprisa et emprisonna Titans et Cyclopes dans le monde d'en bas, le Tartare. Furieuse, Gaïa forgea une serpette acérée qu'elle tendit à ses enfants qui la taraudaient depuis leurs souterrains. À eux de tuer leur dément de père pour se libérer.

Mais tous redoutaient par trop leur géniteur pour oser agir. Plutôt se languir dans les geôles qu'encourir le châtiment du Ciel. Seul Chronos, le benjamin des Titans, tendit la main vers la serpette. Il survint tandis qu'Ouranos prenait de force sa mère Gaïa, s'empara du sexe de son père, le trancha et le jeta à la mer. Ouranos hurla de douleur, s'éloigna le plus haut possible, y resta épouvanté par le crime commis par son propre enfant qu'il s'empressa de maudire : « Celui-

là qui a osé porter la main sur son procréateur, celui-là sera à son tour frappé par son propre fils. »
Après tant de naissances et de violences, Ouranos le Ciel et Gaïa la Terre se séparèrent à jamais. Et arriva alors l'heure du règne de Chronos, dieu du Temps.

Edmond Wells,
Encyclopédie du Savoir Relatif et Absolu, Tome V,
(d'après Francis Razorback, s'inspirant lui-même d'Hésiode, 700 av. J.-C.).

24. MORTELS. AN 0

Je m'affale dans le fauteuil de ma villa. Je suis éreinté. Quelle nuit. Le retour a quand même été plus facile que l'aller grâce au tunnel creusé sous la muraille par mes amis. Il nous a cependant fallu porter Raoul, toujours inconscient.

Le numéro sur son ankh m'a permis de connaître son adresse. Il a été logé villa 103 683. Nous l'y avons déposé dans son lit. Demain, son crâne s'ornera d'une belle bosse, mais au moins mon ami sera toujours parmi nous, et non au fond du fleuve bleu.

Je ferme les yeux. Une sensation nouvelle pénètre ma chair. La fatigue. Tous mes muscles brûlent. Mon cœur bat la chamade. Je suis en sueur et ma tunique est poisseuse. En plus, j'ai faim. J'ai faim et j'ai soif. Je suis épuisé mais trop énervé pour dormir. Même si je n'ai pas entendu la cloche, je sens qu'il doit bien être deux heures du matin.

Ça y est. La cloche tinte deux fois. Il faut absolument que je me repose. Les cours commencent à huit heures. Il me semble que dans ma peau de mortel j'avais besoin d'au moins six heures de sommeil pour récupérer.

Je me tourne, me retourne sur ma couche, et mon regard s'arrête sur la croix ansée à mon cou. L'objet est beau. À tout hasard, j'appuie sur le bouton D. L'ankh émet un rayon qui jaillit non pas en ligne mais en faisceau de filaments d'un blanc éclatant convergeant vers la cible. Le foisonnement d'éclairs a pour résultat de détruire une chaise.

Voilà ce que donne un ankh quand il ne produit pas de lumière. Une sacrée arme. En tournant la molette D, je m'aperçois qu'elle a pour fonction de réduire ou d'augmenter la puissance de la foudre. Plus c'est puissant, plus cela ressemble à un rayon laser. Qu'en est-il de la lettre A ? Je tourne, je presse. Rien. Et le bouton N ? Je m'attends à toutes les catastrophes mais pas à voir s'allumer l'écran de télévision.

C'était donc mon ankh, la télécommande que j'ai tant cherchée. Et qu'y a-t-il au programme de Télé Olympe ? Je scrute les images. Sur un lit, une petite femme aux yeux bridés, entourée de deux infirmières et d'un homme, est en train d'accoucher. La femme serre les dents et ne crie pas. Les infirmières se taisent aussi. Tout se passe dans une atmosphère de recueillement. Sur le côté de l'écran un chiffre identifie la chaîne : 1. Je tourne la molette pour passer à la 2. Encore un accouchement. Cette fois, il s'agit d'une femme blonde obèse. Il y a moins de lumière mais plus de monde. Un gringalet au regard d'épagneul breton, à coup sûr le mari, tout pâle, étreint la main de la parturiente qui en retour la lui broie. De temps à autre, il s'efforce de se pencher pour voir ce qu'il se passe mais recule aussitôt, épouvanté. La femme halète à la façon d'un petit chien et sermonne tout le monde, en grec, me semble-t-il. Une nuée d'infirmières s'agitent autour d'elle ainsi que de jeunes médecins. Dans le fond de la salle on aperçoit toute une famille. Cependant la voix de la future maman domine l'ensemble. Elle donne des conseils aux conseilleurs et vitupère le corps médical tout entier.

Troisième chaîne. Là, l'accouchement se déroule non pas dans un hôpital mais dans une cabane en bois parmi les arbres d'un paysage africain. Il n'y a que des femmes. La sage-femme arbore des ornements compliqués dans sa chevelure tressée, et porte une robe d'apparat comme pour une fête. Alentour, des fillettes chantonnent un air mélodieux rythmé par des joueurs de tam-tam, et repris par la petite foule qui attend dans le jardin.

Pas de quatrième chaîne. Au vu des trois premières, j'en déduis qu'en Olympie, la télévision ne diffuse que des accouchements. À moins que je ne sois tombé sur une journée « Spécial naissances autour du monde ».

Je reviens sur la Une. Une créature chétive pleurniche doucement. Une infirmière ceint son minuscule poignet d'un bracelet-étiquette, puis implante une perfusion dans son bras. Une autre introduit dans sa narine un tuyau maintenu par un morceau de sparadrap.

Sur la deux, un grand bébé replet lance des coups de pied au vent et braille sous les applaudissements familiaux. Chacun se précipite pour l'embrasser tandis qu'une infirmière armée de ciseaux mal affûtés s'acharne sur le cordon ombilical.

Le nouveau-né de la troisième chaîne est porté à bout de bras par la sage-femme qui à la fenêtre le présente aux badauds rassemblés dans le jardin. Ils entonnent à nouveau leur chant que la mère, sur sa couche, fredonne aussi.

Saisi d'une intuition, j'écarquille les yeux. Trois naissances. Bon sang. Ce sont mes anciens clients, les trois âmes dont, ange, j'ai eu jadis la charge. Je m'applique à les reconnaître. L'enfant africain, c'est évidemment Venus Sheridan, la star américaine qui aura voulu retrouver ses racines profondes dans sa nouvelle vie. Le petit Grec, ce doit être Igor, mon soldat russe. Par fidélité aux langues cyrilliques, il aura choisi de renaître en terre hellène, et lui que sa mère haïssait, il en aura souhaité une qui l'adore, car à voir comment la grosse femme le couvre de baisers fougueux, nul doute qu'il est sorti du cycle de malédictions qui voulait que, depuis une dizaine de réincarnations, il soit accablé d'une génitrice cherchant à le détruire. En conséquence, l'Asiatique, ce serait Jacques, mon écrivain. Lui qui vouait une passion à l'Orient, eh bien, cette fois, il y est. Je note au passage que le fait d'avoir libéré Jacques du devoir de renaître ne l'a pas incité à devenir un ange... il a préféré revenir sur Terre pour agir en tant que bodhisattva, ces âmes éveillées qui choisissent néanmoins de revenir sur Terre pour agir sur leurs semblables dans la matière.

Les nouveau-nés présentent tous des minois fripés de petits vieux. L'Encyclopédie du Savoir Relatif et Absolu avait raison quand elle assurait que, dans les premières secondes de sa naissance, l'arrivant est encore doté de la physionomie du vieillard qu'il était à l'ultime stade de sa dernière réincarnation. De celle-ci il garde encore quelques bribes de souvenirs, jusqu'à ce que le doigt de son ange gardien ait tracé sous son nez minuscule la gouttière de l'oubli. Le baiser d'amnésie de l'ange.

N'empêche, une toute petite fille, sœur aînée du nouveau-né africain, vient à l'instant de lui chuchoter à l'oreille une phrase qui me trouble : « N'oublie pas, surtout n'oublie pas tout ce qui t'est advenu avant. N'oublie pas, et lorsque tu pourras parler, raconte-le, à moi qui ai tout oublié. »

25. *MYTHOLOGIE* : CHRONOS

Chronos s'étant débarrassé de son père, Ouranos, en le castrant, s'empara de son trône. Ce dernier, éloigné de la Terre, se manifestait juste en faisant tomber la pluie de manière sporadique. Quant à Gaïa, la Terre sa mère, elle entreprit de se choisir un autre amant parmi sa progéniture et jeta son dévolu sur Pontos, l'Eau. Ensemble, ils donnèrent le jour à une multitude de créatures aquatiques. Les Titans se livrèrent également à des relations incestueuses sur la personne de leurs sœurs. L'aîné, Oceanos, créa avec Téthys trois mille filles qui furent autant de sources, de fleuves et de rivières. Nyx engendra pêle-mêle Hypnos le sommeil, Thanatos la mort, Éris la discorde, Némésis la colère.

Chronos se lia pour sa part avec sa sœur Rhéa, épousailles dont naquirent Hestia, Héra, Déméter, Hadès et Poséidon. Cependant, se remémorant que son père l'avait maudit en lui annonçant qu'il serait lui aussi détrôné par ses enfants, il entreprit de les dévorer dès leur naissance.

Irritée par tant d'exactions, Rhéa se terra en Crète pour y accoucher de son sixième rejeton : Zeus. Elle suivit les conseils de Gaïa, sa mère, qui lui souffla un piège. Elle devait tendre à Chronos une pierre enveloppée d'un lange en prétendant qu'il s'agissait là de leur nouveau-né. La pierre fut aussitôt gobée par le naïf géniteur. Rescapé grâce à ce stratagème, Zeus grandit dans une grotte, choyé par les Nymphes qui chantaient autour de lui chaque fois qu'il lui prenait l'envie de vagir, cris et pleurs qui auraient pu faire dresser l'oreille à Chronos.

Zeus parvint ainsi à l'âge adulte. Il proposa alors à son père un très tentant breuvage alcoolisé, non sans l'avoir additionné d'un redoutable vomitif. La ruse réussit. En même temps que la pierre langée, Chronos rejeta ses cinq premiers enfants. Et avant qu'il n'ait pu réagir, Zeus, Hestia, Déméter, Poséidon et Hadès se réfugièrent en haut du mont Olympe.

Pour sa vengeance, Chronos appela à l'aide ses frères et sœurs les Titans. La guerre des Immortels fit rage entre l'ancienne garde et la nouvelle. Les Titans, plus expérimentés, eurent d'abord le dessus mais l'un d'entre eux, Prométhée, prit le parti de Zeus et lui prodigua ses conseils. Il lui dit d'appeler à ses côtés les Cyclopes à l'œil unique et les Hécatonchires aux cent bras. Tous s'avérèrent d'excellents alliés. À Zeus, ils offrirent le tonnerre, l'éclair et la foudre, à Poséidon le trident, à Hadès le casque de l'invisibilité.

La lutte se poursuivit jusqu'à la victoire décisive de ceux de l'Olympe. Les Titans vaincus furent enchaînés au plus profond du monde d'en bas du Tartare. Chronos le père eut le privilège pour sa part de n'être que banni sur l'île des Bienheureux.

Edmond Wells,
Encyclopédie du Savoir Relatif et Absolu, Tome V,
(d'après Francis Razorback s'inspirant lui-même
de la *Théogonie* d'Hésiode, 700 av. J.-C).

26. SAMEDI : COURS DE CHRONOS

Huit heures. La cloche sonne matines. Je me suis endormi devant la télévision allumée, engoncé dans ma toge encore tachée de boue. Je me douche, je m'habille.

Nous sommes samedi, jour de Saturne, dénomination romaine du dieu grec Chronos.

Pas de petit déjeuner en vue. Les rues d'Olympie sont désertes et, ici et là, traînent encore quelques nappes de brume. Humides de la rosée du matin, les plantes exhalent des senteurs poivrées. Quelques centaures, satyres et nymphes égarés paraissent sortir d'une nuit éprouvante. J'ai un peu froid sous ma toge trop légère. Une poignée d'élèves sont déjà rassemblés sous le pommier, battant la semelle pour se réchauffer. J'étais sans doute trop affairé à dévisager de célèbres défunts, les premiers jours, pour n'avoir pas remarqué mes amis de l'Empire des anges. Tout à ses découvertes, lui aussi, Raoul n'avait pas même aperçu son père dans l'Amphithéâtre... Cette fois, je repère immédiatement mes théonautes. Ils sont tous là, à l'exception justement de Raoul.

– Où est Raoul ?

Marilyn et Freddy l'ignorent. Edmond Wells pense qu'il ne va pas tarder à nous rejoindre en même temps que le reste de la classe. De partout, en effet, des élèves retardataires surviennent en courant.

L'ambiance me rappelle toutes les rentrées de mon enfance de mortel, lorsque nous patientions devant l'école en nous demandant à quoi ressembleraient nos maîtres.

Raoul apparaît enfin, le crâne recouvert d'un pansement. Il ne nous rejoint pas, refuse même de répondre à mon salut. Il se lance ostensiblement dans une grande conversation avec des inconnus.

– J'en ai assez d'attendre, reprend Marilyn. J'ai froid, j'ai la chair de poule.

Freddy passe un bras autour de ses épaules pour la réchauffer, et elle se blottit tendrement contre lui.

Mata Hari vient vers nous.

– Il paraît qu'il y a des élèves en moins. Deux manquent à l'appel. Nous ne sommes plus que 140.

– Ils nous tuent, ils nous assassinent un par un, s'exclame Proudhon. Ce n'est pas une école ici, c'est un abattoir. Debussy a été le premier, d'autres l'ont suivi, nous y passerons tous.

– Qu'est-il arrivé à ces deux autres ? s'enquiert Lucien Duprès, l'élève dieu qui louche.

– Ils se seront sans doute perdus en forêt, dis-je, évasif.

– Vous croyez qu'ils ont risqué une escapade nocturne ? s'étonne-t-il.

– Peut-être rétrogradent-ils pour retourner à l'Empire des anges, proposai-je.

– Athéna a parlé d'un châtiment exceptionnel pour le déicide, rappelle Marilyn.

– Les dieux de l'Olympe m'ont toujours paru barbares. Notre professeur du jour, Chronos, mangeait carrément ses propres enfants.

L'Heure Eunomia, toujours impeccable dans sa tenue safran, nous invite à la suivre vers l'avenue du Sud.

En procession, nous lui emboîtons le pas. J'en profite pour retrouver Raoul.

– Je t'ai frappé pour te sauver. Je savais que tu voulais secourir ton père mais ton sacrifice ne l'aurait pas épargné.

Il me toise durement, et je sens qu'il est encore trop tôt pour la réconciliation et le pardon.

Le palais de Chronos est situé sur la droite de l'avenue. Flanqué d'un clocher, il ressemble à une église. Ses cloches continuent d'ailleurs de battre furieusement le rappel pour annoncer le début de cette session.

Le portail est grand ouvert et l'Heure Eunomia nous enjoint de prendre place sur des bancs de bois, face à une estrade surmontée d'un bureau près duquel est posé un coquetier d'un mètre de haut, avec à son pied deux trous vides et un tiroir. Derrière, un tableau noir attend le professeur.

Raoul veille à s'asseoir loin de moi.

J'examine les lieux. Aux murs, des étagères présentent dans le plus grand désordre un assortiment de réveils, de montres, de pendules, de coucous, de sabliers, de clepsydres, de cadrans solaires. Il y a là des pièces de collection qui doivent valoir une fortune, d'autres plus modestes, en bakélite ou en plastique. En émane une confusion de tic-tac.

Nous patientons en chuchotant jusqu'à ce que, au fond, une porte s'ouvre et qu'entre un vieillard de plus de deux mètres, au visage parcouru de spasmes nerveux.

À peine est-il apparu que les montres cessent leur tic-tac. Il toussote dans sa main et notre silence se fait attentif.

– En Olympe, nous aimons bien les énigmes, commence-t-il. Je vous en propose donc une :

    « Il dévore toutes choses,

    Oiseaux, bêtes, arbres, fleurs.

    Il ronge le fer, mord l'acier,

    Réduit les dures pierres en poudre,

    Met à mort les rois, détruit les villes,

    Et aplatit les plus hautes montagnes.

    Qui est-il ? »

Il nous considère en silence puis s'assied, résigné.

– Personne n'a une idée ?

Nul ne profère le moindre son. Alors, comme dans un soupir, il lâche :

– Le temps.

Il se lève et note « Chronos » au tableau.

– Je suis Chronos, le dieu du Temps.

Il n'a guère de prestance dans ses haillons, le dieu du Temps. Sa toge bleu nuit est bien parsemée d'étoiles pour donner l'illusion d'un firmament mais elle est trouée par endroits et pend lamentablement sur ses bras.

– Je suis votre premier instructeur mais pas votre premier maître, précise-t-il. Je suis le maître zéro. Je vais vous apprendre à créer le temps mais aussi à en prendre possession. Sachez que j'ai existé avant tous les autres dieux et que je suis le père de Zeus.

Tout ce que j'ai lu sur lui dans l'ouvrage de Francis Razorback me revient à l'esprit. Ce... dieu, si j'ai bien compris, le plus jeune des Titans, a tranché les testicules de son père afin d'en être l'ultime héritier. Ensuite, il a tué tous ses enfants pour éviter qu'ils ne lui rendent la pareille.

– ... Premier point. Prenez connaissance de vos outils de travail.

Tandis qu'il inscrit au tableau : « Les outils divins », il interroge :

– Qui peut me rappeler les cinq leviers dont vous disposiez en tant qu'anges ?

Des mains se lèvent. Chronos désigne une brunette à fossettes. Elle énonce sagement :

1) Les rêves.
2) Les intuitions.
3) Les signes.
4) Les médiums.
5) Les chats.

– Très bien, jeune fille. Vous pourrez tous continuer à les utiliser mais vous disposerez en plus d'un outil propre aux dieux, votre ankh.

Il dégage de sa toge une croix ansée beaucoup plus grande que les nôtres.

— Examinons-le ensemble. Il est doté de trois boutons noirs surmontés de lettres blanches. A, D, N. Je ne vous parlerai que du « D ». « D » déclenche la foudre. « D » divise, découpe, détruit, désintègre. En ce qui concerne vos peuples, il vous permettra de faire gronder l'orage, d'incendier et de tuer. À utiliser avec parcimonie. Même en Olympe, le bouton « D » est capable de tuer. Il vous est donc interdit de diriger votre ankh en direction d'un autre élève, d'un Maître dieu, d'une chimère ou de quelque créature vivante que ce soit. Si vous usez de cet outil à mauvais escient, vous serez châtié. Je sais qu'un incident s'est d'ores et déjà produit, qu'un élève en a assassiné un autre.

Quand Chronos ajoute froidement : « Ce déicide ne perd rien pour attendre », j'ai l'impression que c'est moi qu'il regarde en particulier et je frissonne tandis qu'il poursuit, fixant de nouveau la classe :

— …Pensez à toujours recharger la batterie de votre ankh avant les cours. Vous trouverez dans votre chambre un petit socle creux dans lequel il vous suffira de l'introduire. Pour les âmes récentes, précisons qu'il fonctionne exactement à la manière d'un téléphone portable.

Sur ce, le maître empoigne une corde sur sa droite.

Une cloche retentit et un autre vieillard géant pénètre dans la classe, haletant sous le poids d'une immense sphère bâchée de plus de trois mètres de diamètre, qu'il peine à faire passer la porte.

— Pas trop tôt, gémit le porteur en ahanant. Je n'en peux plus.

— Je vous présente Atlas. On peut l'applaudir pour l'encourager.

Nous applaudissons.

La respiration sifflante, le pas pesant, Atlas se dirige vers le grand coquetier où il jette plus qu'il ne dépose sa sphère avant d'essuyer d'un mouchoir à sa mesure son front recouvert de sueur.

– Vous ne vous rendez pas compte, cela pèse des tonnes.

– Repose-toi un peu, compatit Chronos. Ça ira mieux.

– Non, ça n'ira pas mieux. J'en ai assez de ces conditions de travail. Nul ne tient compte de la pénibilité de ma tâche. J'aurais besoin d'un assistant ou au moins d'une charrette.

– Nous verrons plus tard, dit gentiment Chronos. Ce n'est ni le moment ni le lieu pour ce genre de discussion.

Du menton, il désigne les élèves. La respiration plus bruyante qu'une forge, Atlas sort en traînant les pieds.

Chronos reprend son cours, la voix grave.

– Être un dieu, c'est passer du microcosme au macrocosme. Anges, vous aviez à charge de travailler artisanalement pour trois mortels, de leur naissance à leur mort, c'est-à-dire sur une période dépassant rarement le siècle. À présent, votre tâche divine concernera des troupeaux humains de milliers, voire de millions d'individus que vous suivrez sur plusieurs millénaires.

Je suis tout ouïe, ingérant chacun de ses mots.

Chronos ôte la bâche protectrice et révèle une sphère de verre. À l'intérieur, une planète dont la surface effleure les parois semble en suspension.

– Approchez-vous.

Nous nous attroupons tandis qu'il fait l'obscurité afin que nous observions mieux la planète qui, à présent, dégage sa propre clarté.

– Vos ankhs sont munis d'une anse entourant une loupe. Posez-la contre la paroi vitrée puis, en tournant le bouton « N » qui vous a déjà servi à changer de chaîne sur vos téléviseurs, observez de plus près la région qui vous intéresse.

Je lève la main.

– Et le bouton « A », il sert à quoi ?

Chronos ignore ma question et nous enjoint de tester notre nouvel outil. Nous grimpons sur des chaises pour nous placer à hauteur de l'équateur de la sphère et rivons un œil à notre ankh-loupe pour scruter la surface de la planète.

— Ce monde se trouve-t-il physiquement ici, à l'intérieur de ce globe de verre ? interroge Georges Méliès.

— Bonne question, mais la réponse est non. Cette sphère n'est qu'un écran et ce que vous discernez à l'intérieur n'est que la projection en volume et en relief de cette planète. Une sorte d'hologramme.

— Comment la sphère est-elle éclairée ? demande un élève.

— Elle reflète la lumière diffusée par son soleil. Cependant, si tout ce que vous y verrez se déroule réellement, tout ce que vous ferez agira également en direct.

— Où se trouve réellement cette planète ? demande Gustave Eiffel.

— Quelque part dans le cosmos. Vous n'avez pas besoin de le savoir. L'emplacement n'a aucune importance pour la suite de vos travaux.

Sur la surface de la planète, à l'aide de ma loupe, je distingue un vaste océan noir parcouru de fines lignes d'écume blanche d'où émergent plusieurs continents aux côtes accidentées. Sur ces terres, il y a des plages, des plaines, des forêts, des chaînes montagneuses parfois couvertes de neige, des vallées, des zones désertiques, des fleuves et des rivières. En réglant le zoom de mon ankh avec la touche « N » j'aperçois des bourgs, des villages et des villes, et même des routes et des maisons. Un vrai monde miniature.

Je tourne encore la molette du bouton « N » et apparaissent du bétail et des champs, des embouteillages sur les routes, des humains minuscules s'agitant dans les artères des cités. Les villes semblent autant d'entités qui respirent, exhalant leurs fumées comme des respirations, palpitant de milliers de petites lumières.

Mais il me manque le son. Chronos le sait qui nous distribue des écouteurs et nous indique où les brancher sur le manche de notre ankh. Si je comprends bien, cela fonctionne comme un micro directionnel. Là où je dirige ma loupe, j'entends.

J'isole deux petits humains dans la multitude. Il doit y avoir un traducteur automatique quelque part car leurs mots me sont immédiatement compréhensibles. Ils se plaignent du temps qui est « détraqué ». Plus loin, dans un temple, un groupe déplore que « les dieux les aient abandonnés ».

Tous, nous déplaçons nos loupes, émerveillés. Je me souviens du temps où, ange, j'épiais dans mes sphères ce qu'il advenait de mes mortels. Je change d'angle de vue comme un réalisateur de cinéma profitant de tous les champs possibles.

Certains se haussent sur la pointe des pieds pour scruter l'hémisphère Nord ; d'autres, accroupis, observent les territoires méridionaux. Avec nos écouteurs et nos ankhs, nous ressemblons à des médecins qui ausculteraient une énorme verrue vivante.

Nous nous jouons de l'opacité des murs, nous pouvons traverser les toits, pénétrer dans les demeures et percer les secrets des humains qui les habitent. Dans la zone d'ombre, c'est la nuit. Il y en a qui ronflent en dormant, d'autres qui font l'amour. Certains ne parviennent pas à trouver le sommeil, se relèvent pour fumer une cigarette sur leur balcon et en profitent pour arroser leurs géraniums. Ici et là, des téléviseurs sont encore allumés.

Ailleurs, c'est le matin. Les petits des humains se lèvent, se lavent, s'habillent, avalent un bol à la va-vite. Certains se préparent pour l'école. Des adultes se hâtent pour rejoindre l'usine ou le bureau.

Que d'agitation dans les rues encombrées. Des automobilistes klaxonnent dans les embouteillages, des piétons se bousculent dans les bouches de métro. Le temps passe et tout recommence en sens inverse. Les fenêtres s'éclairent en même temps que les rues. Les téléviseurs se rallument.

C'est l'heure des actualités. Je vais voir ce qui est évoqué par le journaliste. Dans une région montagneuse, des humains brandissent des armes. Ils crient, courent, se battent, se tirent dessus, hurlent de douleur, meurent.

La guerre est assurément un spectacle pour les dieux car la majorité d'entre nous ont la loupe rivée sur les champs de bataille. Bientôt, nous nous retrouvons à observer les belligérants sans même savoir pourquoi et contre qui ils se battent. Certains élèves dieux parient sur la victoire des uniformes vert foncé qui leur semblent plus habiles que les vert clair. Mais la mort frappe aussi dans les villes. Des gens sont rassemblés dans un cinéma pour regarder une comédie romantique quand soudain l'immeuble explose. Dans les cris et l'affolement, ils se dispersent en tous sens. Des ambulances accourent, sirène hurlante. Des corps déchiquetés gisent sur les trottoirs et la chaussée. Des hommes et des femmes pleurent, gémissent en se tordant les mains, épouvantés.

Et puis les sauveteurs évacuent les corps, la rue est nettoyée, la vie reprend son cours, les humains retournent à leurs activités. Comme des fourmis se réorganisant après le coup de pied d'un enfant sur leur cité.

Nous sursautons quand une cloche retentit et que Chronos fait à nouveau la lumière. Comme tirés d'un rêve profond, nous restons là, à nous frotter les yeux. Un instant, il nous a semblé être avec eux. Nous repoussons nos loupes et détachons nos écouteurs.

— Ne vous laissez pas impressionner par l'effervescence des activités humaines, nous conseille le dieu du Temps. Il vous faut comprendre cette humanité en son essence, dans ses aspirations, dans ses espoirs, non dans ses… gesticulations.

De sous le coquetier, Chronos tire une large pendule, lourde et complexe.

— Quelqu'un a-t-il eu l'idée de s'intéresser au calendrier de cette planète ?

La brunette qui avait déjà rappelé les cinq leviers des anges lève de nouveau la main.

— Ils vivent en l'an 2035, dit-elle.

– En l'an 2035 de « leur » ère, précise Chronos. En fait, ces gens en sont plutôt à 15 milliards d'années après le big bang, 5 milliards après la naissance de leur planète, 3 millions après la naissance de leur premier humain, et en l'an 6000 après l'établissement de leur première ville. Mais pour une plus grande clarté de cette démonstration, nous conserverons leurs repères à eux.

Chronos manie un rouage et le nombre 2035 apparaît sur un écran, au sommet de la grande pendule.

– L'endroit rappelait un peu notre Terre, murmure un élève.

Le maître acquiesce.

– Il n'y a pas mille manières de fabriquer un monde où des êtres seront à même de proliférer.

Et à notre soulagement, il ajoute :

– Il ne s'agissait cependant pas de votre Terre. Avez-vous remarqué certaines différences ?

Les réponses fusent.

– Les habits. Ils portent des vêtements bizarres.

– La nourriture. Ils avalent des mets étranges que je n'ai pu identifier.

– Les religions. Leurs symboles religieux sont inconnus sur Terre et leurs temples ne ressemblent en rien aux nôtres.

– Cette planète comprend sept continents et non cinq, et autrement formés.

– Leurs voitures sont plus larges.

Chronos approuve de la tête chaque proposition. Il ajoute :

– Cette planète est aussi plus grande que la Terre et les saisons y sont plus tranchées : étés torrides, hivers particulièrement rigoureux… Elle compte par ailleurs plus de 8 milliards d'habitants, dit-il en écrivant sur le tableau. Nous, les dieux, identifions chaque planète en particulier. Celle-ci se nomme « Terre 17 ». Terre parce que telle est sa catégorisation en matière de gravité, météorologie, chimie, les mêmes que là d'où vous venez. 17 parce que 17 promotions ont déjà travaillé dessus.

– Dans ce cas, quel est le nom de notre Terre d'origine ? demande Edmond Wells.

– « Terre 1 ».

Nous éprouvons un commun sentiment de fierté d'appartenir à la Terre première, la planète d'origine, celle dont toutes les autres ne seraient que de pâles copies. Chronos confirme :

– « Terre 17 » est bien un ersatz de votre « Terre 1 ». Nous l'avons créée spécialement pour les exercices des dieux. C'est une planète-« brouillon », en somme, et comme tous les brouillons, elle est destinée aux essais et aux expériences...

Je me sens excité par cette idée.

– Je vais vous montrer quelque chose qu'aucun autre de vos professeurs ne serait capable de réaliser.

Avec le fier sourire d'un horloger satisfait de son prototype, il place son étrange pendule sous la lumière crue d'une lampe suspendue au plafond. Apparaît alors par transparence tout un réseau de rouages, les uns crantés, les autres lisses, entremêlés de tubes contenant des liquides colorés. Au centre de cet enchevêtrement mécanique, il y a un large cadran rond et ses deux aiguilles. Le tout est surmonté de l'écran numérique affichant 2035.

Chronos ouvre avec précaution la vitre protégeant le cadran, et d'un doigt pousse la longue aiguille en avant. Un coup d'œil furtif à la planète « Terre 17 » me permet de constater que, là-bas, les voitures se transforment en bolides et que les gens courent en accéléré.

Nous reprenons tous nos ankhs pour observer l'effet sur la planète. Elle donne l'impression de clignoter... Lumière, ténèbres, jour, nuit se succèdent à toute vitesse, cependant que sur l'écran, les chiffres défilent : 2036, 2037, 2038, 2039...

Trouvant que le Temps ne s'écoule pas assez vite, Chronos lâche la longue aiguille pour la petite et ce ne sont plus les années qui défilent mais les décennies. Comme figée, « Terre 17 » ne clignote plus. À sa surface des immeubles s'élèvent, disparaissent pour laisser place à d'autres plus hauts encore, des routes serpentent, s'élargissent, multiplient leurs voies et, dans les cieux, défilent des aéronefs de toutes formes.

Puis les villes cessent de s'étendre, les aéronefs se raréfient, disparaissent tout à fait, les autoroutes redeviennent sentiers...

2060, 2070, 2080, 2090... J'aimerais que Chronos interrompe le manège pour que je puisse comprendre pourquoi tout s'est ainsi arrêté, mais il poursuit sa course folle.

2120, 2150, 2180, 2190. Finalement il s'arrête à 2222.

– Regardez bien, invite-t-il, regardez ce qu'il est advenu de cette planète en deux siècles.

Il fait à nouveau l'obscurité. Nous replaçons nos écouteurs.

Plus de villes fumantes et éclairées. Plus de voitures. Plus de lumières dans la nuit. Juste quelques tribus errantes armées de lances et de flèches.

27. ENCYCLOPÉDIE : TROIS PAS EN AVANT, DEUX PAS EN ARRIÈRE.

Les civilisations naissent, grandissent et meurent comme des organismes vivants. Elles ont leur rythme propre, trois pas en avant, deux pas en arrière. Elles respirent. Elles connaissent ainsi un temps d'exaltation où tout semble emporté dans une spirale vertueuse : plus de confort, plus de liberté, moins de travail, meilleure qualité de vie, moins de périls. C'est le moment de l'inspiration. Trois pas en avant. Et puis, parvenu à un certain niveau, l'élan s'interrompt et la courbe bascule. Arrivent la confusion puis la peur, qui engendrent la violence et le chaos. Deux pas en arrière.

Généralement, cette phase retombe aussi à un plancher avant de rebondir vers une nouvelle phase d'inspiration. Mais que de temps perdu. On a vu ainsi l'Empire romain se construire, grandir, prospérer et prendre de l'avance sur les autres civilisations de son temps en tout domaine :

droit, culture, technologie… Et puis, on l'a vu se corrompre, se tyranniser pour finir en pleine décadence, envahi par les Barbares. Il faudra attendre le Moyen Âge pour que l'humanité reprenne son œuvre là où l'Empire romain s'était arrêté à son apogée. Même les civilisations les mieux régies et les plus prévoyantes ont connu le déclin, comme si la chute était inéluctable.

Edmond Wells,
Encyclopédie du Savoir Relatif et Absolu, Tome V.

28. LE TEMPS DES BROUILLONS

Des champs dévastés. Des paysages en ruine. Des routes défoncées, rongées par les ronces. Des immeubles éventrés où se terrent de rares humains prêts à tuer pour s'approprier la moindre nourriture. Des hordes d'enfants retournés à l'état sauvage qui disputent leur pitance à des hordes de chiens très organisées. Des soldats rescapés des guerres qui attaquent les rares voyageurs, en quête d'illusoires horizons meilleurs, pour les rançonner et les tuer.

En 2222 sur « Terre 17 » l'humanité a oublié la morale et la médecine. Des épidémies déciment les survivants. Plus de télévision, plus de radio, plus de vision globale. La civilisation a laissé place à la violence implacable, au chacun-pour-soi absolu. Accroché à ma loupe, à travers les sept continents, je cherche un semblant de renouveau.

À force de persévérance, je finis par repérer au fin fond d'une forêt touffue une clairière où une tribu semble s'être regroupée en village. Les cabanes sur pilotis sont blotties en demi-cercle les unes contre les autres. Au centre, un grand feu réchauffe des humains aux coiffures luisantes de graisse animale et piquées de plumes d'oiseaux.

Retour à la préhistoire…

Dans un coin, cependant, un vieillard s'adresse à des enfants attentifs et, en même temps qu'eux, j'apprends l'histoire du désastre de ce monde telle que la lui a transmise son père qui la tenait lui-même d'un aïeul mémorialiste.

« Autrefois, raconte-t-il, les hommes volaient dans le ciel. Ils conversaient à distance sur toute la planète. Ils voyageaient au loin dans des habitacles particuliers. Ils possédaient des machines à penser mieux et plus vite. Ils savaient même produire de la lumière sans feu. Autrefois... une centaine de nations vivaient en paix grâce à leur civilisation "démocratique". Et puis, en marge, un petit groupe d'États, riches en matières premières, ont commencé à supprimer ces valeurs "démocratiques" pour les remplacer par une religion fondée sur l'Interdit. Ceux qui s'y convertissaient se nommaient entre eux les "Interdiseurs". Ils commencèrent à faire parler d'eux en assassinant les tenants des autres cultes et en incendiant leurs temples, puis ils s'en prirent à leurs propres modérés, et bien sûr à leurs opposants. Là où se réunissaient des fidèles de la démocratie, ils posèrent des bombes, provoquant d'innombrables victimes. Ne sachant comment réagir à cette violence gratuite sans trahir leurs valeurs, les démocrates fermèrent d'abord les yeux puis tentèrent d'amadouer les Interdiseurs en leur offrant des traitements de faveur. Mais dans cette attitude, ceux-ci ne virent que signe de faiblesse et multiplièrent de plus belle leurs exactions. Plus les Interdiseurs sévissaient, plus les démocrates cherchaient une légitimité à leurs tueries, y trouvaient des excuses et s'accusaient de les avoir eux-mêmes provoquées.

Les Interdiseurs avaient, sur les démocrates et les fidèles des autres confessions, l'avantage d'être sûrs d'eux, convaincus de la justesse de leurs idées, et aussi de tenir un discours simple. Tandis que les autres vivaient dans le doute et la complexité, eux interdisaient tranquillement à leurs femmes de s'éduquer et de travailler et les contraignaient à rester cloîtrées à cuisiner et enfanter. Les démocrates étaient convaincus que tant d'obscurantisme ne pourrait que disparaître au plus vite dans un monde régi par la science, la logique et les technologies. Mais il n'en fut rien. Le mouvement interdiseur ne fit que croître et se développer, notamment parmi tous les adversaires du progrès. Cela commença par toucher les classes les plus défavorisées, qui avaient l'impression de prendre leur revanche, pour finalement contaminer les classes intellectuelles qui trouvaient dans cette violence et cette simplicité une forme de nouveau projet pour le futur.

Une par une, les nations démocratiques mirent genou à terre, ployèrent, passèrent sous le joug des hommes de cette religion. Loin de faire front, elles continuèrent à se chamailler entre elles sur les moyens d'arrêter le fléau. Et elles n'en trouvèrent aucun. Alors que les derniers remparts de résistance en étaient encore à palabrer, la terreur régnait déjà partout. Seul l'ordre des Interdiseurs faisait loi. Et les gens se convertissaient pour avoir la paix ou la vie sauve. Puis ils adoptaient le dogme interdiseur. Les femmes obéissaient aux hommes, les hommes à leur chef et le chef avait tous les droits. Plus personne n'osait s'exprimer, plus personne n'osait s'instruire autrement que dans la religion, plus personne n'osait avoir une pensée personnelle. Tout le monde était contraint de prier sans cesse à heures fixes. Ceux qui cherchaient à s'en exempter étaient rapidement dénoncés par leurs voisins.

— Pourquoi ç'a marché ? demande un enfant.

— Les démocrates avaient les questions. Les interdiseurs avaient les réponses. Lorsqu'il s'est avéré que les zones démocratiques n'étaient plus que de petites poches rongées par les attentats aveugles des fanatiques, le vrai chef des Interdiseurs s'est enfin dévoilé. Ce n'était pas l'un des chefs terroristes présentés partout mais l'un des dirigeants officiels de la plus riche nation productrice de matières premières. Un homme qui avait toujours clamé son soutien à la démocratie. Dans le système interdiseur la duplicité était considérée comme une ruse militaire.

Ce dirigeant annonça qu'il était désormais le seul représentant de la parole religieuse, et il a imposé une dictature mondiale. Dès lors, il a créé une hiérarchie de chefs et de sous-chefs dévoués à sa personne. Une police politique et une police religieuse imposaient sa loi. Tandis que toute la population était interdite du moindre plaisir personnel, lui, sa famille et tous les siens vivaient dans l'opulence, le vice et la débauche, jouissant de toutes les richesses. Et ne s'interdisant rien.

– Et ils volaient toujours, et se déplaçaient sans chevaux, et produisaient de la lumière sans feu ? interroge un enfant de la tribu.

Le vieillard s'éclaircit la gorge pour mieux reprendre :

– ... Les Interdiseurs pourchassèrent les scientifiques et les ingénieurs, de crainte que ceux-ci inventent de nouveaux moyens de leur résister. Tout ce qui ressemblait à un intellectuel fut torturé à mort afin que nul ne répande de théorie jugée d'avance subversive.

Les Interdiseurs se livrèrent à des autodafés d'ouvrages scientifiques, détruisirent toutes les œuvres d'art qui n'étaient pas les leurs. Considérés comme des sorciers, par essence démocrates, les médecins furent mis à mort et les épidémies reprirent leurs ravages. Après l'éducation des femmes, la technologie et la médecine, les Interdiseurs interdirent les voyages, la musique, la télévision, les livres, ils interdirent même aux oiseaux de chanter, considérant que leur chant pouvait concurrencer celui de l'appel à la prière... Les Interdiseurs réécrivirent l'histoire à leur convenance, éliminèrent toutes les distractions, hormis le spectacle obligatoire des exécutions publiques dans les stades. La peur était partout.

– Alors comment avons-nous survécu, nous autres ? demande un autre enfant.

– Le tyran a fini par mourir de vieillesse. Sa succession a donné lieu à d'âpres luttes entre ses fils. Dès lors il n'y eut plus de grande armée, ni de grande police religieuse unifiée. L'empire théocratique vola en éclats. Les anciens officiers se transformèrent en chefs de guerre. Ici et là, des bandes indépendantes s'imposèrent par la force. Tuer pour ne pas être tué devint la règle. Face à cette loi du plus fort, certains, comme nos anciens, ont décidé de fuir les villes, de s'enfoncer dans les forêts, loin des assauts des soldats, des fanatiques et des brigands. C'est pourquoi nous sommes encore ici, et que je peux, moi, vous raconter cette histoire qui est la vôtre.

– Que ne donnerais-je pas pour tenir un livre entre mes mains, dit un enfant. Apprendre comment l'homme faisait pour voler dans les cieux comme un oiseau, parler à distance ou disposer de la lumière sans feu... »

J'ai du mal à en croire mes oreilles.

Comme moi, les autres élèves dieux ont pris connaissance d'une manière ou d'une autre des événements survenus entre 2035 et 2222. Nous nous considérons, incrédules. Est-il donc si facile de faire revenir une civilisation avancée à son point de départ ?

Chronos interroge :

– Pourquoi, selon vous, cette planète a-t-elle dépéri ?

– À cause de la dictature d'un tyran religieux, propose quelqu'un.

– Ce n'est là qu'un symptôme. J'attends davantage de perspectives de la part de dieux en devenir.

– Les démocrates étaient convaincus que leurs démocraties étaient plus puissantes qu'une religion fanatique, et quand ils se sont réveillés, il était trop tard. Ils ont sous-estimé l'adversaire.

– C'est mieux.

– Trop accoutumés à leur confort, les démocrates étaient devenus paresseux et n'avaient plus envie de se battre.

– Pas mal.

Désireux de donner notre version, nous parlons tous en même temps. D'un geste, Chronos nous enjoint de prendre la parole à tour de rôle. Edmond Wells s'empresse de lever la main :

— Il existait un trop grand écart entre les plus instruits et la majeure partie de la population. Une élite progressait de plus en plus vite alors que la majorité n'avait pas la moindre idée de comment fonctionnaient les machines qu'ils utilisaient pourtant quotidiennement. À quoi bon hausser le plafond quand le plancher s'écroule ?

— Leur propre réussite les inquiétait. Car elle était incompréhensible. Alors que leur échec les ramenait dans un monde connu, donc rassurant. Celui du passé, dit Sarah Bernhardt.

— Tout s'est déroulé comme si les mauvais élèves s'étaient débarrassés des bons afin de rester tranquillement entre médiocres, renchérit Gustave Eiffel.

— Ils ont perdu peu à peu la liberté de penser, le progrès, l'ensemble des connaissances, l'égalité entre les sexes, et placé leur destin entre les mains des plus rétrogrades et des plus cyniques au nom des principes de… tolérance ! souligne Voltaire.

— Ils s'étaient trop coupés de la nature, dit Rousseau.

— Ils avaient perdu le sens du beau, propose Van Gogh.

— Ils se sont appuyés sur la technologie. Ils ont cru que la science était plus forte que la religion, signale Saint-Exupéry.

— Ils étaient méfiants vis-à-vis de la science et confiants dans la religion, précise Etienne de Montgolfier.

— Peut-être parce que la religion est incontestable alors que la science est toujours remise en question.

— C'étaient tous des crétins… c'est bien fait pour eux. Ils ont eu ce qu'ils méritaient, énonce Joseph Proudhon.

— Tu ne peux pas dire ça, rétorque Voltaire, ils ont failli réussir.

— Mais… ils ont échoué, conclut l'anarchiste. La religion est un piège à cons. En voilà la preuve flagrante.

— Tu ne peux pas mettre toutes les religions dans le même sac. Il n'y en avait qu'une qui prônait la violence comme acte mystique, c'est comme cela qu'ils ont installé la terreur, dit Lucien Duprès.

– Maintenant que « Terre 17 » est revenue à la case « départ », vous allez pouvoir tester vos talents en matière d'improvisation divine, signale Chronos.

Comme règle du jeu, le dieu du Temps nous invite à choisir chacun une communauté humaine au hasard, parmi celles qui traînent par-ci, par-là, et à tenter de la faire évoluer.

Nous nous mettons à la tâche. Par les rêves, la foudre, le recours aux médiums, nous cherchons à influencer les chamans, sorciers, prêtres ou artistes pour mieux agir sur le quotidien de populations en déshérence. Grâce à notre bouton « D » nous intervenons dans les conflits en foudroyant les ennemis de notre tribu de prédilection. Aux plus créatifs, nous nous évertuons à inspirer des inventions techniques, scientifiques ou artistiques. Ce n'est pas facile. Les humains oublient leurs rêves au réveil, interprètent de travers nos signes. Les médiums comprennent ce qu'ils veulent. Parfois je m'agace de tant d'incompréhension.

Peu à peu les « païens » finissent pourtant par prendre conscience de mon existence, par me vénérer, et je leur inspire un peu d'ordre.

Nos manifestations divines surprennent d'abord, effraient ensuite, puis fascinent. De nouvelles religions apparaissent sur « Terre 17 ». Le mal pour réparer le mal. Mes amis aussi ont leurs peuples dévots. Ses adorateurs émeuvent Marilyn. Même au temps de sa plus grande gloire, ses admirateurs ne l'ont jamais vénérée à ce point.

Edmond Wells ne dit rien et observe ses gens comme autrefois ses fourmis.

Derrière nous, Chronos tourne autour de ses élèves et, de temps à autre, se penche pour examiner nos travaux. Son visage ridé reste impavide et nous ne parvenons pas à deviner si nos interventions lui conviennent ou lui déplaisent. Marie Curie s'énerve de l'agitation de son troupeau humain. Sarah

Bernhardt s'amuse des bourdes du sien. Édith Piaf chantonne en guidant sa horde. Mata Hari présente un indéchiffrable visage de madone.

Après deux heures de libre exercice de nos pouvoirs, le dieu du Temps donne de la cloche et nous convie à examiner l'état des travaux de nos condisciples. La plupart n'ont pas obtenu de meilleurs résultats que moi, à l'exception, peut-être, de Lucien Duprès dont la communauté semble avoir progressé. Lui communique à travers la consommation de champignons exotiques. Installés sur une île, à l'abri pour l'heure des voisins prédateurs, ses humains pratiquent un art de vivre semblable à ceux des communautés hippies des années 70. Ils sont pacifiques et sereins. Ils sont libres dans leurs mœurs et chacun participe à toutes les activités.

Dans un carnet, Chronos note ses observations et nous interroge sur nos premières impressions.

— Si nous les effrayons trop, ils deviennent mystiques, remarque un élève dieu.

— Si nous les laissons faire, ils multiplient les bêtises au sens propre, c'est-à-dire qu'ils se comportent véritablement comme des bêtes, regrette un autre.

— S'ils cessent de redouter un châtiment, ils ne respectent plus rien.

— Pourquoi, selon vous ? interroge notre professeur.

Chacun a son idée.

— Ils ont une sorte d'attirance naturelle pour la mort et la destruction. Sans police et sans punition ils ne respectent pas les autres, dit une fille.

— Pourquoi ? demande finement notre professeur.

Les réponses fusent de partout.

— Peut-être parce qu'ils ne les comprennent pas vraiment.

— Parce qu'ils ne s'aiment pas entre eux.

— Parce qu'ils n'aiment pas le projet global de leur espèce.

— Parce qu'ils ne le voient pas.

— Parce qu'ils ne l'imaginent pas.

– Parce qu'ils vivent en permanence dans la peur, dis-je.

Chronos se tourne vers moi.

– Développez votre idée.

Je réfléchis :

– La peur les aveugle et les empêche d'envisager leur existence paisible à plus long terme.

Edmond Wells secoue la tête.

– Ils ont peur parce qu'il était encore trop tôt dans leur évolution de conscience quand leur technologie a décollé de manière exponentielle. Ils disposaient d'outils extraordinaires alors que leur âme était encore dans le 3. Ils sont donc revenus à une technologie adaptée à leur niveau d'âme. Une technologie basique pour des êtres basiques.

La plupart des élèves approuvent.

Chronos aussi semble satisfait par cette réponse.

– Attendez. Attendez, intervient Lucien Duprès. Certains sont comme ça. Mais pas tous. Dans ma communauté, par exemple, ils sont sortis de la peur et s'avancent vers l'amour. Ils ont transcendé le 3, ils sont dans le 4 et glissent vers le 5.

– Cela marche chez toi, parce qu'ils sont peu nombreux, complète son voisin.

– Ils ne sont que deux ou trois cents sur une humanité qui comptait autrefois douze milliards d'âmes et qui est réduite à trois milliards par la volonté d'un religieux fou, mais c'est un bon début. Et puis, ce qu'un petit nombre de gens déterminés ont pu détruire par le biais de cette religion, d'autres peuvent le reconstruire par la spiritualité.

– Oui, mais leur nouvelle religion, c'est nous, ironise Proudhon. On remplace une religion qu'ils ont inventée par celle qu'on leur impose. Quelle différence ?

– Je n'ai pas parlé de religion, mais de spiritualité.

– Pour moi c'est pareil.

– Eh bien pour moi c'est l'exact contraire. La religion c'est le prêt-à-penser imposé à tout le monde, la spiritualité c'est une perception élevée de ce qui peut être « au-dessus de soi », dit Lucien Duprès. Et pour chacun elle est différente.

— Alors le fameux Grand Dieu que tu penses logé là-haut c'est quoi, de la religion ou de la spiritualité ? demande Proudhon, narquois.

Les débats s'installent. Chronos fait à nouveau tinter sa cloche.

— Il est temps de passer à l'exercice suivant. Ce qui a été fait en notre nom sera défait en notre nom, conclut le dieu du Temps en se lissant la barbe. Il est temps que s'abatte sur cette planète-« brouillon » notre colère divine.

Sur toutes les montres et horloges est inscrite la même heure, 19 heures, l'obscurité du dehors commence à envahir notre salle de classe.

— Bien. Réglez tous vos ankhs en tournant la molette D à son maximum.

— Mais ce serait un génocide !..., clame Lucien Duprès.

Chronos prend encore le temps de raisonner le trublion.

— Ton expérience est minoritaire. Pour ta petite réussite sur quelques centaines d'individus, il y a des milliards d'humains en déconfiture dont il faut abréger les souffrances.

— Mais ma communauté prouve qu'il est possible de les sauver. Ma « petite » réussite, comme vous dites, peut devenir contagieuse, affirme Lucien Duprès.

— Ta réussite prouve que tu es un dieu assez adroit et je suis sûr que dans le Grand Jeu tu feras merveille.

— Quel Grand Jeu ?

— Le jeu des élèves dieux. Le jeu d'« Y ».

— Mais je ne veux pas de votre jeu d'Y, je veux continuer à faire vivre ma petite communauté. Regardez comme ils sont heureux. Ils ont un village, ils se relaient aux travaux d'entretien, il n'y a pas de disputes, ils produisent de l'art, ils chantent...

— Ce n'est qu'une goutte d'eau claire dans l'océan pollué. Maintenant il faut changer la bassine, s'impatiente Chronos.

– Il n'y a pas un moyen de les mettre de côté dans une éprouvette ? dis-je à tout hasard.

– On ne fait pas du neuf avec du vieux. Ces gens auxquels vous semblez vous attacher parce que vous avez commencé à les connaître sont ancrés dans de mauvaises habitudes issues de millions d'années d'erreurs et de violence. Ils sont montés et redescendus. Ils présentent le niveau de conscience de nos peuples de l'Antiquité. Une mentalité d'esclaves. On ne pourra rien tirer d'eux. Ce ne sont même pas des humains « aboutis ». Ils sont tout au plus des 3,1 sur l'échelle de la conscience. Du 3,1, vous m'entendez, alors que vous êtes des 7 ! Ce sont des… animaux.

– Même des animaux méritent de vivre, dit Edmond Wells.

– Au lieu de leur prêter des vertus, rappelez-vous leurs vices. N'avez-vous pas vu leurs tortures, leurs injustices, leurs fanatismes, leurs lâchetés, et enfin leur sauvagerie ? N'avez-vous pas compris avec quelle facilité une religion simpliste et violente s'est imposée à toute la planète sans aucune résistance réelle ? Cela a eu lieu. Cela se reproduira. Désolé, mon pauvre Lucien, mais ces humains sont fichus…

Quelques élèves lâchent un murmure d'approbation. Chronos en profite pour enfoncer le clou.

– Vous ne faites qu'achever une humanité qui agonise. Cette humanité a beaucoup vécu. Il est inscrit 2222 ans sur ses calendriers, mais en fait elle a déjà trois millions d'années. Elle souffre de ses rhumatismes et de ses cancers. Je suis sûr que, si elle pouvait parler, elle supplierait qu'on abrège ses souffrances… Ce n'est pas un crime, c'est de l'euthanasie.

Lucien n'est pas du tout convaincu.

– Si c'est ça être dieu… je préfère rendre mon tablier.

Il se tourne vers nous.

– Et vous tous vous devriez renoncer. Vous ne comprenez donc pas qu'on va vous forcer à accomplir quelque chose d'ignoble ? On prend une planète, on joue avec et on la détruit. Comme si on écrasait des… insectes !

Edmond Wells a une grimace mais il baisse les yeux. Lucien se juche sur la table.

– Hé, les gars ! Réveillez-vous, bon sang. Vous n'avez pas compris ce qui est en train de se passer ?

Personne ne bouge. Il faut dire que nous ne sommes pas très satisfaits de nos communautés humaines respectives. Seul Lucien Duprès a réussi l'évolution de son troupeau d'humains. Lui seul a quelque chose à perdre. Même mes humains de la forêt ont des problèmes de santé chroniques que je n'arrive pas à résoudre. Une dysenterie. Ils ont beau mastiquer des feuilles aux effets analgésiques, cela ne change rien. Je crois que leur eau contient trop d'amibes.

Lucien nous prend à partie les uns après les autres.

– Et toi Rousseau, et toi Saint-Exupéry, et Méliès, et toi Édith Piaf. Simone Signoret… Edmond Wells, et toi Raoul, et toi Michael, et toi Mata Hari, et toi Gustave Eiffel… vous laisseriez un monde entier mourir ?

Nous baissons les yeux. Personne ne réagit.

– Très bien, j'ai compris.

Écœuré, Lucien descend de la table et marche vers la porte.

– Reste ! lance Marilyn Monroe.

– Je ne vois plus l'intérêt d'être élève dieu, dit Lucien sans se retourner.

– Tu peux aider des hommes. Peut-être pas ceux-là mais d'autres, ceux qu'on nous proposera plus tard, lui glisse Sarah Bernhardt au moment où il passe près d'elle.

– Pour les tuer ensuite ? La belle affaire. J'ai le même pouvoir qu'un… éleveur de porcs dans son abattoir.

Lucien repousse les mains amies qui cherchent à le retenir et se dirige vers la porte sans que Chronos fasse un seul geste, prononce un seul mot pour l'en empêcher. Ce n'est qu'une fois l'ancien opticien sorti qu'il murmure :

– Pauvre garçon. Il ne se rend pas compte de ce qu'il perd. Il y a dans chaque promotion des âmes trop sensibles qui ne supportent pas le choc. Enfin, plus tôt elles s'en vont, mieux c'est. Y a-t-il d'autres âmes délicates qui veulent sortir du jeu ? Elles peuvent se signaler maintenant.

Aucune réaction.

Chronos se détourne de la porte.

— Maintenant, c'est l'instant que je préfère, annonce-t-il.

Il hume l'air, renifle bruyamment, se concentre comme s'il s'apprêtait à goûter un mets délicat.

— Feu !

Proudhon est le premier à tirer. Un immense iceberg se détache du pôle Sud et fond en un clin d'œil. Les autres élèves suivent. Après une courte hésitation, je règle mon ankh, le brandis et vise. Nous sommes d'abord étonnés de voir que lorsqu'on tire ici, cela frappe là-bas. Puis, comme pris de frénésie, nous nous acharnons sur les glaces. Je reconnais en moi un certain plaisir à détruire, plus qu'à construire peut-être. Nous éprouvons un sentiment de puissance. Nous sommes des dieux.

La fonte des pôles fait monter le niveau des océans. De gigantesques tsunamis déferlent sur les rivages, frappent les villages côtiers, noient les terres, fracassent les falaises, engloutissent les vallées, transforment les cimes des montagnes en îles, puis les submergent. Au bout de quelques minutes, il n'existe plus sur la planète une seule terre qui ne soit immergée.

Quand Chronos ordonne : « Cessez le feu ! », là où existaient sept vastes continents, il n'y a plus qu'un lourd océan noir parcouru de vagues frisées d'écume. Le plus haut sommet culmine au ras des flots.

De rares animaux ou humains miraculeusement rescapés tentent d'échapper à la mort en s'agrippant à des objets flottants. Je remarque en zoomant avec mon ankh une sorte d'Arche de Noé. Puis une autre. Des humains ont trouvé le moyen de survivre. Admirable ténacité.

— Abrégez leurs souffrances, ordonne Chronos.

Réglant leurs ankhs pour des tirs précis les dieux frappent les minuscules cibles flottantes.

Il n'y a plus d'humains visibles. Faute de lieu où se poser, les oiseaux tournoient dans les airs avant de s'effondrer, épuisés, dans les eaux où le monde marin s'efforce de reprendre ses droits.

Mais en chauffant les pôles, nous avons aussi produit un énorme nuage de vapeur qui couvre la planète et opacifie le ciel. Les rayons solaires ne touchent plus sa surface, et la température chute brusquement. Si bien que, au bout d'un moment, l'eau finit par geler.

Les poissons se trouvent pris dans une mer qui se solidifie. Bientôt « Terre 17 » devient une planète de glace. Sa surface forme la plus grande patinoire imaginable. Il n'existe plus la moindre forme de vie, qu'elle soit humaine, animale ou végétale.

Fin de parcours pour « Terre 17 » qui n'est plus qu'une perle parfaitement lisse aux reflets nacrés.

Un œuf blanc flottant dans le cosmos.

29. ENCYCLOPÉDIE : ŒUF COSMIQUE

Tout commence et tout finit par un œuf. L'œuf est le symbole de l'aube et du crépuscule dans la plupart des mythologies du monde.

Dans les cosmogonies égyptiennes les plus anciennes, la création est décrite comme étant issue d'un œuf cosmique renfermant le soleil et les germes de la vie.

Pour les adeptes de l'orphisme, Chronos, le temps cannibale, et Phaéton, la nuit aux ailes noires, pondirent un œuf d'argent dans l'obscurité, contenant le ciel dans la partie supérieure et la terre dans la partie inférieure. Quand il s'ouvrit, en sortit Phanès, le dieu révélateur figuré par une abeille bourdonnante.

Pour les Hindous, à l'origine, l'univers était dénué d'existence avant de prendre la forme d'un œuf dont la coquille constitua la limite entre le rien et le quelque chose : l'Hiranyagarbha. Cet œuf cosmique s'ouvrit au bout d'une année,

et l'enveloppe interne se transforma en nuages, les veines devinrent rivières, le liquide intérieur océan.

Pour les Chinois, du chaos universel sortit un œuf qui se brisa, libérant la Terre Yin et le Ciel Yang.

Pour les Polynésiens, à l'origine était un œuf contenant Te-tumu, la fondation, et Te-papa, le rocher. Lorsqu'il éclata apparurent trois plates-formes superposées où Te-tumu et Te-papa créèrent l'homme, les animaux et la végétation.

Dans la kabbale, l'univers est considéré comme émanant d'un œuf brisé en 288 éclats.

On retrouve encore l'œuf au centre de la cosmogonie chez les Japonais, les Finlandais, les Slaves et les Phéniciens. Symbole de fécondité chez de nombreux peuples, il est en revanche, chez d'autres, symbole de mort, et ils mangent des œufs en signe de deuil. Ils en placent même dans les tombes afin d'apporter au défunt des forces pour son voyage dans l'au-delà.

Edmond Wells,
Encyclopédie du Savoir Relatif et Absolu, Tome V.

30. LE GOÛT DE L'ŒUF

Des œufs. On nous apporte à manger des œufs crus dans des coquetiers en bois. Avec une cuillère, nous en tapotons le haut afin de briser la coquille avant d'en écarter soigneusement les écailles en prenant garde de ne pas en faire tomber à l'intérieur.

Nous sommes assis sur de longs bancs dans le Mégaron de la zone nord. Ce grand bâtiment circulaire a été conçu pour servir de cantine aux élèves dieux.

Nous nous installons à des tables en bois d'acacia, recouvertes de nappes de coton blanc, où nous attendent des pyramides d'œufs. Comme il fait chaud, les portes sont grandes ouvertes. À l'écart, Raoul nous évite.

J'enfonce ma cuillère dans le jaune de l'œuf et la porte à ma bouche. Enfin, je vais déguster un véritable aliment. Il y a si longtemps que cela ne m'était plus arrivé. Quelle sensation ! Je sens le goût de l'œuf sur ma langue, sur mon palais. Je distingue le blanc du jaune. C'est salé, sucré, âcre et si doux en même temps. Des milliers de papilles gustatives se réveillent, étonnées. Après la vue, le toucher, l'ouïe, l'odorat, je redécouvre un autre sens : le goût.

L'œuf à l'état liquide se déverse comme un ruisseau dans ma gorge. Je le perçois encore dévalant mon tube digestif, et puis la sensation disparaît.

Manger. Avaler cette coulée de blanc et d'or jaune… Un délice. Je gobe œuf sur œuf.

– En Hollande, dit Mata Hari, dans ma bourgade natale de Leeuwarden, une coutume voulait qu'on lance un œuf par-dessus le toit à chaque nouvelle construction de maison. Là où il tombait, on enterrait ce qu'il en restait, la croyance populaire estimait que la foudre frapperait là. Évidemment, le jeu consistait à lancer l'œuf le plus loin possible pour écarter le danger.

Edmond Wells tripote un œuf.

– Je n'avais pas encore pensé qu'avant le stade 1, le minéral, existait un stade 0, l'œuf. La courbe d'amour, mais parfaitement fermée…

Sur la nappe blanche, il dessine du doigt la forme d'un zéro.

– Tout part effectivement de là et tout y revient, confirme Gustave Eiffel. L'œuf, le zéro. La courbe close.

L'œuf me rappelle « Terre 17 », la planète gelée, et, saisi d'un haut-le-cœur, j'oublie le plaisir nouveau, je revois les derniers habitants agitant leurs bras hors de l'eau, je les imagine se débattant dans l'océan glacé et je ne peux me retenir. Je cours vomir dans les buissons. À Edmond accouru pour me soutenir, je murmure :

– Lucien avait peut-être raison...

– Non, il avait tort. Démissionner, c'est abandonner la partie. Tant qu'on est dans la partie, on peut tenter d'améliorer le cours des choses. Mais si on quitte le jeu, on a tout perdu.

Nous regagnons la table où les autres, en pleine discussion, choisissent d'ignorer mon malaise.

– Que va-t-il advenir de Lucien ? s'inquiète Marilyn.

Effectivement, il ne nous a pas rejoints à notre table et j'ai beau scruter attentivement les alentours, il n'a pas choisi de s'installer ailleurs.

– Si Lucien est parti vers la montagne, il risque d'être rattrapé par un centaure, estime Edmond Wells.

– Ou par le diable, complète un autre élève dieu.

Tous, nous frissonnons. Prononcer son nom fait passer un courant d'air glacé sur l'assistance.

Dionysos apparaît alors et annonce que, le dîner fini, une cérémonie aura lieu pour célébrer le deuil de l'humanité « Terre 17 ». Nous devons nous changer, revêtir des toges neuves et nous retrouver dans l'Amphithéâtre.

Je n'arrive pas à chasser de mon esprit l'image de ces « troupeaux » d'humains noyés par nos mains.

31. ENCYCLOPÉDIE : MORT

Au jeu divinatoire du Tarot de Marseille, la mort-renaissance est symbolisée par le 13ᵉ arcane, l'arcane sans nom. On y voit un squelette de couleur chair qui fauche un champ noir. Son pied droit est enfoncé dans la terre et son pied gauche s'appuie sur une tête de femme. Autour : trois mains, un pied et deux os blancs. Sur le côté droit, une tête couronnée sourit. De la terre sortent des pousses jaunes et bleues.
Cette lame fait référence à la symbolique V.I.T.R.I.O.L. :
Visita Interiorem Terrae Rectificando Invenies Operae

Lapidem. « Visite l'intérieur de la terre et en rectifiant tu trouveras la pierre cachée. »

Il faut donc utiliser la faux pour rectifier, couper ce qui dépasse, afin que puisse renaître dans la terre noire de jeunes pousses.

C'est la carte de la plus forte transformation. C'est pour cela qu'elle fait peur.

Cette lame constitue aussi une rupture dans le jeu.

Les douze arcanes précédents sont considérés comme les petits Mystères. Or à partir du treizième, les suivants appartiennent aux grands Mystères. Dès lors, on voit apparaître des lames décorées de ciels avec des anges ou des symboles célestes. La dimension supérieure intervient. Toutes les initiations traversent une phase de mort-renaissance. Au sens ésotérique, elle signifie le changement profond qui transforme l'homme au cours de son initiation. S'il ne meurt pas en tant qu'être imparfait, il ne pourra renaître.

Edmond Wells,
Encyclopédie du Savoir Relatif et Absolu, Tome V.

32. DEUIL

J'ai un goût amer dans la bouche. Je repense à Jules Verne. « Il est arrivé trop tôt », a dit Dionysos. Trop tôt pour voir quoi ? Les coulisses avant le spectacle ?...

Il se passe ici des choses bizarres.

Les Heures et les Saisons nous accueillent dans l'Amphithéâtre au centre duquel nous nous regroupons.

Comme la dernière fois, des centaures nous entourent, équipés de leurs tambours, mais d'autres les rejoignent bientôt avec des cors de chasse au son très grave. C'est une mélopée qu'ils entonnent, une lancinante mélodie qui vire au chant funèbre quand Atlas vient déposer devant nous, sous son verre, l'œuf lisse qu'est devenue « Terre 17 » défunte.

Dionysos se lève.

– Un monde est mort. Ayons tous une pensée pour cette multitude humaine qui a fait ce qu'elle a pu, mais qui n'est pas parvenue à s'élever.

Il a un geste de recueillement.

– Ci-gît une humanité qui a échoué.

Il embrasse le globe de verre. Chronos, lui, ne fait aucun commentaire. Quelques élèves semblent troublés.

Le rythme des tambours s'accélère et les cors de chasse entament un air moins triste. Une fête commence et les élèves dieux se rassemblent par affinités.

Les passionnés de la conquête du ciel comptent dans leurs rangs Clément Ader, pionnier de l'aviation, un frère Montgolfier, pionnier des vols en ballon, le pilote de chasse-poète Antoine de Saint-Exupéry, le photographe aérien Nadar. Amateur de traversées océanes, le baron-corsaire Robert Surcouf s'entretient avec le marquis de Lafayette.

Côté artistes, peintres, sculpteurs et acteurs se retrouvent entre eux. Il y a là Henri Matisse, Auguste Rodin visiblement réconcilié avec Camille Claudel, Bernard Palissy, Simone Signoret et Sarah Bernhardt. Les écrivains François Rabelais, Michel de Montaigne, Marcel Proust, Jean de La Fontaine font bande à part, et moi, je me réjouis de la compagnie de mes amis théonautes : Freddy Meyer, Marilyn Monroe et Edmond Wells. Raoul boude toujours, quelque part, et certains élèves préfèrent rester seuls, comme Gustave Eiffel, Mata Hari, Georges Méliès, Joseph Proudhon, Édith Piaf.

Mais une même discussion agite tous les groupes.

Chacun s'acharne à comprendre les lois qui régissent notre nouveau monde. Mata Hari met un terme aux diverses conjectures en s'avançant hardiment au centre de la piste.

Prestement, elle ôte la toge qui entrave ses mouvements et, vêtue de sa seule tunique, entreprend de se déhancher lascivement en une danse aux allures orientales. Les bras s'arrondissent, les jambes fléchissent, le beau visage demeure hiératique et le regard mystérieux. Je comprends que cette femme ait pu envoûter tant d'hommes.

Autour de la sphère contenant la dépouille de « Terre 17 », elle virevolte comme si elle voulait la réveiller. Les trois lunes d'Olympie se reflètent sur le verre poli et, de leur pâle halo, ajoutent à la magie de l'instant. Mata Hari tourne maintenant de plus en plus vite. Le rythme s'accélère, son corps semble un serpent qui se contorsionne par saccades, et nos bouches s'ouvrent pour lâcher une note unique qui nous réunit comme une seule voix : « Aaaaaahhhhh » alors que nous frappons des mains et que celles des centaures s'abattent sur les peaux de tambour.

La danseuse évolue, paupières fermées. Mon cœur bat à l'unisson des tambours, mes bras se lèvent, ma bouche scande quelque chose avec la foule. Mata Hari nous entraîne dans sa transe.

Tout à coup elle s'effondre. La musique s'arrête. Nous nous inquiétons, mais elle se relève, souriante.

– Quelle danseuse, quelle danseuse extraordinaire ! répète à côté de moi Georges Méliès qui applaudit à tout rompre.

Mais une autre vision vient détourner l'attention. Un groupe de Maîtres dieux entrent, reconnaissables à leur taille et aux toges de couleurs vives. Ils se répandent dans la foule puis se retrouvent entre eux. En dernier lieu une silhouette gracieuse glisse dans l'Amphithéâtre. Sans qu'elle nous soit présentée, je sais qui elle est.

C'est elle.

Ah, il y aura désormais pour moi un avant et un après la vision d'Aphrodite. Belle : l'adjectif ne suffirait pas à la décrire. Elle est l'incarnation même de la Beauté.

Dans les replis de sa toge écarlate, apparaissent et disparaissent des jambes au galbe parfait que les rubans d'or de ses sandales enlacent du mollet au genou.

Sa chevelure dorée coule en cascade sur l'étoffe rouge. Sa peau est à peine hâlée. Autour de son cou dressé, des colliers de pierres fines ou précieuses, améthystes, opales, rubis, diamants, grenats, turquoises, topazes, ajoutent au scintillement de son regard d'émeraude. De hautes pommettes sculptent son visage lisse. Aux lobes délicats de ses oreilles pendent des boucles représentant des yeux.

Tambours et cors de chasse reprennent une musique douce. En écho, les cloches du palais de Chronos tintent. Freddy Meyer et Marilyn Monroe ouvrent le bal et, sur la piste, des couples insolites se forment. Moi, je ne parviens pas à quitter du regard Aphrodite qui salue, ici et là, les autres Maîtres dieux présents.

– Ça va ? demande Edmond Wells.

Mon mentor me considère avec surprise et puis, secouant la tête, il s'élance en direction d'Aphrodite qui ploie son corps splendide pour entendre ce qu'il veut lui confier à l'oreille, paraît amusée, et enfin elle tourne ses yeux vers moi.

Bon sang.

Elle me regarde !

Elle s'avance vers moi. Elle me parle !

– Votre ami vous dit trop timide pour oser m'inviter, énonce une voix venue de très loin, avec un léger accent grec.

Je sens son parfum tout proche.

Les battements de mon cœur font frémir ma toge. Il me faut lui répondre mais ma bouche sèche ne m'obéit plus.

– Vous voulez peut-être danser ? reprend-elle.

Elle me touche la main.

Le contact de sa peau produit un effet de décharge électrique en moi et, comme à tâtons, je me laisse conduire vers la piste où elle me saisit l'autre main. Elle me dépasse de plus d'une tête et doit se plier pour que j'entende ses mots chuchotés :

– Êtes-vous… « Celui qu'on attend » ?

102

Je me racle la gorge, libère mes cordes vocales et parviens à émettre :

– Heu…

– Le Sphinx assure que « Celui qu'on attend » connaît LA réponse.

– Heu… quelle est la question ?

– Celle qu'a établie le Sphinx pour reconnaître « Celui qu'on attend ».

– Est-ce l'énigme : « Qui a quatre pattes le matin, deux le midi et trois le soir ? » De celle-ci je connais en effet la solution : L'homme. Il va à quatre pattes enfant, à deux adulte, à trois avec sa canne, vieillard.

Elle sourit avec bienveillance.

– Oh, celle-là, c'était pour les élèves dieux d'il y a trois mille ans. Elle a été très utile à Œdipe, certes, mais le Sphinx en a imaginé beaucoup de nouvelles depuis. Écoutez bien, voici la dernière.

S'arrêtant de danser elle me chuchote l'énoncé, détachant chaque syllabe. Je sens son haleine chaude et parfumée frôler mon oreille.

> « C'est mieux que Dieu.
> C'est pire que le diable.
> Les pauvres en ont.
> Les riches en manquent.
> Et si on en mange on meurt.
> Qu'est-ce que c'est ? »

33. MYTHOLOGIE : LES OLYMPIENS

Après le règne du dieu Chaos et celui de Chronos, le dieu du Temps, advint l'ère des dieux olympiens. Zeus, nouveau maître du monde, répartit les rôles et les honneurs en fonction du zèle mis par ses frères et sœurs à le seconder dans sa lutte contre les Titans. À Poséidon, le contrôle des mers. À

Hadès, le royaume des Morts. À Déméter, les champs et les moissons. À Hestia le feu. À Héra la famille, etc.

Le partage fait, Zeus aménagea son palais au sommet du mont Olympe et annonça que s'y tiendraient tous les rendez-vous des dieux où se déciderait le sort de l'univers. Cependant, sa mère Gaïa s'irrita de la nouvelle prédominance de son fils et donna la vie à un monstre affreux : Typhon. Celui-ci était doté de cent têtes de dragon crachant des flammes. Il était d'une telle stature que le moindre de ses mouvements suscitait une tempête. Et quand il se montra sur l'Olympe, les dieux furent si épouvantés qu'ils prirent l'apparence d'animaux et coururent se cacher dans le désert d'Égypte. Zeus resta donc seul à affronter Typhon. Le monstre vainquit le roi des dieux. Il lui coupa les nerfs et les tendons et l'emporta dans une caverne. Cependant Hermès, jeune dieu espiègle rallié aux Olympiens, se munit du casque d'invisibilité d'Hadès grâce auquel il put libérer Zeus. Il remit en place nerfs et tendons et ramena le roi sur l'Olympe. Typhon revint à la charge mais cette fois, de son sommet, Zeus le frappa de sa foudre. Le monstre détacha des pans de montagne pour les projeter vers la cime mais Zeus de ses éclairs les réduisit en morceaux qui retombèrent, écrasant Typhon. Zeus put alors l'enchaîner et le jeter dans le cratère du volcan Etna où parfois il se réveille et crache de nouveau le feu.

Edmond Wells,
Encyclopédie du Savoir Relatif et Absolu
(apport de Francis Razorback s'inspirant
de la *Théogonie* d'Hésiode, 700 av. J.-C.).

34. DANS LA FORÊT BLEUE

Nouvelle escapade nocturne. Freddy Meyer, Marilyn, Edmond Wells et moi, tous les théonautes sont là. Même

Raoul nous suit, à bonne distance, certes, car il n'a pas encore dominé sa rancune.

Edmond Wells chemine près de moi :

– Alors, avec Aphrodite c'était comment ?

– Mieux que Dieu, pire que le diable… (Puis j'ajoute :)… les pauvres en ont, les riches en manquent, et si on en mange, on meurt. Qu'est-ce que c'est ? Vous qui êtes doué pour les énigmes, vous devriez pouvoir résoudre celle que la déesse m'a posée.

Il ralentit le pas.

– La réponse doit être simple, finit par énoncer mon mentor. Pour l'heure, je ne la vois pas mais je vais y penser encore. Elle me plaît bien, ton énigme.

Parvenus au bord du fleuve bleu, nous entreprenons de construire un radeau afin de le traverser sans être happés par les sirènes. Nous coupons des roseaux et les relions avec des lianes. Nos gestes sont précis. Nous travaillons en nous efforçant de faire le moins de bruit possible.

– Tu n'as pas quelque blague en réserve ? demande Edmond à Freddy tout en nouant ses roseaux.

Le rabbin fouille dans sa mémoire :

– Si. C'est l'histoire d'un type enlisé dans des sables mouvants. Il est déjà enfoncé jusqu'à la taille quand des pompiers surviennent pour le secourir. « Ne vous occupez pas de moi, dit le type. J'ai la foi, Dieu me sauvera. » Il a de la boue jusqu'aux épaules quand les pompiers reviennent et proposent de lui lancer une corde. « Non, non, répète le type. Je n'ai pas besoin de vous. J'ai la foi, Dieu me sauvera. » Les pompiers sont sceptiques mais ils ne peuvent agir contre la volonté du sinistré. Au bout d'un moment, il n'a plus que la tête dehors. Les pompiers reviennent et le type répond encore : « Non, non, j'ai la foi. Dieu me sauvera. » Les pompiers n'insistent pas. La tête s'enfonce à son tour. La boue envahit le menton, le nez, les yeux, l'homme suffoque et meurt. Quand il débarque au Paradis, il prend Dieu à partie : « Pourquoi m'as-tu abandonné ? J'avais la foi et tu n'as rien fait pour me sauver. – Rien fait, rien fait pour te sauver, se récrie Dieu. Quelle ingratitude ! Et ces pompiers que je t'ai envoyés par trois fois ? »

Rire ensemble nous détend. La nuit nous paraît moins menaçante. De son côté, Raoul bat les fourrés. Croit-il que son père a pu s'échapper de l'antre des sirènes et se tapir ensuite dans la végétation de la forêt ? Il l'avait découvert jadis pendu dans les toilettes, son livre inachevé à ses pieds. Une nouvelle fois, son géniteur lui a fait le coup du « Montre-toi digne de moi après ma mort » et une nouvelle fois, il s'est révélé incapable de le suivre. Je comprends qu'il en rejette la responsabilité sur nous – sur moi en particulier.

Sans plus nous préoccuper de Raoul, nous continuons à assembler les roseaux, quand un griffon nous surprend, étrange créature aux ailes de chauve-souris, au bec d'aigle et au corps de lion. Vite, nous dégainons nos ankhs, prêts à tirer et à fuir. Cependant, la bête semble dénuée d'intentions belliqueuses. Elle ne pousse même aucun cri susceptible d'alerter les centaures. Elle va jusqu'à poser amicalement sa tête contre mon cou, et je remarque alors que cette créature louche. Comme Lucien Duprès ! Se pourrait-il que ce soit lui ?

Mais le griffon n'est pas la seule chimère des lieux. Une sirène s'est hissée hors de l'eau et tend les bras vers Raoul qui recule, effrayé. Elle veut lui dire quelque chose mais seule une mélopée triste sort de ses lèvres charnues. Raoul s'immobilise, troublé. Je suis saisi d'une intuition qui rapidement se transforme en certitude. Si le griffon qui louche est un avatar de Lucien Duprès, cette sirène si empressée auprès de mon ami pourrait bien être une métamorphose de son père Francis. Ainsi, les élèves dieux exclus ou punis se transforment-ils en chimères. Voilà donc l'explication...

Ces centaures, ces chérubins, ces satyres, toutes ces créatures surprenantes sont probablement autant d'anciens élèves qui ont échoué. Désormais muets, ils ne peuvent plus s'expliquer. Une question demeure : la métamorphose est-elle en rapport avec le lieu où ils ont failli ? Ayant fui en forêt, Lucien

est devenu griffon. Disparu dans le fleuve, Francis est maintenant sirène. L'ancienne personnalité joue également un rôle
puisqu'un aimable oiseau-lyre aux longues plumes chatoyantes
s'est posé près de nous et lance déjà ses trilles mélodieux.
Claude Debussy ? C'est pour cela que les centaures avaient si
grande hâte d'évacuer les victimes, afin que nous n'assistions
pas à leur métamorphose et que le secret demeure.

Hardiment, Edmond Wells caresse la crinière de lion du
griffon, lequel se laisse faire. Près de Raoul, la sirène gémit
toujours.

Marilyn aussi a saisi :

– Raoul, s'écrie-t-elle, prends cette sirène dans tes bras.
C'est ton père.

La sirène opine de la tête. Raoul se fige, incrédule, puis se
décide à avancer timidement vers ce poisson-femme qui lui
tend les bras. Il a du mal à imaginer son père dans cet être
aux doux traits féminins, dont la longue chevelure humide
coule sur des seins glorieux… Son père, cette créature qui lui
prend le bras et le tire vers nous pour qu'il participe à la
construction de notre vaisseau…

– Mais, père…

Le chant de la sirène lui intime d'obtempérer.

– Ton père sait ce qu'il fait, dit Freddy. Et en ce qui nous
concerne, tu n'as jamais cessé d'être le bienvenu parmi nous.

– Tous ensemble, rappelle Marilyn. « L'amour pour épée,
l'humour pour bouclier. »

Et avec nous, après une dernière hésitation, Raoul reprend
notre ancienne devise. Sa mine renfrognée s'éclaire. Nous
nous étreignons. Je suis heureux d'avoir retrouvé mon ami de
toujours.

La construction du radeau s'accélère sous les regards attentifs du griffon, de la sirène et de l'oiseau-lyre.

Quand, à une heure du matin, le deuxième soleil se lève,
notre esquif est prêt. Nous le mettons à l'eau et y prenons place,
les uns après les autres. Nous progressons avec de longues

branches en guise de pagaies. Francis Razorback nous aide en nous propulsant de ses bras vigoureux et de sa puissante nageoire caudale.

Est-ce que les autres sirènes dorment ? Un léger courant nous entraîne vers la droite. Mais avec nos pagaies nous ne nous laissons pas emporter. Nous surveillons la surface opaque tout en brassant l'onde.

Brusquement une main sort de l'eau. J'ai juste le temps de lancer un :

– Attention !

Déjà des mains féminines surgissent de partout comme des nénuphars à naissance spontanée. Elles saisissent nos pagaies, les tirent et essaient de nous faire choir. La plupart d'entre nous lâchent leurs branches pour ne pas être emportés. Raoul sort son ankh et règle la molette D. Il tire dans l'eau mais nous ne voyons déjà plus les créatures du fleuve.

Francis Razorback est attrapé par deux autres sirènes qui l'entraînent au fond pour l'empêcher de nous aider.

Soudain nous percevons un mouvement sous le radeau. Elles essaient de nous renverser. Nous tirons avec nos ankhs sans parvenir à les atteindre.

Finalement, à force de tanguer, notre radeau de fortune se retourne. Nous voici tous à l'eau.

Je bois la tasse, réussis à sortir la tête, puis regarde dans quelle direction j'ai le plus de chances de rejoindre la berge. Celle d'où nous sommes partis reste la plus proche.

Mes compagnons font la même analyse.

Déjà les sirènes nous prennent en chasse.

L'une d'elles m'attrape par le talon et tire avec force. Mon corps s'enfonce sous l'eau. Je me débats. Je vais être transformé en sirène.

Mais un impact de foudre vient frapper la main qui s'agrippe à moi.

La sirène me lâche.

Hors de l'eau, les ankhs sont efficaces et Mata Hari, juchée dans un arbre sur la berge, a bien visé.

– Dépêchez-vous, crie-t-elle.

Les décharges frappent les mains des sirènes. Elles ne les blessent pas mais, ébranlées par les secousses, les créatures hostiles se détachent une à une avec des cris stridents et abandonnent la partie.

Hors d'haleine, nous parvenons enfin sur la berge où la danseuse nous tend la main pour nous aider à grimper.

– Merci, lui dis-je.

– Pas de quoi, répond-elle. Votre idée était bonne mais je crois qu'il faudrait une embarcation plus stable qu'un radeau pour parvenir de l'autre côté. J'ai mon idée là-dessus mais seule, je n'y arriverai pas. Puis-je me joindre à votre groupe ?

– Considérez-vous désormais comme une théonaute, approuve Edmond Wells.

Je n'en regarde pas moins Mata Hari d'un œil soupçonneux. Depuis combien de temps nous suivait-elle ? J'ai beau chercher à déchiffrer son visage, je ne lis rien dans ses pupilles limpides.

35. ENCYCLOPÉDIE : MIROIR

Dans le regard des autres, nous recherchons d'abord notre propre reflet.

En premier lieu, dans le regard de nos parents.

Puis dans le regard de nos amis.

Puis nous nous mettons en quête d'un unique miroir de référence. Cela signifie se mettre en quête de l'amour mais, en fait, il s'agit plutôt de la quête de sa propre identité.

Un coup de foudre s'avère souvent la trouvaille d'un « bon miroir », nous renvoyant un reflet satisfaisant de nous-même. On cherche alors à s'aimer dans le regard de l'autre. Instant magique où deux miroirs parallèles se

renvoient mutuellement des images agréables. D'ailleurs, il suffit de placer deux miroirs face à face pour s'apercevoir qu'ils reflètent l'image des centaines de fois en une perspective infinie. Ainsi la trouvaille du « bon miroir » nous rend multiple et nous ouvre des horizons sans fin. Quel sentiment de puissance et d'éternité.

Mais les deux miroirs ne sont pas fixes, ils bougent. Les deux amoureux grandissent, mûrissent, évoluent.

Ils étaient bien en face l'un de l'autre au début, mais même s'ils suivent un temps des cheminements parallèles, ils n'avancent pas forcément à la même vitesse et dans la même direction, ils ne recherchent pas non plus constamment le même reflet d'eux-mêmes. Alors survient ce déchirement, l'instant où l'autre miroir n'est plus en face. C'est non seulement la fin de l'histoire d'amour mais aussi la perte de son propre reflet. On ne se retrouve plus dans le regard de l'autre. On ne sait plus qui on est.

Edmond Wells,
Encyclopédie du Savoir Relatif et Absolu, Tome V.

36. LE STADE DU MIROIR. 2 ANS

Je me savonne, me lave et me débarrasse de ma sueur comme d'un film plastique. Mes muscles sont chauds, mes tempes battent, mon cœur pulse du sang.

Nos journées sont vraiment bien remplies. Hier un meurtre, des retrouvailles, une fête, un autre meurtre, une expédition, de nouvelles retrouvailles... Aujourd'hui mes premiers pas d'élève dieu, la découverte d'un monde en miniature, l'anéantissement de ce monde, la rencontre de la plus belle femme de l'univers, la construction d'un radeau, la traversée du fleuve bleu, la lutte contre les sirènes !

Je suis enfin rentré à la maison.

Dans mon bain.

Aphrodite…

C'est comme si sa seule vision avait effacé tout le reste, la peur, la curiosité, l'ambition de rencontrer le Grand Dieu.

Aphrodite…

« *Mieux que Dieu et pire que le diable…* »

J'ai encore dans mes narines son parfum, sur ma peau le souvenir de la sienne, dans mon oreille la douceur de son haleine.

« *Mieux que Dieu…* » Qu'y a-t-il de mieux que Dieu ? Un super-Dieu. Un roi des dieux. La mère de Dieu.

Je dois noter toutes les hypothèses, la moindre ébauche de solution. Je sors du bain, me sèche avec un linge, reprends mon livre aux pages vierges et inscris tout ce dont je me souviens.

Ne pas y penser plus longtemps. Me tourner vers autre chose.

J'allume la télévision. Lorsque j'étais encore mortel sur « Terre 1 », il n'y avait que cette machine pour interrompre le tourbillon de mes pensées.

Voyons donc où en sont mes trois nouveau-nés réincarnés.

Chaîne 1 : La petite Asiatique (qui fut jadis le Français Jacques Nemrod) est désormais une charmante bambine de deux ans, ce qui signifie qu'une journée en Olympe correspond à deux ans là-bas.

Elle se nomme Eun Bi et elle vit au Japon, pas à Tokyo, mais dans une petite bourgade, du genre moderne, avec de hauts immeubles. Elle mange en compagnie de ses parents. Soudain, maladroite, elle renverse un verre qui se casse. Son père s'emporte, lui donne une fessée et l'enfant se met à pleurer. Alors sa mère la saisit et, pour la punir, la dépose dans une baignoire d'où elle est encore trop petite pour sortir seule. Elle s'y efforce pourtant avant de se résigner à se blottir tout au fond.

C'est alors qu'elle découvre un miroir posé sur le bord en émail. Elle s'en empare, se fixe, et pleure encore plus fort. Excédé, le père revient et coupe la lumière. Eun Bi sanglote toujours. Dans la salle à manger, la mère reproche au père d'être trop dur avec l'enfant mais il rétorque qu'« il faut lui apprendre ». Les parents se disputent et le père se réfugie dans la chambre en claquant la porte.

Chaîne 2 : Le gamin (qui fut l'intrépide soldat russe Igor) répond à présent au nom de Théotime. Lui aussi mange mais avec grand appétit. Il dit qu'il en a assez du riz et du poisson en sauce. Sa mère lui en ressert pourtant en déclarant qu'il doit manger pour grandir. Je suis content de constater que sa nouvelle mère ne le persécute pas comme celles de ses précédents karmas. Non seulement elle le nourrit beaucoup mais, tandis qu'il avale tant bien que mal, elle se lève pour le couvrir de gros baisers humides. Le père se désintéresse de la scène, il lit son journal. Par la fenêtre, j'aperçois une mer et un ciel bleus. Le décor somme toute ressemble à celui d'Olympie.

La mère apporte des glaces puis des bonbons.

Théotime quitte la table, repu. Il s'empare alors d'un revolver en plastique et entreprend de tirer partout des fléchettes-ventouses (réminiscence de l'ancien Igor ?). Il vise soudain un miroir et s'en approche, se met lui-même en joue et se menace. Il tire.

Chaîne 3 : Le petit Africain, Kouassi Kouassi (qui fut jadis le splendide top-modèle américain Venus), a fini de manger. Il fouille dans un meuble et y découvre un miroir. S'y contempler l'amuse beaucoup. Il tire la langue, se fait des grimaces et pouffe de rire. Sa sœur aînée lui apporte une mangouste, une espèce de gros rat qu'elle lui pose dans les bras. Ensemble, ils la caressent, puis elle l'entraîne dehors pour jouer à cache-cache avec ses huit frères dans la brousse alentour.

Mes anciens clients m'attendrissent. Venus a dû estimer sa précédente vie trop superficielle et voulu retourner à la nature. Elle a donc choisi l'Afrique et la jungle. Jacques a toujours été féru d'Orient. Il a sans doute demandé à changer de sexe pour mieux explorer son côté « yin ». Quant à Igor, il a opté pour le contraire de sa mère précédente, l'ancien enfant battu est désormais un enfant gâté.

À chacun de résoudre sa névrose karmique dans son nouveau corps de chair. Je pense aux psychanalystes qui croient qu'en remontant dans la prime enfance on peut résoudre les nœuds de l'âme. S'ils savaient qu'il faut remonter beaucoup plus en arrière... Tellement plus en arrière.

« Il ne faut pas imaginer l'âme dans le corps mais tout au contraire le corps dans l'âme », assure un enseignement d'Edmond Wells. « L'âme, grande comme une montagne, est posée sur un corps, petit comme un rocher. L'âme est immortelle, le corps est éphémère. »

Je me regarde dans le miroir. Quel âge avais-je à mon décès dans ma dernière vie de mortel ? J'approchais de la quarantaine. J'avais une femme, des enfants, j'étais un adulte. Je scrute ma physionomie et je m'aperçois que quelque chose a changé dans mon visage. Je suis moins tendu. Je me suis adouci. Ne plus avoir de soucis, d'argent, de couple, d'impôts, de responsabilités familiales d'aucune sorte, d'obligations professionnelles, de problèmes de voiture, d'appartement, de vacances, de patrimoine, m'a effacé quelques rides. Ici je ne possède plus rien et, délivré de ce poids, je me sens léger.

Comparé à ce qu'il me fallait affronter sur « Terre 1 », mes histoires avec Aphrodite, l'énigme, le travail d'élève dieu, l'exploration d'un sommet de montagne m'apparaissent comme autant de jeux d'enfant.

Je me décide à me coucher. Ne pas oublier de recharger mon ankh avant de m'endormir. Dans ce monde magique, ils

n'ont pas été fichus de concevoir un ankh capable de se recharger tout seul.

Enfin je m'enfonce dans mes draps, serre mon oreiller et
abats mes paupières comme un commerçant tire sa grille pour
fermer son magasin. Mais elles se rouvrent toutes seules.

Demain c'est qui le professeur, déjà ?... Ah oui.

Héphaïstos, le dieu de la Forge.

J'ai un flash.

Et si toutes ces histoires n'avaient été qu'un rêve ?

J'ai rêvé être un thanatonaute.

J'ai rêvé être un ange.

J'ai rêvé être un élève dieu.

Au réveil, je reprendrai ma vie normale, je retrouverai ma
lourde serviette normale, j'embrasserai ma famille normale, et
vaquerai à mon travail normal de médecin dans un hôpital.

Je me souviens de ce terrible passage de l'Encyclopédie :
« Et si la Terre (Terre 1 ?) était la seule et unique planète habitée dans l'univers... » J'avais alors pris conscience d'avoir toujours (vaguement) cru aux extraterrestres.

En fait, même les plus sceptiques et les plus athées d'entre
les Terriens vivent avec des croyances. Tout simplement parce
que c'est agréable. Et ce sont peut-être ces croyances qui font
exister les anges, les dieux et les extraterrestres. Même si tout
cela est faux.

« La réalité est ce qui continue d'exister lorsqu'on cesse d'y
croire. »

Demain je risque de recevoir la réalité normale dans la
figure.

Je comprendrai que cette aventure n'était qu'un rêve.

Je me souviendrai de mon rêve de l'empire des anges et de
l'Olympe et me dirai : Quel dommage qu'il ne soit pas vrai.

Je prendrai conscience qu'il n'y a pas de réincarnation, pas
d'anges, pas de dieu. Que ce sont des inventions destinées à
mieux supporter le stress de la vie. On naît à partir de rien.

Personne là-haut ne nous surveille ou ne s'intéresse à nous. De toute façon il n'existe rien au-dessus ni au-dessous de notre réalité. Et après notre mort, rien encore. On devient juste de la viande mangée par les vers.

Oui, tout ce monde fantastique n'est peut-être qu'un rêve, et c'est en dormant que je risque de revenir à la réalité « normale ». Je ferme les yeux, curieux de ce qu'il va se passer demain au reveil.

37. MYTHOLOGIE : HÉPHAÏSTOS

Pour prouver à Zeus qu'elle pouvait se passer de lui, Héra donna toute seule naissance sans aucune fécondation à Héphaïstos. Son nom signifie « Celui qui brille pendant le jour ». Dès sa sortie du ventre maternel, le nouveau-né apparut petit et affreusement laid. De colère, Zeus s'en empara et chercha à le tuer en le précipitant du haut des cieux sur l'île de Lemnos. Héphaïstos survécut mais se brisa une jambe et demeura à jamais boiteux.

Thétys et Eurynomé, deux Néréides, le recueillirent et l'emportèrent dans une grotte au fond des mers où, vingt-neuf ans durant, il perfectionna son métier de forgeron et de magicien. (À noter : en Scandinavie et en Afrique occidentale, on retrouve ce mythe du forgeron estropié. Il est à penser qu'on l'estropiait volontairement, sans doute pour le garder au village et l'empêcher de s'associer à d'éventuels ennemis.)

L'apprentissage terminé, Héra rapatria son fils sur l'Olympe où elle lui offrit la meilleure des forges, avec vingt soufflets fonctionnant jour et nuit. Les ouvrages d'Héphaïstos constituèrent autant de chefs-d'œuvre d'orfèvrerie et de magie. Il devint maître du feu, dieu de la métallurgie et des volcans.

Comme il en voulait à sa mère de ne pas l'avoir ramené plus tôt auprès d'elle, il conçut un piège à son intention. Il lui forgea un trône en or, et quand elle voulut s'y asseoir, des liens magiques l'enserrèrent. Pour se libérer, elle dut promettre à son fils au pied bot de le faire entrer à part entière dans le cercle des dieux de l'Olympe. Dès lors, Héphaïstos se mit au service de toutes les divinités, fabriquant des bijoux pour les déesses, des armes pour les dieux. À son actif, entre autres, le sceptre de Zeus, l'arc et les flèches d'Artémis, la lance d'Athéna.

Il pétrit dans la glaise la vierge Pandore. Pour le seconder dans ses travaux, il sculpta deux femmes-robots dans de l'or. Pour Achille, Héphaïstos fabriqua le bouclier qui lui permit de sortir vainqueur de nombre de combats. Le roi de Crète Minos disposa grâce à lui du robot de métal Talos. Une veine unique reliait son cou à sa cheville (technique connue des sculpteurs pour faire couler la cire). Le robot courait chaque jour trois fois autour de l'île afin de rejeter à la mer les navires des envahisseurs venus mouiller sur les côtes. Lorsque les Sardes envahirent et incendièrent la Crète, Talos se jeta dans le brasier. Brûlant lui-même, il enserra un à un les ennemis jusqu'à les carboniser tous.

Héphaïstos fut un jour témoin d'une dispute entre Héra et Zeus. Le fils tenta de défendre sa mère. Excédé, Zeus le lança une seconde fois sur l'île de Lemnos, lui brisant l'autre jambe. Héphaïstos ne put plus marcher autrement qu'à l'aide de béquilles, mais ses bras contraints à l'exercice connurent un regain de vigueur fort utile dans son métier de forgeron.

Edmond Wells,
Encyclopédie du Savoir Relatif et Absolu, Tome V,
(d'après Francis Razorback, lui-même s'inspirant
de la *Théogonie* d'Hésiode, 700 av. J.-C.).

38. DIMANCHE. COURS D'HÉPHAÏSTOS

Je me réveille, et c'est la réalité « Olympe sur une planète isolée de l'univers » qui l'a emporté sur la réalité « Paris sur Terre ».

Je suis presque déçu d'être un élève dieu. Être un mortel c'était quand même plus simple. Et puis quand on est ignorant on peut tout imaginer, mais quand on sait, quelle responsabilité.

J'ai rêvé de quoi ?... Ah oui. Je me souviens, j'ai rêvé que j'étais avec ma famille en vacances. Nous partions en voiture et on se retrouvait à attendre des heures dans les embouteillages pour sortir de Paris par la porte d'Orléans. Les enfants braillaient parce qu'ils en avaient ras le bol de rester enfermés des heures. Arrivés sur la Côte d'Azur, il faisait très chaud. Nous constations que l'appartement que nous avions loué avait un robinet qui gouttait et que les fenêtres ne fermaient pas complètement. Nous nous allongions sur la plage au milieu d'une foule de gens qui sentaient la crème solaire, et je me baignais dans une eau glauque. Rose, ma femme, faisait la tête sans raison. On cherchait un restaurant et on mangeait des moules-frites froides après avoir attendu une éternité qu'un serveur daigne enfin s'intéresser à nous. L'un de nos enfants était malade. Puis, comme ma femme était fâchée pour une raison inconnue, elle me laissait seul au restaurant et je buvais un café amer en lisant un journal qui parlait d'attentats terroristes.

Je me dresse sur mes coudes. Donc ça, c'était le rêve. Et ce que je vois maintenant c'est la « réalité de référence ». J'ouvre la fenêtre, je respire, et l'air empli de parfum de lavande entre dans mes poumons. Ainsi cela va continuer...

Nous sommes dimanche, *dies dominicus* en latin, « le jour du Maître ». Le soleil caresse déjà l'Olympe, lorsque la cloche de Chronos sonne pour nous rappeler qu'il est huit heures, et donc temps de nous rendre au cours, notre premier vrai cours puisque la leçon du dieu du Temps ne nous a été donnée qu'à titre préparatoire.

Je me traîne jusqu'à la salle de bains, efface à l'eau froide les ultimes traces de mon rêve.

J'enfile toge, tunique et sandales et profite un instant des exhalaisons des cyprès de mon petit jardin privé.

Rapide petit déjeuner d'œufs crus au Mégaron. Marilyn et Simone Signoret ont oublié qu'elles étaient autrefois rivales pour l'amour du chanteur-comédien Yves Montand. Tranquillement, elles bavardent entre actrices.

– Alors je lui ai dit : « Nous, les femmes, nous ne disposons que de deux armes : le rimmel et les larmes. Mais nous ne pouvons employer les deux en même temps », annonce Marilyn.

À côté, les philosophes des Lumières Voltaire et Rousseau, eux, n'ont rien oublié de leurs querelles d'antan.

– La Nature a toujours raison.

– Non, c'est l'Homme qui a toujours raison.

– Mais l'homme fait partie de la nature.

– Non, il la transcende.

Comme toujours, les peintres Matisse, Van Gogh et Toulouse-Lautrec se sont regroupés à une table, de même que Montgolfier, Ader, Saint-Exupéry et Nadar entre férus d'aéronautique. Le baron Georges Eugène Haussmann et l'ingénieur Eiffel discutent urbanisme. Haussmann avoue ne pas être très séduit par la tour Eiffel qui selon lui casse certaines lignes. Gustave Eiffel, en revanche, félicite Haussmann d'avoir eu l'idée d'harmoniser les façades des immeubles et de créer les Grands Boulevards.

– Oh, vous savez, dit Haussmann, je n'ai pas agi de mon propre chef, après la Commune j'ai reçu des directives, il fallait de larges avenues pour pouvoir tirer au canon sur la populace en cas d'émeute.

Gêné, Eiffel gobe un œuf.

Je les observe, et réalise que je commence à les considérer non plus comme des partenaires mais comme des concurrents. Nous sommes partis cent quarante-quatre. Combien en restera-t-il au final ?

Huit heures trente.

En une longue file, nous gagnons la porte orientale qui mène à l'avenue des Champs-Élysées. Elle est gardée par deux géants, bras croisés, regard fermé. Sur ordre de la Saison Automne, ils consentent à actionner les impressionnantes serrures dans un concert de cliquetis et de grincements d'acier.

Dehors s'ouvre une longue avenue bordée de cerisiers poudrés de blanc, les Champs-Élysées. Au-delà des arbres, des chérubines entretiennent des pelouses émeraude et des parterres de fleurs bariolés. Elles arrosent les plantes de leurs arrosoirs miniatures et coupent les feuilles mortes avec des ciseaux ronds. Sur les côtés, de hauts murs isolent le ruban des Champs-Élysées du reste de l'île. Des griffons les surveillent pour empêcher toute intrusion ou évasion.

Nous nous arrêtons devant un cristal de quartz de vingt mètres de haut, c'est le palais d'Héphaïstos. Il a des reflets turquoise et vert. À l'intérieur est creusée une habitation dont les portes en verre translucide sont béantes.

Nous entrons et découvrons des étagères couvertes de collections de minéraux précieux. Chaque échantillon est posé sur un socle avec une étiquette précisant son appellation scientifique : agate, bauxite, zinc, pyrite, topaze, ambre, silicate… Au fond de la salle, une dizaine de soufflets entretiennent un four aux allures de volcan.

Au centre, une estrade, un bureau et le coquetier géant apte à recevoir les mondes.

À notre entrée, un vieil homme penché sur un établi, une loupe d'horloger vissée à l'œil, se déplie et tâche de se redresser dans sa toge bleu turquoise, protégée d'un épais tablier en cuir de même couleur.

– Bien. Bien. Installez-vous, marmonne-t-il en nous indiquant les bancs.

Deux femmes-robots tout en or viennent aider le vieillard à s'asseoir dans un fauteuil roulant et le poussent vers nous. Il nous regarde. Son visage boutonneux est sillonné de rides. De ses narines et de ses oreilles, sortent des touffes de poils. Ses bras athlétiques ont l'épaisseur de cuisses. Ses mains, lorsqu'il les lève pour ôter son œilleton, nous imposent silence.

Derrière lui, les femmes-robots présentent de beaux visages droits de statues grecques. Sans le bruissement des rouages hydrauliques et mécaniques qui ponctuent chacun de leurs gestes, elles pourraient passer pour de vraies femmes de chair et d'os. Quelque chose me trouble. Elles ont le visage d'Aphrodite.

Afin de bien me prouver que l'heure est à la réconciliation et qu'après les turbulences, nos relations retournent au beau fixe, Raoul s'assied auprès de moi quand Héphaïstos gagne l'estrade.

Atlas apparaît sur le seuil, titubant sous sa sphère de trois mètres de diamètre qu'il dépose sur le coquetier. Il marmonne :

– J'en ai assez. Je n'en peux plus. Je démissionne.

– Qu'est-ce que tu dis, Atlas ? demande Héphaïstos d'un ton sec.

Les deux vieillards se défient. Atlas baisse les yeux le premier.

– Rien, rien, bougonne-t-il.

Maté, le géant courbe le dos et s'en va.

Péniblement, Héphaïstos se dégage de son fauteuil, saisit ses béquilles et, s'appuyant sur celle de gauche, inscrit au tableau noir de sa main droite : « *PREMIER COURS - CRÉATION D'UN MONDE.* » Puis il se laisse retomber sur son siège roulant qu'ont rapproché ses servantes mécaniques.

– Maintenant que vous avez reçu le cours préparatoire et appris avec Chronos comment utiliser votre ankh, pour le « pire »…

Il a un petit rictus en prononçant le mot. Puis il va vers le coquetier, tire la bâche et dévoile « Terre 17 » transformée en perle blanche flottant au milieu de la sphère de verre.

– …Vous allez apprendre avec moi comment l'utiliser pour le « meilleur ». Un monde est mort, place à un nouveau monde.

Au centre du bocal, l'œuf-tombeau semble me fixer comme un œil. Je ne peux oublier que jadis une humanité vivait à sa surface. Une humanité qui avait certes commis des maladresses – mais méritait-elle d'être détruite pour autant ?

– Approchez-vous et réglez vos ankhs sur leur puissance maximale.

Il psalmodie comme s'il s'adressait à la planète défunte :

– Par le feu tu as péri, par le feu tu renaîtras. Nous allons faire fondre cette gangue de glace. Vous êtes prêts… alors, élèves dieux, feu !

De toutes parts, la foudre assaille l'œuf qui palpite et se tord. La sphère semble devenue un être vivant qui souffre, vibre, traversé de spasmes, et dans la douleur cherche à se réveiller.

Une vapeur blanche se dégage de la glace en fusion. De blanc, l'œuf vire au gris. Sous les nuages, nous voyons la surface passer au jaune, à l'orange puis au rouge.

– Continuez ! enjoint le maître de forge.

La planète se craquelle comme un gâteau trop cuit. Des volcans surgissent comme autant de bouches appelant en vain avant de cracher leur liqueur orangée. Nous tirons encore et des zones rôties émergent entre les cratères, marron puis noires, presque calcinées. Héphaïstos nous fait signe d'arrêter. Puis il dessine un cercle au tableau :

– La planète est ceinte d'un épiderme, sa croûte. Le magma est son sang, lequel circule, mû par le cœur brûlant de la planète. Il faut parvenir à un équilibre interne et à un équilibre externe.

« Homéostasie », écrit-il au tableau.

– La croûte est sensible et délicate, c'est par elle que passe l'équilibre entre l'intérieur et l'extérieur de ce monde. La surface doit être épaisse mais pas trop, sinon la planète sera oppressée et la pression interne multipliera les explosions volcaniques. Retenez cette notion de « peau solide mais souple ».

Il nous fait signe de poursuivre.

Sous nos tirs coordonnés, « Terre 17 » poursuit sa cuisson. Elle se boursoufle, elle fume, turgescente. Des plaques glissent, dévoilant des plaies de magma rouges en forme de blessures.

– Dans les chaudrons des volcans en fusion, vous allez maintenant pouvoir créer le premier stade de la matière : le minéral.

Notre Maître dieu nous invite à régler le zoom de nos ankhs pour obtenir une vision jusqu'au niveau de l'atome.

Nos loupes sont désormais des microscopes. Dans les fournaises de la surface chaotique, apparaissent des noyaux et des électrons distincts. Des lunes loin de leur planète, des planètes loin de leur soleil.

Héphaïstos reprend son cours :

– Dans le chaudron originel tous les éléments sont séparés. À vous de rassembler harmonieusement les trois forces élémentaires : l'électron négatif, le neutron neutre et le proton positif afin de parvenir à la première architecture fondamentale, l'atome. Attention, il ne suffit pas d'associer les ingrédients, il importe aussi de bien les situer. Chaque électron doit être placé sur la bonne orbite sinon il se détache. Cette matière qui nous entoure, si nous pouvions l'observer avec des microscopes suffisamment puissants, nous constaterions qu'elle est essentiellement constituée de vide. C'est l'agitation de ces particules qui produit l'effet de matière. Bien, passons au premier exercice : fabriquer de l'hydrogène. Pour cet atome simple, un noyau et un électron suffiront.

L'hydrogène est notre première création ex nihilo. Nous la réussissons tous sans trop de difficulté.

– Passez à l'hélium. Deux électrons et un proton.

Là encore, aucun problème. Héphaïstos nous invite alors à donner libre cours à notre créativité.

– Vous créez votre atome, vous l'agglomérez à d'autres atomes similaires comme autant de briques et vous fabriquez des molécules puis de la matière. Soignez votre travail sur ces trois niveaux, l'atome, la molécule, la matière. À vous de bâtir la plus belle cathédrale d'atomes dont vous êtes capables. Je désignerai les trois meilleurs.

Je tâtonne avec diverses combinaisons d'électrons, de noyaux et d'atomes dégagés dans la fournaise de la planète, avant de comprendre le mode d'emploi et de parvenir à une pierre translucide. Je la peaufine en enlevant un atome par-ci, par-là. J'augmente la taille du noyau, je rajoute des atomes sur quelques orbites et en supprime ailleurs. Plusieurs heures de labeur et je suis content de ma « Pinsonite », un cristal de couleur indigo.

Il était temps. Héphaïstos met un terme à nos travaux pratiques et nous invite à examiner les résultats de nos condisciples. Raoul a élaboré la Raoulite, une pierre translucide verte, proche de l'émeraude, Edmond l'Edmondite, pierre blanche nacrée aux reflets roses. Marilyn a mis au point la Monroïte, pierre jaune doré semblable à de la pyrite, et Freddy présente sa Meyerite, roche argentée aux reflets bleus.

Le dieu des Forges passe derrière chacun de nous, aidé par ses femmes-robots, étudie chaque composition avec force hochements de tête, nous demande de décliner notre identité, coche des noms sur sa liste, et retourne enfin à son bureau. Là, le maître annonce que la plus belle création est la Sarahite, œuvre de Sarah Bernhardt. Il brandit une pierre en forme d'étoile couverte de paillettes dorées, avec des reflets mauve-jaune. Le tout ressemble à un oursin et je me demande comment elle a pu agencer ses atomes pour parvenir à une forme pareille. Façonner un prisme ou un cristal étiré me paraît déjà relever de la gageure, alors une étoile…

– Vous pouvez l'applaudir, déclare l'expert en orfèvrerie. Aujourd'hui, elle s'est avérée la meilleure.

J'ignore tout en matière de gemmologie mais je vois bien que Sarah Bernhardt est parvenue à instiller un stupéfiant scintillement astral au sein de sa pierre en forme d'étoile.

– J'ai toujours été passionnée par les bijoux, avoue-t-elle.

Une femme-robot se charge aussitôt de déposer une couronne de lauriers d'or sur la tête de la lauréate, tandis qu'Héphaïstos coupe court aux effusions en précisant que, comme il est de règle, le ou les plus mauvais élèves seront éliminés.

– Christian Poulinien, vous avez échoué.

Le malheureux s'est efforcé de bâtir un genre d'atome d'uranium en accumulant plus d'une centaine d'électrons autour de l'orbite de son noyau. Le résultat donne une molécule très instable. Elle est si riche en électrons et si déséquilibrée qu'elle pourrait servir de combustible à une bombe atomique.

– Vous vous êtes montré l'élève dieu le plus maladroit. Vous êtes exclu.

Christian Poulinien tente de protester :

– Si j'avais disposé de plus de temps, j'aurais stabilisé mon architecture atomique et… Je ne comprends pas, j'étais sur le point de… (Puis il se tourne vers nous.) Ne m'abandonnez pas, vous autres… Vous ne voyez donc pas que ce qui m'arrive vous arrivera aussi ?

Déjà un centaure est entré dans la classe et a ceinturé le cancre sans qu'aucun de nous réagisse.

L'hybride emporte Christian Poulinien dont bientôt nous n'entendons plus les protestations. Étrangement, cette disparition ne suscite aucun trouble en moi.

Raoul murmure :

– Décompte : 140 – 1 = 139.

Héphaïstos s'est replacé devant « Terre 17 » et, avec la loupe de son ankh, en étudie minutieusement la surface. Il

124

sort son œilleton, effectue quelques rectifications avec sa propre foudre et annonce :

– Cette planète présente désormais une diversité de minéraux suffisante pour être stabilisée.

Il fouille ensuite dans le tiroir sous le coquetier et en tire la pendule de Chronos, laquelle affiche toujours « An 2222 ». Il appuie alors sur un bouton et les chiffres tournent jusqu'à indiquer : « An 0000 ».

– Nous sommes maintenant en présence d'un nouveau monde, déclare le dieu des Forges, et au tableau, il inscrit : « TERRE 18 ».

De son ankh il chauffe un peu la surface pour solidifier la couche supérieure, puis ajoute par endroits un nappage de sel.

J'avais ressenti un pincement au cœur en observant avec tristesse la mort de « Terre 17 », disparue sous les flots et les glaces, j'éprouve maintenant une bouffée d'espoir avec la naissance de « Terre 18 ». Elle ressemble à un gâteau au chocolat, tiède, à peine sorti du four. Un gâteau croustillant, brun et sphérique.

39. ENCYCLOPÉDIE :
RECETTE DU GÂTEAU AU CHOCOLAT

Ingrédients pour 6 personnes : 250 g de chocolat noir, 120 g de beurre, 75 g de sucre, 6 œufs, 6 cuillères à soupe rases de farine, 3 cuillères à soupe d'eau.

Préparation : 15 minutes. Cuisson : 25 minutes.

Faire fondre le chocolat avec l'eau dans une casserole à feu très doux, jusqu'à obtenir une pâte onctueuse et parfumée. Ajouter le beurre et le sucre, puis la farine, en mélangeant sans cesse jusqu'à ce que la pâte soit bien homogène.

Ajouter un à un les jaunes d'œufs à cette préparation.

Battre les blancs en neige très ferme, les incorporer délicatement à la préparation au chocolat. Verser la pâte ainsi

obtenue dans un moule dont on aura au préalable beurré la paroi. Faire cuire au four pendant environ 25 minutes, à 200° C (thermostat 7). Tout l'art consiste à obtenir le dessus cuit, mais l'intérieur moelleux. Pour cela il faut surveiller le gâteau et le sortir de temps en temps entre la 20ᵉ et la 25ᵉ minutes. Le gâteau est cuit lorsque son centre n'est plus liquide, mais qu'un couteau planté en ressort à peine enduit de chocolat.
Servir tiède.

Edmond Wells,
Encyclopédie du Savoir Relatif et Absolu, Tome V.

40. NAISSANCE D'UN MONDE

Du sel. Un minéral qui se mange. Quelle saveur puissante, j'en reprends. Nous poursuivons notre apprentissage gustatif. J'en rajoute jusqu'à ce que, à force de picoter, le sel endolorisse mon palais. On nous apporte des œufs crus pour accompagner notre sel. Ainsi, à chaque repas, nous ingurgitons au sens propre la leçon du jour.

Retour à l'Amphithéâtre où nous sommes conviés à fêter la naissance de « Terre 18 ».

Aux battements sourds des tambours, sur une musique joyeuse, s'ajoute un instrument lié lui aussi à notre passage chez Héphaïstos : des cloches de cuivre tubulaires qui, alignées, reproduisent ensemble le son métallique d'une forge.

Des couples se forment pour improviser une danse.

Des mains se lient pour entamer une ronde autour de « Terre 18 » qui trône au centre de l'arène. Avec ses continents marron tout neufs, la planète semble elle-même palpiter au rythme de la musique.

Je guette l'arrivée d'Aphrodite, mais aucun Maître dieu n'est là ce soir pour dominer l'assistance. Tout se passe comme s'ils avaient décidé de nous laisser nous amuser seuls avec notre nouveau monde. Raoul nous suggère d'en profiter pour nous esquiver sur-le-champ afin de disposer de plus de temps pour construire notre nouvelle embarcation.

– Je peux vous accompagner ? interroge de sa voix grave Édith Piaf.

– C'est que nous sommes déjà au compl…

– Tu seras la bienvenue, m'interrompt Freddy Meyer alors que j'allais repousser la chanteuse.

Suivi donc d'Édith Piaf et de Mata Hari, notre groupe de théonautes s'éclipse et s'enfonce dans le tunnel sous la muraille Est. Nous débouchons quelques minutes plus tard dans la forêt bleue et nous dirigeons vers le fleuve.

Nous avons compris qu'un radeau ne suffirait pas à nous protéger des sirènes. Edmond Wells et Freddy Meyer se chargent d'esquisser les plans d'un vrai bateau. Nous lestons la coque de lourdes pierres pour lui donner plus de stabilité. En silence, nous tissons nos roseaux. Édith Piaf consolide les nœuds. Marilyn et moi taillons de longues perches qui éloigneront les sirènes. Freddy s'écarte pour bricoler quelque chose dans un grand sac.

La nuit succède doucement au crépuscule. Les lucioles nous éclairent. L'oiseau-lyre et le griffon qui louche nous rejoignent et cherchent quelle aide nous apporter. Nous recevons une visite plus inattendue. Un enfant satyre surgit en catimini qui s'en prend aux cuisses de Marilyn. D'un geste, elle le repousse, mais il s'accroche à sa toge. Quand elle parvient à s'en débarrasser, il saute sur Édith Piaf qui l'éloigne derechef. Alors, le satyre nous prend tous à partie et nous tire l'un après l'autre comme s'il voulait nous entraîner pour nous montrer quelque chose d'essentiel.

– Que veut-il ? s'interroge Raoul.

Le satyre interrompt aussitôt son manège et articule clairement :

– Que veut-il. Que veut-il. Que veut-il.

Nous nous tournons vers lui, sidérés.

– Tu sais parler ?

– Tu sais parler. Tu sais parler, singe le satyre.

– Il répète seulement ce qu'on lui dit, remarque Marilyn.

– Il répète seulement ce qu'on lui dit, il répète seulement ce qu'on lui dit, répond le satyre.

– Ce n'est pas un satyre, c'est un écho, dis-je.

– C'est un écho. C'est un écho. C'est un écho.

Il brandit une flûte de Pan dont il tire trois notes et, aussitôt, d'autres satyres apparaissent, hommes et femmes aux pattes de bouquetin.

– Ça se complique, soupire Freddy Meyer.

– Ça se complique, ça se complique, reprennent en chœur les satyres comme s'il s'agissait d'un chant de bûcheron.

Ils tirent sur nos toges pour nous emmener on ne sait où, mais nous résistons.

Je me souviens que, lorsque j'étais mortel, l'un de mes enfants avait voulu se livrer avec moi à ce même petit jeu et j'en avais été exaspéré. Encore un effet de miroir : « Je te dis ce que tu me dis. » Au cours de mes études de médecine, j'ai appris qu'un malade frappé d'écholalie ne peut s'empêcher de répéter la dernière phrase prononcée devant lui, quel que soit l'interlocuteur.

Un satyre s'empare d'une liane et entreprend lui aussi de lier des roseaux. Non seulement ils disent ce que nous disons, mais ils font ce que nous faisons. De mieux en mieux.

– Je crois qu'ils vont nous aider, s'attendrit Marilyn.

Ils sont maintenant une vingtaine à reproduire nos gestes.

– Ils vont nous aider, ils vont nous aider.

Et sans plus chercher à les chasser, nous acceptons la présence des satyres à nos côtés.

Difficile d'appeler notre construction un navire, mais cet esquif paraît plus solide que nos précédents radeaux.

Avant d'y monter, Freddy Meyer tire une corde de son sac et l'arrime à un tronc d'arbre. Le rabbin sait toujours ce qu'il fait, nous ne lui posons pas de questions.

L'un après l'autre, nous prenons place dans la coque et ajustons nos pagaies. Les satyres nous poussent vers le courant mais ne cherchent pas à s'embarquer avec nous.

– Merci pour le coup de main, dis-je.

– Merci pour le coup de main. Merci pour le coup de main, clament-ils avec ensemble.

Le début de la traversée se déroule sans problème. Au-dessus de nous, les lucioles volettent, éclairant l'écume à la proue. L'eau est opaque, à peine frémissante sous quelques ondes. À l'arrière, Freddy déroule sa corde. Dans le ciel noir brillent les trois lunes.

L'absence de sirènes m'étonne. Dormiraient-elles à cette heure ou chercheraient-elles à endormir notre vigilance ? La réponse ne tarde pas à arriver tandis que nous glissons sur le fleuve bleu. Une mélopée triste résonne dans les airs, bientôt reprise par plusieurs sirènes. Des femmes-poissons sortent de l'eau, se posent sur des rochers affleurants et nous fixent avec gentillesse. Leurs longs cheveux coulent en cascade sur leurs seins et toutes reprennent en chœur une mélodie hypnotique, peut-être la même qui autrefois envoûta les marins d'Ulysse en son odyssée. Francis Razorback n'est pas là. Sans doute l'a-t-on retenu au fond de l'eau afin de l'empêcher de nous venir en aide.

Le chant monte en tonalité et se fait plus aigu, au point de nous vriller les tympans. D'un geste, Freddy indique à Édith Piaf que c'est son tour d'entrer en scène et, à gorge déployée, d'une voix dont la puissance étonne en ce corps si frêle, elle entonne : *Mon légionnaire.* Les sirènes se taisent d'un coup, surprises que l'on puisse répondre à leur chant par un autre chant. Peu à peu cependant, elles reprennent leur concert. Mais Édith Piaf, de tout son souffle, n'a aucun mal à dominer leurs voix : « *Il était grand, il était beau, il sentait bon le sable chaud, mon légionnaire…* »

– Pourvu que tout ce tapage n'ameute pas les centaures, redoute Mata Hari.

Une à une, les sirènes renoncent à nous éprouver et replongent dans le fleuve. Nous nous empressons de féliciter notre chanteuse, laquelle met un point d'honneur à finir son *Légionnaire* jusqu'au dernier refrain. La trêve est cependant de courte durée. Nous hâtons notre course, quand nous sentons des poids insolites peser sur nos pagaies. Les sirènes sont de retour et s'acharnent à nouveau pour nous faire basculer. Ce bateau est plus stable qu'il n'y paraît. À peine Marilyn a-t-elle murmuré « l'amour pour épée, l'humour pour bouclier », que nous n'avons que le temps d'armer nos ankhs et de viser tout ce qui émerge. Pour sa part, avec sa perche, Raoul frappe de grands coups dans l'espoir d'assommer quelques-unes de ces créatures qui lui ont arraché son père.

Les lucioles fuient sous les éclairs de foudre. Les sirènes en furie ne sont plus une dizaine mais une centaine à attaquer notre vaisseau. Certaines s'enhardissent jusqu'à jaillir hors de l'eau pour nous frapper de leur queue. Notre artillerie claque mais je sens des mains mouillées et des écailles lisses sur mes jambes tandis que des corps mous s'enroulent autour de mes chevilles. Des ongles se plantent dans mes bras, dans mes mollets. Des dents pointues comme celles des murènes me mordent aux poignets.

Mata Hari lutte au corps-à-corps, femme-femme contre femme-poisson. Raoul se retrouve en mauvaise posture. Une sirène a bondi sur lui par-derrière et le tire de ses forces décuplées. Il chute dans l'eau. Je lâche ma perche et saisis mon ankh qu'heureusement, je n'ai pas oublié de recharger. D'un éclair précis, je viens à bout de la créature qui s'en prend à Mata Hari sur le pont arrière. D'un autre, je fais lâcher prise à l'adversaire de Raoul et m'empresse de hisser mon ami à bord.

Cependant, notre bateau n'avance plus, nous sommes tout à la bataille. Nous avons perdu nos perches et il ne nous reste plus que nos ankhs pour nous défendre. Mais Freddy n'a pas dit son dernier mot. De son sac, il déballe un arc armé d'une flèche plate à laquelle il accroche l'autre extrémité de sa corde.

Il vise et lance sa flèche vers l'arbre le plus proche. Nous disposons maintenant d'une corde reliant les deux rives. En tirant dessus, nous reprenons de la vitesse. Simultanément, nous nous répartissons les tâches. Raoul, Mata Hari et moi utilisons nos ankhs de notre mieux. Edmond, Freddy, Marilyn et Édith Piaf s'agrippent à la corde pour que nous parvenions enfin à traverser ce fleuve.

Les sirènes ont compris notre tactique et elles donnent l'assaut. Elles chargent sous l'eau, au ras de l'eau, en sautant dans les airs. Nos ankhs mitraillent à tout-va quand soudain mon bouton « D » ne répond plus : ma batterie est à plat.

Pas le temps d'hésiter. Je m'élance à l'avant pour aider ceux qui s'affairent à tirer sur la corde quand le bateau se renverse. D'une main nous nous accrochons, de l'autre nous nageons. Comme les autres, je lance de grands coups de pied pour éloigner l'ennemi et c'est en haletant que nous touchons l'autre rive alors que le deuxième soleil se lève à l'horizon.

Nous sommes trempés, nous sommes épuisés, mais nous n'avons subi aucune perte.

– Sans bateau comment allons-nous revenir ? s'inquiète cependant Edmond.

Freddy Meyer montre sa corde :

– Nous n'avons plus besoin d'esquif car nous disposons de ceci.

Il grimpe dans l'arbre et attache une poignée de bois à la corde.

– … Cet aller-retour s'appelle une tyrolienne. Les alpinistes s'en servent pour traverser les précipices. À nous, elle permettra de rentrer en passant par-dessus le fleuve et donc en évitant les sirènes.

Mais les créatures aquatiques ont compris l'usage que nous comptions faire de la corde et elles bondissent pour tenter de l'attraper. L'une d'elles prend son élan à la manière d'un dauphin de marina, s'envole hors de l'eau et parvient à s'agripper à la corde. Une autre s'empresse de l'imiter et s'accroche à elle, puis une autre et une autre encore. Quand elles sont toute une grappe emmêlée, la corde ploie, et la branche à laquelle elle était attachée craque brusquement sous le poids.

Difficile à présent de retourner en arrière.

– Tant pis, déclare Raoul. Après tout, les conquistadores ont brûlé leurs vaisseaux pour n'être pas tentés de reprendre la mer. Nous n'avons pas le choix. Il ne nous reste plus que l'audace.

C'est alors qu'un souffle rauque retentit au loin et que tous, nous sursautons.

– Et… Et si nous rentrions à la nage ? suggère timidement Édith Piaf.

41. ENCYCLOPÉDIE. *L'HOMME SUPERLUMINEUX*

Dans les théories les plus avant-gardistes de compréhension du phénomène de conscience, celle de Régis Dutheil, professeur de physique à la faculté de médecine de Poitiers, est particulièrement remarquable. La thèse de base développée par ce chercheur s'appuie sur les travaux de Feinberg. Il existerait trois mondes définis par la vitesse de mouvement des éléments qui les composent.

Le premier monde est le monde « sous-lumineux », celui dans lequel nous vivons, un monde de matière obéissant à la physique classique des lois de Newton sur la gravité. Ce monde serait constitué de bradyons, c'est-à-dire de particules dont la vitesse d'agitation est inférieure à celle de la lumière.

Le deuxième monde est « lumineux ». Ce monde est constitué de particules appartenant au mur de la lumière, les luxons, soumises aux lois de la relativité d'Einstein.

Enfin, il existerait un espace-temps « superlumineux ». Ce monde serait constitué de particules dépassant la vitesse de la lumière, nommées les tachyons.

Pour Régis Dutheil, ces trois mondes correspondraient à trois niveaux de conscience de l'homme. Le niveau des sens, qui perçoit la matière, le niveau de conscience locale, qui est une pensée lumineuse, c'est-à-dire qui va à la vitesse de la lumière, et celui de la super-conscience, une pensée qui va plus vite que la lumière. Dutheil pense qu'on peut atteindre la super-conscience par les rêves, la méditation et l'usage de certaines drogues. Mais il parle aussi d'une notion plus vaste : la Connaissance. Grâce à la vraie connaissance des lois de l'univers, notre conscience accélérerait et toucherait au monde des tachyons.

Dutheil pense qu'« il y aurait pour un être vivant dans l'univers superlumineux une instantanéité complète de tous les événements constituant sa vie ». Dès lors, les notions de passé, de présent et de futur se fondent et disparaissent. Réjoignant les recherches de David Bohm, il pense qu'à la mort, notre conscience « superlumineuse » rejoindrait un autre niveau d'énergie plus évolué : l'espace-temps des tachyons. Vers la fin de sa vie, Régis Dutheil, aidé de sa fille Brigitte, émit une théorie encore plus audacieuse selon laquelle non seulement le passé, le présent et le futur seraient réunis dans le ici et maintenant, mais toutes nos vies, antérieures et futures, se dérouleraient en même temps que notre vie présente dans la dimension superlumineuse.

Edmond Wells,
Encyclopédie du Savoir Relatif et Absolu, Tome V.

42. BERGE

Rien de commun entre les deux berges du fleuve bleu. De l'autre côté, le sol est noir, les fleurs sont noires, des iris noirs et des feuillages sombres.

– Je pourrais chanter quelque chose pour nous redonner de l'entrain, propose Édith Piaf.

– Non, merci.

Soudain, un grognement rauque issu de poumons démesurés nous fait sursauter. Nous avons un mauvais pressentiment.

– Qu'est-ce qu'on fait ? demande Marilyn.

– Rentrons, suggère Édith Piaf.

C'est alors que je perçois un bourdonnement au-dessus de ma tête. Ma moucheronne.

– Attention, une espionne ! s'exclame Mata Hari qui d'un geste preste attrape la chérubine et la retient prisonnière dans sa paume.

– Il faut l'écraser, sinon elle va nous faire repérer, dit Édith Piaf.

Je rappelle :

– Il est impossible de la tuer. C'est une chimère, elle est immortelle.

– Mais nous pouvons l'enfermer dans un endroit d'où elle ne pourra pas s'échapper, précise Raoul.

Par les ailes, il saisit ma moucheronne dont les cheveux sont tout ébouriffés. Elle brandit le poing comme pour nous menacer et de sa bouche grande ouverte, déployant sa langue de papillon, elle lance un piaillement suraigu.

– Peut-être émet-elle des ultrasons comme certains animaux de manière à alerter les centaures, signale Mata Hari.

À tout hasard, d'un lambeau de lin arraché à sa toge, elle bâillonne la chérubine que cette initiative exaspère encore davantage et qui se tortille en tous sens pour se dégager. J'interviens :

– Libérez-la. Je la connais.

Loin de m'écouter, Raoul lui accroche un fil de sa toge à la jambe.

La créature reprend son vol tant bien que mal, tirant la patte en grimaçant pour bien montrer que le lien la fait souffrir.

– Elle doit savoir ce qu'il y a devant nous et elle est là pour nous alerter, dis-je.

– À moins qu'elle craigne que nous découvrions ce qu'il y a en face, répond Raoul, méfiant.

Je hausse les épaules et tends un doigt à la façon d'un perchoir. La moucheronne vient aussitôt s'y asseoir. Je lui retire le bâillon qui l'oppresse.

– On ne peut pas vivre sans cesse dans la peur. Parfois, il faut prendre le risque de la confiance.

La ravissante petite chimère présente une mine boudeuse et m'indique du menton le fil qui la maintient toujours prisonnière. Je le lui enlève. À la surprise de mes compagnons, elle ne s'envole pas.

– Je sais que même si tu ne peux parler, tu nous comprends, moucheronne, veux-tu nous aider ? Nous avons besoin de toi. Si tu es d'accord, opine de la tête.

La chérubine secoue son visage de haut en bas.

– Bien. Est-ce que tu essaies de nous avertir de ne pas continuer ?

Elle approuve.

– Tu sais que nous ne pouvons pas rentrer.

Elle fait alors des signes, désigne la corde, la rive.

– Elle a l'air de dire qu'elle peut raccrocher la corde de l'autre côté…

– Non, tu penses vraiment qu'elle va faire ça pour nous ? s'étonne Édith Piaf.

Mais déjà, la chérubine est partie à tire-d'aile sans rien emporter.

– De toute façon, cette corde était bien trop lourde pour un papillon, déclare Marilyn, compréhensive.

– Bon, il n'y a plus qu'à rester là et à attendre les centaures, dit Raoul. Nous sommes fichus.

– Pourquoi ne pas continuer plutôt tout droit ? demande Edmond Wells. Perdu pour perdu, autant apprendre ce qu'il y a devant.

À nouveau le grognement rauque, et maintenant des bruits de pas lourds qui font trembler le sol.

– Je peux chanter pour éloigner la menace, dit Édith Piaf, tremblant de tous ses membres. Ça a bien marché tout à l'heure.

– Non, merci, vraiment.

Nous sommes dans l'expectative, quand le salut apparaît dans un battement d'ailes, sous la forme de la moucheronne qui revient, accompagnée du griffon loucheur. Elle lui montre la corde et le bâton. Le lion ailé à bec d'aigle s'empresse de les saisir avant de s'envoler à nouveau vers l'autre rive pour les placer exactement comme j'avais prié la moucheronne de le faire. Son strabisme nuit à la précision de ses gestes mais, avec l'aide des satyres, de l'autre côté de la berge, le bâton est rapidement fiché en terre. Freddy hausse le point d'arrimage de la corde afin que les sirènes ne puissent plus l'atteindre. Il met en place sa poignée en bois, nantie d'une ficelle qu'il noue à l'arbre afin qu'elle nous revienne aisément.

– Voilà, la tyrolienne est de nouveau installée.

Le rabbin s'élance en premier pour vérifier le bon fonctionnement de son dispositif. Doucement, il glisse au-dessus des eaux bleues, hors de portée des créatures aquatiques qui s'acharnent à essayer de l'attraper.

– Ça marche, nous crie-t-il depuis l'autre rive où il assure la prise de sa tyrolienne.

Marilyn Monroe tire la ficelle pour récupérer la poignée, part et atterrit indemne, puis c'est le tour de Mata Hari de tenter sa chance, suivie par Edmond Wells, Édith Piaf, Raoul, et enfin moi.

Entre-temps, les sirènes se sont organisées. C'est une véritable colonne vivante qui s'élève à ma rencontre au milieu du fleuve. Elles se sont juchées sur les épaules les unes des autres pour parvenir à s'élever. Ma jambe est soudain prise au piège d'une poigne redoutable.

Ce poisson de charme menace de m'entraîner dans l'eau. La chérubine atterrit sur ses yeux pour faire diversion.

L'ankh de Raoul fonctionne toujours et un tir bien ajusté détache de moi la main ennemie.

À mon tour, je me réfugie sur l'autre rive.

– Merci, Raoul.

La chérubine bourdonne pour me rappeler qu'elle aussi a joué son rôle dans mon sauvetage.

– Merci à toi, moucheronne. On s'en est tirés de justesse.

Déjà les satyres reprennent en chœur :

– On s'en est tirés de justesse. On s'en est tirés de justesse.

Et ils tirent sur nos toges.

– Que voulez-vous encore ? s'enquiert Raoul.

– Que voulez-vous encore. Que voulez-vous encore.

Le rabbin examine sa tyrolienne.

– Il faudra placer la corde plus haut, la prochaine fois, et il suffira de bien lever les jambes pour nous mettre à l'abri des sirènes, remarque-t-il simplement.

– En attendant, ne laissons pas cette corde en évidence, conseille Edmond Wells. Inutile d'attirer l'attention des centaures. Enlevons-la.

Je suis trempé. Je scrute les noires frondaisons, en face, d'où part encore un méchant rugissement qui résonne jusqu'ici. Là-bas un animal a l'air déçu d'avoir raté notre rendez-vous. Ces grognements sont déjà couverts par une triste mélopée des sirènes, comme pour saluer notre départ ou regretter leur échec.

43. MYTHOLOGIE : LES SIRÈNES

Sirènes, ce nom signifie « celles qui attachent avec une corde », car leur chant est considéré comme parfait pour enchaîner les hommes. Ces filles du fleuve Acheloos et de la nymphe Calliope présentent un visage, des bras et une poitrine de femme que prolonge une longue queue de poisson. Aphrodite serait responsable de leur apparence

pour les avoir châtiées de ne pas avoir offert leur virginité à un dieu.

Chanteuses aux voix magiques, les sirènes envoûtent les marins qui, du coup, perdent leur sens de l'orientation. Les sirènes viendront alors les dévorer après le naufrage. Leurs noms varient mais la légende veut que la plus célèbre, Parthénopé, se soit échouée sur les rivages de l'Adriatique, face à Capri, pour donner naissance à la ville de Naples.

Pour les alchimistes, les sirènes symbolisent l'union du soufre (poisson) et du mercure qui participent au travail du grand œuvre.

Le conte d'Andersen, *La Petite Sirène*, narre plus prosaïquement comment, pour l'amour d'un prince, une sirène consent à perdre sa queue de poisson pour s'en aller danser avec des jambes de femme. L'histoire est une parabole : au prix de mille souffrances, les humains cherchent toujours à se hisser hors de leur condition animale pour conquérir la verticalité.

Edmond Wells,
Encyclopédie du Savoir Relatif et Absolu, Tome V,
(d'après Francis Razorback s'inspirant lui-même
de la Théogonie d'Hésiode, 700 av. J.C.).

44. MORTELS. 4 ANS. L'ÉPREUVE DE L'EAU

Retour à la villa 142 857. J'ai faim. Les œufs et le sel ne suffisent plus à me rassasier après tant d'efforts physiques. J'apprécierais à présent des mets plus consistants. Demain, nous avons cours avec Poséidon, dieu de la Mer. Peut-être du poisson sera-t-il à l'ordre du jour. Je ne rechignerais même pas devant de la queue de sirène frite.

Je m'effondre dans mon bain. Chaque jour, chaque nuit, les épreuves se font plus difficiles, et chaque matin me trouve à la fois épuisé, exalté et incapable de m'endormir même si je ferme très fort les yeux.

Un bruit à ma fenêtre m'alerte, je rouvre les paupières et ceins mes hanches d'une serviette. La moucheronne frappe à ma vitre. Je l'invite à entrer et retourne dans mon bain. J'hésite un instant à me montrer nu face à ce minuscule visage de jeune fille mais bah, la moucheronne est une chérubine et il n'y a pas de pudeur à avoir devant une chimère. D'ailleurs, de quel sexe était celle-ci avant sa mutation ? Loin de partager mes scrupules, ma moucheronne s'est perchée tranquillement sur le rebord de ma baignoire.

– J'ai faim, pas toi ? Qu'est-ce que tu manges ici ?

En guise de réponse, la chérubine déploie sa langue de papillon et happe une mouche qui a le malheur de passer à sa portée. En deux coups de mâchoires, l'insecte a disparu.

– Je comprends maintenant pourquoi tu grimaces quand je t'appelle moucheronne. C'est un peu comme si moi, tu me qualifiais de hamburger.

La chérubine approuve de la tête.

– Tant pis. Je continuerai à t'appeler moucheronne car je trouve que cela te convient parfaitement.

La fille-papillon m'envoie de l'eau savonneuse dans les yeux en signe de protestation mais elle sourit en même temps.

– Dis-moi, je suis convaincu que tu connais tous les secrets de l'île.

Ma compagne prend un air sérieux tandis que je commence :

– Réponds-moi par oui ou par non. Sais-tu ce qu'il y a au sommet de l'Olympe ?

Ni oui ni non, seulement une expression énigmatique.

– Y a-t-il un grand Dieu au-dessus des Maîtres dieux ?

Elle réfléchit puis hoche la tête en signe d'assentiment.

– Tu l'as vu ?

Le mouvement de dénégation est net et plusieurs fois répété comme pour signifier que personne ne l'a jamais vu ici et que personne jamais ne l'y verra.

– Et le diable ?

Elle tressaille du même frisson qu'Athéna à l'évocation de ce nom.

– À tout hasard, connais-tu la réponse à l'énigme : « Qu'est-ce qui est mieux que Dieu et pire que le diable ? »

La moucheronne lève les yeux au ciel. Elle n'en sait rien. Je tente une autre question :

– Sais-tu qui est le déicide ?

Elle fixe mon ankh puis s'envole vers la prise. Que veut-elle me dire ? Je finis par comprendre que la chérubine me conseille de recharger mon arme afin de pouvoir en disposer au cas où le tueur de dieux s'en prendrait à moi.

– Tu crois qu'il veut éliminer les élèves les uns après les autres ?

Les bras s'agitent avec véhémence, la mine est convaincue.

– Y a-t-il eu pareils assassinats dans les autres promotions ?

La bouche mime un « non ».

Je me décide à sortir de mon bain, enfile un peignoir et dépose mon ankh sur son socle de recharge. La moucheronne approuve vivement de la tête.

J'interroge encore :

– Connais-tu les mortels de la planète « Terre 1 » ?

Elle fait un signe de dénégation.

– Alors laisse-moi t'en présenter quelques-uns.

Sur l'écran de mon téléviseur, Kouassi Kouassi, 4 ans, s'ébat dans un étang marécageux parmi une flopée d'enfants joyeux. Ils s'aspergent gaiement et plongent à tour de rôle dans l'eau boueuse. Un groupe de femmes bavardent un peu plus loin en battant du linge tout en jetant de temps à autre un regard sur leur progéniture. Personne ne semble s'inquiéter quand un crocodile apparaît et se dirige vers les gamins, lesquels s'empressent de le considérer comme un nouveau compagnon de jeu. Ils tambourinent sur sa tête de leurs petits poings, ils grimpent sur lui et frappent ses flancs, ils l'agacent de leur mieux. Le saurien ouvre grande la gueule et pousse un vagissement qui n'effraie ni les mères ni les petits.

– Marrant, hein ? Ils sont comme ça, les humains de ma planète, dis-je. Moi-même j'ai été comme ça... peut-être toi aussi d'ailleurs.

Elle fait encore un signe de dénégation et, soudain, je prends conscience que la moucheronne est peut-être issue d'une promotion venue d'une planète dont je ne connais rien. Comme cette planète Rouge que j'avais découverte lorsque j'étais un ange.

Autre chaîne. Sur une plage, la mère de Théotime lui a fixé des flotteurs aux bras et entouré le cou d'une bouée à tête de canard. L'enfant s'ébat, tout heureux. Il ne craint pas l'eau, comme son père d'ailleurs qui nage au loin, à l'écart de sa petite famille. La mère de Théotime le retient puis le lâche. Le gamin agite ses jambes potelées, bascule en avant, boit la tasse et pleure. Je me rends compte que d'avoir une mère trop gentille a rendu Igor un peu empoté.

Sur la troisième chaîne, Eun Bi sanglote dans une piscine alors que sa mère la serre tout contre elle. La petite est verte de peur et hurle sans se soucier de la foule qui l'entoure de toutes parts, les gens ne disposant ici que de quelques centimètres d'eau pour se délasser sans se cogner à leurs voisins. Les baigneurs ne tardent pas à s'irriter des cris de la fillette et à manifester leur réprobation. La mère tire Eun Bi hors de l'eau pour une petite fessée puis la rejette seule dans la piscine, pensant qu'elle sera alors bien obligée de se débrouiller. Nouveaux hurlements. La gamine livrée à elle-même se débat, boit la tasse, relève la tête pour cracher et tousser. La réprobation des nageurs inclut maintenant la fille et la mère, laquelle renonce à son cours de natation et abandonne Eun Bi, enveloppée dans une serviette, grelottante de froid, dans un coin de la piscine.

La moucheronne écarquille des yeux stupéfaits.

J'éteins ma télévision et lui explique :

– Ce sont mes anciens clients. Je m'occupais d'eux dans leur vie précédente... mais peut-être que toi aussi, tu as été ange autrefois, n'est-ce pas ? Et puis tu as dû être élève dieu ?

La jolie chérubine me fixe, sans aucune mimique, puis s'envole par la fenêtre ouverte de la salle de bains.

Je la regarde se transformer en papillon de nuit.

Je rassemble mes pensées. Qui donc sera notre maître, demain ?

45. MYTHOLOGIE : POSÉIDON

Fils de Chronos et de Rhéa, Poséidon, « celui qui abreuve », fut comme ses frères dévoré par son père à sa naissance, mais Zeus le ramena à la vie. Parce qu'il était son frère, il devint un dieu de l'Olympe et reçut le royaume des Mers. Il commandait les flots, déchaînant les tempêtes, faisant jaillir les sources à son gré.

Aux côtés de Zeus, il combattit les Titans et les géants en leur envoyant des pans de falaise qu'il arrachait grâce à la puissance des océans.

Lorsque le maître de l'Olympe chassa son père Chronos de son trône, il offrit à Poséidon un palais sous les eaux, en Béotie, au large d'Aegée. Mais cela ne suffit pas à le combler et il lança son trident sur l'acropole d'Athènes, là où l'on peut voir encore un puits d'eau salée. Athéna ayant eu le mauvais goût de s'installer tout près, Poséidon, furieux, assaillit la ville de hautes lames. Pour qu'il consente à cesser le désastre, il fallut qu'Athènes renonce à son système matriarcal et adopte un système patriarcal voué à son culte. Les femmes de la ville perdirent leur droit de vote et leurs enfants cessèrent de porter leur nom. Cela ne plut guère à Athéna et le maître de l'Olympe fut obligé d'intervenir pour éviter une guerre fratricide.

S'il épousa la Néréide Amphitrite, Poséidon n'en connut pas moins de nombreuses amours avec des déesses et des nymphes. Après qu'il fut intervenu en faveur d'Aphrodite surprise dans les bras d'Arès, elle lui donna deux fils, Rhodos et Hérophilos. Avec Gaïa, il conçut Antée, le monstrueux géant hantant le désert de Libye et s'y nourrissant de lions. Pour échapper au dieu des Mers, Déméter se fit jument mais Poséidon la surprit en étalon et elle donna le jour au cheval Arion, doté d'un pied d'homme et doué de parole.

La Méduse se laissa prendre elle aussi par le dieu des Mers en plein temple d'Athéna et, pour la punir, la déesse brandit sa lance, lui confisqua sa beauté et remplaça son beau visage par un nid de serpents. De cette union naquit cependant Pégase, le cheval ailé. Poséidon engendra encore d'autres rejetons monstrueux, tels Triton, mi-homme, mi-poisson, le Cyclope Polyphème ou le géant Orion.

Cependant, Poséidon voulait toujours étendre son royaume. Avec Apollon, il complota contre Zeus qui les châtia en leur ordonnant de construire les remparts de Troie pour le compte du roi Lamoédon. Celui-ci étant convenu d'un salaire qu'il se refusa ensuite à verser, Poséidon lui dépêcha un monstre marin qui ravagea sa ville.

Edmond Wells,
Encyclopédie du Savoir Relatif et Absolu, Tome V,
(d'après Francis Razorback, s'inspirant lui-même
de la *Théogonie* d'Hésiode, 700 av. J.-C.).

46. LE TEMPS DES VÉGÉTAUX

Lundi, jour de la Lune. Cours de Poséidon. Sur les Champs-Élysées, le palais de Poséidon ressemble de l'extérieur à un éphémère château de sable construit sur une plage dans l'attente de la prochaine marée. À l'intérieur, on se croirait plutôt dans l'entrepôt d'un pêcheur, avec ses barques, ses filets, ses coquillages et ses amphores. Le long des murs, des aquariums exhibent leurs algues, leurs anémones et leurs coraux chatoyants.

Notre professeur du jour est un géant à la barbe blanche coupée au carré. Il ne quitte pas son trident qu'il traîne derrière lui dans un grincement de ferraille. Sa physionomie n'a rien d'amène. Il nous dévisage comme fâché d'avance et vocifère :

– Atlas !

Atlas accourt, dépose « Terre 18 » sur un support au centre de la salle et s'en va sans se livrer à ses protestations habituelles.

Poséidon s'en approche et, l'œil collé à la loupe de son ankh, tel un enquêteur recherchant des indices sur le lieu d'un crime, tonne aussitôt :

– Et vous appelez cela un monde !

Nous restons cois, recroquevillés sur nos bancs.

– ... Moi, je dis qu'il y a des planètes dont devraient rougir ceux qui les ont façonnées ! ajoute-t-il en frappant son bureau de son trident. Depuis que je suis Maître dieu en Olympe, je n'ai jamais, mais vraiment jamais, vu de monde aussi minable. Et où comptez-vous aller avec ce désastre pas même sphérique ?

Le maître se lève et déambule devant l'estrade, tour à tour brandissant vers nous un trident menaçant ou se tordant la barbe avec fureur.

– ... Il y a des bosses partout. Impossible d'avancer avec ça. Vous, là-bas, allez me quérir Chronos.

L'élève désigné du doigt file sans demander son reste vers la demeure du maître et ne tarde pas à en revenir avec le dieu du Temps toujours aussi dépenaillé.

– Tu m'as prié de venir ?

– Oui, Père. Vous avez vu de quelle immondice cette nouvelle promotion entend se servir comme monde de départ ?

Chronos visse son œilleton d'horloger pour examiner notre travail, multiplie les grimaces et s'excuse presque :

– Il me semble pourtant qu'il n'y avait rien à redire lorsque je leur ai donné l'œuf cosmique…

– C'est donc Héphaïstos qui aura tout gâché. Élève, ramenez-le-moi, tonne le dieu des Mers.

Le même condisciple repart en courant et revient accompagné du maître des forges, flanqué de ses deux femmes-robots soucieuses de lui éviter le moindre déséquilibre. Il comprend aussitôt que « Terre 18 » pose problème et, de la loupe de son ankh, scrute notre planète.

– Oh, ça va… Il n'y a pas lieu d'être aussi perfectionniste, maugrée-t-il.

L'irascible Poséidon s'emporte derechef :

– Ah, oui ? Eh bien moi, je refuse d'œuvrer sur « Terre 18 ». Débrouillez-vous comme vous voudrez, vous me la réparez ou vous me filez une « Terre 19 » convenable.

Nous nous taisons. Si nos professeurs ne parviennent pas à se mettre d'accord, ce n'est pas à nous, élèves débutants, d'intervenir.

– Il s'agit quand même d'une planète neuve, proteste Héphaïstos.

Le dieu du Temps renchérit :

– La recommencer, ce serait prendre du retard dans les cours. Impossible, il faudra te contenter de ce monde imparfait.

Père et fils se toisent. Poséidon baisse les yeux le premier et soupire.

– Quand même, Héphaïstos, aplanis-moi ces bosses.

De mauvaise grâce, le dieu des orfèvres obtempère à l'aide de son ankh tandis que le maître du temps s'associe à ses efforts en accélérant l'horloge pour que les volcans sur lesquels l'autre intervient refroidissent plus vite.

– À toi de jouer, nous ne pouvons rien de plus pour toi, annonce Chronos, en faisant signe à ses femmes-robots de le ramener vers la porte sur son fauteuil roulant qu'Héphaïstos, tout aussi désireux de déguerpir, les aide à pousser.

– Un monde imparfait au stade minéral ne se transformera jamais en monde parfait dans les degrés d'évolution plus avancés, bougonne Poséidon, ses collègues partis. Une planète est comme un être vivant. Il faut qu'elle respire. Vous ne vous êtes jamais demandé pourquoi la croûte des pains est sillonnée d'entailles ? Et regardez-moi cette planète bâclée.

De la foudre de son trident lancée à la puissance maximale, il améliore encore « Terre 18 » par-ci, par-là et se redresse, fourbu.

Les dernières montagnes en feu s'éteignent, ultimes bougies sur un gâteau d'anniversaire, et d'elles montent encore des vapeurs blanches qui s'élèvent dans les cieux pour s'y fixer en nuages. Ces derniers se rejoignent pour créer une atmosphère qui peu à peu recouvre la planète tout entière de son gilet cotonneux.

– Qui a obtenu la meilleure note au cours précédent ? demande le dieu des Mers, en éteignant les lampes dans la salle.

Sarah Bernhardt lève la main.

– Donc à vous l'honneur du coup d'envoi. Tirez dans les nuages. Un simple petit éclair devrait suffire.

Elle obéit. Quoique un peu surprise de la demande, elle brandit son ankh vers la couverture de nuages. À peine sa lumière a-t-elle touché « Terre 18 » que les nuages clairs se regroupent et se tassent pour se transformer en nuages gris foncé puis d'un noir opaque. Des éclairs de foudre retentissent qui ne sont plus tirés par nos ankhs. D'où nous sommes, nous ne distinguons que des points blancs, comme des spots qui clignotent. Au-dessous ils forment des filaments qui relient l'atmosphère à la surface de la planète. C'est alors que les nuages noirs éclatent en une pluie diluvienne.

D'un geste de la main, Poséidon nous ordonne de nous approcher de la sphère et de contempler le spectacle. Toutes les fissures de la planète se remplissent d'une eau brunâtre. Les rifts profonds qui séparent les continents mettent du temps à se combler. Les vallées sombrent sous l'eau pour former des lacs qui débordent parfois, se déversent en fleuves et se ramifient en ruisseaux.

Et puis, comme si les nuages avaient craché tout leur saoul, la pluie cesse. Les nuages noirs redeviennent gris, puis blancs, puis translucides, et enfin s'éparpillent.

Entre l'atmosphère et la surface de la planète, l'espace se remplit d'air et, en bas, l'eau prend une couleur bleu marine.

Poséidon rallume les lampes.

– Vous voici parvenus à l'instant le plus intéressant de votre enseignement. Ici et maintenant, en effet, nous allons créer de la Vie.

Au tableau, il inscrit : « Création de la Vie », et au-dessous, il note :

0 : le départ. L'œuf cosmique.

1 : la matière. Le minéral.

2 : la vie. Le végétal.

L'Encyclopédie du Savoir Relatif et Absolu d'Edmond Wells me revient en mémoire. « 2 », le végétal : un trait horizontal sous une courbe, fixé au sol, aimant la lumière…

Poséidon nous indique comment opérer. Il suffit d'agir au moyen d'infimes impulsions de foudre sur le filament d'ADN, des impulsions si précises qu'elles sont de l'ordre de l'atome. Nous graverons ainsi le programme de l'être vivant que nous manipulerons. Comme si nous perforions un de ces antiques rubans servant jadis de programmes informatiques. Poséidon précise qu'il importe ensuite de protéger cette mémoire par un noyau.

Sur le filament d'ADN, nous sommes libres de placer tout ce qui nous viendra en tête. À nous de programmer la couleur, la taille, la forme, le goût, les différentes épaisseurs de peau, leur solidité, leur dureté.

C'est incroyable tout ce que l'on peut faire rien qu'avec de l'hydrogène, de l'oxygène, du carbone et de l'azote, car tout ce qui vit n'est qu'une combinaison de ces quatre atomes. Ensuite, la programmation de l'ADN fait tout le reste.

– Pour chacune de vos créations, précise Poséidon, il vous faudra trouver :

• Un moyen de se nourrir.

• Un moyen de se reproduire.

Tâtonnez, inventez, cherchez des solutions. Laissez-vous aller dans vos délires. N'hésitez pas à coloniser les abysses des fonds marins, les grottes, les anfractuosités, la surface des océans même. Opérez comme bon vous semble. Vous disposez de quelques heures. Vous aurez le temps de corriger vos compositions et de les ajuster aux conditions climatiques imposées par vos voisins.

Comme un garagiste les mains dans le cambouis, nous voilà plongés dans le cœur des cellules. Je burine dans les fils d'ADN comme si j'étais en train de réparer un moteur. Puis je range mes chromosomes dans des noyaux comme des fils dans un sac. Au début, toutes mes structures s'effondrent. L'enveloppe de ma cellule n'est pas assez solide, ou bien l'ADN de mon noyau est par trop improbable.

Peu à peu, j'en viens à entrevoir quelles interactions interviennent dans mes combinaisons et j'obtiens la forme la plus élémentaire de la vie : une bactérie sphérique avec une unique cellule contenant un noyau et son ADN.

Pour satisfaire à la première question de Poséidon : « Comment se nourrit-elle ? », ma bactérie absorbe la lumière par photosynthèse et des miettes de molécules organiques résultant des brouillons abandonnés par mes condisciples. Pour répondre à la seconde question : « Comment se reproduit-elle ? », c'est simple, par parthénogenèse. Elle se divise en deux nouvelles cellules exactement identiques à la première.

Je lorgne le travail de Freddy Meyer à côté de moi.

Lui est déjà parvenu à un être pluricellulaire, une sorte d'algue. Raoul a élaboré de son côté un virus très simple, très solide, capable de se nourrir et de se reproduire à l'intérieur d'autres organismes. Edmond Wells a fabriqué une éponge qui se nourrit non seulement de lumière mais aussi de gaz. Grâce à un système de filtrage, sa création supporte l'oxygène qui, jusque-là, était un poison pour toute forme de vie. Avec l'apport de cette énergie, elle a produit des filaments qu'elle déploie pour se déplacer en surface. Pour sa part, Mata Hari n'y est pas allée par quatre chemins. Elle a tout bonnement inventé la sexualité en créant des organismes qui se reproduisent non plus en se divisant mais en s'unissant à des individus différents et en mélangeant leurs codes d'ADN.

– Pas mal.

– Cela n'a pas été facile, admet-elle. J'ai été obligée de passer par une phase de cannibalisme. Un individu en happait un autre pour associer les deux ADN. J'ai compris que je réussirais mieux en deux temps : fusionner d'abord deux cellules en un être à double ADN, produire ensuite un troisième être, union des deux.

– 1 + 1 = 3, conclut en plaisantant Edmond Wells.

Cette devise me semble à cet instant d'une force incroyable. Si tôt dans l'apparition de la vie, 1 + 1 = 3 indiquait donc le secret de l'évolution. Circulant derrière nous pour vérifier où nous en sommes, Poséidon s'attarde à encourager Mata Hari. Du coup, d'autres élèves accourent pour copier ce système révolutionnaire qui permet de sortir du cycle de la reproduction solitaire pour passer à celle de deux individus différenciés.

Nous construisons et déconstruisons, améliorant nos prototypes, créant des êtres de plus en plus complexes. Il y a là du plancton, des daphnés, des vers. Certains voudraient se lancer dans des poissons, mais Poséidon les arrête. Rien avec des yeux, rien avec des bouches, il ne faut pas pour l'heure s'éloigner du domaine végétal. On reste dans le 2.

Nous acceptons ses limitations. Ma « Pinsonette » est une fleur rose aquatique pâlichonne mais résistante. Elle se reproduit très facilement grâce à un système de filtrage inspiré d'Edmond Wells et un mécanisme de sexualité de mon invention qui envoie des gamètes dans l'eau. Bref, elle bénéficie de toutes les trouvailles dernier cri.

La « Razorbackette » de Raoul est une anémone pourvue de longs tentacules. Edmond cajole sa « Wellsette », une algue mauve aux allures de salade, équipée d'un système de capsules remplies d'air lui permettant de flotter en surface et donc de disposer de plus d'oxygène et de lumière. J'en suis d'autant plus admiratif que ma « Pinsonette », vivant en profondeur, ne profite que de l'oxygène de l'eau et de la faible lumière filtrée par les couches marines supérieures.

Mata Hari a modelé son « Hariette », une simple fleur rouge qui se dandine, fixée dans le sol. Son cœur crache régulièrement dans l'eau des gamètes qui, lorsqu'ils en rencontrent d'autres, donnent naissance à une nouvelle plante. Celles-ci commencent à pulluler dans l'océan primitif, et je note que, du seul fait de la sexualité, tous ces végétaux ne sont pas similaires et commencent à s'adapter au milieu chacun à leur manière.

Gustave Eiffel a réussi une création spectaculaire et d'une grande beauté. Son mécanisme de corail grandit en mêlant une structure mi-minérale, mi-végétale, et sa coloration rose orangé détonne dans le bleu sombre de l'eau. Plus discret, Freddy Meyer a imaginé une mousse couleur de ciel, claire et fine, qui adhère à la roche, la teintant de turquoise. Le buisson de branches molles, noires et jaunes de Sarah Bernhardt est bien joli mais sa reproduction s'annonce difficile.

Les plantes foisonnent alentour. Il y a là plus de cent cinquante espèces végétales dont certaines n'appartiennent à aucun élève dieu. Peut-être sont-elles nées spontanément. Poséidon nous conseille d'ailleurs de ne pas sous-estimer les végétaux car ils disposent d'énormes pouvoirs bien qu'ils soient immobiles.

– Souvenez-vous, dit-il. Dans vos dernières vies de mortels, vous adoriez les végétaux et ceux-ci influaient sur vos existences. Le café réveille. Le sucre de canne ou de betterave apporte de l'énergie, tout comme le chocolat dont certains ne parviennent pas à se passer. Il y a encore le thé, le tabac. Ah, le tabac ! Une simple feuille, et elle agit sur l'organisme humain en son entier. Elle intervient dans la régulation des graisses, le sommeil, l'humeur… Et bien sûr il y a les plantes utilisées comme drogues, la feuille de coca, la feuille de marijuana, le pavot, le chanvre… Amusant, un végétal qui manipule les humains, non ? Que de civilisations ont été déformées par les plantes ! Ne sous-estimez jamais une dimension de l'évolution, même si elle vous semble de prime abord inférieure. Elle ne pourrait pas moins vous piéger.

Poséidon tire sur sa barbe blanche, se penche, scrute, note et annonce enfin le vainqueur. Bernard Palissy a droit à la couronne de lauriers d'or. Le céramiste a réussi une plante compacte qui grandit très vite en ne se nourrissant que de lumière et de quelques éléments chimiques puisés dans le sol.

Le perdant est Vincent Van Gogh. Le peintre a élaboré une fleur aquatique aux pétales jaune doré ressemblant à ses célèbres tournesols, mais il l'a équipée d'un mécanisme auquel il a été seul à penser : un système de modification des couleurs destiné à l'origine au camouflage mais qu'il a vite amélioré pour que sa « Goghette » change de ton sans raison, simplement pour faire joli.

– Dans la nature, l'esthétique constitue un luxe inutile, commente sobrement Poséidon. À ce stade de l'évolution, il faut d'abord penser en termes d'efficacité.

Dans nos rangs, quelques peintres murmurent en signe de solidarité avec l'impressionniste malheureux, mais Van Gogh ne se résigne pas à la défaite et proteste :

– Je ne suis pas d'accord. Le but de l'évolution n'est pas l'efficacité mais bel et bien la beauté. Ma « Goghette » n'est nullement une erreur de débutant. Mon œuvre est un effort vers la perfection et je regrette que vous ne soyez pas capable de le comprendre.

– Désolé, monsieur Van Gogh, réplique sèchement le dieu des Mers, ce n'est pas vous qui décidez des règles de l'Olympe. Réussir ici, c'est être en phase avec les exigences des professeurs et non édicter ses propres lois.

Van Gogh brandit son ankh mais un groupe de centaures est déjà là, munis de boucliers tels des CRS accourus en renfort. Le peintre dirige sa foudre vers eux mais ils sont bien protégés. Alors, en désespoir de cause, il dirige son arme contre lui-même, pile sur son oreille, il tire et s'effondre. Les hommes-chevaux emportent sa dépouille. La scène n'aura duré que quelques secondes.

Décompte : 139 – 1 = 138.

Personne n'a bronché. Nous sommes désormais résignés. Étonnant comme nous avons vite accepté « leurs » règles du jeu. Aux meilleurs la couronne de lauriers, aux moins bons, l'élimination. Nous ne sommes plus qu'une banale classe d'élèves anxieux de réussir leurs examens et de ne pas être limogés.

47. ENCYCLOPÉDIE : POUPÉES RUSSES

Si un électron était doué de conscience, se douterait-il qu'il est inclus dans cet ensemble beaucoup plus vaste qu'est l'atome ? Un atome pourrait-il comprendre qu'il est inclus dans cet ensemble plus vaste, la molécule ? Et une molécule pourrait-elle comprendre qu'elle est enfermée dans un ensemble plus vaste, par exemple une dent ? Et une dent pourrait-elle concevoir qu'elle fait partie d'une bouche humaine ? A fortiori, un électron peut-il être conscient qu'il n'est qu'une infime partie d'un corps humain ? Lorsque quelqu'un me dit croire en Dieu, c'est comme s'il affirmait : « J'ai la prétention, moi, petit électron, d'entrevoir ce qu'est une molécule. » Et lorsque quelqu'un me dit être athée, c'est comme s'il

assurait : « J'ai la prétention, moi, petit électron, d'être sûr qu'il n'y a aucune dimension supérieure à celle que je connais. »

Mais que diraient-ils, croyants et athées, s'ils savaient combien tout est beaucoup plus vaste, beaucoup plus complexe que leur imagination ne saurait l'appréhender ? Quelle déstabilisation subirait l'électron s'il savait qu'il est non seulement enfermé dans la dimension des atomes, molécules, dents, humains, mais que l'humain est lui-même inclus dans la dimension planète, système solaire, espace, et puis quelque chose d'encore plus grand pour quoi nous ne possédons pour l'heure pas de mot. Nous sommes dans un jeu de poupées russes qui nous transcende.

Dès lors, je m'autorise à dire que l'invention par les hommes du concept de dieu n'est peut-être qu'une façade rassurante face au vertige qui les saisit devant l'infinie complexité de ce qui pourrait se trouver effectivement au-dessus d'eux.

Edmond Wells,
Encyclopédie du Savoir Relatif et Absolu, Tome V.

48. FRUITS DE MER, HUÎTRES ET OURSINS

La Saison Automne nous apporte des algues et puis des huîtres, des oursins et des anémones de mer. Après l'œuf et le sel, ces mets nous enchantent. Cette association de goût iodé et de saveur végétale nous ravit. J'ai l'impression d'avaler des bouchées d'océan concentré.

Nous n'avons pas testé dans nos bouches nos créations végétales et je me demande quel goût a ma Pinsonette. Est-elle seulement comestible ?

Raoul s'est installé près de moi.

– Nous ne nous sommes pas beaucoup parlé, me dit-il. Que penses-tu de tout ça ?

Je décolle une huître de sa coquille et la gobe, tandis que, songeur, Raoul se caresse le menton.

– J'ai l'impression de ne plus faire partie de la réalité, de n'être qu'une pièce dans un jeu dont je ne suis pas le maître, de n'être qu'un pion manipulé par je ne sais quel metteur en scène. Nous avons été lancés dans un film ou encore dans une émission de téléréalité... De partout, on épie nos réactions. Et puis, ces dieux géants, ces toges, ces chimères, ces hommes-chevaux, ces filles-papillons, ces sirènes, ces griffons, ces satyres, un décor qu'on croirait sorti tout droit de l'imagination d'un Salvador Dali... Quand nous étions thanatonautes, je me réjouissais de soulever un par un les rideaux masquant les mystères cachés. Nous avancions contre le système, les archaïsmes de la médecine, les religions dogmatiques, les donneurs de leçons en tout genre. Mais ici... quels sont nos vrais ennemis ?

Raoul se sert dans le plateau de coquillages qu'une Heure dépose devant nous. Avec son couteau, soigneusement, il décortique un oursin en évitant les piquants.

– ... Ces cours où nous sommes notés comme des enfants, une carotte-couronne de lauriers pour les bons élèves, l'éviction pour les récalcitrants... Je n'aime pas ça. J'ai horreur de me sentir coincé. Et nous sommes coincés par la gravité qui nous colle au sol, par les murs de la ville, par la mer qui limite cette île d'Aeden, elle-même perdue sur une planète éloignée de tout.

– Tous les soirs ou presque, nous sortons librement des murs de la ville, dis-je.

Mon ami semble dubitatif.

– Même ces échappées sont trop faciles. Tout se passe comme si on nous opposait de toutes petites barrières pour nous convaincre que nous transgressons des règles, alors que...

– Quoi ?

– Je me demande si ce n'est pas précisément ce qu'on attend de nous. Tu as vu comme nous avons aisément franchi le fleuve ? Et comme par hasard on s'en tire toujours de justesse. La dernière fois nous avons même été aidés par des chimères... Tu ne trouves pas ça suspect ? On dirait qu'il y a quelqu'un derrière tout ce jeu.

– Oui, mais qui ?

De son couteau à huître, il désigne le sommet de la montagne.

– Le montreur de marionnettes. Le Grand Dieu.

Il a un rictus.

– À moins que ce ne soit le diable en personne.

La Saison Printemps, voyant que je me délecte, m'apporte un nouveau plateau.

– Et toutes ces filles ravissantes..., reprend Raoul. On dirait qu'une production a eu recours à une agence de mannequins pour le casting.

– Tu aurais préféré de vieilles rombières ?

Mon ami soupire.

– Ce rôle de jouet m'insupporte. Ça me fait penser au *Prisonnier*, tu sais ? cette série où des gens sont coincés quelque part dans un hôtel de vacances et où le héros répète « je ne suis pas un numéro ».

– Moi, en arrivant ici, j'ai plutôt pensé à *L'Île du docteur Moreau*, tu sais, là où un docteur fou se livre à des expériences sur des hybrides hommes-animaux.

Parler cinéma nous détend.

– Cet endroit m'évoque les *Chasses du comte Zaroff*, dit Marilyn Monroe. Vous avez vu ce film où des hommes chasseurs utilisent les nouveaux arrivants sur l'île comme gibier vivant ?

– Ou encore *Highlander*, « au final il n'en reste qu'un... », dit Freddy Meyer en avalant une huître pas vraiment casher.

Comme l'avait dit Edmond Wells depuis le début, nous avons l'impression que tout cela c'est du toc. Nous ne nous sommes vraiment affolés ni devant la mort de Debussy ni devant les disparitions de Van Gogh et des autres. Comme si nous-mêmes étions dans un film ou un roman. Des personnages qui disparaissent, voilà tout. Et nous ne nous sentons pas vraiment concernés par le danger, nous l'analysons comme un suspense…

– Et vous avez lu *L'Île mystérieuse* de Jules Verne ? demandé-je.

Pour des raisons étranges ma question jette un froid.

– Ce livre n'a aucun rapport avec notre histoire, dit Marilyn Monroe. Il me semble que c'est plutôt l'histoire d'un groupe de gens qui vivent comme Robinson Crusoé.

– Et puis il n'y a pas de ville là-dedans.

– Il y a le capitaine Nemo, caché quelque part dans l'île, qui les surveille…, dis-je.

– Alors, dans ce cas, je citerais plutôt *Sa majesté des Mouches*, dit Proudhon. Vous vous souvenez ces enfants sur une île ? Ils se retrouvent sans adultes, livrés à eux-mêmes.

J'ai en effet le souvenir de cet ouvrage de William Golding qui m'avait bouleversé. À la fin se créaient deux groupes d'enfants. Le premier était composé de ceux qui voulaient allumer un feu pour se signaler aux bateaux. Le second était sous l'emprise d'un gamin qui s'était lui-même érigé en chef autoritaire. Il voulait faire la chasse puis la guerre. Il imposait une hiérarchie puis un système d'initiation et de punition. Progressivement, le second groupe éliminait le premier.

Nous évoquons encore d'autres histoires, ce qui nous plonge dans une nostalgie de la vie sur « Terre 1 ». Je me demande soudain si des séries ou des films cultes existent aussi sur les autres planètes. Probablement.

– Et qu'y a-t-il selon toi dans le monde noir ?

Nous pensons au *Cerbère*, au *Chien des Baskerville*, certains évoquent *Alien*. Étrangement, mettre des noms ou des images de Hollywood sur ce monstre nous le rend moins terrifiant.

156

– Je me rappelle le petit lapin blanc du film *Sacré Graal* des Monty Python, un tout petit lapin mais qui bondit et égorge tout le monde avant qu'il n'ait pu y avoir la moindre réaction.

– On peut évoquer aussi la créature des Marais qui surgit dans la nuit, dit Marilyn Monroe.

– Ou Dracula.

C'est alors qu'à nouveau un cri résonne. Retour au réel. Nous nous taisons. Un second cri plus horrible encore nous glace.

Nous ne sommes pas dans un film.

D'un bond, nous sommes sur nos pieds. Nous sortons du Mégaron pour nous diriger vers la zone qui semble le lieu du danger. Déjà des centaures galopent autour de nous.

Des gémissements proviennent d'une villa à la porte entrebâillée. Nous y pénétrons en nombre. La demeure est identique à la mienne. Une fourchette gît par terre qui a dû servir à soulever de l'extérieur le loquet de bois.

Il y a eu intrusion.

Le salon est vide. Sur l'écran du téléviseur, un enfant joue à la marelle. Il lance des dés qui forment le chiffre « 7 » et, à cloche-pied, il gagne la case « 7 » marquée à la craie blanche de l'inscription « Ciel ».

Je m'avance et, dans la salle de bains, je découvre Bernard Palissy, agonisant. Un coup de foudre lui a carbonisé la moitié du visage. Il a encore un œil grand ouvert mais sa paupière tremble. Il n'est pas mort, il arrive à balbutier :

– Le déicide, c'est l…

Il lutte pour prononcer le nom mais s'effondre.

– Qui a osé ? Qui s'est permis ? crie Athéna, fendant la foule pour s'approcher du corps.

De sa lance, elle fouille les vêtements du défunt à la recherche d'autres blessures tandis que sa chouette s'élève pour inspecter les alentours. Elles ne trouvent rien. Des centaures recouvrent d'une couverture la dépouille du pauvre Palissy et nous chassent hors de la demeure.

Décompte : 138 − 1 = 137.

Dehors, Athéna nous réunit.

– Il y a ici quelqu'un qui a décidé de narguer les Maîtres dieux et de leur lancer un défi. Le déicide voudrait recréer à Olympie ce chaos qui règne sur tant de planètes et instaurer le règne de la mort et de la destruction. En vérité, et c'est moi, déesse de la Justice, qui vous le dis, il n'ira pas loin, les crimes ne resteront pas impunis et le châtiment sera exemplaire.

Ensemble, les théonautes et moi nous éloignons de ce triste lieu, et la ville tout entière nous semble soudain receler des pièges innombrables.

– Il allait parler, il allait me dire le nom. J'ai juste entendu « le déicide c'est l… ».

– Il pouvait dire « Le » diable, ou « Le » dieu de quelque chose.

– À moins que ce soit « elle ». « Le » ou « elle » ça se ressemble.

Mata Hari regarde autour de nous à la recherche d'indices.

– Il y avait une fourchette par terre. L'intrus a utilisé cet outil pour soulever le loquet de l'extérieur, signale Edmond Wells.

– Si le déicide vient frapper jusqu'à l'intérieur des maisons, plus personne ne pourra dormir tranquille. Les portes ne ferment que par ce loquet de bois.

– Il faudra mettre une chaise contre la porte, et si elle est renversée, le bruit nous réveillera même si nous sommes endormis dans le bain, dit Mata Hari, méthodique.

Marilyn Monroe semble bouleversée.

– Le démon est dans l'île, dit-elle. nous ne pourrons plus jamais dormir tranquilles.

Raoul plisse le front, tout à sa réflexion :

– Si Athéna a raison, le déicide n'est ni diable ni démon. C'est forcément un élève. Nous sommes donc capables de nous défendre, de nous battre et de le maîtriser. Il n'est pas comme tous ces monstres qui hantent l'île et dont nous ignorons l'étendue des pouvoirs.

Proudhon nous a rejoints et il intervient à son tour :

– Finalement on s'est tous trompés de scénario. On est dans les *Dix Petits Nègres* d'Agatha Christie. Nous y passerons tous, les uns après les autres, et lorsqu'il ne restera plus que deux survivants, ils sauront forcément qui est le coupable et qui est innocent.

Je m'étonne :

– Mais vous étiez décédé depuis longtemps lorsque les romans policiers d'Agatha Christie l'ont rendue si populaire.

– Certes, mais en tant qu'ange, j'ai compté son éditeur parmi mes clients, et j'avais l'avantage de lire ses ouvrages avant même leur publication.

L'idée de Proudhon me semble bonne à creuser et je pousse plus loin son raisonnement.

– Comme pour tout polar, émettons des hypothèses. Nous sommes désormais cent trente-sept. Je ne suis pas coupable, pas plus que Raoul, Marilyn, Freddy et Edmond qui étaient tous près de moi quand le déicide a frappé. Il ne reste donc que cent trente-deux suspects.

– Cent trente et un, dit Proudhon. Je n'y suis pour rien non plus.

– Vous disposez d'un alibi ? Vous avez des témoins ? demande Raoul, méfiant.

– Holà, s'exclame Proudhon. Ce n'est pas de nous suspecter les uns les autres qui allégera l'atmosphère. Laissez les Maîtres dieux mener l'enquête. Ils disposent de moyens que nous n'avons pas.

Gustave Eiffel intervient.

– Nous ne sommes pas des agneaux qu'on mène au sacrifice. Nous sommes à même de nous protéger.

Et brandissant son ankh, il met en joue un adversaire imaginaire.

– Si le déicide s'approche, je tirerai le premier.

– Si le déicide s'approche, je crierai, dit Marilyn.

– Ils ont tous crié, chérie, remarque gentiment Freddy, cela ne les a pas sauvés.

– Même si nous abandonnons l'enquête aux maîtres, nous pouvons néanmoins nous poser quelques questions, suggère Raoul. D'abord, pourquoi le meurtrier a-t-il choisi pour cible Bernard Palissy ?

Nous nous asseyons sur un large banc de marbre en forme de fer à cheval. Les propositions fusent.

– Parce que c'est plus facile de s'en prendre à quelqu'un qui traîne tout seul dans sa salle de bains plutôt qu'à ceux qui mangent en même temps dans un espace collectif, estime Marilyn.

– Parce que Bernard Palissy avait pour particularité de s'être montré le meilleur élève lors du dernier exercice, rappelle Sarah Bernhardt.

La réflexion nous trouble. Les premiers seraient-ils assassinés ?

– Toi aussi tu as eu ta couronne de lauriers et tu n'as pas été abattue, que je sache, dit Georges Méliès.

– À vrai dire, je ne vous en ai pas parlé mais, alors que j'étais devant la télévision en train d'observer mes mortels de « Terre 1 », j'ai entendu un bruit dans ma chambre.

Elle ménage ses effets.

– J'ai pris mon ankh et je suis allée voir.

– Et alors ?

Nous sommes suspendus à ses lèvres.

– La fenêtre était ouverte. Il y avait des marques de pas boueux.

Un long silence suit.

La nuit tombe et, en haut de la montagne, la petite lumière se manifeste par trois fois. Comme un appel.

49. ENCYCLOPÉDIE : MYSTÈRES

Beaucoup d'enseignements mystiques dissimulent une face ésotérique réservée à une élite d'initiés. On les appelle « Mystères ». Ceux d'Éleusis, au VIIIe siècle av. J.-C., sont

les plus anciens et les plus connus des Mystères occidentaux. Ils comprenaient une purification par l'eau, des
jeûnes, des invocations, la représentation de la descente
des morts aux Enfers, leur retour à la lumière et la résur-
rection.

Dans les Mystères orphiques, associés au dieu Dionysos, le
rite consistait en sept sessions : 1. « La prise de conscience ».
2. « La prise de décision ». 3. « La prise d'aliments rituels ».
4. « La communion sexuelle ». 5. « L'épreuve ». 6. « L'iden-
tification à Dyonisos ». Et enfin 7. « La libération par la
danse ».

Célébrés en Égypte, les Mystères d'Isis comptaient, eux,
quatre épreuves liées aux quatre éléments. Dans l'épreuve
de la terre, l'initié devait s'orienter seul dans l'obscurité à
l'aide d'une lampe à huile dans un labyrinthe s'achevant
sur un gouffre où il devait descendre au moyen d'une
échelle. Dans l'épreuve du feu, il enjambait des fers rougis
disposés en losanges et ne laissant la place que pour un
seul pied. Dans l'épreuve de l'eau, il était tenu de franchir
le Nil de nuit sans lâcher sa lampe. Dans l'épreuve de l'air,
il s'aventurait sur un pont-levis qui se dérobait sous lui et
le laissait suspendu au-dessus d'un gouffre. On bandait
ensuite les yeux du postulant, on lui posait des questions,
puis on lui ôtait son bandeau, on lui ordonnait de se tenir
entre deux colonnes carrées, et il recevait là des cours de
physique, de médecine, d'anatomie et de symbolique.

Edmond Wells,
Encyclopédie du Savoir Relatif et Absolu, Tome V.

50. EXPÉDITION DANS LE NOIR

Le griffon se charge d'arrimer la tyrolienne et tous, les uns
après les autres, nous glissons au-dessus du fleuve. Cette fois,

je prends garde à bien hausser mes jambes pour éviter qu'une sirène ne vienne agripper mes mollets.

Édith Piaf n'a pas demandé à nous accompagner. Nous ignorons si c'est par crainte du monstre ou parce qu'elle a été vexée que nous ne l'ayons pas laissée chanter tout son soûl.

Le fleuve bleu franchi, s'étend la forêt noire. Notre petite escouade se regroupe et, tandis que onze heures sonnent au beffroi du palais de Chronos, en file indienne, nous nous enfonçons dans cette nouvelle terra incognita. Quand les cloches cessent de battre, seuls les chants murmurés des sirènes troublent encore le silence, comme pour nous rappeler la beauté du fleuve et de la forêt bleue.

– Vous avez peur ? chuchote Marilyn Monroe.

Edmond Wells tire de son inépuisable besace une poignée de lucioles volontaires pour nous éclairer et en distribue trois à chaque membre de notre expédition. Nous nous remettons en marche avec, en tête, nos plus téméraires, Raoul et Mata Hari.

Dans la forêt noire, toutes les fleurs sont sombres et je ne suis pas étonné de reconnaître des soucis aux pétales anthracite. Les arbres aux longues branches sont autant de divinités hindoues aux innombrables bras menaçants agités par le vent. À l'est, la montagne aux brumes éternelles dévoile à peine le sommet qui me hante.

Une image me revient à l'esprit. Jules Verne.

« Ne pas aller là-haut, surtout ne pas aller là-haut »... À notre précédent passage, un grognement rauque, au loin, nous avait terrorisés. Cette fois, même le vent s'est tout à coup arrêté de faire bruisser les feuillages. On n'entend plus rien. Ce silence est encore plus pesant. Pas le moindre bourdonnement d'insecte, pas de frôlement d'ailes dans la ramée, pas de lapin ou de belette détalant sous nos pieds. Rien que le silence oppressant et l'opacité de la nuit.

Nous avançons, dans un monde de plus en plus froid, de plus en plus silencieux, de plus en plus noir.

II. ŒUVRE AU NOIR

51. DANS LE NOIR

Noir.

Les trois lunes sont passées sous l'horizon et les étoiles sont si lointaines qu'elles en deviennent indiscernables. Les arbres, de plus en plus hauts, de plus en plus drus, sont en passe de nous dissimuler complètement le ciel.

Devant moi, Marilyn claque des dents.

Le souffle rauque retentit au loin.

On s'arrête brusquement.

Tous, nous saisissons nos ankhs. Pour ma part, je règle le mien à la puissance maximale et, soudain, la respiration s'interrompt comme si nous avions réveillé un monstre assoupi qui se taisait pour mieux nous surprendre.

– Si on rentrait ? propose Marilyn.

De la main, Raoul lui impose silence. Mon ami dépose à terre ses trois lucioles et s'avance à petits pas, en éclaireur, vers l'inconnu, Mata Hari sur les talons.

Freddy, Marilyn, Edmond et moi nous regroupons en carré afin de surveiller tous les côtés. Nous tendons l'oreille.

Les douze coups de minuit retentissent dans la vallée. Nous percevons alors comme le rugissement étouffé d'un lion, puis le silence revient.

J'ai l'impression que le monstre est tout près.

Soudain, des pas lourds galopent à notre rencontre et c'est la débandade. Lâchant nos lucioles, nous nous enfuyons dans le noir.

Le fleuve bleu réapparaît, rassurante frontière. La tyrolienne est toujours là, fixée au grand arbre. Marilyn bondit la première et atterrit sans encombre sur l'autre rive. Nous nous bousculons pour récupérer la poignée au bout de sa ficelle. Le sol et l'arbre tremblent sous des pas non humains. Freddy s'élance.

Edmond et moi n'avons plus le temps d'attendre le retour de la poignée. Tant bien que mal, nous nous hissons en haut des branches, nos ankhs dardés vers le sol, bien décidés à ne pas nous rendre sans combattre. Mais nulle créature monstrueuse n'apparaît. Seule une voix déformée par la terreur se fait entendre :

— Fuyez ! crie Raoul, quelque part sur notre gauche, avec la même intonation désespérée que Jules Verne à mon arrivée dans l'île.

— Rentrez vite ! clame Mata Hari, tout aussi affolée.

— Montez, nous sommes dans l'arbre, leur enjoint Edmond le plus calmement possible.

Quand ils nous rejoignent, tremblants et haletants, je demande :

— Vous l'avez vu ? C'était quoi ?

Raoul ne répond pas. Mata Hari s'avère tout aussi incapable de prononcer le moindre mot. Je lui passe la poignée de la tyrolienne qui a fini par revenir. Raoul, les nerfs à vif, prend naturellement la suite. Je déteste être le dernier mais il est normal que je cède mon tour à Edmond Wells, mon mentor. Et alors qu'il ne reste plus que moi, les pas se rapprochent.

52. ENCYCLOPÉDIE : ANGOISSE

En 1949, Egas Moniz reçut le prix Nobel de médecine pour ses travaux sur la lobotomie. Il avait découvert qu'en découpant le lobe préfrontal, on supprimait l'angoisse. Or ce lobe est doté d'une fonction particulière, il œuvre en permanence à nous faire visualiser les éventualités du futur. Cette trouvaille ouvrait la voie à une prise de

conscience : ce qui motive notre angoisse, c'est notre capacité à nous projeter dans le temps. Cette aptitude nous entraîne vers des dangers pressentis et, au bout du compte, vers la prise de conscience qu'un jour, nous mourrons. De là, Egas Moniz conclut que... ne pas penser à l'avenir, c'est réduire son angoisse.

Edmond Wells,
Encyclopédie du Savoir Relatif et Absolu, Tome V.

53. UN CAMP INTERMÉDIAIRE

Il arrive. À chaque tremblement qui me secoue, je pressens que le monstre doit être énorme.

Je comprends immédiatement qu'il serait vain d'attendre la poignée, le monstre n'aura aucun mal à m'atteindre dans les branches. Alors, je saute au bas de mon arbre du côté opposé aux sons inquiétants. Le monstre est proche. Je recule. Je cours dans la direction qui semble m'éloigner de lui. Il se rapproche encore. Je cours droit devant. Il se déplace bien plus vite que moi. Ses grognements étouffés n'interrompent pas sa course. En désespoir de cause, je me jette dans les taillis, m'écorchant à tous les obstacles. Je ne me retourne pas. Filtrant à travers les feuillages, les premières lueurs du jour ne m'aident pas. De temps à autre, un rugissement sourd me rappelle que la bête gagne du terrain.

Mes poumons sont en feu, mes mains brûlent, égratignées à toutes les épines.

Au loin, mes amis m'appellent. J'ignore depuis combien de temps je cours, quand je trébuche dans une ornière et dévale une pente qui n'en finit pas. Je roule sur moi-même, je me blesse à toutes les plantes auxquelles je tente de me retenir. Puis ma chute s'arrête dans une ravine où je remarque des arbres différents.

Le monstre a apparemment renoncé à sauter pour me rejoindre. Je me relève, m'ébroue, lèche mes écorchures et observe les alentours. Le deuxième soleil se lève à l'est, derrière la montagne. Il faut donc que je me dirige dans la direction opposée. La pente est cependant plus aisée à dévaler qu'à remonter. Je choisis de contourner la montagne par le sud.

Je marche de mon mieux avant de constater que je m'enfonce davantage à chaque pas dans un sol meuble. Me voilà semblable à l'homme de la blague de Freddy qui, enlisé dans les sables mouvants, refuse l'aide des pompiers, parce qu'il compte sur celle de Dieu. Ah, si seulement des pompiers survenaient, moi, je les encouragerais à ne pas ménager leur peine.

Lentement, inexorablement, les jambes paralysées, je m'enfonce dans cette boue. Je hurle « Au secours ! » mais même le monstre ne vient pas.

J'ai de la boue jusqu'aux aisselles et rien ne se passe. Quelle fin stupide !

La boue m'entre dans la bouche, dans le nez. Je vais étouffer. Je ne connaîtrai pas les autres cours. Je ne connaîtrai pas la réponse à l'énigme d'Aphrodite.

Dans une dernière vision, j'aperçois la moucheronne qui tournoie au-dessus de moi, affolée, tirant sur mes oreilles comme si elle était capable de me hisser hors de ce bourbier.

Je ferme les yeux. Je suis entièrement sous terre à présent et je descends toujours. Mais, est-ce une illusion ? mes pieds devenus glacés battent librement l'espace à présent. Il y a du vide au-dessous. À leur tour, mes genoux transis s'agitent. Mon corps tout entier pénètre enfin, libéré, dans une cavité souterraine. Je chute dans une rivière qui m'emporte au gré de son courant. Elle m'entraîne vers un torrent abrupt qui me roule, comme un fétu, dans une rigole au creux d'un boyau de terre. J'essaie de stopper ma dégringolade mais j'ai déjà pris trop de vitesse. Je glisse comme sur un toboggan de piscine mais celui-ci n'en finit pas. Le décor fonce vers moi. Après un temps interminable le boyau débouche dans le plafond d'une haute caverne où je suis éjecté et d'où je chute dans l'eau glacée.

Je nage et remonte alors que des poissons blancs lumineux, aux allures de monstres des abysses océaniques, me regardent, étonnés. Mes poumons brûlent, enfin je rejoins la surface. Je prends une immense bouffée d'air et tousse, recrache l'eau qui m'asphyxie. Tout en agitant mes jambes pour me maintenir en surface j'arrive à saisir mon ankh et tire. L'éclair me révèle que je suis dans un lac souterrain au fond d'une vaste caverne. Je nage vers la berge de pierre, ôte ma toge trempée et souillée de boue et rince mes sandales. Un nouvel éclair de mon ankh me montre un passage sur le côté.

J'avance dans un dédale qui n'en finit pas. J'emprunte une succession de tunnels creusés à même la terre, débouchant de temps à autre sur des cavités naturelles et des voûtes encombrées de stalactites et de stalagmites. Je marche longtemps. Parfois je dois me baisser car le plafond redescend. Parfois il remonte. Parfois je patauge jusqu'aux genoux dans l'eau boueuse.

Soudain je débouche sur une salle aménagée avec des chaises, des tables, des objets taillés dans le bois. Il y a même une bougie sur un meuble, et je l'allume avec mon ankh. Aucun doute, des gens sont venus ici se cacher. D'anciens élèves auraient-ils établi un camp intermédiaire ? Un tas de livres vierges, semblables à ceux de ma villa, gisent dans un coin, parmi des cartes. J'en ramasse un. Il a été rempli, rédigé dans une langue que je ne connais pas. Des dessins représentent un navire sur un fleuve, un combat contre les sirènes.

La montagne aussi a été reproduite, avec son sommet hachuré, comme si les dessinateurs avaient voulu signifier à leur façon : « Surtout ne pas aller là-haut. »

Il y a encore là des chaussures, de marche ou de montagne, des cordages, des pitons… mais tout est recouvert d'une épaisse poussière. Les chaussures sont trop petites pour moi.

Mes prédécesseurs avaient de plus petits pieds. En tout cas, personne n'est plus revenu ici depuis longtemps.

Je m'empare de livres, de cartes, de matériel d'alpinisme et, à l'aide de la bougie, j'emprunte l'un des deux couloirs qui partent de la salle.

À nouveau me voici dans le labyrinthe de roche et de terre. Je marche longtemps.

J'ai froid, j'ai faim, je suis fourbu. Je n'en peux plus de cette errance, et me débarrasse de ce lourd fatras de livres et d'objets que je comptais ramener à ma villa.

Au bout d'un long périple je finis par parvenir dans un lieu que je reconnais, puisqu'il s'agit de la première caverne dans laquelle j'avais atterri au début…

Je pousse un soupir de désespoir. Je suis sur le point d'abandonner ma lutte pour la survie. Tant pis, je ne serai pas le premier dieu en devenir à me transformer en chimère. Je me réincarnerai en une créature hybride, mi-homme, mi-fourmi, hantant ce labyrinthe souterrain. Edmond Wells pourrait être fier de moi.

La mythologie grecque évoque de telles chimères : les Myrmidons. J'éclate d'un rire désespéré qui doit être le premier symptôme de la folie.

Soudain apparaît un lapin albinos. Je me frotte les yeux. Je dois délirer, c'est à force d'évoquer le féroce lapin blanc des Monty Python… à moins que ce ne soit le facétieux lapin d'*Alice au pays des merveilles.* Le petit rongeur me fixe de ses yeux rouges puis s'éloigne en trottinant vers le couloir que j'ai déjà emprunté. Je n'ai rien à perdre, je le suis. Arrivé à un carrefour que j'ai déjà affronté, il tourne à gauche alors que j'avais tourné à droite. Nouveau dédale. Le lapin blanc me guide vers un étroit passage, masqué d'une stalagmite, lequel mène à un autre couloir. Mais non, sur le côté, à même la roche creuse, les marches rugueuses d'un escalier naturel apparaissent. Je me précipite. Je ne sens plus la fatigue alors que les marches n'en finissent pas.

Un extrait de l'Encyclopédie me revient. V.I.T.R.I.O.L. *Visita Interiorem Terrae Rectificando Invenies Operae Lapidem.* « Visite l'intérieur de la terre et en rectifiant tu trouveras la pierre cachée. » La mort-renaissance par la descente sous terre…

Je suis descendu. Je remonte. Enfin une lueur. En haut, la lumière de l'aube blesse mes yeux qui s'étaient habitués à l'obscurité de ces catacombes.

Le lapin albinos dresse les oreilles, remue le museau, accélère le pas. Je le suis. Le fleuve bleu est là, côté forêt noire, mais le monstre ne se manifeste pas. Le lapin gambade tranquillement jusqu'à une cataracte à première vue infranchissable. Je m'arrête net et j'examine les environs avec attention, à la recherche d'un passage vers l'autre rive. Mes hésitations énervent le petit mammifère qui tourne autour de moi pour m'inciter à le suivre. Lassé, il s'engage seul sous le mur d'eau pour disparaître et réapparaître, frétillant, côté forêt bleue.

Un passage sous une cascade ! Je me précipite. C'est encore mieux qu'une tyrolienne pour franchir un fleuve sans encombre.

Sauvé.

De l'autre côté, après avoir agité les oreilles en signe d'adieu, le lapin blanc a déjà disparu.

54. MYTHOLOGIE : ARÈS

Fils de Zeus et d'Héra, Arès est le dieu de la Guerre. Son nom signifie « Le Viril ». Il a pour attributs l'épée, le vautour et le chien. Il est l'esprit même de la bataille. Il se rit des carnages et ne se plaît qu'au cœur des combats. Arès est réputé pour son caractère irascible et son tempérament impétueux, ce qui lui vaut de se brouiller à l'occasion avec d'autres dieux. Au siège de Troie, Athéna, irritée, d'une pierre le blesse à la gorge.

Arès n'a en effet pas toujours le dessus. Les géants, fils de Poséidon, dont il tentait de protéger Artémis et Héra,

l'ont emprisonné treize mois durant dans un vase d'airain et il fallut l'intervention d'Hermès pour le libérer.

Dieu de la Guerre, Arès n'en est pas moins attiré par l'amour, et ses aventures galantes se terminent généralement assez mal. Quand Aphrodite s'amusa à le séduire, son époux Héphaïstos emprisonna les amants adultères dans un filet métallique qu'il jeta sur leur couche. Les autres dieux accoururent pour se moquer du couple et Arès ne put retourner en Thrace qu'après avoir juré de payer le prix de sa faute. De cette étreinte naquit cependant une fille, Harmonie, future épouse de Cadmos, roi de Thèbes. Aphrodite n'en resta pas moins jalouse. Ayant surpris Arès dans le lit d'Aurore, elle condamna la douce jeune fille à faire l'amour en permanence.

Avec Cyrène, Arès conçut Diomède, qui devint roi de Thrace et se rendit célèbre en nourrissant ses chevaux de la chair des étrangers de passage. Avec la nymphe Aglauros, il engendra Alcippée qui fut enlevée par un fils de Poséidon et qu'il vengea en tuant son agresseur.

Devant le tribunal de l'Olympe, premier procès pour meurtre. Poséidon accusa alors Arès d'assassinat avec préméditation, mais Arès plaida tant et si bien sa cause que les dieux l'acquittèrent.

Les Grecs n'appréciaient guère Arès et lui préféraient des divinités plus pacifiques. Ils redoutaient particulièrement ses fils, Deimos, la crainte, et Phobos, la terreur, qui l'accompagnaient comme écuyers.

Les Romains poursuivirent son culte sous le nom de Mars, et, chez les Égyptiens, le dieu Anhur présente bien des traits communs avec Arès.

Edmond Wells,
Encyclopédie du Savoir Relatif et Absolu, Tome V,
(d'après Francis Razorback s'inspirant lui-même
de la *Théogonie* d'Hésiode, 700 av. J.-C.).

55. MARDI. COURS D'ARÈS

Quand, après une courte nuit de repos, j'apparais dans le Mégaron pour le petit déjeuner, tous mes amis se lèvent, étonnés.

– Michael, nous t'avons cru...

– Mort ?

Ils me racontent qu'ils ne m'ont pas abandonné. Quand ils ont vu que je ne suivais pas, Raoul et Mata Hari sont revenus de l'autre côté du fleuve bleu et ont suivi mes traces. Elles cessaient soudain, des ornières creusaient le sol en tous sens et puis s'effaçaient dans la forêt noire. Alors, ils se sont résignés à revenir en arrière et retrouver la tyrolienne.

– Que s'est-il passé ? demandent-ils.

Je n'ai pas envie de tout leur raconter. Je ne suis pas prêt à révéler l'histoire de la vaste salle souterraine avec ses reliques. Je garde aussi pour moi ma rencontre avec le lapin albinos. Tout en avalant rapidement huîtres et algues en guise de petit déjeuner, je leur confie simplement avoir découvert un passage sous un mur d'eau.

La cloche du palais de Chronos sonne huit heures trente, mettant un terme à la conversation.

Nous sommes mardi, jour de Mars. Mars est le nom romain d'Arès, c'est donc vers la demeure de ce dieu de la Guerre que nous nous dépêchons pour y recevoir les enseignements de notre troisième professeur.

Nous remontons les Champs-Élysées, dépassant la demeure d'Héphaïstos et celle de Poséidon.

Le palais d'Arès est un château fort, hérissé de tours, d'échauguettes et de mâchicoulis.

On y accède au moyen d'un pont-levis surplombant un fossé rempli d'une eau verdâtre. À l'intérieur, une salle d'armes expose tout ce qui a servi à tuer et à massacrer au long de l'histoire de l'humanité. Des spots éclairent des massues, des lances, des haches, des piques, des hallebardes, des nunchakus, des épées, des sabres, des mousquets, des fusils, des bombes, des grenades, des missiles. Chaque arme est nantie d'une étiquette indiquant sa provenance et la date de sa fabrication.

Revêtu d'une toge noire, le dieu Arès apparaît. C'est un géant de plus de deux mètres, à la moustache fournie, au poil noir, aux sourcils épais et à la musculature imposante. Son front est lui aussi ceint de noir. Un labrador et un vautour l'accompagnent. Le chien s'accroupit près de lui. Le rapace va se poser en haut du tableau.

Debout sur l'estrade, Arès nous scrute, puis il descend.

Il se plante devant notre planète qu'Atlas, toujours grimaçant de douleur, a déposée le plus discrètement possible dans son coquetier, avant de s'éclipser sans mot dire.

Arès braque la loupe de son ankh sur nos travaux.

– Je m'en doutais. Vous n'avez songé qu'à l'esthétique, pas à la survie ! Pas une plante avec des épines, aucune protubérance empoisonnée !

Une rumeur parcourt l'assistance.

– Taisez-vous. Vous vous figurez qu'on fabrique des mondes comme on tricote de la dentelle ?

Posant son arme contre le bureau, il se tourne vers le tableau noir et note :

0. L'œuf cosmique

1. Le stade minéral

2. Le stade végétal

3… Le stade animal.

Nous dominant de toute sa taille, le dieu de la Guerre éclate d'un rire tonitruant.

– Les deux bouches du 3, vous connaissez ? La bouche qui mord sur la bouche qui embrasse. Tuer et faire l'amour, voilà le secret d'une vie bien remplie. Qu'y a-t-il de plus réjouissant que les râles des ennemis agonisant un poignard dans le ventre, sinon ceux d'une femme pâmée entre vos bras ?

Quelques élèves de sexe masculin approuvent complaisamment. Côté féminin, on perçoit des murmures outrés.

– Je sais, reprend Arès, sardonique, on vous a enseigné les bonnes manières, mais si mes propos choquent certains d'entre vous, sachez que je m'en fiche ! J'adore la castagne, même quand c'est moi qui prends les coups. Lorsque le demidieu Héraklès m'a cassé la figure, j'ai pensé : « Enfin un adversaire à ma taille ! » Prenez-en de la graine, vous autres. N'ayez peur de rien, ne craignez personne, pas même vos maîtres.

Il nous défie.

– Si quelqu'un veut m'attaquer, qu'il s'avance. L'avantage est toujours à l'agresseur. Frappe le premier et discute ensuite.

Joignant le geste à la parole, il avise l'un de nous à la stature d'athlète, l'attrape par la toge.

– Ami, veux-tu te battre ?

Avant que l'autre ait pu répondre il lui décoche sans ménagements un coup de poing dans le ventre.

Plié en deux, l'élève fait des signes de dénégation.

– Dommage, dit le dieu de la Guerre, en le jetant à terre.

Il nous désigne sa victime.

– Vous voyez l'avantage de l'agression. Ça marche à tous les coups. D'abord tu frappes après tu réfléchis, et si l'autre est plus fort… tu t'excuses.

Il se tourne vers sa victime et d'un ton moqueur, à quelques centimètres de son visage, lui postillonne :

– Désolé mon gars, j'ai pas fait exprès. Le coup est parti tout seul.

Et il lui envoie un autre coup de poing encore plus fort. Puis, se tournant vers l'ensemble de la classe d'un air réjoui, Arès poursuit :

– Non seulement ça défoule, mais en plus on vous respecte. Mais bon… les gens veulent toujours avoir l'air « gentil ». Ce n'est pas de la gentillesse c'est de la mièvrerie. Toutes les civilisations qui faisaient des petits napperons, des gâteaux au sucre et des émaux ont été détruites par celles qui faisaient des massues, des haches et des flèches. Voilà la réalité de l'Histoire. Et ceux qui refusent de le comprendre, eh bien ils paieront le prix fort. On n'est pas dans un monde de lopettes. Si vous aimez le point de croix il vaut mieux laisser tomber tout de suite les cours de divinité.

Le dieu de la Guerre circule entre nous.

– Depuis la nuit des temps c'est le combat, non pas du bien contre le mal, comme certains esprits simplistes le prétendent, mais le combat de… l'épée contre le bouclier.

Déambulant entre les travées, scandant ses pas de sa rapière, il martèle :

– Chaque fois que quelque part s'invente une nouvelle arme de destruction, une arme de protection s'invente en face. Flèche contre armure, charge de cavalerie contre lance, canon contre muraille, fusil contre gilet pare-balles, missile contre anti-missile, ainsi évolue l'humanité. La guerre a fait davantage pour l'avancement des technologies que la simple curiosité, l'esthétique ou le souci de confort. La première fusée de « Terre 1 » était issue d'études pour un prototype de missile V1 conçu pour massacrer un maximum de civils innocents, souvenez-vous-en, et elle a ouvert la voie à la conquête de l'espace.

Il se tait, fourrage dans son épaisse chevelure sombre et nous toise de tout son haut :

– Autre chose. Il paraît qu'il y a un criminel parmi vous, un déicide qui s'en prend à ses condisciples.

Silence dans les rangs. Nul ne réagit.

– …Moi, je n'ai rien contre lui. J'estime que tous les moyens sont bons pour gagner au jeu de la divinité. La fin légitime les moyens. C'est culotté mais il fallait y penser. J'aime. Je sais que les autres Maîtres dieux sont scandalisés, moi je leur ai dit : « Mais n'est-ce pas de toute façon le sens de l'évolution ? » Le dur vainc le mou. Le destructeur vainc les planqués. Alors bravo à celui qui élimine ses concurrents. Et ne comptez pas sur le système ou l'administration de l'île pour vous protéger, vous risqueriez d'avoir de mauvaises surprises…

Et il ajoute froidement :

– Le déicide doit même savoir qu'il dispose ici d'un allié, et si vous voulez jouer à vous entre-tuer, tout le matériel dans cette salle est à votre disposition.

Et il éclate de son énorme rire.

– Bien, à présent, intéressons-nous à votre monde. « Terre 18 ». Vous avez construit un gentil aquarium, joliment garni d'anémones et d'étoiles de mer. Beau décor, mais il est temps d'y introduire des vrais acteurs.

Fabriquez des nageoires, des bouches et des dents et animez-moi cet océan. Au travail, même mode opératoire que pour les plantes, vous gravez l'ADN et vous programmez. Mais là votre marge de manœuvre est bien plus vaste. Laissez libre cours à votre créativité.

Arès s'installe dans son fauteuil tandis que nous nous attelons à créer des animaux. Je m'aperçois qu'il s'agit d'élaborer une œuvre artistique en son entier. Je sculpte une forme, j'en peins la surface, je me livre à des exercices d'ingénierie pour mettre au point des modes de déplacement originaux. Notre Maître dieu nous incite à tester tout ce qui nous vient en tête et cela donne des monstres grotesques, multicolores, translucides…

Au début, toutes nos créations ressemblent à des poissons.

Gustave Eiffel a le premier l'idée de doter ses créatures d'une colonne vertébrale articulée pour qu'elles disposent d'un axe rigide.

Georges Méliès crée des yeux sphériques protubérants et mobiles qui permettent de voir en avant et en arrière. Raoul Razorback s'attarde sur une nageoire accélérant le brassage de l'eau pour se déplacer plus rapidement. Mata Hari bricole une peau apte à s'adapter à tous les camouflages.

Nous comparons nos œuvres en les commentant, ce qui a pour effet d'exaspérer notre maître du jour.

– Vous vous croyez dans un club de vacances ? Vous pensez être là pour vous amuser avec vos petites sculptures ? Non, nous sommes là pour foncer, pour envahir, nous détruire les uns les autres ! La loi de la jungle est aussi celle du cosmos. Le fort triomphe du faible. Le pointu s'enfonce dans le plat. Même les galaxies se mangent entre elles.

Il fait claquer le plat de son épée à deux tranchants sur la table.

– Assez joué, à présent créez de la vie avec pour nouvel objectif « manger et ne pas être mangé » ou, si vous préférez, « tuer et ne pas être tué ».

Il écrit cette dernière phrase sur le tableau.

Il roule les yeux.

– Hé oui, mes petits gars. La vie, elle est facile quand on reste chacun dans son petit coin d'océan. Et que je te bâtis n'importe quoi, comme ça. Mais lorsque vient la lutte contre l'autre, là on voit qui fait quoi et qui avait anticipé les… problèmes.

Il circule entre les rangées.

– Survivre, voilà l'objectif. Les moyens, c'est vous qui allez les trouver. La sanction sera simple. À partir de maintenant vous êtes 137. Eh bien on va écumer. Vous vous battrez entre vous, les perdants seront éliminés. Cela va vous forcer à réfléchir et peut-être développer vos petites cervelles de dieux.

Il se place face à la sphère.

– En deux mots, battez-vous à mort !

Il se déplie pour venir dans nos rangs surveiller nos travaux. Devant « Terre 18 », moqueur, il remarque encore :

– Que c'est beau, les dernières minutes d'un monde en paix !

Nous reprenons de plus belle. Nos prototypes évoluent, mûrissent, se consolident, se complexifient.

Marilyn Monroe conçoit une méduse aux longs tentacules qui décochent en rafales de minuscules harpons empoisonnés. La murène de Georges Méliès a très bonne vue et demeure tapie dans des anfractuosités de rochers à observer qui passe à

176

sa portée. Un adversaire trop coriace et elle se blottit dans son trou, un gibier potentiel et elle bondit à l'attaque.

Raoul mitonne une mâchoire articulée, consolidée par plusieurs muscles.

Nous essayons de nous rappeler les animaux de « Terre 1 ».

Certains élèves agrémentent leurs créatures de voilures pour en accélérer la vitesse, d'autres ajoutent des pinces ou des crocs. Nos poissons sont customisés comme des avions de combat. Nous nous copions un peu les uns les autres au début mais, peu à peu, chacun trouve sa voie.

La mâchoire de Raoul aboutit à une sorte de raie en forme de losange, aux ailes molles, prolongées par une queue longue et flexible qui frappe avec un dard comme un fouet.

Edmond Wells aligne des bancs de petits poissons, drus comme des sardines. L'ensemble a pour particularité d'être nanti d'éclaireurs avertissant de la présence de gibier à l'avant et prévenant de l'arrivée d'un prédateur, à l'arrière. Si ce dernier parvient quand même à s'approcher, le temps qu'il dévore quelques individus, l'ensemble aura le temps de fuir. Tout se passe comme si sa communauté de poissons n'en formait qu'un seul, énorme et puissant. Mon mentor a réinventé le principe selon lequel « l'union fait la force ».

Mata Hari perfectionne son concept de camouflage. En plus de virer au gré des fonds marins, son animal assez semblable à un calamar crache de l'encre pour faire diversion si l'ennemi décèle sa présence.

À peine créés, tous nos animaux se cherchent, se poursuivent, se battent, se mangent les uns les autres. Tout autour, les plantes que nous avons fabriquées aux cours précédents continuent de pousser et de se reproduire, fournissant le carburant nécessaire à nos poissons herbivores de première génération. Ces derniers servent eux-mêmes de carburant aux nouveaux poissons carnivores qui trouvent dans les protéines animales une source de calories utiles aux attaques fulgurantes ou aux retraites désespérées.

À cette deuxième génération de prédateurs succède une troisième génération de superprédateurs.

Les animaux commencent à communiquer. Les calamars ont inventé un langage par photolyse, c'est-à-dire qu'ils changent de couleur et souvent très vite pour s'alerter les uns les autres ou réclamer de l'aide.

Une quatrième génération encore plus féroce apparaît rapidement.

Et la grande bataille sous-marine commence.

D'immenses éclaboussures la signalent à la surface de l'océan de « Terre 18 », où s'accumulent les poissons morts bientôt happés par leurs congénères nécrophiles. À ma gauche, ma voisine, une certaine Béatrice Chaffanoux, se souvenant des conseils d'Arès, met au point un bouclier protecteur. Elle fabrique un poisson cuirassé semblable à une tortue, avec un corps mou en sandwich entre de grosses plaques osseuses.

Joseph Proudhon s'oriente plutôt vers des poissons chasseurs, rapides et puissants. Son prototype, qu'il améliore sans cesse, est du type requin. Il est équipé d'une mâchoire broyeuse, d'une triple rangée de dents triangulaires tranchantes comme des rasoirs, d'un nez détecteur de mouvement, et jouit d'une forte vélocité. Les autres créatures hésitent à s'en approcher, et l'animal devient rapidement la terreur du monde sous-marin.

Je décide de m'en inspirer mais je me refuse à élaborer un être aussi agressif. Mon poisson est lui aussi long et gros, il est équipé de nageoires courtes et arrondies pour ne pas offrir de prise à des dents prédatrices, sa peau est très lisse, et je le dote d'un rostre pointu afin qu'il puisse frapper précisément au foie les requins de Proudhon. À l'arrivée, mon poisson a des allures de dauphin. Comme quoi, naturellement, on rejoint les archétypes connus.

Proudhon a également donné des idées à Bruno Ballard, mon voisin de droite, qui modèle un barracuda à la gueule redoutable. Derrière, un élève s'affaire sur une épaisse anguille qui se défend à coups de décharges électriques.

Le poisson-clown de Freddy Meyer vit en symbiose avec les anémones de mer vénéneuses qui le protègent des importuns. Le rabbin a été le premier à imaginer une association non seulement entre deux espèces mais entre deux formes de vie très différentes. Sur le même principe, un condisciple place son poisson pilote à proximité du requin de Proudhon afin qu'il le guide vers le gibier tandis que le gros protégera le petit. Courtiser les puissants a toujours été une bonne méthode de survie.

Dans l'océan originel, les silhouettes animales s'affinent et se précisent. Des cartilages de protection s'ajoutent là où il y a faiblesse de carrosserie. Les peaux deviennent plus résistantes sans perdre en souplesse.

Arès attire de nouveau notre attention.

Il note au tableau : « Tout est stratégie. »

– Certains parmi vous ont commencé à comprendre comment endurcir leur bestiau. Mais la force physique et la férocité ont elles-mêmes leurs limites. Il y a d'autres moyens de vaincre. Ce sera l'objet d'une nouvelle génération de vos prototypes.

Nous cherchons d'autres voies que la force et nous trouvons.

Les stratégies de reproduction compensent parfois les failles dans les aptitudes au combat. Tel spécimen qui ne sait pas trop se défendre survivra en pondant des quantités phénoménales d'œufs ou parce que sa femelle protège ses petits en les introduisant dans sa bouche en cas de danger et en les recrachant ensuite. Faire des enfants s'avère même une technique d'attaque puisque certains gros poissons, pourtant bien armés, se retrouvent mis à mal par des nuées d'alevins qui leur volent leur nourriture ou parasitent leur corps.

M'inspirant de mon mentor Edmond Wells, je perfectionne la communication entre mes créatures. Elles vivent désormais en famille et se parlent par ultrasons. Alentour, l'idée de constituer un groupe n'est pas reprise. En revanche, tout ce qui est camouflage, mimétisme, leurre, mâchoires, poison, dents, accouplement rapide connaît un succès certain. Bientôt, des élèves dieux définissent pour leurs créations des territoires qu'ils défendent de toutes leurs nageoires et de toutes leurs dents. Et chacun envoie des éclaireurs pour tester les défenses adverses.

Les poissons des générations précédentes sont abandonnés et, continuant à se reproduire, contribuent au décor. Faute d'avoir été suffisamment perfectionnés, ils font fonction de gibier.

Cette confrontation nous met tous en effervescence. Autour de moi, des élèves voient leurs créations lacérées, déchiquetées, faute de stratégie cohérente. Pour s'en sortir, ils copient de leur mieux les vainqueurs.

En surface, s'accumulent les cadavres de poissons non consommés car surabondants. Certains retombent en miettes dans les abysses et un élève a l'idée de façonner un crabe nécrophage qui s'en nourrit.

La réussite est telle que son crabe ne tarde pas à muter jusqu'à essayer d'attaquer les carapaces des tortues de Béatrice Chaffanoux. Celle-ci est obligée de doubler les couches de protection. Sur le cartilage elle pose même une sorte de laque lisse où les pinces les plus pointues ne trouvent aucune prise.

Arès nous encourage, nous éperonne, nous pousse à combattre avec encore plus d'acharnement. À un moment, sans que nous nous en rendions compte, une musique vient nous exalter, *Carmina burana*.

Et cela guerroie partout. Au bout d'un laps de temps qui me semble court, les espèces sont comme stabilisées. Plus personne n'arrive à conquérir les territoires des autres et chacun défend efficacement le sien.

Arès décide alors de tout arrêter pour faire le point.

Il annonce qu'il donnera d'abord la liste des vingt meilleurs d'entre nous, et précisera ensuite les exclus du jour. Nous retenons notre souffle.

Premier : Proudhon reçoit la couronne de lauriers pour son requin, prédateur absolu. Deuxième : Georges Méliès et sa murène à la vision surdéveloppée. Troisième : Béatrice Chaffanoux avec sa tortue marine à la carapace qu'aucun adversaire ne parvient même à rayer. En ne s'attachant qu'au seul concept de bouclier, elle a réussi un excellent prototype. Bruno Ballard et Freddy suivent, l'un avec son barracuda, l'autre avec son poisson-clown. Mata Hari arrive ensuite avec son calamar, et Marilyn avec ses méduses. La raie manta de Raoul se place juste après. Enfin je suis cité pour mes dauphins, mais Arès me reproche le manque de pugnacité de mes prototypes. Pour lui c'est un animal réussi dans sa forme mais raté dans son esprit. Il est plus joueur que belliqueux. À ce stade de l'évolution le jeu est un luxe qu'on ne peut encore se permettre, dit-il. Et j'ai beau arguer que le jeu est un entraînement à la guerre, il me dit qu'il faut d'abord penser à la survie et à la prédation.

Au bas de l'échelle, Arès a regroupé des spécimens sans attaque ni défense efficaces. Des sortes de requins trop lents, des méduses aux poisons non foudroyants, des calamars trop mous, des pieuvres qui s'emmêlent les tentacules, des sardines qui communiquent mal ou des anguilles sans vivacité. Le verdict est sans appel. Les maladroits sont éliminés. Cela fait douze élèves en moins d'un coup. Nouveau décompte : 137 – 12… Nous ne sommes plus que 125.

Parmi les douze, Montaigne est la seule célébrité. Il se tourne vers nous et, très beau joueur, nous souhaite bonne chance.

Les centaures se présentent sur le seuil pour accomplir leur tâche, les condamnés sont emportés, et nous nous apprêtons à nous lever quand Arès nous arrête.

– Attendez. Vous croyez quoi ? Ce cours est loin d'être fini. Il ne fait même que commencer. Après les poissons, vous vous

181

attaquerez aux animaux terrestres. Une courte pause pour déjeuner et vous dégourdir les jambes, et on reprend.

56. ENCYCLOPÉDIE. VIOLENCE

Avant l'arrivée des Occidentaux, les Indiens d'Amérique du Nord vivaient dans une société adepte de la mesure. La violence existait, certes, mais elle était ritualisée. Pas de surnatalité, donc pas de guerre pour résorber les excédents démographiques. Au sein de la tribu, la violence servait à témoigner de son courage en affrontant la douleur ou les situations d'abandon.
Les guerres tribales étaient généralement déclenchées par des conflits concernant des territoires de chasse et dégénéraient rarement en massacres et tueries. Ce qui importait, c'était de prouver à l'autre qu'on aurait pu aller plus loin si on l'avait voulu. Mais était généralement admise l'inutilité de s'avancer plus loin dans la violence.
Longtemps, les Indiens ont combattu les pionniers de la conquête de l'Ouest simplement en leur tapant l'épaule de leur lance, leur prouvant ainsi qu'ils auraient pu l'enfoncer s'ils l'avaient voulu. Les autres leur répondirent en leur faisant face et en utilisant leurs armes à feu. Car pour pratiquer la non-violence, il faut au moins être deux.

Edmond Wells,
Encyclopédie du Savoir Relatif et Absolu, Tome V.

57. LE TEMPS DES ANIMAUX

Pour éviter toute perte de temps, nous déjeunons sur les lieux mêmes du cours. La Saison Été nous apporte des paniers-repas. Notre évolution alimentaire se poursuit. Après les fruits de mer, arrive le poisson cru. Il y a au menu du thon, du maquereau et du cabillaud, servis en carpaccio. Nous sommes affamés. Le poisson cru nous redonne de la vigueur.

Sans un mot, nous nous gavons d'énergie. Nous nous hâtons car nous savons qu'Arès est impatient de reprendre le « Jeu ». D'ailleurs, tandis que nous nous rassasions, drapé dans sa toge noire et brandissant son ankh, le dieu de la Guerre provoque des pluies pour que naisse une végétation sur les continents déserts. Hors de l'océan, les végétaux jouiront de plus de lumière, de plus d'air, et des oligo-éléments à profusion pourront ainsi enrichir les métabolismes de nos prototypes.

Nous nous essuyons la bouche, quand Arès nous rappelle à l'ordre :

– Assez perdu de temps, au travail. Amenez-moi cette bouillabaisse sur la terre ferme.

Goût du Jeu, souci d'obéissance au Maître dieu, dans les heures qui suivent, la plupart de nos poissons sont hissés au sec, sur leurs nageoires transformées en pattes malhabiles. Ils adaptent rapidement leurs poumons à la respiration aérienne et commencent à pulluler sur les continents et les archipels, se muant en grenouilles, salamandres, petits lézards, gros lézards, puis en... dinosaures.

De nouveau, c'est le branle-bas de combat sur « Terre 18 », chacun demeurant fidèle à son style particulier. Freddy étire son poisson-clown en une sorte de long diplodocus au cou gracile. La bête s'étend sur douze mètres mais s'avère fragile. Raoul, conservant la voilure de sa raie, parvient à mettre au point une sorte de ptérodactyle, un lézard volant au long museau pointu et aux petites dents. Il est le premier à faire voler son spécimen. Je reconnais bien là mon ami pionnier de la thanatonautique, toujours préoccupé de s'élever pour observer de plus haut.

Dans la droite ligne de son requin, Proudhon bricole un gros animal avec des yeux étroits et une énorme mâchoire aux dents pointues et acérées, semblable à un *Tyrannosaurus rex*. Bruno Ballard l'imite avec un crocodile plat à la gueule pareillement armée.

Pour ma part, je mets au point un petit dinosaure de un mètre cinquante de haut, capable d'adopter une position bipède et, de nouveau, j'inscris dans ses gènes un comportement de groupe, que ce soit pour la défense ou l'attaque, autant m'en tenir aux bonnes idées de mon mentor Edmond Wells. Mon prototype, rappelant un peu le *Stenonychosaurus*, chasse donc par bandes de vingt. Je le dote d'un petit perfectionnement personnel : des griffes rétractiles, comme celles d'un chat, au bout des pattes.

Les lézards foisonnent autour de moi, ils me rappellent les collections en plastique que j'alignais sur les étagères de mon bureau après la mode lancée par *Jurassic Park* et dont je garde encore le souvenir des noms : iguanodon, brontosaure, cératosaure, tricératops.

Arès tire la pendule de sous le coquetier et accélère le temps.

Nous devons vite faire muter nos prototypes.

Les ptérodactyles de Raoul prennent une allure plus effilée et ressemblent à des archéoptéryx. Freddy innove avec des animaux à sang chaud. Tandis que les autres dépendent de la température extérieure et, lorsqu'elle s'abaisse, éprouvent de plus en plus de difficultés à se mouvoir, ceux de Freddy conservent toujours la même température interne et demeurent actifs quels que soient les caprices de la météo. Cependant, ne disposant ni de cornes, ni de crocs, ni de carapace, ses bêtes sont contraintes de toujours fuir les mauvaises rencontres et de se terrer. J'ignore pourquoi mon ami a opté pour pareil choix mais, en tout cas, ses animaux sont plutôt marrants avec leurs bouilles de musaraignes. Conscient qu'il risque d'être éliminé du jeu avec le nombre de prédateurs qui traînent, Freddy renonce toutefois au concept d'œuf et invente la viviparité, ses petits sortiront déjà tout prêts du ventre de leur mère, laquelle produira du lait pour les nourrir. Ainsi naissent les premiers mammifères de « Terre 18 », exemple que je suis en renonçant à mon *stenonychosaurus*.

Tout à sa quête sociale, Edmond Wells va vers le plus nombreux et le plus petit en réinventant la fourmi. Il y avait déjà plusieurs insectes qui rôdaient en surface, des libellules, des scarabées, mais le sien est minuscule, sans couleur, sans ailes, sans venin, sans dard. Il a pour seule particularité de vivre en communauté et même par groupes considérables. Si, avec ses bancs de sardines, il était parvenu à réunir des centaines d'individus, avec ses fourmis, il en rassemble des milliers, voire des millions. Cependant, comme les mammifères de Freddy, les insectes d'Edmond, peut-être trop innovants pour leur temps, sont contraints de se dissimuler pour se protéger de multiples prédateurs plus conséquents et plus brutaux. De plus, les autres élèves n'ayant pas les yeux dans leurs poches, il y a maintenant de plus en plus de bêtes avec des langues fouisseuses capables de perforer des cités de fourmis et de dévorer leurs citoyennes.

Marilyn Monroe s'intéresse aux insectes, et sa méduse empoisonnée devient guêpe tandis qu'une autre jeune femme de la classe, Nathalie Caruso, produit une abeille.

Et à nouveau c'est le choc des idées, les duels des prototypes.

Soudain, sans qu'on y prenne garde, Arès lance sur notre planète une pluie d'énormes météorites.

Tremblements de terre, volcans en éruption, failles. Cela ressemble à la fin du monde de « Terre 17 ». Nous ne comprenons rien, est-ce la fin du jeu ?

– Allez-y, adaptez-vous ! clame le dieu de la Guerre.

Les météorites, en percutant la croûte de « Terre 18 », créent des cataclysmes. Sous la masse des poussières des volcans, le ciel s'obscurcit au point de cacher le soleil. C'est la nuit permanente. Seule lueur : la lave qui coule comme des rivières, submergeant les dinosaures coincés sur des éperons rocheux. À toute vitesse, de notre mieux, nous nous empressons de faire muter nos animaux. Béatrice Chaffanoux étoffe encore les carapaces de ses tortues. Il est difficile d'abandonner un système qui fonctionne. Beaucoup d'élèves imitent la musaraigne de Freddy Meyer. La fourrure et la viviparité s'avèrent une bonne parade à cette période de météo troublée. Les insectes d'Edmond plaisent aussi, petite taille et peau dure, autre bonne formule pour résister aux caprices du temps.

J'assiste à des revirements complets. Gustave Eiffel investit dans des termites, lesquels creusent le sol encore plus profondément que les fourmis. Bruno Ballard cherche le salut dans le ciel, il renonce à son crocodile, copie l'archéoptéryx de Raoul et parvient à un oiseau plus petit qui vole au-dessus du désastre. Pour ma part, je renonce à mes créatures bipèdes et opte pour une décision qui peut passer pour une retraite : retourner à la mer. Après tout, sous l'eau, mes dauphins étaient protégés des tremblements de terre et des éruptions volcaniques. Mes dinosaures étaient déjà devenus mammifères, ils reviennent à l'océan en mammifères marins. Ils aspirent l'air en surface mais sont capables d'apnées qui leur permettent de rester longtemps sous l'eau. Le compromis me semble jouable. Dès qu'ils rencontrent des problèmes en surface, mes dauphins plongent. Après toutes ces escarmouches terrestres, je retrouve avec soulagement l'apaisant milieu aquatique dans lequel on peut se déplacer aussi bien en largeur qu'en hauteur. De plus, les autres élèves ayant renoncé à la compétition marine, je peux m'y épanouir en développant les jeux et la communication.

Côté terre, la planète est en pleine ébullition. Les continents se déplacent, se percutent, s'agglomèrent. Les plantes mutent, elles aussi. Les grandes fougères laissent la place aux fleurs et aux arbustes.

Après avoir vainement tenté d'endurcir et d'élargir son prototype de mammifère pour assurer sa survie, Freddy Meyer se résout au même choix que moi. Il renvoie à l'eau son mammifère qui devient une sorte de baleine.

186

Lorsque le calme revient sur la croûte terrestre, les dinosaures ont disparu. Seuls vestiges d'une époque révolue, subsistent quelques crocodiles, tortues, lézards et varans. En revanche, les oiseaux foisonnent dans le ciel, les poissons évoluent en nombre dans les mers, les insectes se multiplient, de même que les petits mammifères ressemblant à des musaraignes. Sur « Terre 18 », la mode n'est plus aux gros, aux lourds à sang froid, mais aux légers, débrouillards, véloces à sang chaud. Nos efforts pour adapter nos créatures à la pluie de météorites d'Arès nous ont exténués, mais le dieu de la Guerre n'en continue pas moins à nous encourager à poursuivre notre combat pour la survie.

– C'est pas fini. Je n'ai pas dit que c'était fini. Continuez le combat. Adaptez-vous ! vocifère-t-il encore.

À nouveau cela court, se poursuit, se cache, se tue. Georges Méliès invente la vision faciale, ce qui permet à l'une de ses musaraignes de se transformer en petit lémurien capable de mesurer la distance précise des objets situés face à lui, en faisant converger ses deux yeux. Il invente par la même occasion la vision en relief. On voit beaucoup d'innovations autour du concept de mains. Sarah Bernhardt conçoit un lémurien muni de mains à cinq doigts. Elle l'équipe non pas de griffes, mais d'ongles protégeant les extrémités.

Tous les élèves font évoluer leurs bêtes. Apparaissent des lions, des panthères, des aigles, des serpents, des écureuils… Évidemment, nos souvenirs zoologiques de « Terre 1 », notre planète d'origine, nous influencent fortement. Cependant, nos créations ne sont pas exactement à l'identique. Il y en a même d'absolument inédites. Des tigres aux peaux fluorescentes, des éléphants aux multiples trompes, des scarabées aquatiques, des zèbres tachetés se rencontrent, se défient, se collettent. Des alliances se créent entre espèces. Des animaux disparaissent, d'autres mutent pour échapper à leurs adversaires ou mieux attirer leurs proies.

Les plus agressifs ne sont pas forcément les mieux doués pour la survie. Comme annoncé par le dieu de la Guerre, les modes d'attaque se voient opposer des mécanismes de défense toujours plus sophistiqués. Aux griffes et aux dents répondent les épaisses carapaces et les pattes agiles. La vélocité du faible triomphe de la puissance du lourd. Les stratégies de camouflage ou de piège odorant s'avèrent redoutables même pour les plus puissants prédateurs.

La faune de « Terre 18 » est de plus en plus dense et diversifiée. Les prototypes s'ajoutent, les espèces-brouillons continuent leur prolifération alors que leurs dieux ne s'occupent plus d'elles. On voit même des brouillons se croiser pour donner des hybrides qui n'ont été imaginés par personne.

La vie se répand. Des créatures à plumes, à pelage, à écailles, à bec, à crocs, à griffes, de toutes couleurs, se répandent sur les continents. De partout jaillissent des grognements, des feulements, des ululements, des soupirs, des gémissements, des cris d'agonie. Ça naît, ça court, ça copule, ça se poursuit, ça se bat, ça tue, ça digère, ça se cache. Arès inspecte tout en se lissant les moustaches et en fronçant le sourcil. De temps en temps il se penche et vérifie des éléments avec son ankh, avant de prendre des notes sur son calepin.

Puis il voit l'heure à l'horloge du temps de « Terre 18 » et il donne un coup de gong.

– Fini. On relève les copies.

Reprenant notre souffle, nous examinons mutuellement nos travaux et, suspendus aux lèvres d'Arès, attendons le verdict. Il tombe rapidement.

À Raoul Razorback, la couronne de lauriers et nos applaudissements pour son « aigle ». Maître du ciel, nul ne peut l'inquiéter. Il voit tout. De son bec crochu, il déchiquette et fouille les entrailles. Ses serres sont autant d'épées en puissance. Son nid surélevé en montagne protège sa progéniture des dangers du sol. Arès félicite mon ami pour la cohérence de sa création.

Deuxième, Edmond et ses fourmis. Il a su imaginer la force produite par une masse d'individus, la capter et la pousser jusqu'à créer des cités de sable.

Troisième, Béatrice Chaffanoux et sa tortue, animal solide, bien protégé par ses boucliers.

Proudhon est félicité pour son rat, très adaptable, très agressif, avec ses incisives coupantes, mais pourtant rapide et sachant se cacher. Marilyn pour ses guêpes au dard empoisonné, jouissant elles aussi de cités protectrices. Suivent dans l'ordre Freddy avec sa baleine équipée d'une bouche filtrant le krill, Clément Ader et son scarabée volant bardé d'élytres blindés, un certain Richard Silbert qui a façonné une antilope imbattable à la course, Bruno Ballard et son faucon, et puis moi avec mon dauphin. On pourrait ensuite citer Toulouse-Lautrec qui a créé une chèvre et, pour ne citer que quelques célébrités, Jean de La Fontaine : une mouette, Édith Piaf : un coq, Jean-Jacques Rousseau : un dindon, Voltaire : une marmotte, Auguste Rodin : un taureau, Nadar : une chauve-souris, Sarah Bernhardt : un cheval, Éric Satie : un rossignol, Mata Hari : un loup, Marie Curie : un iguane, Simone Signoret : un héron, Victor Hugo : un ours, Camille Claudel : un oursin, Gustave Flaubert : un bison. Parmi les anonymes on trouve du hareng, de la grenouille, de la taupe, du lemming, de la girafe.

Chaque création est révélatrice de la personnalité de son créateur. À chacun son totem.

Et maintenant les perdants qui seront exclus. Arès désigne Marion Muller pour son Dodo de Madagascar raté, un oiseau trop lourd pour voler et au bec trop arqué pour chasser. Arès explique qu'il y a un rapport poids-voilure à respecter pour chaque oiseau. Les pingouins sont limites mais, vu qu'ils savent nager, leur dieu est épargné.

Un centaure arrive. Marion se débat, crie au jugement inique, mais le centaure assure sa prise aux hanches de la jeune fille.

– Non, je veux encore jouer. Je veux encore jouer, glapit-elle.

Arès poursuit sa liste des perdants. Le dieu des éléphants à plusieurs trompes, celui du mammouth, celui des tigres aux peaux fluorescentes, celui des scarabées aquatiques, celui d'un félin aux dents tellement longues qu'il n'arrivait pas à fermer la gueule.

Finalement, la plupart des espèces victorieuses ressemblent à celles qui existaient sur « Terre 1 ». Et je me dis qu'il n'y a pas dix mille manières de faire de la vie.

Décompte : 125 − 6 = 119.

Arès cale son imposante stature dans son fauteuil :

– Un conseil pour la poursuite du jeu d'Y. De l'audace, toujours de l'audace. Il y a un mot grec pour ça. *Hubris. Houtspah* en yiddish. Culot en français. Ne respectez aucune limite. Au prochain cours, vous allez devoir gérer des troupeaux d'humains. Si vous optez pour une partie défensive, inspirez-vous des tortues blindées de Béatrice, si vous choisissez l'attitude offensive, rappelez-vous l'aigle de Raoul et sa maîtrise du ciel. Mais, entre nous, soyez originaux et audacieux, sinon vous êtes morts.

Je regarde mon ankh. 142 857... Ce chiffre ne m'a pas l'air complètement anodin. Il me semble l'avoir entrevu dans l'Encyclopédie...

58. ENCYCLOPÉDIE : « 142 857 »

Évoquons un chiffre mystérieux qui raconte plusieurs histoires. Commençons par le multiplier et examinons ce qu'il se passe.
142 857 × 1 = 142 857
142 857 × 2 = 285 714
142 857 × 3 = 428 571
142 857 × 4 = 571 428
142 857 × 5 = 714 285
142 857 × 6 = 857 142
Ce sont toujours les mêmes chiffres qui apparaissent, changeant simplement de place en avançant comme un ruban.

Et 142 857 × 7 ?
999 999 !
Or, en additionnant 142 + 857, on obtient 999.
14 + 28 + 57 ? 99.
Le carré de 142 857 est 20408122449. Ce nombre est formé de 20 408 et 122 449, dont l'addition donne... 142 857.

Edmond Wells,
Encyclopédie du Savoir Relatif et Absolu, Tome V.

59. LE GOÛT DU SANG

Nous dînons à vingt heures.

L'évolution des plats continue en parallèle de nos expériences. Les fines tranches de carpaccio ne sont plus de chair de poisson mais de viande animale. Je n'en ai jamais consommé lorsque j'étais mortel. Par nature, je n'aime pas le goût du sang. Là, j'avale en filets crus de la chèvre, de la girafe, de l'hippopotame ou de l'aigle. Ma langue explore des protéines qu'aucune préparation culinaire n'a dénaturées. Pas de cuisson, pas de sauce. Le héron présente un goût amer, le paon est gras, les fibres du buffle se fichent entre les dents, le zèbre est délicieux, le hérisson est amer, la mouette infecte. Je ne m'aventure pas à tester les limaces, le serpent, les araignées et la chauve-souris.

D'abord, nous parlons peu, tout à nos assiettes. Je reprends plusieurs fois de la girafe, sa viande n'est pas trop mauvaise, finalement. J'y détecte même un arrière-goût de réglisse. Après les œufs, le sel, les algues, les poissons, ma palette de saveurs s'élargit.

Une fois les estomacs satisfaits, les langues se délient. On commence par s'accuser mutuellement d'avoir voulu faire triompher nos animaux au détriment de ceux de nos amis, et puis on s'inquiète. Qu'est-ce que ce « jeu d'Y » qu'ont évoqué Arès et les Maîtres dieux ?

— Après la compétition à coups de créations animales, sans doute la compétition à coups de « troupeaux humains », selon les propres termes d'Arès, déclare Edmond Wells en rappelant que l'homme est à présent le prochain niveau logique d'évolution. Le numéro 4.

— On prend des singes et on les met debout sur deux pattes pour libérer les mains et inventer l'outil ? s'enquiert Gustave Eiffel.

— Et on leur enseigne à chasser ? demande Marilyn.

— Il faudra aussi descendre leurs cordes vocales pour leur permettre l'apprentissage de la parole, rêve Freddy.

Nous avons hâte de nous confronter au jouet absolu, l'*homo sapiens sapiens*.

— Avec des hommes, je construirai des monuments, dit Gustave Eiffel.

— Avec des hommes, je produirai des spectacles, dit Georges Méliès.

— Avec des hommes, je créerai des ballets, dit Mata Hari.

— ...Des chansons, dit Édith Piaf.

Il nous tarde de nous occuper de nos semblables, d'intervenir en dieux sur des êtres dotés de cervelles qui pensent, de bouches qui parlent, de mains qui s'activent.

— Je leur enseignerai à vivre sans dieux ni maîtres, clame Proudhon.

— Moi, je leur apprendrai l'amour, susurre Marilyn. Le véritable amour, sans tromperie, sans mensonges. Mes humains ne perdront pas leur temps à passer d'aventure en aventure. Ils sauront reconnaître d'emblée leur âme sœur.

Mata Hari n'est pas d'accord.

— Quel intérêt ? N'avoir qu'un seul partenaire dans toute son existence, comme c'est réducteur ! Il me semble pourtant que toi et moi, sur Terre, nous avons multiplié les expériences, nous blessant peut-être mais aussi nous enrichissant chaque fois.

Marilyn persiste :

– Si j'avais rencontré Freddy dès mon adolescence, au lieu de devoir attendre le Paradis pour le fréquenter, je n'aurais pas cherché plus loin, j'en suis convaincue.

Edmond Wells est pensif :

– Moi, quand je façonnerai des hommes, je m'arrangerai pour que tous se comprennent. J'inventerai un langage évitant malentendus et quiproquos. Je me consacrerai à fond à la communication et à l'échange.

– Moi, dit Freddy, mes hommes vivront en permanence dans l'humour. Dès le matin, il y en aura un pour sortir une plaisanterie qui amusera les autres tout le reste de la journée et, par le rire, mes hommes parviendront à la spiritualité.

– Et toi, Michael ?

Un coup de gong me dispense de répondre, mais je sais bien que pour moi, la tâche consistera avant tout à me comprendre moi-même en observant mes propres humains. Je ferai probablement des expériences pour voir comment ils réagiront dans les circonstances les plus mystérieuses de ma propre vie.

Les centaures arrivent et nous encerclent avec leurs tambours, et nous ne nous entendons plus. D'autres instruments viennent s'ajouter : flûtes en os, guitares à carapaces de tatou en guise de caisses de résonance. Des jeunes demi-déesses s'exercent sur des harpes aux cordes en boyaux de chat.

J'appréhende ma prochaine condition de dieu des humains. Serai-je à la hauteur de ma tâche ? Dans ma vie de mortel, une fiancée en me quittant m'avait offert un bonsaï avec, sur la carte qui l'accompagnait, une flèche du Parthe en guise d'adieu : « Tu n'as pas su t'occuper de moi, sauras-tu t'occuper de cette plante ? » J'ai relevé le défi. Mon bonsaï, je l'ai baigné, je l'ai soigné avec des lotions spéciales, je l'ai dopé avec des fertilisants, j'ai vaporisé ses feuilles dès qu'elles dépérissaient. Et pourtant, j'ai eu beau m'évertuer, j'ai vu périr ma plante sous mes yeux, incapable de secourir ce simple végétal.

Je n'ai pas eu plus de chance avec le monde animal. Bien avant, alors que j'étais gamin, tous les poissons guppies de mon aquarium ne tardaient pas à flotter ventre en l'air, bientôt dévorés par leurs congénères avant que ceux-ci ne périssent à leur tour. J'ai aussi en souvenir mes élevages de têtards que j'allais chercher dans des fossés proches de la villa de mes grands-parents, à la campagne. Je les plaçais dans des pots de confiture pour les observer en train de grandir et devenir grenouilles, mais il a suffi d'une excursion de quelques jours avec des cousins pour que l'eau s'évapore et que mes têtards décèdent, complètement asséchés.

J'ai aussi eu des hamsters, au départ un mâle et une femelle de deux mois. En quelques jours, la femelle a mis au monde une douzaine de petits dont elle a cannibalisé la moitié. Les autres se sont accouplés entre eux, frères et sœurs, fils et mère, filles et père. En quelques semaines, une trentaine de hamsters s'ébattaient dans la cage, folâtrant et se dévorant, et je n'osais même plus regarder à l'intérieur tant j'avais honte d'avoir créé pareil monde.

À l'âge de 12 ans ma mère m'a offert un chat que je n'ai pas su rendre heureux. Chaton, il courait partout comme un hystérique et adorait uriner sur mon oreiller. Plusieurs lavages à haute température ne parvenaient pas à dissiper la persistante odeur sur les taies. En plus, il refusait mes caresses et son plus grand plaisir était de se coucher sur mon clavier d'ordinateur lorsque j'étais en plein travail. Calmé, devenu sédentaire, l'animal s'est ensuite mis à grossir avec pour seule activité de regarder la télévision. Quand il est mort victime d'un taux de cholestérol battant tous les records, le vétérinaire m'a reproché de n'avoir pas joué avec lui et de l'avoir trop nourri.

Et bien plus tard, pour mes enfants, ai-je été un bon père ? Et pour mes mortels, ai-je été un bon ange ?

Quelle lourde tâche que la responsabilité d'êtres dont la survie dépend de vous. Finalement, je ne suis pas sûr d'être satisfait de mon statut de dieu.

60. ENCYCLOPÉDIE : LOI DE PETER

« Dans une hiérarchie, chaque employé tend à s'élever jusqu'à son niveau d'incompétence. » Cette loi fut énoncée pour la première fois par Laurence J. Peter en 1969. Il voulut créer une nouvelle science la « Hiérarchologie », la science de l'incompétence au travail. Il voulait la scruter, l'analyser et mesurer son expansion naturelle au sein des entreprises. L'observation de Peter était la suivante : dans une organisation quelconque, si quelqu'un fait bien son travail, on lui confie une tâche plus complexe. S'il s'en acquitte correctement, on lui accorde une nouvelle promotion. Et ainsi de suite jusqu'au jour où il décrochera un poste au-dessus de ses capacités. Où il restera indéfiniment. Le « principe de Peter » a deux importants corollaires. D'abord, dans une organisation, le travail est réalisé par ceux qui n'ont pas encore atteint leur niveau d'incompétence. Ensuite, un salarié qualifié et efficace consent rarement à demeurer longtemps à son niveau de compétence. Il va tout faire pour se hisser jusqu'au niveau où il sera totalement inefficace.

Edmond Wells,
Encyclopédie du Savoir Relatif et Absolu, Tome V.

61. MORTELS. 8 ANS. LA PEUR

Le fleuve franchi par la cascade, Mata Hari repère dans la forêt noire les traces larges et profondes d'un animal aussi grand que lourd. Dans l'obscurité qui nous recouvre peu à peu, nous percevons au loin le souffle rauque.

Le groupe se fige. Raoul se veut rassurant.

– « Il » doit dormir.

D'une main, il ne ramasse pas moins une branche en guise de gourdin tandis que de l'autre, il saisit son ankh et fixe son doigt sur la touche « D ».

Je pense pour ma part que la respiration est trop saccadée pour émaner d'un animal assoupi, mais je ne dis rien pour ne pas effrayer davantage les autres. Marilyn vient tout juste de glisser sa main dans la mienne, qu'elle serre à la broyer.

Déjà des feuilles bruissent, le sol tremble sous des pas.

– « L'amour pour épée, l'humour pour bouclier », articule Freddy Meyer.

De nous tous, Freddy possède le meilleur sens de l'orientation. Avoir été longtemps aveugle a développé son ouïe et son odorat. Il se repère parfaitement dans l'obscurité.

Le silence, et puis de nouveau un bruit, non plus devant nous mais sur notre gauche.

Je me sens las, si las, au comble de la fatigue. Les mots sortent d'eux-mêmes de ma bouche :

– Désolé, mes amis. Je suis trop épuisé pour continuer. J'ai déjà beaucoup donné hier soir. Je rentre me coucher. Continuez à explorer sans moi.

Je devine plus que je ne vois les visages atterrés des théonautes.

– Mais enfin, Michael…, tente Marilyn dont je lâche la main.

Je recule, je m'enfuis en courant, je les plante là, je les abandonne. Déjà, je passe la cascade et je me retrouve en calme territoire bleu. Qu'ils affrontent le monstre de leur mieux, comme moi la veille. Qu'ils se débrouillent à leur tour. Ils me raconteront demain l'issue de cet épisode.

Si nous évoluons au sein d'un film ou d'un roman, je crois que je suis en train d'inventer un nouvel archétype, le héros qui laisse tout tomber au milieu de l'action…

Je m'ébroue en regagnant ma villa, en proie à un grand sentiment de liberté. Après tout, rien ne m'oblige à affronter tous ces périls. J'ai le droit de me reposer si l'envie m'en prend, et d'ailleurs, je voudrais savoir où en sont mes anciens clients que j'ai quelque peu délaissés récemment.

Les rues d'Olympie sont désertes quand je regagne la cité où la moucheronne m'attend dans la villa. Elle m'accueille d'un battement d'ailes et se pose près de moi, sur le divan, lorsque j'allume mon téléviseur.

– Les mortels de « Terre 1 » t'intéressent, hein ? Voyons ce qu'il y a au programme, ce soir.

Dans la cour de l'école de Théotime, à Héraklion, les élèves se battent méchamment. Des rôles ont été distribués. Ils se nomment entre eux Achille, Agamemnon, Hector, Pâris ou Priam et recommencent la bataille de Troie. Les Grecs encerclent les Troyens, réfugiés dans un bouquet d'arbres, en surplomb. Les deux camps s'assaillent violemment à chaque sortie ou avancée des uns ou des autres. Les Grecs, plus violents et plus déterminés, finissent par emporter le bastion troyen d'où s'enfuient les guerriers. Le pauvre Théotime, dont le poids nuit à la vélocité, est vite rattrapé par des enfants braillant « À mort, Hector, à mort, Hector ». Des mains déchirent sa chemise, multiplient les horions mais, tant bien que mal, mon ancien client se dégage et se précipite vers la protection d'un pion. Sans lever le tête de son journal, le surveillant le repousse, agacé :

– Mon pauvre vieux, la vie, c'est une jungle. À chacun de se débrouiller. Plus tôt tu auras compris qu'ici-bas, c'est chacun pour soi, mieux tu te porteras.

La moucheronne bourdonne en signe de protestation. Théotime, encerclé, protège son crâne de ses mains. Heureusement, la cloche met un terme à son tourment en sonnant la fin de la récréation.

À la maison, la mère de Théotime s'affole devant ses vêtements en lambeaux. Trop honteux de n'avoir été qu'une victime incapable de se défendre tout seul, le gamin refuse de raconter ce qui lui est arrivé. Il finit par se réfugier dans sa chambre pour y pleurer tout son soûl.

Face à tant d'injustice, la moucheronne bourdonne de plus belle. Je lui explique qu'ainsi le veut le karma de mon ancien Igor, c'est une âme simple entièrement écrasée par l'image de sa mère. Qu'elle soit bienveillante ou malveillante ne change au final pas grand-chose.

Sur une autre chaîne dans la vraie jungle africaine, Kouassi Kouassi accompagne son père à la chasse au lion. Son géniteur lui apprend comment affronter la bête avec sa sagaie et éviter les crocs et les griffes. Kouassi Kouassi n'a pas peur, ou alors, il maîtrise bien ses craintes. Sa poitrine est recouverte d'une multitude de colliers et de pendentifs en guise de talismans et, pour mieux le protéger encore, des peintures griment son visage d'un masque rituel censé le doter de pouvoirs magiques et l'abriter des esprits mauvais.

Mais apparemment, les lions ont décidé aujourd'hui de ne pas quitter leurs tanières. Les chasseurs arpentent la savane en tous sens sans débusquer le moindre fauve et se résignent à rentrer bredouilles. En chemin, le père raconte au fils comment le combat aurait pu être terrible et narre en détail sa propre initiation dont Kouassi Kouassi mime chaque geste en poussant de grands cris. L'enfant demande quand même pourquoi il n'y a plus de lions.

– Si les lions disposaient de conteurs, répond le père, ils pourraient nous dire comment ils ont disparu, mais seuls les hommes en ont et, un jour, l'un d'eux transmettra à une nouvelle génération pourquoi nous, nous avons disparu.

Ils regagnent ensuite leur maison où père et fils s'installent devant la télévision pour suivre en famille un épisode de *Tarzan*, une série américaine qu'ils adorent.

Chez elle, Eun Bi se défoule sur une console informatique reliée à son téléviseur. Le jeu consiste à avancer dans un monde en trois dimensions à l'aide d'armes et d'outils permettant d'affronter des monstres ou de franchir des ravins. Il faut grimper sur des bêtes, glisser sur des rails… La fillette est fascinée. Elle s'applique à éviter les flèches, à courir dans un couloir d'où jaillissent des boules de feu, à anéantir les gardiens d'une porte. Dans la pièce voisine, ses parents se disputent encore, alors Eun Bi monte le son à plein régime dans son casque audio pour ne plus rien entendre.

Tout à son monde imaginaire, et occupée à pourfendre un monstre abominable, elle ignore les assiettes que l'on brise dans la pièce d'à côté. Enfin, elle ouvre la boîte au trésor et un petit génie l'invite à passer au niveau supérieur du jeu. Elle s'y fait immédiatement attaquer par un autre monstre dont les énormes crocs la dévorent tandis que l'écran vire au rouge et que s'y inscrivent les mots fatidiques : « Game over ».

Eun Bi ôte son casque, mais à côté les cris fusent toujours, elle le remet bien vite pour reprendre la partie là où elle a chuté. « Vous avez épuisé vos vies. Voulez-vous recommencer le jeu avec une nouvelle vie ? » demande l'écran. Mais sa mère surgit, le visage écarlate, hurle quelque chose que la petite Asiatique ne peut entendre, ce qui met la femme en fureur. Elle vient la gifler et débranche carrément la machine.

La gamine se lève, ignore le regard ironique de son père qui siffle une bière, et court se blottir dans les toilettes. (Je reconnais la vieille habitude de sa précédente incarnation, Jacques lui aussi faisait des toilettes un sanctuaire sur lequel le monde extérieur n'avait plus prise). Mais la mère connaît bien cette manie. Elle se plante devant la porte et secoue la poignée en intimant à sa fille de sortir. Eun Bi ne bronche pas, elle a confiance en son refuge. Elle ignore les récriminations maternelles et s'empare d'un livre qui parle d'une princesse et d'un pays fantastique.

La moucheronne me regarde, perplexe.

– Tu te demandes pourquoi les mortels infligent tant de violence à leurs enfants ? Je l'ignore. Peut-être les parents se vengent-ils sur eux des coups qu'ils ont eux-mêmes reçus, chaque génération prenant le relais de la précédente... À moins que la violence ne soit inhérente à l'espèce. Je me souviens d'une affaire en Angleterre où deux enfants de 8 ans ont attrapé et torturé à mort un gosse de 3 ans qu'ils ne connaissaient même pas. Cette même violence a permis à l'animal humain de triompher de tous ses prédateurs, et à présent qu'il n'en a plus, il poursuit la tradition sur sa propre espèce.

J'annonce que je vais me coucher. La moucheronne m'approuve de sa jolie tête et, sans rechigner, s'envole par une fenêtre ouverte.

Je m'allonge, exténué. Faut-il que j'aie oublié qui sont vraiment les humains pour avoir encore envie de les sauver ! Les dieux ont sans doute doté nos habitations de ces téléviseurs pour nous rappeler, par-delà nos visions macroscopiques, à quoi ressemblent individuellement nos sujets. Au fond, ils ne sont pas si éloignés des animaux...

62. MYTHOLOGIE : HERMÈS

Zeus viola Maïa, fille du géant Atlas, et de cet accouplement naquit Hermès, que l'on identifie au Mercure des Romains, et dont le nom signifie « colonne ».
Le jour même de sa naissance, sa mère le déposa dans un panier, mais à peine eut-elle le dos tourné qu'avec une carapace de tortue et des boyaux de génisse, il fabriqua une lyre dont il joua pour l'endormir.
Aussitôt grandi, Hermès partit à l'aventure. Grâce à ses talents de pickpocket il déposséda Poséidon de son trident, Arès de son épée, Aphrodite de sa ceinture. Il s'empara de cinquante bœufs blancs aux cornes d'or, propriété d'Apollon.
De sa lyre, il attira bientôt Apollon qui consentit à lui laisser son bétail en échange de l'instrument à sept cordes.

Pareillement, il obtint de Pan, dieu des bergers d'Arcadie, contre une flûte, sa houlette à trois cordons blancs.

Quand Apollon le mena à Zeus, il séduisit son père par ses talents d'orateur et Hermès fut nommé messager de l'Olympe en échange de la promesse de ne jamais mentir. Sa ruse lui permit d'éluder : « Je ne proférerai jamais de mensonges mais il se peut que j'omette parfois d'énoncer toute la vérité. »

Coiffé d'un chapeau rond symbolisant les nuages surplombant les montagnes, chaussé de sandales d'or ailées le rendant aussi véloce que le vent, nanti de sa houlette de berger, il fut désigné responsable des routes, des carrefours, des marchés, des navires, de la circulation des voyageurs (et, en tant que tel, chargé aussi du bon trajet des âmes vers le continent des morts), de l'établissement des contrats et du maintien de la propriété individuelle. Paradoxalement, on le consacra aussi dieu des voleurs. Les Thries du Parnasse lui enseignèrent de surcroît l'art de prédire l'avenir.

La légende veut que Hermès ait composé l'alphabet. À partir des cinq voyelles créées par les Parques et des onze consonnes de Palamède, Hermès inventa une écriture cunéiforme en observant, dit-on, le vol en formation triangulaire des grues. Par la suite, les prêtres d'Apollon ajoutèrent d'autres consonnes et d'autres voyelles telles que le « o » long et le « e » bref, de sorte que chacune des sept cordes de la lyre d'Hermès est dotée d'une voyelle propre. Le messager des dieux multiplia les aventures amoureuses. Avec Aphrodite, il conçut Hermaphrodite, synthèse de leurs deux noms, doté à la fois d'un sexe masculin et d'un sexe féminin. Avec Chioné, il engendra Autolycos, le grand-père d'Ulysse, héros de l'*Odyssée*.

Toute la Grèce pratiqua le culte d'Hermès et, à tous ses carrefours, les poteaux indicateurs furent flanqués de sa statue. En son honneur, les Grecs sacrifièrent des veaux à qui ils coupaient la langue, symbole de l'éloquence de leur dieu.

Plus tard, en tant que dieu de tout ce qui se déplace, de tout ce qui est mobile, il fut consacré aussi dieu des magiciens, dieu des comédiens, dieu des tricheurs.
Hermès a un équivalent égyptien, Thot, dieu de l'intelligence.

Edmond Wells,
Encyclopédie du Savoir Relatif et Absolu, Tome V,
(d'après Francis Razorback s'inspirant lui-même
de la *Théogonie* d'Hésiode, 700 av. J.-C.).

63. MERCREDI. LE COURS D'HERMÈS

Mercredi, jour de Mercure, nos maîtres grecs continuent de se présenter à nous dans l'ordre chronologique de leurs appellations latines. C'est donc devant le portail d'Hermès que, ce mercredi, les élèves attendent de pénétrer dans une nouvelle salle de classe.

Je patrouille entre les groupes qui bavardent ici et là, je m'attarde à saluer quelques familiers, mais je dois bientôt me résoudre à constater, le cœur étreint d'angoisse, qu'aucun de mes amis théonautes n'est présent. Que leur est-il advenu face au monstre dans la forêt noire ? Mon anxiété est telle que je peine à m'intéresser au décor du dieu des voyages lorsque nous franchissons le seuil de sa pyramide argentée.

La salle de classe est constellée de cartes postales, d'objets rapportés d'explorations sur des planètes inconnues. Rappel des multiples attributions d'Hermès, s'alignent dans des vitrines divers instruments de médecine.

– Bonjour, installez-vous, nous lance une voix agréable depuis le plafond.

Nous levons la tête. Notre maître du jour plane au-dessus de nous, battant des ailettes qui partent de ses sandales. Lentement, il descend s'installer à son bureau sans se séparer de son chapeau rond et de sa houlette de berger. Il a un visage lisse, étonnamment jeune et beau.

– Vous arrivez avec moi au stade le plus intéressant de l'évolution, annonce-t-il. Vous avez connu 1 : le minéral, 2 : le végétal, 3 : l'animal. Intéressons-nous à présent à 4... « L'homme », inscrit-il au tableau et, de son bâton, il suit les contours du chiffre.

– « 4. » L'homme est carrefour, croix, croisement. C'est pourquoi il est normal, en tant que dieu des routes, que je vous parle de l'homme. Pourquoi l'humain est-il carrefour ? Parce que, avec son libre arbitre, il est à même d'aller de l'avant ou.. de repartir en arrière. Il n'est plus comme le 3, l'animal, prisonnier de ses émotions, de ses peurs ou de ses envies. S'il le veut, il peut grâce à son intelligence les dominer, les orienter, les canaliser, les maîtriser.

Tout en parlant, Hermès tour à tour marche ou lévite, nous examinant de près ou nous toisant de haut. Enfin, il frappe dans ses mains et Atlas apparaît avec son globe.

– Ce n'est pas trop tôt, grogne-t-il. J'en ai déjà parlé avec vos collègues mais ces conditions de travail sont vraiment impossibles et...

– Merci, Atlas, coupe Hermès, sans un regard pour le malheureux qui titube en déposant son fardeau dans le coquetier. Je vous rappellerai tout à l'heure.

L'autre ne bougeant pas, il lui adresse un grand sourire, puis un petit geste lui intimant de partir. Atlas hésite.

– Au cas où tu l'aurais oublié tu me dois le respect, je suis ton grand-père...

– Je sais, mais là c'est un cours et c'est important, c'est leur premier cours avec des jouets humains.

– Je m'en fiche des jouets.

Hermès marque la lassitude.

– Bon, tu veux quoi ? Une augmentation de salaire ?

Sans se départir de son sourire il le fixe.

Atlas cligne le premier les yeux puis pousse un soupir avant de s'en aller en marquant son écœurement.

– Où en étions-nous déjà ? Ah oui. C'est maintenant que commence le Grand Jeu, le jeu d'Y, le jeu des dieux. Chacun de vous va recevoir en charge une horde de cent quarante-quatre humains, évolution de hordes de primates. Vous y trouverez une trentaine de mâles dominants, une cinquantaine de femelles fécondes et, pour le reste, des mâles non dominants, des femelles stériles, des enfants, des vieillards. Tout le monde dispose au départ d'à peu près les mêmes « pions ».

Il remonte dans les hauteurs du plafond.

– Vos prototypes d'humains sont à peu près tous identiques. Deux bras, deux jambes, une vision faciale, mains libres, ongles, cordes vocales, sexe apparent. Il vous est interdit de modifier leur ADN. Chaque horde comporte son même lot d'intelligents, de stupides, de bons et de méchants, d'adroits et de malhabiles. Les modifications proviendront de l'éducation, des signes que vous réussirez à leur envoyer par les rêves, de votre capacité à choisir les bons médiums, etc. Plus prosaïquement, n'oubliez pas de les lancer à la recherche des sources d'eau potable car, sans eau, les humains dépérissent. Protégez-les des prédateurs. Pas seulement des animaux, car il existe aussi sur « Terre 18 » des peuples « aléatoires ».

Il redescend pour tourner autour de notre planète.

– Ce sont des peuples sans dieux qui les surveillent. Cependant ils pourront être croyants car ils pourront s'inventer des dieux imaginaires.

Il s'interrompt car une rumeur parcourt soudain les rangs du fond. Je me retourne. À mon vif soulagement, mes théonautes font leur entrée. Les joues de Raoul sont striées de griffures, les toges de Freddy et de Marilyn sont en loques, Edmond boitille et la carnation sombre de Mata Hari a laissé place à un teint blanc, presque verdâtre.

– Je n'ai pas vérifié ma liste mais il m'avait bien semblé que cette classe comptait quelques absents. Voici donc nos retardataires ! J'espère que vous n'avez pas passé la nuit hors de la cité, au moins, ironise le dieu des Voyages, pas dupe.

Hermès se désintéresse d'eux et, sans mot dire, les nouveaux arrivants s'installent parmi nous. Au passage, Raoul me lance un regard empreint de reproche.

« Totem », note Hermès au tableau, et il explique :

– Prenez pour drapeau un animal-totem. Choisissez-le à votre convenance. Chaque animal possède sa spécificité, son mode de conduite ou d'intégration à la nature propres à inspirer les humains qui y feront référence.

Nous invitant à nous approcher de la sphère où flotte « Terre 18 », il nous conseille encore :

– Écoutez, comprenez, aidez vos humains. Usez de la foudre avec parcimonie. Évitez les miracles. Miracles et messies sont des outils pour dieux maladroits, incapables d'intervenir discrètement.

Il a dit ça avec un air très méprisant comme un skipper de voilier évoquant les bateaux à moteur.

– Au travail, et arrangez-vous pour créer une humanité qui ne s'autodétruira pas au bout de quelques siècles.

Sur ce, affichant un sourire hollywoodien, notre professeur s'envole pour mieux nous surveiller du haut de son plafond.

64. ENCYCLOPÉDIE. RÉVOLUTION YAHVISTE

Il y a six mille ans, dans ce qui est aujourd'hui le désert du Sinaï, un peuple très peu connu, les Qenites, découvrait la métallurgie. En l'occurrence, le cuivre. Grande révolution puisque, pour sa clarification, un métal nécessite des fours à haute température, que les Qenites inventèrent en utilisant des braises qu'ils attisaient par des soufflets. Ainsi parvinrent-ils à franchir la barre des 1000 °C indispensables à la fonte des métaux. Maîtrisant les hautes températures, les Qenites découvrirent aussi le verre et les émaux.

Les Qenites vénéraient le mont Sinaï et pratiquaient la religion yahviste, liée à Yahvé, le Souffle.

Passant de la pierre, « *lithos* », au cuivre, « *chalcos* », en découvrant les métaux, les Yahvistes réalisèrent la Révolution chalcolithique. La fonte du métal est le premier acte de transformation totale de la matière par l'homme.

Du Sinaï, les Qenites ont remonté la côte méditerranéenne pour fonder le port de Tyr afin d'aller quérir à Chypre (appelée alors « *Kypris* », nom qui donna le mot « cuivre ») le précieux minerai. Ils fondèrent également Sidon (aujourd'hui Saïda) et furent donc ainsi à l'origine de la civilisation nommée bien plus tard « phénicienne ».

Les Yahvistes n'utilisaient pas le cuivre pour fabriquer des armes mais plutôt pour façonner des objets mystérieux, vraisemblablement religieux, en forme de bilboquets et d'une qualité métallurgique inégalée. Selon le professeur Gérard Amzallag, qui a longtemps étudié les Qenites, leur dieu n'était pas un dieu de pouvoir ou de domination mais un dieu « catalyseur », il pouvait insuffler et révéler la force des êtres et des choses par le « souffle », « Yahuwa » étant le bruit des soufflets de forge. On retrouvera bien plus tard cette notion de création divine par le souffle dans la Bible où l'homme est créé à partir de la terre (Adama) et du souffle de Dieu.

Edmond Wells,
Encyclopédie du Savoir Relatif et Absolu, Tome V.

65. LE TEMPS DES HORDES

LE PEUPLE DES TORTUES

Le vent soufflait sur la plaine.

Des nuages noirs s'amoncelaient et, soudain, la foudre fendit le ciel.

Au-dessous, les cent quarante-quatre humains se tassèrent les uns contre les autres. Ils claquaient des dents.

Ils ne savaient pas d'où ils venaient.

Ils ne savaient pas qui ils étaient.

Ils ne savaient pas où ils allaient.

Ils vivaient dans la peur, la faim, le froid, et cet éclair flamboyant tombé du ciel n'était pas fait pour les rassurer.

La foudre frappa de nouveau, tout près, et ensemble ils déguerpirent dans la direction opposée. À droite, ils dévalèrent une pente d'où un autre éclair les chassa vers le nord. Enfin la nuit tomba et, pour éviter d'être mangés par les prédateurs rampants, ils décidèrent de grimper dans un arbre.

Parmi ces cent quarante-quatre humains une petite fille aux grands yeux noirs, à la bouche charnue et à la chevelure d'ébène se carra entre deux branches épaisses et, comme les autres, crispée, s'agrippa au tronc.

La petite fille ferma les yeux, dodelina de la tête, fut sur le point de chuter mais, pour éviter de tomber en dormant, stabilisa sa position. Elle n'ouvrit pas les paupières quand l'écorce craqua sous un bruit de griffes. Elle savait ce que signifiaient ces sons. Dans l'obscurité, un léopard s'apprêtait à s'emparer de l'un d'eux. Impossible d'empêcher pareil rapt, la seule conduite à tenir était de se faire encore plus discret, moins odorant, étouffer toute respiration. Il fallait que le léopard vous confonde avec un fruit ou un amas de feuilles.

Le problème était que le léopard voyait dans la nuit, mais pas les humains. Sur qui le sort s'abattrait-il cette fois ? Tous attendaient, faisant semblant de n'être rien. « Pourvu que ce ne soit pas moi, pas moi », espérait la petite fille, empêchant de toute sa volonté ses dents de claquer et de révéler ainsi sa présence. Elle entendit le léopard grimper au tronc et passer près d'elle à la frôler. « Qu'il prenne qui il veut mais pas moi, pas moi... »

Le fauve choisit l'un de ses oncles. Il lui planta une canine dans la carotide et sauta à bas de l'arbre, l'emportant avant même que l'homme ait poussé un cri.

C'était fini. Les ténèbres, la nuit, tout était redevenu normal, si ce n'est que la répartition du poids dans les branches avait changé, et la petite fille modifia sa position en conséquence.

Gris. Noir. L'enfant ferma ses sens un à un pour que vienne l'apaisement du sommeil, qui apporte l'oubli. Elle éloigna les images du léopard en pleine course, la gueule ensanglantée. Pas de mauvais rêves. Demain, elle ferait semblant d'avoir oublié. La lune était emmitouflée de nuages. Le soleil serait-il de retour demain ? Chaque soir elle se posait la même question. Le soleil reviendra-t-il ?

Encore pâle, l'astre les réveilla, et les cent quarante-trois descendirent de l'arbre comme s'il ne s'était rien passé. Nul ne mentionna l'oncle absent. Le problème, c'était que la petite fille aux yeux noirs ne parvenait pas, le jour, à oublier ses terreurs nocturnes. Chaque soir, elle avait peur de périr déchiquetée dans son sommeil. Chaque soir, elle redoutait que le soleil ne se lève plus.

Au matin, ils marchèrent sous le plafond de nuages, et la petite fille espéra qu'ils se dirigeaient vers un endroit enfin tranquille. Mais peut-être n'en existait-il nulle part, peut-être que sa horde parviendrait au bord du monde sans avoir découvert un havre de paix.

Ils marchaient. Ils croisèrent un attroupement de vautours dont tous comprirent la signification. Les rapaces amateurs de charogne s'en prenaient aux derniers débris de l'oncle que le fauve avait traînés jusque-là. Parfois, il leur arrivait d'attendre que les vautours en aient fini avec leur repas pour se partager leurs restes, mais aujourd'hui, ils préféraient passer leur chemin en détournant les yeux.

Comme ils ne savaient pas compter, ils ne pouvaient pas se livrer au sinistre décompte : 144 – 1.

La horde descendit une colline, remonta une pente, longea des arbres, suivit un ruisseau. Un éclaireur signala qu'un autre groupe d'humains arrivait en sens inverse. Paniqué, le chef enjoignit à tout le monde de se dissimuler sous les herbes hautes. La petite fille se tapit en fermant les yeux. Confusément, elle estimait que si elle ne les voyait pas, les autres ne la verraient pas non plus. Ils attendirent longtemps que leur chef se redresse, indiquant que le danger était passé et que la marche pouvait reprendre. Tous savaient qu'il fallait s'éloigner des humains inconnus.

Ils hâtèrent donc le pas dans la direction opposée aux intrus. Ils étaient à bout de forces quand le chef ordonna une halte. Les mâles partirent chasser. Les jeunes se reposèrent, ou improvisèrent des jeux.

La petite fille aux yeux noirs choisit de s'aventurer seule aux alentours. Après quelques pas, elle trébucha sur une grosse pierre qu'elle voulut ramasser et jeter au loin. Mais la pierre refusa de se laisser saisir et glissa lourdement dans les herbes. L'enfant la poursuivit, la dépassa et lui barra le chemin. La pierre s'arrêta puis dévia de sa route. La fillette la contempla, amusée. Pour la première fois depuis longtemps, un sourire éclaira son visage. C'était si surprenant, un événement nouveau et qui ne faisait pas peur ! Elle s'en sentait toute ragaillardie. Elle saisit la pierre et constata que, dessous, des pattes s'agitaient tandis qu'une petite tête apparaissait sur le devant. Quel superbe animal.

Reposée au sol, la tortue demeura immobile, tête et pattes bien rentrées dans la carapace. La petite fille examina la bête sous tous les angles. Elle la lécha, la mordit, la renifla, la griffa. Elle lui donna des petites tapes que l'autre supporta, impassible. Elle la jeta par terre, la lança au loin, et en allant la rechercher s'aperçut que la tortue était intacte, toutes ses parties molles à l'abri.

« C'est elle qui a peur », songea la petite fille, ravie de pouvoir imposer à un autre être le sentiment qui la tourmentait en permanence.

Livrée à elle-même, la tortue se remit à marcher. Reprise en main, elle redevint pierre. « Elle a peur mais elle est protégée, elle », se dit l'enfant. Il y avait là de quoi réfléchir. Elle rapporta l'animal au bivouac et le montra à sa mère, lui expliquant dans son langage que, mine de rien, cette bête était très forte puisqu'elle disposait d'une carapace où s'abriter.

La mère saisit la tortue, l'examina, ne vit pas la nécessité de s'encombrer d'une pierre ronde et la jeta au loin sous les rires moqueurs des grands frères. Car les chasseurs étaient de retour. Ils avaient rapporté une carcasse de zèbre abandonnée d'abord par les lions, puis par les hyènes et les vautours. Le tout était pourri et empestait la charogne, mais la horde ne s'en jeta pas moins dessus avec avidité, tant ils avaient faim.

Plus tard, la horde s'allongea à même le sol dans cette plaine sans arbres. Une bande de lionnes surprit les humains dans leur sommeil. Dans la nuit, la petite fille devina plus qu'elle ne vit le désastre. Les fauves étaient une dizaine à s'acharner sur les siens. L'enfant entendit les cris, sentit l'odeur particulière des fauves, les relents de sueurs humaine et animale mêlées et, par-dessus tout, l'odeur du sang, le sang de sa horde. Tenter de fuir n'aurait fait qu'attirer l'attention des fauves. Elle voulut protéger l'un de ses petits frères en le serrant contre elle, mais une lionne surgit pour le lui arracher... La fillette se retrouva vivante, mais les bras vides.

Lutte et festin durèrent longtemps avant que le silence ne retombe comme une chape sur la communauté décimée. La petite fille savait qu'il faudrait attendre le matin pour prendre la mesure du malheur de la nuit. Son sommeil fut traversé d'un rêve étrange qu'il lui parut indispensable de retenir mais qu'elle avait oublié au réveil. Cela avait un rapport avec la tortue, mais quel en était le sens exactement ?

Neuf mâles dominants, trois jeunes, les lionnes n'avaient pas lésiné.

La fillette songea aux jours passés et à leur succession de terreurs. Elle essaya d'imaginer les jours à venir mais n'y parvint pas tant elle était assurée de périr bientôt. Jusqu'à présent, elle n'avait dû son salut qu'à la chance et au sacrifice des siens.

Comment sortir de la peur ?

« Suivre l'exemple de la tortue. Se protéger comme elle d'une carapace », murmura une petite voix dans son esprit. *Une carapace...*

La horde se remit en marche, sous la conduite du nouveau mâle dominant qui avait pris le commandement. Poussé par quelque intuition, celui-ci avait décidé de suivre la course du soleil et de se diriger vers l'ouest. Après tout, chaque matin, le soleil se levait avec eux, montait et partait se coucher là-bas. Alors, pourquoi ne pas le suivre ?

Des chasseurs ramenèrent un rongeur mort de vieillesse et une poignée de baies. Pas de quoi remplir les estomacs des survivants.

Le ciel s'assombrit de nouveau. L'orage gronda. La foudre sembla leur barrer la route de l'ouest pour les inciter à se diriger vers le nord-est. Ils bifurquèrent sous une pluie drue. La nuit suivante s'annonçait comme une nouvelle épreuve, mais en enflammant soudain un arbrisseau, la foudre éclaira une anfractuosité dans la roche. Une caverne.

La petite fille se souvint alors de son rêve. Une carapace protectrice. Se réfugier dans une grotte-carapace.

Elle s'accrocha alors au nouveau chef de horde et s'efforçait de le convaincre quand des rugissements, au loin, réussirent là où l'enfant était sur le point d'échouer. Dans leur panique, les humains se bousculèrent pour se précipiter dans la grotte. Leur première impression fut le soulagement : ils étaient au sec, à l'abri des lions et du déluge. Mais une ombre imposante se dressa dans le fond de la caverne. La horde s'était réfugiée dans l'antre d'un ours. Voilà pourquoi les lions ne les avaient pas suivis.

Un frère de la fillette, particulièrement prompt à la course, décida de tenter sa chance. Il alla narguer l'énorme occupant puis détala, poursuivi par l'ours qu'il n'avait pas imaginé aussi adroit. En effet, celui-ci le rattrapa vivement, l'assomma et le mangea. Mais le sacrifice n'avait pas été vain. Ce répit avait suffi pour que les humains calfeutrent de pierres et de branchages l'entrée de la grotte et, comme les tortues, se protègent des prédateurs. L'ours eut beau revenir grogner à plusieurs reprises devant son ancien domicile, les squatters lui répondaient par une pluie de pierres, lui signifiant qu'ils se considéraient désormais comme chez eux. L'ours finit par renoncer et se chercha une autre tanière d'où il n'eut aucune difficulté à déloger un animal moins puissant que lui.

Les humains avaient gagné. La petite fille frissonna... Ils n'étaient donc pas condamnés à toujours subir.

Dans la chaleur de la caverne, ils se sentirent en sécurité. Alors ils décidèrent de ne plus errer sans fin dans la plaine, et de s'installer.

Ici ils ne redoutaient plus la pluie et le vent.

Ici ils pouvaient stocker la nourriture sans craindre qu'elle leur soit volée par les petits mammifères ou les oiseaux.

Les comportements se modifièrent. Ils venaient sans le savoir d'inventer la sédentarisation et cela bouleversa leur vie. Les hommes partirent à la chasse sans redouter que les femmes et les enfants soient attaqués en leur absence. N'étant plus pressés de revenir, ils rapportèrent plus de viande et mirent au point de nouvelles tactiques de chasse.

Dans la caverne, les femmes commencèrent à parler entre elles. Le langage se complexifia. Aux simples informations pratiques succédèrent les descriptions, les échanges d'émotions, les nuances, les avis personnels. Elles commentaient les activités de leurs mâles, discutaient des meilleurs moyens de conserver et de préparer la nourriture. Dans la tiédeur de la caverne, elles commencèrent à éduquer leurs enfants. Une femme eut l'idée d'utiliser la peau de la viande pour en protéger son corps, inventant du même coup le vêtement, qui protégeait non seulement du froid mais aussi des morsures de serpent et des éraflures des plantes. Ses compagnes se plurent à découper soigneusement toisons et pelages du gibier et à les nouer de boyaux pour que les peaux couvrent leur corps et celui des leurs. Elles venaient ainsi sans le savoir d'inventer la pudeur, et donc l'érotisme. Ce qui est caché laisse libre cours à l'imagination.

Un jour, la petite fille aux yeux noirs se surprit à contempler l'horizon sans angoisse. En suivant l'exemple de la tortue, elle avait découvert comment exister en toute tranquillité, et donc discuter d'autre chose que de la simple survie.

Dans les semaines qui suivirent leur installation, la foudre frappa un grand arbre proche de la caverne. Au lieu de flamber d'un coup et de s'éteindre aussitôt, le bois se transforma en braises rougeoyantes et en tisons ardents. Les femmes et les enfants, d'abord effrayés, finirent par s'approcher. Un enfant voulut en toucher la lumière jaune comme un soleil et poussa aussitôt un cri de colère. « Ça » mordait.

Tout le monde recula, mais la fillette brune, saisie d'une intuition, s'empara d'un rameau enflammé qu'elle brandit sans crainte. Un adulte l'imita, puis un autre encore. Les branches se consumaient sans s'en prendre aux humains. Il suffisait de ne pas les tenir du côté rougi, et alors elles répandaient chaleur et lumière, sans danger aucun.

Un homme s'aperçut que le feu était contagieux. Si on approchait une branche intacte d'une branche enflammée, elle s'embrasait à son tour pour finir en poudre noire.

Partagés entre la peur et la fascination, les gens de la horde se livrèrent à des expériences. Penché vers le bas, un morceau de bois se consumait plus vite. Un simple coup de vent suffisait par ailleurs à l'éteindre. Les feuilles sèches, elles, étaient promptes à s'enflammer. Les feuilles vertes se carbonisaient en dégageant une fumée noire. Le sable éteignait le feu.

La petite fille fixa un morceau de viande au bout d'une branche et le trempa dans le feu. Tous les asticots tombèrent et la viande passa du marron au noir. Elle attendit que la chair refroidisse, goûta le résultat et le trouva bon. La horde put dès lors manger chaud et cuit.

Grâce au feu, les humains purent éloigner les animaux sauvages et, enfin sereins, s'accoupler paisiblement et engendrer un plus grand nombre d'enfants.

La caverne finit par devenir trop étroite pour contenir l'ensemble du groupe. Ils la quittèrent donc pour en chercher une plus vaste, vers le nord, et quand ils la trouvèrent, ils en délogèrent les ours qui l'occupaient en les enfumant à l'aide des branches-torches qu'ils avaient emportées.

Ils allumèrent un grand feu pour éclairer leur nouvel habitat. Au fond ruisselait de l'eau et ils purent s'abreuver sans quitter leur caverne. Mais à force, leur brasier finit par les enfumer. Tout le monde toussait et se frottait les yeux et ils comprirent qu'il fallait installer le feu tout près du seuil, sinon ils ne pourraient plus respirer.

La fillette aux prunelles noires n'oubliait pas comment ils avaient arrêté la peur. Elle s'empara d'un bout de charbon et, sur la paroi de la caverne, elle inventa le dessin. Les autres s'approchèrent, contemplèrent son œuvre, reconnurent l'animal et décidèrent que désormais, la tortue serait leur signe. Ils seraient la horde des hommes-tortues.

LE PEUPLE DES RATS

Le vent soufflait sur la montagne.

Des nuages noirs s'amoncelaient et, soudain, la foudre claqua.

Au-dessous, les cent quarante-quatre humains se regroupèrent, les éclairs illuminant leurs visages ébahis.

Le chef de la horde cessa de mâchonner nerveusement des feuilles. Il ne supportait plus les pleurs des enfants. Il se mit en position d'intimidation comme pour combattre l'orage. Il grogna, tambourina son torse de ses deux poings, gonfla les muscles de ses bras. Ses vociférations terribles auraient sans doute effrayé n'importe quel animal. C'était avec ces mêmes cris qu'il imposait son autorité aux jeunes mâles de sa horde. Il sautait, montrait les dents, piaffait comme pour défier le ciel.

La foudre le frappa en pleine gesticulation.

Le temps d'un battement de cils, là où il y avait eu un chef de horde, il ne resta plus qu'un tas de cendres fumantes avec, en son centre, la forme caractéristique d'une colonne vertébrale.

La panique fut générale. Les humains détalèrent dans tous les sens puis se rassemblèrent de nouveau, peu à peu, pour se rassurer au contact les uns des autres. Autant quitter cet endroit maudit. Ils s'en allèrent, le dos courbé sous la pluie.

Ils aperçurent une caverne, occupée non par des animaux mais par des humains. Ils préférèrent déguerpir et se réfugier plus loin, serrés en un amas compact.

Parmi ses cent quarante-trois rescapés de la foudre et du tonnerre, Proudhon repéra un jeune homme qui ne comptait pas parmi les plus robustes de la horde, mais semblait doté d'une curiosité certaine. Dans son visage aux pommettes hautes, encadré de cheveux châtain clair, ses grands yeux gris foncé restaient aux aguets. Alors qu'il se promenait seul en quête de nourriture, un éclair s'abattit sur un arbre, en haut d'une colline, et aussitôt l'embrasa. Sa première réaction fut de fuir et de rejoindre les autres, la seconde fut d'aller voir le spectacle de plus près. La curiosité l'emportait sur la peur.

Le jeune homme escalada la pente jusqu'au sommet. Là, une vision insolite l'attendait à proximité des racines de l'arbre. Une centaine de rats noirs et une centaine de rats bruns se faisaient face, sifflant leur rage entre leurs incisives.

Rats contre rats.

Le jeune homme aux yeux gris se figea.

Après s'être défiés, le poil hérissé, dressés sur leurs pattes arrière en signe d'intimidation, les deux chefs de bande s'affrontèrent. Ils balayèrent le sol de leur queue, gonflèrent leur pelage pour paraître plus forts, et soudain, le rat noir fonça sur le rat brun. Les rongeurs s'agrippèrent et se mordirent jusqu'au sang. Le combat dura longtemps. Pour finir, le rat brun parvint à planter son incisive dans le cou de son adversaire. Le sang gicla.

Deux rats noirs déguerpirent. Les autres restèrent là, tête basse et épaules rentrées en signe de soumission. Alors les bruns égorgèrent les noirs, n'épargnant que les femelles fécondes qui se soumirent aussitôt aux mâles vainqueurs.

Dernière insulte à l'ennemi : le chef des bruns urina sur le corps des morts et dévora le cerveau du défunt chef de la horde noire.

Tant de violence animale étonna le jeune homme aux yeux gris. Il se souvenait avoir aperçu à plusieurs reprises des humains inconnus au loin, mais jusqu'à présent, entre hordes humaines, on préférait s'éviter.

Il s'approcha du champ de bataille, ramassa le corps décervelé du rat noir et, en souvenir de cette scène guerrière, décida de s'en faire une coiffe. Sur le chemin du retour, toutes sortes de pensées l'agitèrent.

En bas, les siens suçotaient les os d'un squelette que même les charognards avaient délaissé et, de nouveau, l'orage grondait.

La foudre tomba non loin d'eux et une femme de la horde hurla. Le jeune homme l'attrapa et la mordit très fort. De surprise, la femelle se calma immédiatement, mais il la jeta à terre et s'acharna sur elle à coups de poing. Ce comportement inhabituel eut pour effet de calmer la horde. Tout à cette violence, ils ne pensaient plus à l'orage.

Dans sa frénésie, le jeune homme décida de tuer la femelle. Mus par un instinct inconnu, les mâles vinrent spontanément lui prouver allégeance. Ils baissèrent la tête et lui présentèrent leurs fesses. Le jeune homme à la coiffe de rat noir en choisit un, particulièrement soumis, et le mordit pour affirmer son emprise. La victime hurla et tous courbèrent la tête en signe de respect.

Le jeune homme venait d'inventer le principe de « violence gratuite comme moyen de diversion ». La horde ne craignait plus l'orage, elle le craignait, lui. Cette dépouille de rat, qui leur avait semblé à son arrivée ridicule, leur apparaissait à présent comme le symbole même de l'autorité.

Mais le garçon aux yeux gris n'avait pas l'intention de s'en tenir là. Il décida d'user de ses découvertes pour sortir les siens de la peur.

Le lendemain, quand une autre horde d'humains apparut au loin, plutôt que de les ignorer, il donna l'ordre d'attaquer.

Ils chargèrent avec des hurlements furieux et les autres furent si stupéfaits de rencontrer des humains aussi sauvages qu'ils ne songèrent même pas à se défendre. De part et d'autre, tout était « nouveau ».

Le jeune homme en conclut alors qu'il était plus facile d'attaquer que de se défendre. Lui-même ne montait pas à l'assaut, les mâles de sa horde s'en chargeaient à sa place. Plus ils étaient brutaux, plus les étrangers se résignaient facilement.

Jusqu'à ce que, un jour, un humain du groupe attaqué sorte un bâton terminé par une pierre pointue. Avec son arme, il réussit à tuer plusieurs de ses adversaires. L'outil intéressa prodigieusement le garçon aux yeux gris. Par-derrière, il fonça sur l'homme et le désarma. Il intima ensuite à ses guerriers de ne pas l'achever.

À l'issue de la bataille, les survivants préférèrent se soumettre. Le chef à la coiffe de rat poussa un cri de victoire.

Les siens hurlèrent avec lui et les femelles de la horde glapirent de joie.

Quelques jeunes femelles étrangères se pressèrent autour du garçon aux yeux gris pour manifester qu'elles étaient prêtes à accueillir ses saillies, mais il était occupé à briser le crâne du chef ennemi pour en dévorer le cerveau.

Les siens gesticulaient d'excitation et de joie.

Suivant toujours l'exemple des rats bruns de la montagne, il ordonna l'extermination des rescapés étrangers et de leurs vieilles femelles, mais préserva les jeunes fécondes, ainsi que l'homme au bâton à la pierre pointue.

Il en exigea les secrets de fabrication et le vaincu lui apprit comment se servir d'une pierre dure pour en tailler une autre jusqu'à l'obtention d'un triangle coupant... en dent de rat... Puis l'étranger indiqua comment l'attacher à un morceau de bois pour s'en faire une lance et le chef aux yeux gris enjoignit à tous les mâles de se fabriquer une arme aussi utile. Il avait compris qu'attaquer d'autres humains permettait non seulement d'asseoir son autorité, d'assurer l'unité du groupe et de se procurer d'attrayantes femelles, mais aussi de mettre la main sur leur technologie.

Puisque, désormais, c'était la guerre entre humains, autant s'y préparer. Les femmes devaient engendrer enfant sur enfant afin que la horde dispose de troupes nombreuses pour ses prochains combats. Ainsi encouragés, les mâles se jetèrent avidement sur les jeunes prisonnières.

Les progénitures se multiplièrent et il fallut les nourrir. Mais avec leurs lances, les hommes étaient à même de rapporter du gros gibier. De charognards, ils étaient devenus chasseurs. Pendant ce temps, leur chef continuait de se livrer à l'observation du comportement des rats. Il comprit l'intérêt des duels permettant la sélection des meilleurs, motivés par la perspective d'obtenir les femelles les plus fécondes. Les duels constituèrent bientôt l'essentiel de l'éducation des jeunes mâles. Le chef les ritualisa à la façon des rats, afin, lui aussi, de déterminer les plus robustes et de se débarrasser des faibles.

Pour sa part, le jeune homme aux yeux gris ne participait pas aux jeux qu'il imposait. Il était le chef historique. Il n'avait pas à prouver sa force. Ses hommes, eux, perfectionnèrent leurs pierres taillées, les aiguisèrent encore, les arrimèrent à de longs bâtons. Avec leurs lances, ils vainquirent facilement les autres humains qu'ils s'empressaient d'attaquer.

Le chef découvrit que les rats avaient coutume, face à une nourriture nouvelle, de charger l'un d'eux de la tester et de le placer ensuite en quarantaine, le temps de découvrir si l'aliment était consommable. Il ordonna aux siens de faire de même avec les champignons et les baies qu'ils cueillaient, les viandes bizarres ramenées par les chasseurs, les flaques d'eau qui stagnaient. Un individu goûtait et, s'il ne mourait pas, l'aliment était considéré comme mangeable. Cette technique leur permit d'éviter les empoisonnements, car dans la nature, la toxicité est la règle et la comestibilité l'exception.

Mâles et femelles ayant obéi avec enthousiasme à l'injonction de se reproduire, les petits étaient de plus en plus nombreux, et le chef décida que l'heure était à l'instauration d'un système de sélection des plus faibles. Les duels étaient déjà une première étape de purification, mais il fallait poursuivre. Chez les rats, tout le monde défiait en permanence tout le monde et ceux qui refusaient les défis étaient considérés comme malades, exclus ou dévorés.

Qu'il en soit de même dans sa horde.

Les femelles stériles ou mettant au monde trop de filles seraient condamnées. Les vieux et les souffreteux mis à mort dès qu'ils éprouveraient des difficultés à marcher. Il était impensable qu'ils ralentissent les leurs au cours d'une charge ou qu'ils tombent aux mains de l'ennemi. Du coup, les plus âgés se mirent à pratiquer des exercices pour se maintenir en forme.

Guidés par la foudre, les humains aux yeux gris montèrent vers le nord, exterminant toutes les hordes qu'ils croisaient, accumulant le gibier et réduisant les femmes en esclavage. Un jour, alors qu'il avalait la cervelle d'un chef vaincu, le jeune homme aux yeux gris ôta la peau de rat qui lui servait de couvrechef et la brandit devant lui.

Tous surent que désormais ce serait leur signe de ralliement.

Ils étaient le peuple des hommes-rats.

LE PEUPLE DES DAUPHINS

Le vent soufflait sur la plage.

Des nuages noirs s'amoncelaient dans le ciel et soudain, la foudre claqua.

Au-dessous, les cent quarante-quatre humains se regroupèrent.

Les éclairs les illuminaient.

Les enfants étaient effrayés. Pour les rassurer, les mères leur cherchèrent des poux dans les poils. Même si elles n'en débusquaient pas, la douce sensation de caresse leur apportait un réconfort.

Quand la pluie cessa, ils s'endormirent.

Au matin, une vieille femme partit se promener sur la grève et aperçut un dauphin qui sautait hors de l'eau. Le spectacle n'était pas nouveau mais ce qui était surprenant, c'était que cet animal aquatique vienne s'aventurer si près de la côte, si près d'elle.

Son peuple savait que la mer était source de dangers. Il ne s'en approchait que rarement ; aucun humain ne s'était encore mouillé plus haut que les cuisses. Cependant, ce dauphin-là semblait appeler la vieille dame.

Alors, mue par quelque instinct étrange, guidée par une voix inconnue qui le lui ordonnait au plus profond d'elle-même, elle décida de se livrer à l'impensable : elle s'avança dans l'eau. Elle frémit sous l'ignoble sensation de froid et d'humidité.

Le dauphin vint à sa rencontre. Il émit un cliquettement et des sons aigus. Elle tâcha de répondre par des grognements et des sifflements. Ils communiquèrent ainsi un moment. Puis l'animal s'approcha et elle lui toucha le rostre. Mais il se détourna et lui tendit sa nageoire. C'était donc cela qu'il souhaitait, que la vieille femme lui touche la nageoire... Elle hésita, craignant d'être mordue par ce poisson bien plus gros qu'elle.

Le dauphin eut une plainte qui était une invitation.

Spontanément, elle recula. La peur de l'eau était si ancienne, s'y ajoutait une crainte de tout ce qui était différent, inconnu…

« Va dans l'eau et touche-lui la nageoire dorsale ! » dit la voix dans sa tête. L'injonction résonnait à lui en donner la migraine. « Vas-y. Maintenant. »

Alors, elle se lança.

La nageoire était lisse, mais tiède au contact.

Le dauphin la convia à avancer plus loin dans la mer.

La vieille femme le suivit. Elle eut de l'eau jusqu'à l'aine, puis jusqu'au ventre, jusqu'au cou, et elle s'aperçut qu'en sautillant et en agitant les pieds, elle se maintenait en suspension dans le ressac.

Toute la matinée, elle s'agita ainsi dans l'élément nouveau.

Sur la berge, les autres l'observaient de loin, convaincus que la vieille était folle et qu'elle finirait mangée par le poisson. Seule sa tête surgissait encore de l'eau et ils n'entendaient pas qu'elle répondait au dauphin par des sons similaires aux siens. Ils remarquaient cependant que tous les deux semblaient se parler.

Soudain le dauphin plongea et, quand il réapparut, il tenait dans son museau une sardine. Le dauphin lui offrait de la nourriture pour la féliciter d'avoir surmonté sa peur de l'eau.

Quand elle regagna la plage, son poisson frais à la main, les autres ne la prenaient plus pour une folle.

Dans les jours qui suivirent, les cent quarante-quatre humains de la plage apprirent tous à nager et à pêcher, même s'ils n'attrapaient que les poissons les plus lents. Les dauphins ne les quittèrent pas, leur montrant comment s'y prendre et se révélant des instructeurs patients.

Les humains entreprirent de s'adresser les uns aux autres en langage dauphin. Comme eux, ils cliquetèrent et sifflèrent. Les enfants jouèrent joyeusement dans l'eau, se laissant entraîner de plus en plus loin en mer par les cétacés.

Or un jour, une autre horde d'humains apparut au loin. Sur la plage, les gens se regroupèrent pour faire front.

En face, les autres s'immobilisèrent. De part et d'autre, les mâles se placèrent en première ligne pour intimider l'adversaire.

Ils se dévisageaient mutuellement, quand la vieille dame dépassa le rang des mâles, s'approcha du groupe des nouveaux venus et, à celui qui lui parut le plus grand et le plus fort, tendit sa main ouverte.

En face, tout d'abord, ils ne comprirent pas le geste.

Le comportement était si nouveau. Le chef adverse prit un temps de réflexion puis lui aussi tendit sa main.

Les deux paumes se frôlèrent. Les visages se sourirent. Les deux mains se serrèrent. La vieille dame savait que c'était l'exemple des dauphins qui l'avait incitée à se conduire ainsi. Les dauphins leur avaient enseigné à préférer l'alliance à la guerre.

Désormais, elle et les siens formaient le peuple des Dauphins.

Avec les étrangers, ils commencèrent par manger ensemble. Puis ils s'efforcèrent de communiquer par gestes, onomatopées, et bientôt par des mots.

Le peuple des Dauphins apprit ainsi que les autres formaient le peuple des Fourmis.

Les deux peuples s'entretinrent longuement. Le peuple des Dauphins apprit au peuple des Fourmis la nage, la pêche, le langage, le jeu, le chant, toutes choses qu'il avait lui-même apprises des dauphins.

Le peuple des Fourmis enseigna au peuple des Dauphins à creuser des tunnels, comme les fourmis. Ils obtenaient ainsi des abris contre tous les animaux. Ils expliquèrent qu'en observant leurs insectes favoris, ils avaient compris qu'il ne fallait pas abandonner les faibles, mais les préserver afin qu'ils accomplissent les tâches que refusaient et les femmes et les chasseurs. Les blessés et les estropiés avaient du coup inventé toutes sortes d'activités pour se rendre indispensables au groupe. Ils s'occupaient des petits et fabriquaient des objets en tressant des végétaux.

L'un des comportements fourmi étonna beaucoup la horde des dauphins. Les fidèles de l'insecte pratiquaient le baiser sur la bouche pour se prouver mutuellement leurs bons sentiments. Ils avaient en effet observé que les fourmis se frottaient les antennes puis se léchaient la bouche, apparemment en signe d'union sociale.

Le peuple des Fourmis proposa donc des baisers buccaux aux admirateurs des dauphins. Au début, ils crachèrent de dégoût mais, à la longue, ils finirent par trouver l'attouchement agréable. Ils en vinrent même à se toucher la langue, pourtant enduite de salive.

Ils étaient maintenant deux cent quatre-vingt-huit à se prêter la main. Ensemble, ils construisirent une cité souterraine face à la plage, sur les hauteurs, pour éviter d'être inondés à chaque marée montante.

Ils mirent au point une langue commune, combinant les mots fourmi et les mots dauphin. Les accouplements ne tardèrent pas, entre mâles et femelles des deux peuples, si bien qu'apparurent bientôt trois groupes sur le même territoire : la horde des fourmis, la horde des dauphins, et la horde des métis.

Ces derniers, à la surprise générale, s'avérèrent plus robustes que les petits issus d'unions endogames, mais tous vécurent ensemble et en bonne intelligence, selon le principe : « L'union fait la force. »

66. ENCYCLOPÉDIE : FOURMIS

Les fourmis sont sur Terre depuis cent millions d'années, les hommes depuis tout au plus trois millions. Depuis cent millions d'années, les fourmis construisent des cités de

plus en plus importantes, allant jusqu'à ériger des dômes contenant des dizaines de millions d'individus.

Mais si l'on examine leurs options, elles nous apparaissent pour l'heure très exotiques. En premier lieu, les fourmis sont pour la plupart asexuées. Seule une infime partie de la population se reproduit : les princesses et les princes. Ces derniers mourant de plaisir au moment de l'acte nuptial, la cité ne compte bientôt plus aucun mâle. Il n'y a ensuite qu'une seule reine pour rester à pondre. Informée en permanence des besoins de la cité, elle fournit exactement la quantité et la qualité d'individus nécessaires à sa société. Chacun naît donc avec une fonction définie à l'avance. Il n'existe pas ici de chômage, pas de misère, pas de propriété individuelle, pas de police. Il n'y a pas non plus de hiérarchie et de pouvoir politique. C'est la république des idées. Quels que soient son âge et sa fonction, chacun peut proposer une idée à l'ensemble de la cité. Il sera suivi en fonction de la qualité de celle-ci et des informations qu'il apporte.

Les fourmis pratiquent l'agriculture. Dans la cité, elles cultivent des champignons. Elles connaissent l'élevage. Elles font paître des troupeaux de pucerons dans les rosiers. Elles fabriquent des outils, telle la navette qui leur permet de coudre des feuilles entre elles. Elles ont des notions de chimie puisqu'elles utilisent des salives antibiotiques pour soigner leurs larves et des acides pour attaquer leurs ennemis.

En matière d'architecture, les cités des fourmis prévoient l'aménagement de solariums, de greniers, d'une loge royale, de champignonnières.

On aurait cependant tort de croire que, dans la fourmilière, tout le monde travaille. En fait, un tiers de la population paresse, dort, se promène à loisir. Un autre tiers vaque à des occupations inutiles, voire gênantes pour les autres, entreprenant par exemple la construction d'un tunnel qui en fera crouler un autre. Le dernier tiers, enfin, répare les erreurs des précédents, bâtit et gère vraiment la cité. Et au final, cela fonctionne.

Les fourmis font la guerre, mais lors des batailles, toutes les fourmis ne sont pas contraintes de combattre. En revanche, toutes sont soucieuses de la réussite collective de la cité. Cela leur importe plus que leur réussite personnelle. Lorsqu'une cité a épuisé le gibier environnant, elle se déplace en son entier. Les citoyens migrent pour reconstruire ailleurs. Il se crée ainsi un équilibre entre la fourmilière et la nature qui fait qu'elle ne détruit rien et contribue au contraire à l'aération du sol et à la circulation des pollens.

Les fourmis fournissent un exemple d'animal social qui a réussi. Elles ont colonisé pratiquement tous les biotopes, du désert au pôle Nord. Elles ont survécu aux explosions nucléaires d'Hiroshima et de Nagasaki. Elles semblent fonctionner sans se gêner entre elles et en parfaite symbiose avec la planète.

Edmond Wells,
Encyclopédie du Savoir Relatif et Absolu, Tome V.

67. LE BILAN D'HERMÈS

La lumière revient. Nous nous frottons les yeux, fatigués comme Eun Bi lorsqu'elle reste penchée trop longtemps sur sa console de jeux.

Le spectacle des humains est sans conteste beaucoup plus prenant que celui des végétaux ou des animaux.

Hermès lévite autour de « Terre 18 » et s'intéresse à chaque peuple. Il nous suggère d'observer les hordes des autres sur l'ensemble de la planète. Parmi mes voisins immédiats, j'ai déjà reconnu le peuple des Tortues, géré par Béatrice, le peuple des Rats de Proudhon, et le peuple des Fourmis d'Edmond

Wells. Je constate qu'il y a par ailleurs sur « Terre 18 » plus de peuples d'humains que d'élèves dieux dans la classe. C'est donc bien ce que nous avait dit le maître des voyages : des hordes d'humains sans dieux font partie du décor. Apparemment, elles ne réussissent pas plus mal que les nôtres. Je m'aperçois que des hordes sans dieux ont fait par « intuition personnelle » des découvertes beaucoup plus utiles que celles que nous avons suggérées par rêves à nos médiums. Cela rend humble.

Tandis que les autres gardent les yeux rivés sur la planète, je chuchote en direction d'Edmond :

– Que s'est-il passé hier soir sur le territoire noir ?

D'un geste, il me signifie que ce n'est ni le lieu ni le moment d'en parler. Je retourne donc à l'observation de nos embryons de communautés humaines.

Marilyn remarque :

– La vie en grotte a tout changé. Dès que la horde se dote d'un abri, les hommes partent à la chasse, les femmes restent autour du feu à longueur de temps et toutes les données sont modifiées. Je comprends à présent pourquoi Joe Di Maggio, mon mari mortel, était incapable de trouver une motte de beurre dans le réfrigérateur. Il était champion de base-ball, et à force d'entraînement, il disposait d'une vision étroite et ne pouvait se concentrer que sur un objectif éloigné.

Edmond est d'accord :

– Cantonnée dans la caverne, en revanche, la femme doit veiller simultanément à ce que le feu reste allumé, que les animaux ne pénètrent pas à l'intérieur et que les enfants ne fassent pas de bêtises. Elle développe donc une vision à la fois proche et large.

– Et un vocabulaire plus riche que celui des hommes puisque, tandis qu'elle discute avec ses compagnes, eux se taisent pour ne pas alerter le gibier, dit Mata Hari.

– De même, complète Antoine de Saint-Exupéry, on comprend que ces mœurs aient contribué à doter l'homme d'un meilleur sens de l'orientation puisque cela devient indispensable pour la chasse.

— À force de vivre en promiscuité, les femmes ont acquis une écoute et un langage émotionnel plus subtils.

D'autres élèves dieux apportent leur contribution à la discussion.

— Rivaliser d'habileté à la chasse a rendu les hommes meilleurs bricoleurs, dit l'un.

— À prendre soin des enfants, les femmes ont acquis un plus grand respect de la vie, alors qu'à la chasse, les hommes prenaient goût à tuer, note Simone Signoret.

Hermès impose silence. Il en a terminé avec ses observations. Le temps est venu d'annoncer les gagnants.

— Je déclare vainqueur de cette première manche du jeu d'Y, Béatrice et son peuple des Tortues qui pourrait être assimilé à la force N. En découvrant l'abri, sa horde a inventé la sédentarisation. L'humanité voit enfin une autre solution que le nomadisme.

Il lui remet une couronne de lauriers d'or.

— Deuxième : Proudhon et son peuple des Rats. En inventant la guerre, il a non seulement permis aux hommes de ne plus subir mais il les a autorisés à maîtriser leur destin. Sa méthode de sélection des guerriers s'est révélée efficace tout comme sa politique d'expansion démographique. Il représente assez bien la force D.

— Mais enfin, proteste Simone Signoret, choquée, Proudhon massacre les hommes et les vieillards. Il kidnappe sans vergogne les femmes des autres, ensuite elles sont violées et contraintes d'accoucher sans cesse pour que les rats ne manquent pas de guerriers et...

Le Maître dieu l'interrompt d'un ton sec :

— Nous ne sommes pas là pour juger ou faire de la morale. La guerre constitue un mode d'expansion comme un autre. En exterminant les peuples voisins et en récupérant leurs femmes fécondes, le peuple des Rats agit pour sa survie future.

Simultanément, à chaque invasion, il s'empare des technologies et des découvertes des vaincus, ce qui lui permet d'avancer en matière de sciences sans se livrer à la recherche proprement dite. Enfin, la création d'une élite guerrière est un gage de sécurité. La fin légitime les moyens.

La rumeur s'amplifie. Visiblement, les élèves femmes ne sont pas d'accord avec cette vision du monde.

Hermès, sans même prendre la peine de répliquer, appelle Proudhon et le ceint d'une couronne argentée. Il poursuit :

– Troisième et dernier gagnant pour la force A : Michael Pinson.

Je sursaute.

Je suis content, mais surpris de me retrouver dans le trio de tête avec des valeurs exactement contraires à celles du concurrent qui m'a devancé.

Le dieu des Voyages et des Voleurs explique qu'il a apprécié mon peuple avec son ouverture sur la mer, sa familiarité avec les dauphins et son alliance avec ces étrangers qu'était le peuple des Fourmis. Je m'étonne cependant :

– Dans ce cas, pourquoi ne suis-je pas ex aequo avec Edmond Wells ?

– Parce que c'est toi, ou tout du moins l'un des tiens, qui as proposé en premier l'alliance, Michael, et qu'Edmond n'a fait que l'accepter. C'est toi qui as inventé le concept de coopération. Il est donc logique que tu récoltes les fruits de ton initiative.

Classé en conséquence quatrième, Edmond Wells approuve. Derrière lui, suivent le peuple des Paons du peintre Henri Matisse, le peuple des Baleines de Freddy Meyer, le peuple des Cerfs de Georges Clemenceau, le peuple des Mouettes de La Fontaine, le peuple des Oursins de Camille Claudel, le peuple des Cochons de François Rabelais, le peuple des Lions de Montgolfier, le peuple des Aigles de Raoul, le peuple des Guêpes de Marilyn.

Lauriers d'or pour Béatrice, lauriers d'argent pour Proudhon, lauriers de bronze pour moi.

Hermès voltige jusqu'au tableau où il inscrit : « Association, Domination, Neutralité » et explique :

– Nos trois vainqueurs ont chacun à leur façon défendu l'une de ces trois forces originelles de l'univers. Vous avez pu le constater en même temps que vos peuples, seuls ces trois comportements sont efficaces.

À la craie blanche, il précise :

« Avec toi ».

« Contre toi ».

« Sans toi ».

Nous nous creusons la cervelle à la recherche d'un autre mode de conduite sans parvenir à en trouver. Le dieu de la Route sourit.

– Ces trois énergies interviennent au niveau des particules pour former ou déformer les atomes, au niveau des molécules pour former ou déformer la vie, au niveau des étoiles pour former ou déformer les systèmes solaires, et elles se retrouvent aussi dans les rapports humains, que ce soit au niveau microcosmique du couple ou au niveau macrocosmique de la rencontre des civilisations.

Il remonte dans les airs.

– Voilà pourquoi cela s'appelle le jeu d'Y. Parce qu'au final de chaque partie, on observe les trois premiers gagnants. Chacun étant le représentant des forces Amour, Domination, Neutralité – celles-ci formant les trois bras de l'Y.

Au tour des perdants. Hermès annonce les exclus : le peuple des Lémuriens pour son incapacité à combattre. Le peuple des Pandas trop paresseux pour chasser et manquant de protéines à force de ne manger que des bambous, le peuple des Lemmings si soumis à leur chef qu'ils le suivaient même quand il se trompait, et avaient de plus une fâcheuse tendance à se suicider en groupe. À ces trois-là s'ajoutent sept autres peuples massacrés par la horde de Proudhon.

Décompte : 119 − 10 = 109.

– Je ne comprends toujours pas pourquoi Proudhon a obtenu avec ses abominables hommes-rats une meilleure note que Michael avec ses hommes pacifiques, s'insurge Marilyn Monroe.

Le tendre minois et les courbes voluptueuses de l'ancienne star attendrissent même les dieux, et Hermès lévite volontiers jusqu'à elle pour des explications complémentaires et une leçon particulière :

– Chère Marilyn, chez les dieux, enfoncez-vous-le dans le crâne, il n'existe ni gentils ni méchants. Seule compte l'efficacité. Et puisque vous paraissez attristée, je vais vous détailler plus précisément les critères de sélection du jeu d'Y qui sont aussi les miens. Ouvrez bien vos gracieuses oreilles et prenez des notes si nécessaire.

Premier critère : l'occupation et le contrôle du territoire.

Considérons les chiffres. La horde des rats contrôle un territoire de quatre-vingt-dix kilomètres carrés contre trente pour le peuple des Dauphins, même allié au peuple des Fourmis.

Deuxième critère : la démographie.

Avec leur politique de promotion de la natalité, les rats comptent une population de cinq cent trente-quatre individus, contre seulement quatre cent onze pour l'alliance dauphins-fourmis, et encore, devrais-je diviser ce nombre par deux puisqu'il concerne deux joueurs. Pour nous les dieux, même issu d'un viol, un enfant est un enfant. Ce sont des êtres humains qui naissent et nous ne tenons pas compte de la façon dont ils ont été engendrés. Je le répète, ici on ne juge pas, on constate.

Troisième critère : la maîtrise des matières premières.

Les principales ressources de l'époque sont le gibier et la cueillette. En anéantissant les autres tribus, le peuple des Rats s'est attribué leurs terres giboyeuses et leurs zones de cueillette. Selon notre système de notation, les rats disposent de cinquante-six unités de récolte gibier-cueillette contre trente-cinq pour l'alliance dauphins-fourmis.

Quatrième critère : les découvertes scientifiques. Là, l'alliance dauphins-fourmis a l'avantage avec quinze unités de découverte contre huit pour les rats, mais n'oublions pas, là aussi, qu'il s'agit de l'association de deux peuples.

– Justement, pourquoi ne bénéficierions-nous pas d'un bonus pour avoir réussi notre alliance ? intervient Edmond Wells.

Le dieu volant considère mon mentor et lui répond de bon gré.

– Parce que le rapport aux autres constitue précisément le cinquième critère, mon cher professeur Wells. Je vous signale que les gens du peuple des Rats redoutent beaucoup moins que vous une rencontre avec des étrangers.

– Je ne comprends pas.

– La force prime. Dans cette période incertaine, disposer d'une armée efficace est la meilleure manière de pouvoir choisir toutes les alliances qu'on souhaite. Sixième critère : le moral et le bien-être de la population. Je sais, il semble difficile à certains d'admettre que l'occupation des territoires apparaisse en premier critère et le bien-être en dernier. Mais même en inversant ce classement, les rats resteraient toujours en bonne place. La puissance de leur armée assure une certaine sérénité et donc du bien-être à leur population. À la clôture du jeu, leur communauté était celle qui éprouvait le moins de stress. À bien y réfléchir, le peuple des Rats aurait même pu se placer premier devant le peuple des Tortues mais j'ai tenu à récompenser l'initiative de l'installation en caverne, qui constitue une innovation déterminante pour la suite.

Je pense la discussion close, lorsque Hermès s'éloigne en planant jusqu'à un meuble à tiroirs dans lequel il fouille avant de revenir vers nous en brandissant, je n'en crois pas mes yeux, un grand livre bleu barré du titre : *Encyclopédie du Savoir Relatif et Absolu* en lettres d'or.

— Mon encyclopédie ! s'exclame mon ami, aussi surpris que moi.

— Parfaitement, s'amuse notre professeur du jour. Nous disposons de tout ici, et à propos des rats, c'est sans doute vous qui parlez le mieux de leur comportement et de leurs ressemblances avec les humains. Les humains, vous les placez justement entre les tendances rat et les tendances fourmi, les rats pour tout ce qui ressortit à leurs pulsions élémentaires d'égoïsme et de violence, les fourmis pour tout ce qui concerne leurs pulsions civilisatrices de solidarité.

Je sens que mon ami Edmond Wells est très touché d'être lu par les dieux en Olympe, lui qui pensait n'écrire que pour instruire les mortels.

— Je voudrais vous lire un passage que certains d'entre vous connaissent déjà, mais qui apportera à tous des éléments essentiels à la compréhension de vos hordes d'humains.

68. ENCYCLOPÉDIE. HIÉRARCHIE CHEZ LES RATS

Six rats ont été rassemblés dans une cage par Didier Desor, un chercheur du laboratoire de biologie comportementale de la faculté de Nancy, dans le but d'étudier leurs aptitudes à la natation. L'unique issue de la cage débouchait sur une piscine qu'il leur fallait traverser pour accéder à une mangeoire contenant des aliments. Il est vite apparu que les rats ne s'élançaient pas de concert à la recherche de leur nourriture. Tout se passait comme s'ils s'étaient distribué des rôles entre eux. Il y avait là deux nageurs exploités, deux non-nageurs exploiteurs, un nageur autonome et un non-nageur souffre-douleur.

Les deux exploités plongeaient sous l'eau pour aller chercher la nourriture. À leur retour à la cage, les deux exploiteurs

les frappaient jusqu'à ce qu'ils abandonnent leur pitance. Ce n'était qu'une fois ceux-ci repus que les exploités avaient le droit de consommer leurs restes. Les exploiteurs ne nageaient jamais. Ils se contentaient de rosser les nageurs pour se rassasier.

L'autonome était un nageur assez robuste pour rapporter son repas et passer outre aux exploiteurs pour se nourrir de son propre labeur. Le souffre-douleur, enfin, était à la fois incapable de nager et d'effrayer les exploités, alors il ramassait les miettes tombées lors des combats.

La même répartition – deux exploiteurs, deux exploités, un autonome, un souffre-douleur – réapparut dans les vingt cages où l'expérience fut reproduite.

Pour mieux comprendre ce mécanisme de hiérarchisation, Didier Desor plaça six exploiteurs ensemble. Ils se battirent toute la nuit. Au matin, ils avaient recréé les mêmes rôles. Deux exploiteurs, deux exploités, un souffre-douleur, un autonome. Et il obtint encore le même résultat en réunissant six exploités dans une même cage, six autonomes, ou six souffre-douleur.

Quels que soient les individus ils finissaient toujours par se répartir les mêmes rôles. L'expérience fut recommencée dans une cage plus vaste contenant deux cents individus. Les rats se battirent toute la nuit. Au matin, on retrouva trois rats crucifiés dont les autres avaient arraché la peau. Moralité : plus la population s'accroît, plus la cruauté envers les souffre-douleur augmente.

Simultanément, les exploiteurs de la grande cage suscitèrent une hiérarchie de lieutenants afin de répercuter leur autorité sans même se donner la peine de terroriser directement les exploités.

Les chercheurs de Nancy prolongèrent l'expérience en analysant par la suite les cerveaux de leurs cobayes. Ils constatèrent que les plus stressés n'étaient pas les souffre-douleur ou les exploités mais bien au contraire les exploiteurs. Eux craignaient sans doute de perdre leur statut privilégié et d'être contraints un jour d'aller au labeur.

Edmond Wells,
Encyclopédie du Savoir Relatif et Absolu,
(reprise du Tome III).

69. TERRITOIRE ET AGRESSIVITÉ

L'expérience que rapporte Edmond Wells nous laisse perplexes. Ainsi donc, quelle que soit la voie suivie, nos efforts seraient vains car telle est la nature des êtres. Ils se répartissent toujours les mêmes rôles : exploiteurs, exploités, autonomes, souffre-douleur.

En suspension face à nous, agitant de temps à autre ses ailettes dorées, Hermès confirme :

— Tout comme le rat, l'homme est un animal de territoire et de hiérarchie. « Territoire » et « Hiérarchie », deux motivations fondamentales essentielles à la compréhension de toute société humaine.

Marquer son territoire de chasse, uriner aux quatre coins d'une zone de reproduction, se situer entre un supérieur et un inférieur, autant de comportements qui rassurent et réconfortent.

Alors ensuite, il y a des discours pour se donner bonne conscience, dire qu'on aime la liberté et qu'on ne veut plus de chefs, mais si on regarde bien l'Histoire, c'est le contraire. Les humains aiment être esclaves et ils vénèrent leur chef. Et plus leurs chefs sont effrayants plus ils se sentent protégés.

Le dieu des Voyages et des Voleurs fait un petit geste de désolation.

— Mais il y a aussi des autonomes ! plaide Georges Méliès.

— Ah oui, les quelques malheureux qui s'accrochent à leurs principes… Oui, c'est vrai il y en a. La liberté leur coûte cher.

Ils travaillent davantage, ils doivent aller gagner leurs croquettes et se battre pour empêcher qu'on les leur vole. Ils ne sont pas en phase avec le reste de la population partagée entre dominants et dominés, et sont donc voués à la solitude, voire au désespoir. Ah, combien il faut être prêt à endurer la solitude pour se sentir libre.

À nouveau Hermès a un sourire désabusé.

– Vous-même, Georges Méliès, vous savez ce qu'il en coûte de faire cavalier seul. Vous vous êtes ruiné à inventer des trucages et des effets spéciaux. Vous avez été contraint de vendre votre cinéma et, de dépit, vous avez brûlé vos précieuses pellicules.

Rien que de se remémorer ce temps du mépris, Méliès est touché. Il se mord la lèvre. Camille Claudel lui passe un bras réconfortant autour des épaules. Elle aussi a détruit ses œuvres face à l'incompréhension des autres.

– Et les souffre-douleur, demande Mata Hari, à quoi servent-ils ?

– C'est la clef de l'équilibre social. La désignation de la victime expiatoire. Le bouc émissaire servira d'alibi à toutes les forfaitures officielles. Le chef commet un massacre, un vol ou une injustice, à la suite de quoi, pour ne pas être inquiété, il invente un bouc émissaire et le livre à la vindicte populaire… Vous le savez bien, madame, vous qui avez servi de bouc émissaire pour un complot ourdi entre deux centrales d'espionnage. Les souffre-douleur font office de catharsis. Proudhon l'a bien compris en usant du sacrifice d'innocents comme spectacle fédérateur des masses. Dans votre dernière vie, vous avez voulu gérer les hommes comme autant de vastes troupeaux à éduquer, n'est-ce pas, Proudhon ? Pour quelqu'un dont la devise est « Ni Dieu ni maître », c'est pour le moins paradoxal.

L'anarchiste n'est pas d'accord. Il se lève et clame :

– Il est essentiel d'éduquer les gens pour leur apprendre la liberté !

— Par la violence ? Au point de les exterminer en masse ? interroge Hermès qui semble en savoir long sur chacun d'entre nous.

Proudhon est quelque peu désarçonné, mais il n'est pas près de renoncer à ses convictions.

— S'il faut contraindre les gens à être libres, tant pis, dommage, mais je les forcerai. S'il leur faut des maîtres pour leur apprendre à se passer de maîtres, j'en trouverai.

— Et s'il leur faut des dieux pour leur apprendre à se passer de dieux ? demande doucement Hermès. Ah, Proudhon, vos positions m'enchantent. Vous êtes le premier anarchiste à inventer l'autorité.

Le théoricien du nihilisme se rassied, embarrassé.

Difficile de tenir tête à un maître aussi expérimenté et qui a exploré tant de chemins.

— Il y a même eu dans le passé une expression défendue non par des anarchistes mais par d'autres extrémistes : « la dictature du prolétariat ». Ah, combien ces mots contiennent de paradoxes... La dictature du prolétariat...

— Qu'est-ce qu'il y a de si risible ? s'offusque Marie Curie qui en son temps a milité pour le parti communiste et a reconnu l'expression martelée dans les meetings.

— Cela signifie « la tyrannie des exploités », si vous voulez un synonyme. Comme disait l'un de vos humoristes de « Terre 1 » : Le capitalisme c'est l'exploitation de l'homme par l'homme, et le communisme... c'est le contraire. Enfin, ma chère Marie Curie, au cas où vous auriez la mémoire courte, je voudrais vous rappeler le pacte germano-soviétique. À l'époque les gens croyaient que le contraire du communisme c'était le nazisme. Et puis patatras ! Hitler et Staline se serrent la main. Et voilà comment vous vous faites piéger par des étiquettes. Alors que pour nous, les dieux, un dictateur sanguinaire est un dictateur, qu'il soit derrière un drapeau noir, rouge ou vert. Dès qu'il y a des milices avec des gourdins et des intellectuels en prison, il faut comprendre. Et savoir repérer les « signes ».

Pour ma part, une question me tourmente :

– Ainsi, tous nos humains resteront toujours coincés dans les mêmes rôles que les sociétés de rats ?

– Non, pas forcément, dit Hermès, mais se comporter comme des rats est leur inclination la plus naturelle. La violence les fascine. La hiérarchie les tranquillise. Ils s'inquiètent dès qu'ils ont des responsabilités et sont rassurés dès qu'un leader les en décharge. Tous vos efforts pour les détourner de ces penchants risquent d'aboutir à un échec tant ils vont à contre-courant de leur nature profonde.

Se posant parmi nous, le maître des voyages et des voleurs se penche sur la lourde sphère de « Terre 18 » et la recouvre de sa bâche, dérobant à nos regards la suite des aventures de nos peuples.

– Pour l'instant, il n'y a pas de nations, pas de royaumes, pas de frontières sur cette planète. Il n'y a que des territoires de chasse dont les populations migrent quand elles sont épuisées. Les technologies se répandent au gré des invasions et des alliances et, n'oubliez pas, plus un territoire est exigu, plus l'agressivité monte.

Lors de la prochaine partie du jeu d'Y, songez à construire une capitale et à rayonner à partir de ce point fixe.

Atlas apparaît pour récupérer son fardeau, qu'il charge sur son dos avec des soupirs qui en disent long sur ce qu'il pense des devoirs d'un petit-fils envers son grand-père.

Des centaures surgissent et emportent les perdants, qui cette fois se laissent faire, résignés.

– L'enfance d'une civilisation, déclare notre professeur du jour en guise de conclusion, c'est comme l'enfance d'un humain. C'est à ce stade que tout se joue. Les peuples et les hommes reproduiront ensuite les mêmes réactions face à la nouveauté et il sera difficile d'en changer.

70. MYTHOLOGIE : LES RACES D'HOMMES

De même qu'il y a eu plusieurs générations de dieux, il est apparu cinq races d'hommes. Les premiers hommes sont issus de Gaïa, déesse-Terre, au temps de l'Âge d'or. Ils vécurent sous le règne de Chronos dans le bonheur et la paix. La terre subvenait aux besoins de ses habitants, les hommes ne connaissaient ni le travail, ni la maladie, ni la vieillesse, et leur mort était semblable au sommeil. Cette période reste symbolisée par une vierge couronnée de fleurs et brandissant une corne d'abondance. Près d'elle, un essaim d'abeilles bourdonne dans un olivier, arbre de paix. C'était la race de l'Âge d'or, l'or étant associé au soleil, au feu, au jour et au principe masculin.

La race de l'Âge d'argent apparut en second. Les dieux de l'Olympe la créèrent après la chute de Chronos et son installation en Italie où il enseigna l'agriculture. En ce temps-là, les hommes étaient méchants et égoïstes. Ils n'adoraient pas les dieux. Cette période a pour symbole une femme maniant la charrue et arborant une gerbe de blé. L'argent est lié à la lune, au froid, à la fécondité et au principe féminin.

Zeus anéantit la race d'argent pour en fonder une nouvelle.

La race de l'Âge du bronze était constituée d'hommes libertins, injustes et violents. Ces guerriers s'entre-tuèrent jusqu'au dernier. L'époque est symbolisée par une femme aux beaux atours, casquée et adossée à un bouclier. Par ailleurs, le bronze servait à fabriquer les clochettes des sacrifices.

Prométhée créa ensuite la race de l'Âge du fer. Ses hommes s'avérèrent pires encore. Ils passaient leur temps à se piéger, à se combattre, à s'assassiner. Ils étaient avares et mesquins. Faute d'être entretenue, la terre devint stérile. L'Âge du fer est représenté par une femme à l'aspect menaçant, coiffée d'un casque surmonté d'une tête de loup, et tenant une épée dans une main, un bouclier dans l'autre. Zeus décida alors d'anéantir l'humanité tout entière à l'exception d'un couple de « justes » : Deucalion, fils de Prométhée et de Pandore, et Pyrrha, fille d'Épiméthée. Il noya la terre sous un déluge. Pendant neuf jours et neuf nuits, Deucalion et Pyrrha survécurent dans leur arche, et lorsque les eaux redescendirent, ils lancèrent derrière eux des pierres dont naquit la cinquième race. Parmi leur descendance, on compte Hellen, ancêtre des Hellènes, Doros, ancêtre des Doriens, et Achaeos, ancêtre des Achéens.

Edmond Wells,
Encyclopédie du Savoir Relatif et Absolu, Tome V,
(d'après Francis Razorback s'inspirant lui-même
de la *Théogonie* d'Hésiode, 700 av. J.-C.).

71. ELLE EST LÀ.

Au dîner, je ressens dans l'air une certaine tension. Je reconnais alentour les rassemblements habituels, les aviateurs, les écrivains, les gens de cinéma, mais de nouveaux groupes se sont formés autour de nous, les trois vainqueurs de la première partie du jeu d'Y. De petites cours nous entourent, Proudhon, Béatrice et moi. Les admirateurs de Proudhon sont en majorité des hommes, ceux de Béatrice des femmes. Moi, j'ai toujours les théonautes à mes côtés. Ce qui n'empêche pas Raoul de me lancer, amer :

– Tu nous as bien laissé tomber hier soir.

Marilyn ne veut pas de ce début de dispute entre ses amis. Elle cherche à détourner la conversation en me félicitant pour la qualité de mon jeu, mais Freddy ne l'entend pas de cette oreille.

– Heureusement, Mata Hari nous a sauvés, dit-il.

– Ce n'est rien, tempère la danseuse exotique, j'aime bien les combats.

– Que s'est-il passé au juste ?

Ils se dévisagent, mal à l'aise.

– Nous l'avons vu. Et il nous est rentré dedans...

– Tu le sais pertinemment puisqu'il t'a poursuivi, gronde Raoul.

Je n'ose pas leur dire que j'ai eu bien trop peur pour me retourner et le voir.

Toujours soucieuse de préserver l'unité du groupe, Marilyn consent à m'expliquer :

– C'est une créature à trois têtes, une tête de dragon crachant du feu, une tête de lion aux crocs pointus et une tête de bouc aux cornes effilées.

– Dans la mythologie, cette bête se nomme la « grande chimère », ce qui la distingue des autres appelées « petites chimères », complète Edmond Wells.

Raoul serre les poings.

– Nous nous en sommes tirés de justesse. Sa peau est si épaisse que même nos ankhs ne peuvent la fendre.

– En plus, cette grande chimère dégage une épouvantable odeur de soufre, susurre Marilyn, la mine dégoûtée.

Ils se taisent alors, me considèrent tous bizarrement, et je me sens soudain étranger parmi les miens. Freddy Meyer tente à son tour de détendre l'atmosphère.

– C'est drôle. Tout se passe exactement comme Hermès l'avait prédit. Il s'est créé trois groupes dans la classe. A... D... N...

– Fausse impression, crache Raoul. Il n'y a qu'une séparation, les gagnants d'une part, les perdants de l'autre.

– C'est quand même formidable ce jeu... Je les aime bien, mes hommes-dauphins...

– Ça y est, ironise Raoul. Tu commences à t'attacher à eux. Souviens-toi de ce qui est arrivé à Lucien qui lui aussi s'était entiché de ses créatures.

– Ils disposent quand même d'une grande part de libre arbitre, note Mata Hari. Mes hommes-loups ne comprennent rien aux signes, aux rêves et aux éclairs que je leur envoie. Mes médiums restent sourds à mes appels. Ils n'en font tous qu'à leur tête, de vrais autistes.

Les Saisons nous interrompent en apportant les plats du soir. Après l'œuf, le sel, les légumes, les fruits, les viandes crues, voilà des viandes cuites en guise de nouvelle information gustative.

La perdrix rôtie, fibreuse et tiède, fond dans ma bouche. Un délice. Quelle différence avec le héron cru, même émincé en carpaccio. Je saisis toute l'importance de l'apport du feu dans une civilisation. La viande chaude me réchauffe l'œsophage et me procure une sensation rassurante. J'en reprends plusieurs fois. La graisse chaude coule comme une friandise dans ma gorge.

Après la perdrix rôtie, le ragoût d'hippopotame. Le changement est radical. La viande a une saveur plus forte, plus tenace. Plus personne ne parle, tout le monde savoure.

Quand je reprendrai mon peuple en main, j'enverrai la foudre sur leurs poissons pour que lui aussi apprenne le bonheur de la chair cuite.

Les Saisons déposent à présent sur les tables les mets qui ont servi à l'alimentation des premiers humains : des racines mais aussi des insectes, sauterelles, larves de termites, reines fourmis, coléoptères, araignées…

J'interroge la Saison Automne :

– Ils mangeaient cela, nos ancêtres ?

Elle opine de la tête.

– En Afrique, les gens consomment bien des sauterelles, remarque Mata Hari. Ce sont des protéines.

Dans mon assiette, la nouvelle viande cuite, je ne l'identifie pas immédiatement. C'est bon. Un peu filandreux… Du porc, peut-être ? Marilyn sursaute la première pour balbutier, horrifiée :

– C'est... C'est... de l'homme !

Pris de nausée, nous crachons tous immédiatement, vite imités par les autres tables, elles aussi alertées.

Les Saisons, en revanche, s'amusent de notre répugnance. Mais à ma grande surprise, il se trouve parmi les élèves quelques audacieux pour vouloir ingurgiter jusqu'au bout le contenu de leur assiette et parmi eux, Raoul. Mata Hari hésite, puis renonce.

– Ce n'est pas casher, dit simplement Freddy.

Pour ma part, je m'empiffre de tous les légumes à ma portée pour effacer le goût macabre qui reste sur mes papilles : oignons, ail, choux, cornichons.

Dionysos nous annonce qu'après le repas nous sommes conviés à une fête pour célébrer les débuts de nos humanités dans le grand jeu d'Y.

Dans l'Amphithéâtre, aux tam-tams, aux xylophones, aux harpes et aux guitares, s'ajoutent bientôt des chœurs de sirènes. Les centaures les ont transportées jusqu'ici dans un immense bassin mobile.

Je suis le regard de Raoul qui fouille les rangs des créatures aquatiques à la recherche de son père mais, comme lui, je constate que Francis Razorback n'est pas là. Edmond Wells me chuchote à l'oreille :

– Tu sais, avec mon banc de sardines, je me suis aperçu de quelque chose de troublant. Quand le poisson de tête perçoit une information nouvelle, tout le banc la perçoit.

– Tu veux dire qu'il transmet l'information aux autres ?

– C'est ce que je croyais au début, mais non. C'est plus compliqué que cela. En fait, le poisson de queue et le poisson de tête réagissent simultanément. Comme si l'information se propageait instantanément.

– Comme dans un seul organisme ?

– Oui. Ils sont « connectés » ensemble. Je crois que les fourmis aussi le sont. Tu imagines si on arrivait à créer une communauté humaine connectée de cette manière ?

– Dès qu'un humain recevrait une information, toute l'humanité en profiterait ?

Je digère l'idée.

– Il ne faut pas rêver… On est encore loin de ça.

La musique prend des allures orientales et, de nouveau, Mata Hari se contorsionne sur la piste. J'ai l'impression de revivre chaque jour la même histoire avec simplement un petit ajout supplémentaire. Un autre Maître dieu, un autre animal-test, une autre nourriture, un autre instrument.

Fatigués d'avoir géré si longtemps leur peuple, des élèves choisissent d'aller dormir, d'autres se gavent de fruits pour oublier le goût de la chair humaine.

– Vous l'avez trouvée ? dit une voix derrière moi.

Son parfum. Je me retourne. Elle est là.

– Trouvé… Trouvé quoi ?

– L'énigme.

– Non, je n'ai pas trouvé.

– Alors, vous n'êtes peut-être pas « celui qu'on attend ».

Dans une soudaine intuition, je tente :

– Ce pourrait être les enfants. Ils sont mieux que Dieu au moment où ils nous arrivent, pires que le diable en grandissant. Les pauvres en ont plus que leur content. Les riches ont toujours des problèmes pour en avoir. Et si on en mange on meurt, le cannibalisme entraînant des dégénérescences cellulaires.

Elle me regarde gentiment.

– Non, ce n'est pas ça.

Je la contemple. De charmantes fossettes creusent son visage lisse. Je hume l'odeur acidulée de sa peau, mêlée à un relent de caramel… Il y a un rire dans ses yeux qui me fixent.

– Vous dansez ? demande-t-elle.

– Bien sûr, dis-je tandis que les sirènes entonnent une lente mélodie.

Elle s'empare de ma main.

Son corps sous sa toge frôle le mien.

Autour de nous, d'autres couples se forment dans la pénombre. Freddy enlace Marilyn, Raoul invite Mata Hari.

– J'ai vu votre partie d'Y, murmure-t-elle à mon oreille. J'aime bien votre style de jeu.

J'avale ma salive.

– L'alliance constitue pourtant le comportement le moins naturel, poursuit ma cavalière. Le moment où il importe de surmonter la peur pour convier à l'union est toujours délicat.

Il me semble qu'elle s'est à peine rapprochée de moi.

– Cette vieille femme qui nage, il fallait aussi y penser. Allez savoir pourquoi, les élèves dieux choisissent généralement de très jeunes gens comme médiums. Oui, vraiment, vous avez bien joué cette partie.

– Merci.

– Ne me remerciez pas. J'ai vu tant de peuples naître et mourir. J'ai vu tant de civilisations prometteuses s'effondrer pour n'avoir pas tendu au bon moment la main à des étrangers, ou au contraire pas su les détruire lorsqu'ils se sont avérés dangereux.

Tout à l'enchantement de son contact, je peine à suivre son raisonnement. Avec difficulté, je balbutie :

– Je… Je ne comprends pas.

– Ne vous voilez pas la face. Les humains de « Terre 18 » ne sont encore que des babouins améliorés.

– Ce… Ce ne sont plus des primates.

– Je n'ai pas dit primates, j'ai dit babouins. Les babouins sont des animaux sociaux qui, en meute, font fuir les lions et qui, seuls, comme les humains, se révèlent charmants. C'est dès qu'ils sont en groupe qu'ils deviennent féroces et arrogants. Plus ils sont nombreux, plus ils sont agressifs. C'est pourquoi, je vous le dis, tendre la main à tous les peuples constitue peut-être un concept admirable dans l'absolu mais risqué au cas par cas. Cela peut aussi signifier votre perte. Gardez présent à l'esprit le comportement des hommes-rats.

– Quel danger y a-t-il à proposer l'alliance plutôt que le combat ?

– J'ai assisté à tant de trahisons, entre peuples, entre chefs, entre dieux… D'abord être fort, et seulement ensuite être généreux.

Elle parle mais je ne l'entends plus. Je tremble et je frissonne. Je sens ses petits seins contre mon torse. Je sens les battements de son cœur, le cœur de la déesse de l'Amour.

– …Vous n'êtes plus des anges. Vous n'avez plus de devoirs de morale. Apprenez la liberté totale, envers vous et envers les autres.

Je ferme les yeux pour mieux percevoir sa voix et son parfum. Jamais je ne me suis senti aussi bien, aussi apaisé que près d'elle, Aphrodite. J'aimerais que le temps s'arrête. J'aimerais quitter mon corps pour nous observer dansant ensemble, corps contre corps. Je songerais alors que ce Michael Pinson a bien de la chance de tenir entre ses bras une femme pareille.

– … Être libre comporte certains dangers. Vous n'ignorez pas comment réagissent les humains laissés à eux-mêmes. Pourquoi voulez-vous que les dieux se conduisent mieux ?

– J'ai… J'ai des amis. Ils… Ils seront mes alliés.

– Ne soyez pas naïf, Michael. Ici, vous n'avez plus d'amis, seulement des concurrents. Chacun pour soi. Au final, il n'y aura qu'un seul vainqueur.

Nous virevoltons en même temps que la musique accélère légèrement.

– Mon pauvre Michael, votre problème est que vous êtes… gentil. Comment voulez-vous qu'une femme aime un homme gentil ? On peut tout pardonner à un homme, sauf ça.

Nous dansons et je voudrais que cet instant de pur bonheur se prolonge à l'infini… Elle s'écarte un peu et je plonge mon regard dans ses yeux turquoise où je crois voir se dessiner la carte de cette île où j'ai été envoyé. Je n'ai pas le temps de la déchiffrer. Déjà le gouffre de ses pupilles me happe et m'attire.

– Écoutez-moi. Je vais vous aider.

– À résoudre l'énigme ?

– Non, à mieux mener le jeu et aussi votre vie en Olympie. Écoutez attentivement ces trois conseils :

1) Ne croyez pas tout ce qu'on vous dit. En toutes circonstances, ne vous fiez qu'à vos propres sens et à votre intuition.

2) Tâchez de repérer le jeu derrière le jeu.

3) Ne vous fiez à personne et méfiez-vous tout particulièrement de vos amis et… de moi. (Elle plaque ses lèvres contre mon oreille pour un dernier conseil à peine murmuré :) …Ne va pas avec tes amis sur la montagne ce soir… Mêle-toi à un autre groupe. Certains, le photographe Nadar, notamment, ont déjà exploré quelques voies d'ascension qui t'intéresseront.

Les Maîtres dieux sont donc au courant de nos escapades nocturnes. Pourquoi ne nous arrêtent-ils pas ?

Un cri retentit soudain.

Les sirènes interrompent leurs chants. L'orchestre abandonne ses instruments. Nous avons déjà compris ce qui se passe. Nous nous y sommes habitués.

La seule question est : qui est la prochaine victime ?

72. ENCYCLOPÉDIE : TROIS VEXATIONS

L'humanité a connu trois vexations.
Première vexation : Nicolas Copernic révèle que la Terre n'est pas située au centre de l'univers mais qu'elle tourne autour d'un soleil, et que celui-ci est probablement lui-même dans la périphérie d'un système plus vaste.
Deuxième vexation : Charles Darwin annonce que l'homme n'est pas une créature au-dessus des autres, mais juste un animal parmi les autres animaux.
Troisième vexation : Sigmund Freud déclare que l'homme croit créer de l'art, conquérir des territoires, inventer des sciences, élaborer des systèmes philosophiques ou poli-

tiques parce qu'il est motivé par des ambitions supérieures qui le transcendent, alors qu'en fait, il n'est motivé que par son envie de séduire des partenaires sexuels.

Edmond Wells,
Encyclopédie du Savoir Relatif et Absolu, Tome V.

73. BÉATRICE ASSASSINÉE

Quelqu'un lève le bras près d'un bosquet et tous nous accourons. Une fille gît là, recroquevillée, l'épaule noircie par un tir d'ankh. Elle gémit, grimace, crispe sa main sur sa blessure, jusqu'à ce que ses yeux se révulsent en un dernier soubresaut.

— Qui était-ce ? s'intéresse Rabelais tandis que des centaures s'empressent avec couverture et brancard.

— Béatrice Chaffanoux, constate Proudhon avec tristesse. Décompte : 109 − 1 = 108.

Athéna jaillit du ciel, lance dardée, chouette ébouriffée, tout en fureur et courroux.

— L'un de vous est forcément responsable de cette abomination. Cette promotion est particulièrement incontrôlable. Ces crimes… Ces vols aussi… Des objets appartenant à des Maîtres dieux ont été dérobés. Des ustensiles de cuisine, des outils de forgeron, des casques, des cordages ont été signalés manquants.

Nous baissons la tête.

— Je vous ai déjà prévenus, le déicide connaîtra un châtiment exemplaire. Eh bien j'ai décidé qu'il remplacera Atlas dans sa tâche de porter le monde.

Porter le monde ? Mais nous sommes plus petits et moins costauds que lui.

Son regard fouille le groupe puis soudain s'attarde sur moi.

— Vous avez un alibi, Pinson ?

– Je… je dansais avec Aphrodite.

Je la cherche des yeux, elle n'est plus là. Je prends les autres élèves à témoin, ils ont dû me voir danser, mais je ne rencontre que des regards qui se dérobent. Ils ne croient quand même pas que j'aurais pu tuer Béatrice ?

– Hum… c'est vous qui gérez le peuple des Dauphins, n'est-ce pas ? Un peuple placé derrière celui des Tortues de Béatrice Chaffanoux. Cela pourrait constituer un… mobile.

– Ce n'est pas moi, dis-je de ma voix la plus assurée.

Son visage s'éclaire d'un sourire sous le casque.

– Nous verrons, monsieur le dieu des dauphins. Mais en tout cas, si vous comptez sur l'assassinat pour gagner, je crains que cela ne soit pas suffisant.

Elle me fixe avec cruauté.

– Je vous ai vu jouer et je devine comment vous continuerez de jouer. Je pense que vous serez rapidement éliminé. Il est facile de percevoir un élève dieu à sa manière de faire rêver son peuple, d'intervenir par petites touches ou par grands à-coups. Vous, vous êtes trop…

Elle cherche le qualificatif. Qu'est-ce qu'elle va me dire encore. Trop… gentil ?

– …Trop cinématographique. Vous jouez pour que vos humains soient sympathiques à ceux qui verraient le film. On s'en fiche des spectateurs… Ce qui importe ce sont les acteurs. Eux ils le vivent de l'intérieur, le film.

Elle n'attend pas que je rassemble mes esprits pour une ébauche de réponse. D'un bond, elle enfourche Pégase, le cheval ailé, et s'éloigne dans le ciel, suivie de sa chouette.

Les centaures nous invitent à regagner nos villas.

– Moi, si je dois porter le monde, je ne tiendrai pas cent mètres, soupire Gustave Eiffel, en marchant. Je n'ai jamais été un haltérophile. Atlas est un géant, nous ne sommes que des nains auprès de lui.

Edmond Wells s'intéresse davantage au crime qu'à son éventuelle expiation.

– Il est quand même troublant que Béatrice Chaffanoux ait été frappée alors qu'elle était en tête du jeu d'Y.

– Si le déicide s'attaque aux vainqueurs, je serai la prochaine victime, ricane Proudhon.

– Et moi la suivante, conclus-je.

– Les dieux nous tiennent sous pression et le déicide contribue à entretenir la tension, déclare Freddy.

– Tu crois qu'il n'existe pas et qu'« ils » l'ont inventé pour nous stresser davantage ?

– Mais nous avons vu, de nos yeux vu, les dépouilles des victimes, remarque Eiffel.

– Nous avons surtout vu les centaures les emporter sous des couvertures, rétorque Marilyn.

Proudhon s'approche de moi et me lance :

– Michael, prends garde à ton troupeau, car s'il croise le mien, les chances d'alliance seront maigres.

– Ne t'inquiète pas, dit Raoul, en glissant son long bras autour de mes épaules. Mes aigles te protégeront. Allez, viens avec nous, nous repartons à la chasse à la grande chimère.

Je m'immobilise.

– Non.

– Quoi, non ?

Je ne peux lui confier qu'Aphrodite m'a adjuré de me méfier de mes amis, de changer de groupe et de rejoindre plutôt la bande guidée par Nadar. Je lâche donc :

– Je suis trop fatigué ce soir encore. Non, je ne me sens pas en état de partir à l'aventure.

– Tu n'as plus envie de savoir ce qu'il y a au sommet ?

– Pas cette nuit en tout cas.

– Si nous parvenons là-haut sans toi, tu t'en mordras les doigts.

– Tant pis pour moi.

Je lève les yeux vers le sommet de la montagne et, derrière ses perpétuelles écharpes de nuages, je ne distingue pas la moindre lueur.

74. ENCYCLOPÉDIE : MONTAGNE SACRÉE

Surplombant le monde des humains, la montagne symbolise la rencontre entre le ciel et la terre. Les Sumériens placent sur la montagne Chouowen, représentée par un triangle, le lieu d'éclosion de l'Œuf universel d'où émergèrent les dix mille premiers êtres. Les Hébreux notent que sur le mont Sinaï, Moïse a reçu de Dieu les Tables de la Loi.

Pour les Japonais, l'ascension du mont Fuji-Yama est en soi une expérience mystique nécessitant une purification préalable. Les Mexicains pensent que le roi de la pluie séjourne sur le mont Tlaloc, dans le massif Iztac-Cihuatl. Les Hindous tiennent le mont Meru pour axe central du cosmos tandis que les Chinois situent le nombril de l'univers sur la montagne K'ouen-Louen, celle-ci étant représentée par une pagode à neuf étages, symbolisant chacun un degré de l'ascension vers la sortie du monde. Les Grecs vénèrent le mont Olympe, demeure des dieux, les Perses le mont Alborj, l'Islam la montagne de Qaf, les Celtes la Montagne blanche, les Tibétains le Potala. Dans le taoïsme, on évoque la montagne du milieu du monde où siègent les Immortels et autour de laquelle tournent la lune et le soleil. À son sommet se trouvent les jardins de la reine d'Occident où pousse le pêcher dont les fruits confèrent l'immortalité.

Edmond Wells,
Encyclopédie du Savoir Relatif et Absolu, Tome V.

75. EXPLORATION PAR LES AIRS

Où se trouve la villa de Nadar ? Resté seul, je ne me vois pas frapper à toutes les portes pour m'enquérir de son adresse. C'est alors qu'apparaît la fille-papillon.

– Tu sais où trouver Nadar ?

La moucheronne me guide hors de la cité, m'entraîne au nord de la forêt bleue, dans des buissons que je ne connais pas, m'y indique une caverne dissimulée par des amas de branches et repart en direction d'Olympie.

Dans la grotte, Clément Ader, Nadar, Antoine de Saint-Exupéry et Étienne de Montgolfier s'activent parmi toute sorte d'objets hétéroclites destinés à n'en pas douter à la fabrication d'un engin volant. Les larcins dont parlait Athéna, ce sont probablement eux qui les ont commis pendant que nous nous échinions à gravir la montagne.

Nous avions bien fabriqué un navire pour traverser le fleuve bleu. Construire une montgolfière est un projet plus ambitieux.

Éclairés par des bougies, ils cousent une grosse toile cirée qui leur servira de poche pour emprisonner l'air chaud. En guise de nacelle, ils ont tressé des lianes autour d'une table ronde à quatre pieds disposée à l'envers. Pas bête. Au craquement de mes pas, ils détectent ma présence.

– Tu nous espionnes ? demande Clément Ader, tandis que déjà, Montgolfier et Nadar pointent sur moi leur ankh.

– Je veux venir avec vous.

Ils ne baissent pas leurs armes.

– Et pourquoi t'accepterions-nous ?

– Parce que je sais ce qu'il y a au-delà du fleuve bleu.

– Nous le découvrirons bien à temps.

– Et puis si vous me refusez, vous ferez quoi ? Vous ne pourrez pas prendre le risque que je vous dénonce… Vous me tuerez ? Vous prendrez le risque de passer pour les déicides ? Vous voulez porter « Terre 18 » ? Remarquez, à quatre, le fardeau sera moins lourd.

Je perçois leur hésitation et j'insiste :

– Je peux vous aider à construire votre aéronef. Je ne suis pas maladroit. J'ai été médecin…

À voix basse, ils se consultent, et j'entends Saint-Exupéry chuchoter : « Qu'avons-nous à perdre ? »

Nadar se tourne vers moi :

– D'accord, tu peux nous accompagner. Mais sache que si tu nous trahis, nous nous débarrasserons de toi sans vergogne, et le temps qu'on retrouve ton corps, le véritable déicide aura été découvert.

– Pourquoi vous trahirais-je ? Nous sommes tous dans la même galère. Nous avons tous pour objectif de savoir ce qu'il y a au-dessus de nous.

Clément Ader opine et me tend une aiguille.

– Tu as de la chance. Nous sommes sur le point d'achever notre aéronef. Dès cette nuit, nous prendrons notre essor. Si tu nous aides nous partirons plus vite. D'abord il faut terminer la toile.

C'était comme si des zones de mon cerveau redécouvraient ce talent. Coudre. Dans la société moderne où j'avais passé ma dernière vie de mortel, tout fonctionnait avec des boutons : boutons de télécommande, interrupteurs de lumière, boutons de l'ascenseur, clavier d'ordinateur. À force de n'utiliser mes doigts qu'à appuyer, j'ai perdu un potentiel d'agilité, mais je le retrouve progressivement. L'homme des cavernes qui est en moi, tapi au fond de mon ADN, m'aide à retrouver l'une des sciences les plus anciennes, la science des nœuds. Je couds, je noue, je tresse et, après plusieurs heures de travail, alors que la nuit tombe, notre enveloppe de montgolfière est prête. Nous l'accrochons aux pieds de la table renversée transformée en nacelle.

Montgolfier dispose un brasero au centre de la nacelle et une réserve de bois sec à côté. Nous tirons notre aéronef au centre d'une clairière et le lestons de rochers. Une poulie suspendue à une branche haute sert à hisser la membrane. Puis, Nadar allume le feu et déplace le brasero pour diriger la fumée vers la poche et non vers nos yeux déjà rougis.

Enfin, la toile est gonflée. Nous savons qu'il faut agir vite. Même si la forêt nous camoufle et nous protège, nous risquons d'être repérés. Nous respirons, nul centaure ne se manifeste quand, après avoir délié les cordages, nous commençons lentement à nous élever.

Étienne de Montgolfier indique qu'il faut lâcher du lest pour accélérer l'ascension et nous balançons quelques rochers par-dessus la nacelle.

Les trois lunes brillent dans le ciel tandis que le sol s'éloigne. À l'intérieur de la montgolfière, la chaleur est terrible et nous nous affairons torse nu à alimenter le feu. Dire qu'autrefois, je volais par la seule force de ma pensée...

Tout est pénible. Nous sommes épuisés et en nage mais, au fur et à mesure de notre montée, nous découvrons un spectacle extraordinaire : l'île vue du dessus, en son entier.

Aeden...

– C'est magnifique, n'est-ce pas ? s'exclame Saint-Exupéry.

Des embruns caressent ma peau et des oiseaux étranges tournent autour de notre engin. Je me penche. Du peu visible, l'île forme un triangle. Les deux collines qui surplombent la cité donnent à l'ensemble l'allure d'un visage dont Olympie serait le nez. Éclairé par les lunes, l'océan s'irise de reflets mordorés qui viennent s'évanouir contre le liseré blanc des plages de sable fin. Une odeur de noix de coco s'exhale de la terre et monte jusqu'à nos narines, dissipant les relents de bois brûlé qui ont envahi l'habitacle.

Estimant que nous avons gagné une hauteur suffisante, Montgolfier annonce qu'il est temps d'arrêter de nourrir le feu. Mais nous nous élevons encore.

– C'est beau, dit Nadar.

Dans sa vie de mortel, le photographe a été le premier à prendre des clichés en altitude. C'est d'ailleurs lui qui a ainsi incité Jules Verne à écrire ses *Cinq Semaines en ballon*.

Je distingue le sommet de la montagne dans ses brumes, et au loin, sous notre nacelle, le fleuve bleu et ses poissons phosphorescents, balafre lumineuse parmi les arbres drus. À cette heure, mes amis théonautes ont dû le traverser, à moins qu'ils ne soient déjà occupés à combattre la grande chimère.

Minuit sonne au beffroi du palais de Chronos. Du ciel, je distingue d'autres lueurs sur la côte. Là où Marie Curie, Surcouf et La Fayette s'affairent à construire un bateau capable de prendre la mer.

— Ils veulent probablement contourner l'île à la recherche d'un versant moins surveillé, explique Clément Ader.

La montgolfière monte toujours. Nadar s'agite, fixe des rubans aux haubans pour repérer le sens du vent. Saint-Exupéry tire sur les cordages pour modifier le passage de la fumée. Je comprends soudain ce qui les inquiète : notre aéronef ne va pas dans la bonne direction.

J'interroge :

— Nous ne pouvons pas nous rapprocher un peu plus de la montagne ?

— C'est une montgolfière, pas un dirigeable, répond Clément Ader. On peut monter ou descendre, mais pas se diriger à gauche ou à droite.

— En plus, un vent continental nous déporte vers la mer, remarque Montgolfier, préoccupé.

La montagne s'éloigne, l'horizon marin se rapproche.

Un geyser clair jaillit de l'eau. Il doit y avoir des baleines autour de l'île.

Montgolfier commande d'attiser à nouveau le feu pour reprendre l'ascension. Il espère rencontrer plus haut des courants latéraux qui nous ramèneront sur l'île.

Nos derniers rochers servant de lest chutent dans l'océan. Nous n'entendons pas le bruit qu'ils font en tombant. Nous sommes trop haut.

Le vent persiste à nous éloigner de l'île et Montgolfier considère, songeur, la toile cirée.

— Nous n'avons pas d'autre choix que de descendre au plus vite, sinon nous serons complètement déportés vers le large.

Nous éteignons le feu tandis qu'il tire sur un cordage ouvrant une trappe dans la membrane. L'air chaud s'échappe. Nous perdons de l'altitude.

La descente est beaucoup plus rapide que la montée. En bout de course, notre aéronef percute brutalement la surface des flots. N'étant pas conçue pour être étanche, la nacelle prend immédiatement l'eau et nous ne disposons ni de seaux pour écoper, ni de pagaies pour avancer. Lorsqu'on vise le ciel, on ne se prépare pas à une virée en mer.

Clément Ader nous presse de jeter à l'eau les éléments qui nous alourdissent, et nous nous retrouvons recroquevillés sur la table ronde à quatre pieds qui à présent fait office de radeau.

C'est alors que rejaillit tout près, accompagné d'un sifflement aigu, le geyser que j'avais aperçu d'en haut.

– Une baleine à gauche ! clame Nadar.

– Non, ce n'est pas une baleine, corrige Montgolfier.

L'énorme poisson qui s'approche a en effet la taille d'une baleine mais m'apparaît comme un monstre beaucoup plus inquiétant. Du cétacé, il n'a que les grands yeux. Sa bouche n'est pas remplie de fanons mais de dents pointues, chacune de la même taille que moi.

– Et là, on fait quoi ?

76. ENCYCLOPÉDIE : LÉVIATHAN

Selon la tradition cananéenne et phénicienne, le Léviathan est décrit soit comme une grosse baleine recouverte d'écailles resplendissantes, soit comme un crocodile géant des mers pouvant dépasser les trente mètres de long. Sa peau est si épaisse qu'aucun harpon ne peut la traverser. Il crache du feu par sa bouche et de la fumée sort par ses naseaux, ses yeux brillent de leur propre lumière interne et la mer bout autour de lui lorsqu'il remonte en surface. Il descend du serpent mythique Lotan, adversaire du dieu cananéen El.

Selon la légende le Léviathan est capable d'engloutir momentanément le soleil, d'où les éclipses solaires. Le mythe se retrouve dans l'Ancien et le Nouveau Testament, les Psaumes du roi Salomon, Le Livre de Job et l'Apocalypse de Jean.

« Pêcheras-tu le Léviathan avec un hameçon ? »

« Les flots tremblent devant sa majesté, les vagues de la mer se retirent, il considère le fer comme de la paille, l'airain comme du bois pourri, il fait bouillonner le gouffre comme une marmite, transforme la mer en brûle-parfum, sur Terre nul ne le dompte. » (Job, IV, 41.)

Le Léviathan représente la force primordiale et destructrice des océans. On en trouve des répliques chez les Égyptiens, les Indiens et les Babyloniens. Il semble cependant que ce soient les Phéniciens qui aient inventé le concept afin de conserver leur prééminence sur les mers. La peur du Léviathan leur a sans doute permis de réduire le nombre de leurs concurrents sur les grandes routes maritimes commerciales. Le Léviathan fait partie des trois créatures qui seront mangées au banquet du Jugement dernier.

Edmond Wells,
Encyclopédie du Savoir Relatif et Absolu, Tome V.

77. DANS L'ESTOMAC DU MONSTRE

Je bondis hors de la nacelle, je nage, je me débats dans l'eau. Le Léviathan est là, fendant les flots, déplaçant des tonnes d'eau. Dire que j'avais été très effrayé par le film *Les Dents de la mer* alors que ce minuscule requin aurait fui sans demander son reste face à ce démon aquatique démesuré. Quand je pense que je me suis lancé avec la bande à Nadar parce que je redoutais d'affronter la grande chimère de la forêt noire…

– Je ne sais pas nager, je ne sais pas nager ! crie Étienne de Montgolfier à mes côtés.

C'est ça le problème des gens du monde aérien, ils sont trop spécialisés.

Je glisse mon bras sous ses aisselles et le maintiens de mon mieux.

Le Léviathan ouvre grande sa gueule et happe d'un coup la table ronde, la toile cirée et Antoine de Saint-Exupéry imprudemment demeuré dessus. En une seconde, l'aviateur-poète disparaît entre les dents pointues qui se referment comme une herse.

– Il faut rejoindre la plage ! hurle Nadar.

J'avance à la brasse en m'efforçant de maintenir la tête de Montgolfier hors de l'eau, mais je n'en peux plus de le traîner derrière moi. Au bord de la noyade, je confie l'aérostier à Clément Ader. Déjà, le deuxième soleil pointe à l'horizon.

– Attention, il revient !

Nous nous dispersons. Le Léviathan fonce vers nous, visiblement affamé. Je ne me sens plus capable d'entamer le crawl qui me transporterait sur la plage en un temps record. Je reste là à flotter, résigné.

La bête me gobe sans coup férir. Tout se passe alors très vite. Je franchis la muraille de ses dents, rebondis sur sa langue, percute son palais avant de frapper sa glotte qui me renvoie vers sa langue comme une boule de flipper.

Puis tout s'arrête. Je suis dans le noir, dans l'humide, le silence. Une immonde odeur de poisson pourri assaille mes narines. Soudain la langue remue et me gifle. Je sors mon ankh et tire. Ça ne fait pas plus d'effet au monstre qu'une piqûre d'épingle, mais la lumière intermittente m'a permis d'examiner l'intérieur du palais, semblable à une cathédrale aux arcades grises. Des muqueuses s'écoulent d'étranges liquides fluorescents. En me déplaçant sur la mâchoire, je découvre dans une dent creuse un autre ankh peut-être abandonné par

Saint-Exupéry et, sautant sur une molaire, je déclenche deux tirs simultanés. Sans plus d'effet.

La langue m'attaque derechef. De la salive gluante m'enduit de toutes parts. Mes mouvements se font plus difficiles. Je me débats dans la bave. La pointe de la langue me pousse vers la pente raide de la gorge. Je passe la glotte. Me voici dans un toboggan qui m'entraîne. Rien à quoi me raccrocher le long de l'œsophage. Dans le vain espoir que le monstre toussera, je vise la cloison du tunnel. La descente n'en finit pas.

Elles sont nombreuses, les histoires liées aux baleines et au Léviathan. Jonas, dans la Bible, rescapé grâce à un cétacé, Pinocchio dans le conte de Carlo Collodi, et Nganoa, le héros polynésien descendu dans l'estomac d'une baleine pour récupérer ses parents...

Je glisse et le tunnel se contracte régulièrement en ondulant pour accélérer ma chute. Je connais le sort de toutes les boulettes de viande que j'ai avalées dans mes vies, mais elles ne disposaient ni d'yeux ni d'armes lumineuses pour observer mes voies intérieures.

Enfin mon aventure s'achève dans une immense salle ovale à moitié pleine de liquide fumant, avec des protubérances gastriques comme autant de petites îles. Les poissons qui autour de moi dégringolent dans le liquide sont immédiatement dissous. Je me doute que si je dérape, je connaîtrai le même sort. Par chance, je me rattrape à l'épave d'une barque dont la coque rongée résiste encore à l'acide.

Me voici donc dans un estomac.

Au centre de ce lac mortel, il y a un vortex qui soudain m'aspire, moi et ma barque, et me projette dans l'intestin où je perds connaissance. Quand je retrouve mes esprits, je suis toujours sur mon esquif, une voûte molle au-dessus de moi. Ce tunnel-ci est plus étroit et pue davantage encore le poisson en décomposition. Quand mes ankhs frappent les parois, celles-ci se crispent légèrement.

Je continue à dévaler le système digestif et je pense qu'il est humiliant pour une âme comme la mienne, élevée aux grades d'ange puis de dieu, de finir ainsi en... excrément de baleine.

Dans le tunnel, mon esquif heurte d'autres objets, d'autres débris, des squelettes humains (peut-être d'autres élèves malchanceux). La sortie par le bas est plus probable que l'échappatoire par le haut. D'ailleurs les relents organiques sont de plus en plus insoutenables, quand il me semble apercevoir dans cette fange une silhouette ayant échappé à la dissolution.

– Il y a quelqu'un ?

– Ici, répond la voix de Saint-Exupéry.

Je m'empare d'un bout de bois pourrissant pour pagayer et le rejoindre.

– Comment as-tu pu survivre à cette horreur ?

– Comme toi. Grâce à un radeau improvisé. Nous allons être digérés, hein ?

– Une digestion humaine dure trois heures, dis-je, me souvenant de mes études de médecine. Une digestion de Léviathan risque de prendre plusieurs semaines.

– Il faudrait accélérer le phénomène, observe l'aviateur qui a conservé sa pugnacité.

Je plonge un bout de ma toge hors de mon navire pour voir si le tissu se dissout. Rien ne se passe. Je constate :

– Il n'y a plus d'acide ici. Nous pouvons quitter nos esquifs et avancer.

Tandis que nous marchons dans l'intestin, Saint-Exupéry remarque les deux ankhs autour de mon cou et me prie de lui rendre le sien, ce que je fais aussitôt.

– Je crois chaque fois avoir vécu l'expérience la plus périlleuse et chaque fois c'est pire, dis-je.

Il a un rire sans joie.

– Nous l'avons un peu cherché quand même, remarquet-il. Après tout, nous aurions pu rester bien tranquilles à regarder la vie de nos clients à la télévision, dans nos villas. Vus d'ici, ils sont très amusants. Comment sont les tiens ?

Quel parfait compagnon pour cheminer de concert dans le système digestif d'un monstre. Tout en continuant à faire claquer mon ankh pour éclairer le tunnel par intermitence, je réponds :

— J'ai un prince africain, une Coréenne élevée au Japon par un père japonais et une mère coréenne, et un petit Grec affublé d'une mère envahissante. Et vous ?

— Une gamine pakistanaise de 8 ans recouverte en permanence d'une burka et déjà promise par ses parents à un riche vieillard, un Lapon hypocondriaque passionné de chasse au phoque, et un Polynésien qui se marre sans raison du matin au soir et refuse de travailler.

— Ça m'a l'air pas mal comme cocktail.

Saint-Exupéry semble en douter :

— Aucun des trois ne me paraît capable d'élever son niveau de conscience.

— Moi, je crois en ma petite Coréenne. Je ne sais pas pourquoi, mais malgré tous ses déboires je sens en elle une âme surdouée. Et puis j'aime ce pays... la Corée.

— Ah bon, qu'est-ce que tu connais de ce pays ?

— Il se situe au carrefour des civilisations entre le Japon, la Chine et la Russie, et il a su courageusement résister à ces trois nations envahissantes. Les Coréens ont une culture fantastique, très subtile et peu connue. Leur musique, leur peinture, leur alphabet sont uniques.

Étrange de parler de la Corée ici.

— Tu y es déjà allé ?

— Oui, à Séoul, la capitale, et à Pusan, une grande ville côtière. Quand j'étais étudiant, j'ai vécu avec une Coréenne, et elle m'a emmené là-bas voir sa famille, à Pusan.

Il tire un coup de ankh au sol et la lumière révèle des carcasses de poissons de plus en plus gros.

– Étonnant que ton mortel de référence préféré soit né là-bas. Peut-être y a-t-il des connexions malgré tout... Moi, je n'ai jamais été en Polynésie, au Pakistan ou en Laponie. Parle-moi encore de la Corée. Tu connais son histoire ?

– Elle formait une civilisation autonome, mais pendant plusieurs dizaines d'années elle a été envahie par les Japonais qui ont pratiquement fait disparaître leur culture. Ils ont rasé les temples, remplacé leur langue. Quand après la guerre la Corée a été libérée, le peuple a eu beaucoup de mal à retrouver ses racines. Ils ont reconstruit leurs temples grâce aux souvenirs des anciens.

– Je vois. Ç'a dû être terrible.

– Et à peine ont-ils été libérés de l'emprise japonaise qu'il y a eu la guerre civile entre les deux Corées. Celle du Nord communiste et celle du Sud libérale. Le problème c'est que la Corée du Nord est sous le joug d'une famille de dictateurs fous connectée avec tous les tyrans de la planète qui leur fournissaient du matériel nucléaire.

– C'est étonnant comme les salauds totalitaires se sont toujours bien entendus. Hitler et Staline, comme nous le rappelait Hermès, mais on pourrait en citer bien d'autres. Entre dictateurs ils se comprennent.

Au détour d'une arête de poisson de la taille d'une baleine nous voilà revenus à la triste réalité de notre condition.

– Quand même... Je n'aurais jamais imaginé être un jour avalé par un tel monstre, dis-je.

– J'ai l'impression de retourner au stade fœtal, s'étonne Saint-Exupéry.

– Tu crois que c'est un mâle ou une femelle ?

– Il faudrait creuser l'intestin pour tomber sur un vagin ou une prostate, plaisante mon compagnon d'aventure.

– Dionysos m'avait déclaré qu'ici, je connaîtrais l'initiation ultime. Si je m'attendais à être transformé en crotte de Léviathan...

261

– C'est ça le principe des initiations : être abaissé pour pouvoir s'élever, avili pour être honoré, tué pour renaître.

Autour de nous l'air se raréfie et nous éprouvons des difficultés à respirer. Le goulet se rétrécit, nous pataugeons au milieu de vers bruns gros comme des oreillers. L'atmosphère est pestilentielle et nous protégeons nos narines avec nos tuniques.

– Je crois que nous sommes arrivés au bout du tunnel.

En effet, nous parvenons à une cavité hermétiquement close.

– Comment déclencher l'ouverture d'un anus de Léviathan ?

– Tu es médecin, il me semble.

Je réfléchis :

– Normalement, dans le corps, l'anus réagit comme une cellule photoélectrique. Lorsque l'excrément parvient dans cette zone, il appuie sur des capteurs de contacts.

Nous distinguons en effet des veines et des nerfs affleurants. Nous les frappons à grand renfort de coups de poing et de coups de pied et, au bout d'un moment, autour de nous des contractions se produisent et les murs se détendent. Une lueur apparaît au bout du tunnel, et avec d'autres débris nous sommes propulsés au-dehors, éjectés dans la mer, nous nous empressons de nager le plus vite possible vers la surface et la grande lumière du jour. Mes poumons brûlent mais il faut tenir.

Cette remontée me rappelle mon envol thanatonautique lorsque j'ai quitté mon corps, aspiré par la lumière de l'au-delà. Avec une différence d'importance cependant : mortel décédé, je ne ressentais plus rien, dieu débutant, mes sensations sont décuplées.

En luttant pour reprendre mon souffle en surface, je maudis la mythologie, toutes les légendes et tous les monstres qui s'y ébattent. Je hais les Léviathans, les sirènes, les grandes et les petites chimères, les Maîtres dieux et tous les élèves dieux.

Une main me saisit. Saint-Exupéry m'attire vers lui et, un instant, soulagés, nous nageons ensemble dans une mer calme. Nous avons réussi notre évasion, nous sommes saufs.

Notre répit n'est pourtant que de courte durée. Un geyser proche annonce le retour du Léviathan, lequel, après avoir fait demi-tour, fonce de nouveau sur nous.

Mon compagnon et moi nous considérons, incrédules. Pas deux fois, non, pas deux fois…

Réponse à mes supplications muettes, miracle soudain, un dauphin blanc aux yeux rouges jaillit tout à coup des flots et se place entre le Léviathan et nous. Des congénères accourent pour l'aider à faire barrage et nous protéger. L'air s'emplit de sons suraigus.

Le Léviathan veut passer en force mais les dauphins l'encerclent, frappant ses flancs et utilisant leurs rostres comme des éperons. Le monstre marin tente de les dévorer mais ils sont plus rapides et continuent à s'acharner sur cette masse. Le combat me remémore un tableau représentant la bataille de l'Invincible Armada au XVIe siècle, avec les énormes navires espagnols manœuvrant pesamment face aux petits voiliers anglais virant prestement pour les couler les uns après les autres.

Le Léviathan s'énerve, ce qui provoque des vagues hautes comme des murs mais les dauphins, mi-aquatiques, mi-aériens, plongent, sautent, ricanent et continuent de harceler la bête qui finit par rebrousser chemin. Alors les dauphins s'approchent de nous et nous invitent par quelques petits cris stridents à nous accrocher à leurs nageoires dorsales.

Nous obtempérons aussitôt. L'île est loin d'être en vue et nous avons déjà laissé beaucoup d'énergie dans cette échappée. J'enfourche le dauphin albinos comme un cheval. Mes pieds se posent sur ses nageoires latérales et il m'entraîne en avant. Je suis assis sur mon dauphin comme sur un scooter des mers.

J'aperçois Saint-Exupéry exultant lui aussi sur sa monture. Après l'horreur de notre obscure odyssée, le bonheur de notre liberté retrouvée est d'autant plus intense. L'air, la lumière, la vitesse, tout nous enchante.

Nous filons au ras des vaguelettes, emportés par nos rapides destriers.

Enfin les dauphins parviennent à la plage, et nous déposent. Nous les saluons de la main tandis qu'ils se dressent sur leur queue à grand renfort de cris d'encouragement. Le dauphin blanc saute très haut vers le ciel et multiplie les loopings.

Étienne de Montgolfier, Nadar et Clément Ader sont là qui nous considèrent, incrédules.

— Et vous, comment êtes-vous rentrés ? demandai-je.

— À la nage, répond Clément Ader, la voix rauque, encore épuisé d'avoir traîné l'aérostier.

— Nous n'avons pas eu de chance, dit Montgolfier, le sort s'acharne sur nous.

78. ENCYCLOPÉDIE : LOIS DE MURPHY

En 1949, un ingénieur américain, le capitaine Edward A. Murphy travaillait pour l'US Air Force sur le Projet MX 981 et devait étudier les effets de la décélération sur un humain lors d'un crash. Pour cette expérience il devait disposer seize capteurs sur le corps d'un pilote. Cette mission fut confiée à un technicien, sachant que chaque capteur pouvait être appliqué selon deux positions : la bonne et la mauvaise. Le technicien plaça les seize capteurs dans la mauvaise position. À la suite de quoi Murphy émit la phrase : « *If anything can go wrong it will* » – (« Si quelque chose peut aller mal, cela ira mal »). Cette loi du pessimisme aussi appelée Loi de l'Emmerdement Maximum ou loi de la Tartine beurrée (parce qu'une tartine tombe tou-

jours du côté beurré) est devenue si populaire qu'un peu partout se sont mis à émerger, comme des dictons populaires, d'autres « lois de Murphy » autour du même principe. En voici quelques-unes :

« Si tout semble bien marcher, vous avez forcément négligé quelque chose. »

« Chaque solution amène de nouveaux problèmes. »

« Tout ce qui monte finit par descendre. »

« Tout ce qui fait plaisir est illégal, immoral ou fait grossir. »

« Dans les queues, la file d'à côté avance toujours plus vite. »

« Les hommes et les femmes vraiment intéressants sont déjà pris et s'ils ne sont pas pris, c'est qu'il y a une raison cachée. »

« Si cela semble trop beau pour être vrai alors ça l'est probablement. »

« Les qualités qui attirent une femme vers un homme sont en général celles qu'elle ne peut plus supporter quelques années plus tard. »

« La Théorie, c'est quand ça ne marche pas mais que l'on sait pourquoi. La Pratique c'est quand ça marche mais qu'on ne sait pas pourquoi. Quand la théorie rejoint la pratique, ça ne marche pas et on ne sait pas pourquoi. »

Edmond Wells,
Encyclopédie du Savoir Relatif et Absolu, Tome V
(d'après la Sagesse populaire).

79. MORTELS. 10 ANS

Je m'installe devant ma télévision. Je suis trop excité pour m'endormir tout de suite. Mon corps réclame l'apaisement après tant d'aventures, mais mon cerveau est en ébullition.

Sur la première chaîne, Eun Bi, 10 ans maintenant, est seule à rêvasser dans la cour tandis que ses camarades d'école s'amusent à sauter à la corde. Une fille se plante soudain face à elle et lui jette : « Sale Coréenne. »

L'agression surprend Eun Bi. Désemparée, elle cherche vainement à gifler l'agresseuse qui s'échappe en riant. Toute la classe se moque de la maladroite et d'autres scandent en chœur : « Sale Coréenne. » La cloche interrompt à la fois la scène et la récréation.

Eun Bi regagne sa classe en pleurant. La maîtresse demande ce qu'il lui arrive et sa voisine répond qu'on l'a traitée de sale Coréenne. La maîtresse hoche la tête. Comprenant le problème, elle regarde Eun Bi, hésite un instant puis se tait. Mais comme Eun Bi sanglote de plus belle, elle lui dit qu'elle doit ou bien se calmer ou bien quitter le cours. Eun Bi tente de se contenir mais n'y parvient pas. La maîtresse lui ordonne de sortir pour ne pas perturber davantage la classe, et de ne revenir qu'une fois apaisée. Eun Bi s'en va et rentre chez elle pleurer sur son lit. Sa mère l'interroge sur les raisons de son désarroi.

— Rien, rien, dit Eun Bi. Je veux rester seule, c'est tout.

Elle refuse de déjeuner, d'avaler quoi que ce soit, et ce n'est qu'en fin d'après-midi qu'elle consent à se confier à sa mère, venue lui apporter un verre d'eau.

— Une fille, une fille que je ne connais même pas, m'a traitée de sale Coréenne.

— Je vois. Et qu'as-tu fait ?

— J'ai voulu la gifler mais elle courait plus vite que moi. Après, la maîtresse m'a mise dehors parce que je gênais la classe.

La mère attire la fillette dans ses bras.

— J'aurais dû t'avertir… Nous, les Coréennes vivant au Japon, nous risquons ce genre d'humiliations.

— Pourquoi ?

– Nous avons beaucoup souffert des Japonais, un jour, je te raconterai. Ils ont envahi notre pays. Ils ont massacré beaucoup d'entre nous. Ils ont souillé et ruiné nos lieux sacrés. Ils ont voulu nous contraindre à oublier notre langue et notre culture. Ils ont…

– Mais pourquoi alors vivons-nous au Japon plutôt que chez nous en Corée ?

– C'est une longue histoire, ma fille. Il y a très longtemps, ils ont enlevé ta grand-mère ainsi que beaucoup de femmes pour les ramener de force dans l'archipel. Maintenant, ils… Tu es encore trop jeune pour comprendre. Plus tard, tu sauras tout.

Eun Bi contemple son verre, le regard fixe.

– Mais comment pourrais-je retourner à l'école demain alors que j'ai perdu la face devant tout le monde ?

La mère l'embrasse tendrement.

– Il le faut, petite. Sinon ce sont eux qui auront gagné. Tu dois apprendre à faire front. Comme moi-même j'ai fait front. Ne baisse pas les bras. Ta grand-mère a subi bien pire et n'a pas baissé les bras. Ce qui ne te tue pas te rend plus forte. Réussis dans ta scolarité, c'est la meilleure manière de te venger. Tu leur montreras ainsi ce que tu vaux vraiment.

Dans les yeux foncés de sa mère, Eun Bi lit que sa douleur, elle l'a déjà vécue et surmontée.

– Maman, pourquoi les Japonais nous haïssent-ils tellement ?

La mère hésite puis lâche :

– Parce que les bourreaux haïssent toujours leurs victimes. Surtout si celles-ci ont pardonné.

– Maman, raconte-moi ce qui est arrivé à grand-mère. Je suis prête.

La mère hésite. Puis se décide.

– Comme je te l'ai dit, de 1910 à 1945, la Corée a subi l'occupation japonaise. Trente-cinq ans au cours desquels les Nippons s'efforcèrent de faire oublier aux Coréens qui ils étaient. Ils se sont emparés des femmes les plus belles pour la plus grande joie de leur soldatesque. À l'arrière de leurs immenses colonnes de troupes, il y avait constamment des dizaines de milliers de prisonnières coréennes destinées à leur « détente ».

Eun Bi a réclamé le récit mais, à présent, elle se boucherait volontiers les oreilles pour ne plus entendre la voix émue, tremblante, qui poursuit :

— Parmi elles, il y avait ta grand-mère. Les Japonais ont tué tous les hommes du village et raflé toutes les femmes. Au moment de la débâcle, ils les ont ramenées avec eux au Japon où elles ont continué à être considérées comme de vulgaires… esclaves.

— Elles ne se sont pas révoltées ? Après tout, la guerre était finie et le Japon vaincu.

La mère soupire et se tord les mains.

— Il y a quelques années, des Coréennes retenues au Japon ont tenté de relever la tête. Elles ont réclamé le droit de rentrer au pays. Elles en ont appelé au devoir de mémoire et exigé des compensations pour leur calvaire. Quel déchaînement ç'a été ! Les Japonais leur ont craché à la figure et le racisme a atteint son paroxysme.

— Et Papa ?

— Ton père est japonais. Lui a voulu prouver qu'il valait mieux que l'ensemble de ses compatriotes. Il m'a épousée malgré la honte que cette union entraînait pour sa famille. Ton père a eu beaucoup de courage à l'époque, parce qu'il m'aimait. Et je l'aimais.

Un instant, la mère se tait, en proie à ses souvenirs.

Puis, la main de sa fille dans la sienne, elle reprend :

— …Sache-le, petite. Pour nous, Coréennes, au Japon, tout sera toujours plus difficile que pour les autres. Serre les dents et ne leur offre pas le plaisir de te voir souffrir. Demain, tu retourneras à l'école et tu feras comme si de rien n'était. Si on t'insulte, ne pleure pas, ne leur fais pas ce cadeau. Elles finiront par se fatiguer. Obtiens de bonnes notes et reste impassible. C'est la meilleure réponse.

Tout le reste de la journée et toute la nuit qui suit, Eun Bi sur sa console se livre à un jeu vidéo particulièrement brutal. Le lendemain, elle oppose un visage indifférent aux quolibets, ne réagit pas aux « sale Coréenne », et détourne la tête quand un crachat la vise. En classe, elle remporte systématiquement la meilleure note à tous les devoirs.

Je suis abasourdi par ce que je viens d'apprendre, moi qui ai tant aimé la Corée.

Je le savais vaguement, même si ce n'est inscrit dans aucun livre d'histoire, mais l'entendre en direct, de la voix même d'une Coréenne vivant au Japon, me renvoie à mon passé de mortel et à mon voyage en Corée. Le pays du Matin calme.

Je renonce à m'intéresser à ce qu'il advient de Théotime et de Kouassi Kouassi.

Je m'endors avec une mélopée triste à l'esprit. Comme si toutes mes émotions d'élève dieu s'effaçaient devant les tourments de cette petite mortelle de 10 ans. Un dieu ému par une gosse. Une phrase de la mère me reste en mémoire : « Nous les victimes sommes tenues de nous excuser du malaise que nous suscitons chez nos bourreaux. »

80. MYTHOLOGIE : DÉMÉTER

Déméter signifie « mère de l'orge ». Fille de Chronos et de Rhéa, sœur de Zeus, Déméter est la déesse de la terre, du blé et de l'épeautre. Sa chevelure est blonde comme les moissons. Elle suscita le désir des dieux mais si aucun ne parvint à l'émouvoir, tous multiplièrent les stratagèmes pour la séduire. Déméter s'étant transformée en jument pour échapper à ses avances, Poséidon se mua en étalon. Leur étreinte engendra le cheval Aréion, doté

d'un pied humain et de la parole. Après que Déméter se fut dérobée, Zeus se métamorphosa en taureau et de leur étreinte naquit Perséphone. La jeune fille s'émerveillait un jour devant un narcisse dans la prairie de l'Éternel printemps quand le sol se fendit et Hadès, son oncle, seigneur des Enfers et du royaume des morts, surgit, juché sur un char noir tiré par deux chevaux. Il y avait longtemps qu'il épiait la jolie fille dont il s'était épris. Il l'enleva et l'entraîna avec lui dans les entrailles de la terre.

Pendant neuf jours et neuf nuits, sa mère, Déméter, parcourut le monde à la recherche de Perséphone. Le dixième jour, Hélios lui révéla le nom de son ravisseur. La mère outragée refusa de regagner l'Olympe tant que sa fille demeurerait prisonnière des Enfers et alla se réfugier chez le roi d'Éleusis.

Privé de la déesse des moissons, le monde se dessécha. Les arbres ne portèrent plus de fruits, les herbes dépérirent. Zeus ordonna à Hermès de descendre quérir Perséphone mais Hadès refusa de la libérer. Elle ne pouvait revenir parmi les vivants, expliqua-t-il, parce qu'elle avait goûté la nourriture des Enfers.

Les dieux s'accordèrent sur un compromis.

Perséphone partagerait l'année entre sa mère et Hadès. Six mois, le printemps et l'été, elle demeurerait avec celle-ci. Six autres, l'automne et l'hiver, elle serait avec le maître des Enfers. Cette division symbolise le cycle de la végétation, le grain séjournant sous terre avant sa germination.

Pour remercier le roi d'Éleusis de l'avoir accueillie, la déesse de l'agriculture voulut conférer l'immortalité à son fils Démophon. Pour « consumer son humanité », elle le brandit au-dessus d'un feu mais, surprise par l'irruption soudaine de la reine d'Éleusis, elle lâcha le garçon dans le brasier. Pour en consoler la mère, elle confia un épi de blé à un autre de ses fils afin qu'il parcoure la Grèce pour enseigner aux hommes les secrets de l'agriculture et de la confection du pain.

Edmond Wells,
Encyclopédie du Savoir Relatif et Absolu, Tome V,
(d'après Francis Razorback s'inspirant lui-même
de la *Théogonie* d'Hésiode, 700 av. J.-C.).

81. JEUDI. LE COURS DE DÉMÉTER

Le jeudi est le jour de Jupiter, le nom romain de Zeus. Pourtant, aujourd'hui, ce sera sa sœur, Déméter, qui assurera le cours.

Sur les Champs-Élysées, nous dépassons le beffroi de Chronos où résonnent encore les matines, le palais d'Héphaïstos dans son écrin de cristal turquoise, le château fort noir d'Arès, le palais d'argent d'Hermès, et nous parvenons devant une ferme de type normand, coiffée de chaume orange, aux murs blancs couverts de colombages. Partout des vasques emplies d'orge, de maïs ou de colza. Sur le côté, des enclos où s'ébrouent des chèvres, des moutons, des vaches et des porcs.

Un tel paysage campagnard surprend en Olympie. Je vois des canards, des poulets et des oies caquetant et se dandinant dans des basses-cours et, pour un peu, je me croirais revenu sur « Terre 1 ».

Je ne sais quel combat avec la grande chimère la nuit a réservé à mes amis théonautes mais Raoul arbore une vilaine meurtrissure au front.

Une Heure ouvre le portail de bois et nous pénétrons dans l'intérieur rouge carmin de la ferme. Des poutres de même couleur ornent le plafond. La salle expose toute une panoplie d'objets liés à l'agriculture : des faux, des serpes, des fléaux, des moissonneuses... À droite, des tubes de verre contiennent diverses graines de céréales avec, à côté, des pains quadrillés

271

comme dans les boulangeries artisanales de mon enfance. Plus loin, des pots renferment des tomates séchées, des aubergines et des courgettes macérant dans de l'huile.

Déméter entre par une porte arrière. C'est une grande femme à l'épaisse chevelure rousse nouée par des épis de blé. Sur sa robe jaune, elle arbore un tablier paysan à carreaux noirs. Avec ses bras blancs accueillants et sa bonne odeur de lait frais, je comprends qu'elle ait rassuré des générations d'agriculteurs hellènes.

Sur l'estrade, elle nous sourit et, avant d'entamer le cours, nous convie à goûter les céréales qu'elle nous distribue dans des gobelets. Elle passe ensuite dans les rangs avec une amphore dont elle nous verse un lait crémeux. J'ai connu pareils petits déjeuners dans ma vie de mortel.

— Ces aliments, nouveaux pour vous ici, apportent force et énergie, dit-elle en se rasseyant, les coudes posés sur son bureau de chêne. Mon nom est Déméter, je suis la déesse de l'Agriculture et votre cinquième professeur.

Elle frappe dans ses mains pour appeler Atlas qui arrive et se décharge de « notre » monde en le jetant d'un coup dans son coquetier.

— Si tu savais combien cette chose pèse, mon amie...

— Mais Atlas, ceci n'est pas un travail, c'est une punition, remarque la grande femme, la mine compréhensive.

Le géant piétine un instant devant la sphère puis se résigne à sortir.

« Agriculture », écrit Déméter au tableau, et elle précise :

— Je suis donc la Maîtresse déesse Déméter, et avec moi, vous apprendrez l'importance de l'agriculture dans l'histoire des civilisations.

Déambulant entre les travées, la chevelure rousse s'agitant au rythme de ses phrases, elle explique :

— Dès le moment où on plante, on récolte. Donc on se donne un rendez-vous dans le temps.

Son ankh à la main, elle va examiner nos peuples de plus près sur « Terre 18 ».

Nous la suivons et constatons que le temps a fait son œuvre. Tout a changé. Notre humanité a « mûri » seule. Les hordes installées se sont transformées en tribus.

Deux élèves constatent que leurs peuples ont disparu sans raison.

Déméter explique aux grincheux que les aléas font partie du jeu. Les élèves suscitent des impulsions, des élans durant le jeu, mais en attendant la prochaine reprise, les peuples poursuivent seuls leurs trajectoires, et si on les aiguille sur de mauvais chemins, ils risquent de disparaître entre-temps, ce qui est arrivé à nos deux protestataires. La déesse ajoute qu'il y a par ailleurs des facteurs aléatoires : des séismes, des catastrophes en tout genre peuvent intervenir à n'importe quel moment.

— Même si vous avez bien joué, il reste une part de hasard. Une épidémie, une rencontre fortuite avec un peuple mieux armé, un conflit interne virant à la guerre civile, une alliance qui se change en domination d'un peuple sur un autre… Tout est possible. C'est votre travail de dieux de prévoir le cours de l'histoire quand vous n'êtes plus là.

— Mais comment prévoir l'imprévisible ? demande Marilyn.

L'accorte déesse en tenue paysanne se veut réconfortante :

— Il existe des moyens de réduire considérablement les risques, par exemple en essaimant. Créez plusieurs cités, plusieurs villes, plusieurs hordes. Si l'une est frappée par une épidémie, attaquée par un envahisseur ou submergée par une inondation, l'autre survivra. Or, que se passe-t-il ici ? Tous, vous vous êtes attachés à rester groupés. Vous avez placé tous vos œufs dans un unique panier. Ne vous étonnez donc pas d'obtenir des omelettes.

Il nous a semblé si difficile de tenir en main une communauté humaine qu'aucun de nous n'a songé à former des sous-groupes.

– Et pourtant, remarque Edmond Wells, c'est ce que font fourmis et abeilles. Leurs princesses s'envolent pour créer des colonies filles. Nous aurions dû y penser.

– Beaucoup n'y songent qu'en fin de partie, lorsqu'il leur faut sauver leur peuple de justesse. Or, sauver de justesse, dit Déméter, cela signifie avoir déjà pratiquement perdu.

Ainsi le temps continue de couler là-bas même si nous ne les surveillons pas. Ainsi le jeu continue sur la lancée de la dernière action. Je comprends en fait que le jeu d'Y agit comme les tamagotchis, ces jeux électroniques japonais consistant à élever un petit animal virtuel qui continue de grandir quand la machine est éteinte, mû par le mécanisme de son horlogerie interne.

Il y a là matière à slogan pour écologiste bouddhiste : « Prière de laisser cette humanité aussi propre en mourant que vous souhaitez la retrouver en renaissant. »

Je comprends également que le temps accélère peut-être toute chose de manière exponentielle. Au début, les humains connaissent peu de découvertes, produisent peu d'enfants, et puis tout s'accélère, tant au point de vue de la population que des connaissances. Avec le temps tous les phénomènes sont amplifiés…

Les contestataires persistant à crier au scandale après la complète disparition de leur peuple, Déméter met un terme à leurs récriminations en appelant les centaures.

Le terrible décompte se poursuit : $108 - 2 = 106$. Déméter revient à son cours.

– Donc, l'agriculture… Certains de vos groupes seront obligés de migrer vers des terres plus fertiles après la découverte de l'agriculture, qui lèse les montagnards mais favorise les gens des plaines.

De même seront avantagés les peuples proches des rivières et des fleuves. L'irrigation et la gestion des cours d'eau, la maîtrise des inondations ou des sécheresses, vont devenir la nouvelle préoccupation de vos sujets.

Elle note : « Irrigation ».

– Ne redoutant plus de mourir de faim demain, vos peuples seront plus libres de faire des projets d'avenir.

« Futur », écrit-elle au tableau.

– L'agriculture entraîne l'émergence de la notion de futur. Et cela change tout. Maîtriser le temps peut s'avérer aussi important sinon plus que maîtriser la nature. L'homme est le seul animal à se projeter dans le temps futur et donc à prévoir la naissance de ses enfants et sa propre vieillesse. Vous le constaterez dans le jeu, avec l'agriculture, l'homme se projette si bien dans le temps qu'il commence à imaginer une « après-vie », un au-delà de la mort. Avec l'agriculture, donc, naît la religion.

Elle note : « Religion ».

– Dès qu'il plante des graines, l'homme se compare à un végétal. Il se voit grandir, il se voit fleurir, il se voit produisant des fruits. Et il se voit retourner au sol en laissant derrière lui des graines qui pousseront à leur tour. Les graines sont sa descendance… Mais en même temps, l'homme voit renaître des arbres ayant perdu toutes leurs feuilles, apparemment morts, il les voit reverdir et redonner des fruits et il rêve de se réincarner. Après l'hiver de la mort, pourquoi pas une autre vie et une autre mort ? Et puis, une question s'impose à son esprit : y aurait-il un jardinier derrière toute cette nature qui tour à tour croît et s'éteint ? Ah oui, l'agriculture modifie l'esprit des mortels.

Déméter nous incite à mieux observer notre monde et nous nous penchons tous, curieux de voir comment ont évolué nos peuples.

Hors de notre surveillance, nos hordes ont continué à proliférer. Plusieurs ont migré vers des zones irrigables, comme indiqué par la déesse des Moissons. Des champs de couleurs différentes, tracés au cordeau, s'étalent autour d'îlots d'habitation.

Ma horde pour sa part s'est installée dans un village sur pilotis. Elle est la seule à pratiquer la technique du radeau pour s'aventurer sur les eaux en s'aidant de rames. Si d'autres développent l'agriculture dans les plaines, les miens moissonnent l'océan.

— Vos peuples errants ont pour la plupart bâti des villages. Le feu et les palissades les protègent des prédateurs.

« Village = Sécurité », inscrit-elle au tableau.

Elle circule dans la travée centrale, repoussant des canards et des oies qui sont entrés dans la salle.

— L'homme dépend maintenant moins des caprices de la nature. Il décide du lieu où se fera la récolte. Du coup il travaille davantage car les champs réclament beaucoup plus d'énergie que la chasse ou la cueillette. Certains se spécialisent dans des cultures bien précises, d'où une hiérarchie destinée à maîtriser les décisions. Sur quel territoire pratiquer telle culture ? Quelle zone sera la plus favorable à tel élevage ? Fini le temps où chasseurs et cueilleurs dépendaient du bon gré de la nature. Les agriculteurs, eux, la façonnent à leur idée. Ils défrichent et déboisent la forêt pour la remplacer par des champs et des pâturages.

Elle relève sa longue tignasse rousse et retrousse ses manches pour dénuder plus haut ses bras blancs.

— L'agriculture, sachez-le, précède toujours l'élevage. Pourquoi ? Parce que, à l'origine, les animaux domestiques n'étaient que des parasites qui venaient spontanément chercher de quoi se nourrir dans les ordures des villages.

Intéressant. Ce n'est donc pas l'homme qui a choisi quelles bêtes domestiquer, mais les animaux qui ont choisi d'accompagner l'homme en lorgnant ses restes.

— Qu'une espèce animale se nourrisse des déchets d'une autre, et cela s'appelle le saprophytisme. Un moyen mnémotechnique : pensez à « ça profite ». La vache, le mouton, la chèvre, sont des saprophytes de l'homme. Ils ont joué aussi leur rôle en broutant les jeunes pousses et en contribuant au déboisement et à l'érosion des sols.

– Et les chiens ? interroge un élève.

– … Des loups qui ont été attirés par nos ordures et ont muté pour être acceptés par l'homme. Ils se sont fait moins agressifs, plus collaborateurs. C'était leur intérêt et cela leur évitait définitivement la fatigue de la chasse.

– Et les chats ?

– Des lynx qui ont agi de même.

– Et les porcs ?

– Des sangliers gourmands de nos tas d'ordures.

– Et les rats ? demande Proudhon.

– Les seuls saprophytes qui n'ont pas collaboré complètement avec l'homme mais sont restés cachés comme des voleurs dans ses caves et ses murs. Ils savaient qu'ils devaient rester discrets pour être tolérés.

Déméter revient vers son bureau.

– Mais parmi les saprophytes sont aussi apparus des nuisibles nouveaux. Vous verrez bientôt arriver des nuées de sauterelles. Or, les nuées de sauterelles n'existaient pas avant l'agriculture. C'est le fait de cultiver le même végétal sur de vastes territoires qui a entraîné la prolifération de son consommateur. Seule, la sauterelle est inoffensive, trop nombreuses dans les champs, elles sont devenues un fléau.

Elle reprend sa craie et note en soulignant : « Travail », « Déboisement », « Spécialisation », avant de revenir sur « Futur ».

– Déjà, certains de vos humains ont repéré le passage et le retour des saisons. L'agriculture est à la base de ce que, plus tard, d'autres hommes mettront au point : le calendrier, symbole de la prise de possession du temps par l'homme. Avec le calendrier, l'homme a mieux compris dans quel monde il vivait, un monde répétitif où se succèdent sans cesse printemps, été, automne, hiver. Il ne craint plus les frimas puisqu'il sait qu'ensuite surviendront les beaux jours.

J'ai une pensée émue pour les premiers hommes qui voyant venir l'hiver ont dû penser que le climat se refroidissait pour de bon et que plus jamais leurs corps transis ne connaîtraient la chaleur... Quel soulagement lorsque le printemps était revenu.

– Avec le calendrier, de plus, l'homme a pu mesurer son âge et inventer la notion d'anniversaire.

Quand j'étais mortel, un assistant social m'avait affirmé qu'il ne suffisait pas de distribuer de la nourriture aux sans-abri, il importait aussi de célébrer leur anniversaire, car cette date constituait pour eux le moyen de se repérer dans une année. Il avait noté la date de naissance de tous ceux dont il s'occupait, et ne manquait jamais de leur offrir un gâteau ce jour-là. La méthode était simple, mais il était parvenu à redonner ainsi une parcelle d'humanité à des êtres sur le point de sombrer. À l'époque, j'avais pensé que cet homme possédait vraiment l'intelligence du cœur, l'authentique, pas celle qui se contente d'une piécette ici et là pour se donner bonne conscience. Il réinsufflait à ces clochards la mesure du temps.

– Avec le calendrier, poursuit Déméter depuis son bureau, l'homme se fixe non seulement des rendez-vous avec les récoltes, mais aussi avec les morts, car il y a partout une fête des morts, et avec lui-même, avec le soleil, la neige, la pluie. Il se crée une « histoire ». Paradoxalement, au fur et à mesure que l'homme prend la maîtrise de son futur, il veut prendre aussi la mesure de son passé.

La déesse des Moissons revient vers « Terre 18 ».

– Pour une meilleure agriculture, pensez à construire des routes où circuleront les mules pour transporter les récoltes depuis les champs les plus éloignés. Pensez à les irriguer, ces champs, en creusant des fossés ou des sillons à partir des fleuves. Pour les plus entreprenants, asséchez les marécages. Je suis convaincue que des peuples ont déjà connu des problèmes avec les moustiques.

Plusieurs élèves approuvent autour de moi, se souvenant de populations décimées soudain par des fièvres qu'ils étaient incapables de soigner.

– Avec l'agriculture et l'élevage, apprêtez-vous à connaître une démographie galopante dans vos villages. Des mères mieux nourries donneront le jour à des bébés plus résistants, d'où une mortalité infantile réduite. Les enfants mieux nourris grandiront en force et vivront plus longtemps. Vos villages devront en conséquence s'agrandir ou essaimer. Dans les deux cas cela signifie la prise de risques de conflits territoriaux avec les peuplades voisines. Préparez-vous à des guerres. Les batailles opposant quelques dizaines d'individus vous ont effrayés ? Qu'en sera-t-il avec des centaines, des milliers ? Avec l'agriculture, les prochaines guerres seront encore plus terribles. Les combattants seront d'autant plus motivés qu'ils ne luttent plus seulement pour leur survie personnelle mais pour celle de leurs enfants sur des terres fertiles.

Notre enseignante retourne vers le tableau et, en très gros, elle inscrit maintenant le chiffre « 5 » à la craie blanche.

– Je suis votre cinquième professeur, votre professeur du niveau de conscience « 5 ». « 4 » représente l'homme, vous le savez déjà, mais « 5 », c'est l'homme sage, lié au ciel mais aimant la terre. Avec l'agriculture, avec une population plus importante, l'éclosion de cités où les humains se rencontreront, discuteront et réfléchiront ensemble, délivrés de la crainte permanente de la famine et des bêtes sauvages, surviendra un phénomène nouveau : l'apparition d'hommes qui pensent, les premiers hommes conscients… Protégez-les, donnez-leur des moyens de communiquer pour que leur sagesse se répande. Que vos hommes se libèrent progressivement de la peur. L'entrée du futur dans les esprits peut être une bonne chose. Qu'ils nourrissent des projets, des espoirs, des ambitions pour les leurs.

Déméter désigne notre planète de jeu :

– La prochaine partie sera déterminante. Avec l'agriculture, les religions et les calendriers, tout prendra une dimension différente. Vos peuples ont atteint le niveau de maturité d'un enfant de 5 ans, or la plupart des psychothérapeutes considèrent que tout se joue à l'âge de 5 ans. Soyez donc subtils.

N'hésitez pas à évoluer, à modifier le comportement de vos peuples pour qu'ils s'adaptent, quitte à adopter des attitudes contraires à celles qui vous ont motivés jusqu'ici.

Édith Piaf lève la main.

– Mais madame, si nous changeons les mentalités de nos sujets, ils seront complètement déboussolés !

Déméter soupire en se rasseyant, lissant son tablier de ses belles mains :

– Par moments, je me demande si tous les malheurs des hommes ne viennent pas du manque d'imagination des élèves dieux qui sont censés les aider.

82. ENCYCLOPÉDIE : CALENDRIER

Les premiers calendriers, babylonien, égyptien, hébreu et grec, étaient des calendriers lunaires, tout simplement parce que les cycles de la Lune sont plus faciles à observer que ceux du Soleil. Mais trouver une régularité à ces calendriers fut très complexe.

Les Égyptiens, les premiers, décidèrent d'abandonner les mois lunaires comme base du calendrier. Ils fixèrent la durée du mois à 30 jours et celle de l'année à 12 mois, soit 360 jours. Mais l'année ainsi déterminée était trop courte. Alors, pour corriger ce problème, ils ajoutèrent 5 jours chaque année après la fin du douzième mois.

À l'origine, le calendrier hébraïque était également lunaire mais, plus tard, il fut remis en phase avec le Soleil. Le roi Salomon désigna douze généraux, chargés chacun de la gestion d'un mois. L'année commençait avec le mois de la

maturation de l'orge. Au bout de 3 ans, apparaissait un déficit d'un mois par rapport à l'année des saisons. On comblait alors ce manque en redoublant le mois sur ordonnance du souverain.

Le calendrier musulman moderne a renoncé à la coutume du mois intercalaire et reste sur le principe de l'année purement lunaire formée de 12 mois de 29 et 30 jours.

Le calendrier maya comprenait 18 mois de 20 jours auxquels s'ajoutaient des mois complémentaires de 5 jours. Ceux-ci étaient considérés comme autant de journées de mauvais augure. Les Mayas avaient inscrit au centre de leur calendrier la date de la destruction du monde par un gigantesque tremblement de terre. Ils en avaient calculé la date par rapport aux précédents séismes.

Le calendrier chinois traditionnel comporte un cycle de 19 années, 12 années de 12 mois lunaires de 30 jours et 7 années bisextiles de 13 mois. Ce système qui s'avère le plus efficace a permis de compter les jours sans erreur depuis deux millénaires.

Edmond Wells,
Encyclopédie du Savoir Relatif et Absolu, Tome V.

83. LE TEMPS DES TRIBUS

LA TRIBU DES GUÊPES

Ils avaient la guêpe pour totem.

En quelques années, leur horde était passée de cent quarante-quatre individus à une tribu de sept cent soixante-deux. De la guêpe, ils avaient appris beaucoup de choses. Dès que d'autres tribus errantes s'en prirent à leur horde, ils cherchèrent à reproduire l'arme naturelle de l'insecte, le dard empoisonné. Après quelques tâtonnements, ils enduisirent leurs lances de la sève d'une fleur toxique. Les hommes-guêpes cherchèrent ensuite comment expédier ces pointes à distance et ils mirent au point la sarbacane.

Les gens de la horde des guêpes avaient beaucoup voyagé et beaucoup épié. Ils avaient vu au loin des humains se réfugier dans des cavernes et ils les avaient imités. Ils avaient vu au loin comment des humains s'y prenaient pour allumer des feux et ils les avaient imités. Mais toujours, ils s'étaient efforcés d'éviter tout contact avec eux.

Peu à peu, la horde des guêpes avait grandi. Elle était devenue une tribu, laquelle avait abandonné les cavernes pour se regrouper dans des huttes au cœur d'une vallée protégée par plusieurs collines.

Génération après génération, les femmes avaient majoritairement donné le jour à des enfants de sexe féminin. Si bien que la tribu des guêpes avait fini par se donner pour chef une femme, plus intelligente et plus déterminée que les autres. Ils avaient par ailleurs observé qu'il n'y a que des femelles dans les nids de guêpes, les mâles ne servant qu'une journée à la reproduction avant d'être chassés et de devenir des faux bourdons. Ils décidèrent donc d'agir de même. Les mâles étaient nourris jusqu'au jour de la reproduction puis, une fois utilisés, ils étaient bannis.

Année après année, ce comportement s'inscrivit dans les mœurs. Dès que les garçons étaient en âge de procréer, ils ensemençaient des femmes et partaient. Interdits de retour dans la tribu, ils erraient dans la nature où ils mouraient le plus souvent.

Outre le matriarcat et le dard, l'observation des guêpes leur avait également enseigné à fabriquer des nids artificiels aussi solides que des cavernes. À l'instar de leur insecte totem, les femmes-guêpes mâchouillèrent du bois pour en obtenir un ciment dont elles firent des murs. Mais comme cette substance provoquait des crampes aux mâchoires, s'avérait épuisante à fabriquer et de surcroît prenait facilement feu, elles l'améliorèrent en mélangeant plusieurs sables avec de la glaise et de la tourbe. Elles bâtirent ainsi des maisons arrondies assez solides pour résister aux pluies, aux vents et même aux lances ennemies. Des guêpes, les femmes de la tribu apprirent encore à apprécier la consommation d'un aliment très énergétique : le miel. Elles entreprirent d'élever des abeilles, s'alimentèrent avec leur miel, mais s'en servirent aussi comme colle, comme enduit, comme antibiotique, comme désinfectant pour les plaies ouvertes et comme laque. Elles fabriquaient ainsi des objets étanches et leurs torches, elles, brûlaient plus longtemps.

Beaucoup de mâles exilés s'efforçant de revenir s'infiltrer parmi elles, les femmes-guêpes modifièrent leur comportement à leur égard. Pour leur éviter les souffrances de l'errance, elles supprimèrent dès la naissance les enfants de sexe masculin. Chaque année, lors d'une journée dite « Fête de la Reproduction », elles partirent alors à la chasse aux mâles reproducteurs étrangers. Un commando de guerrières attaquait de nuit une tribu, enlevait les hommes, massacrait ceux qui résistaient, puis s'en retournait avec un précieux troupeau de géniteurs. Les hommes étrangers étaient parqués dans un enclos et distribués aux femmes en fonction de leur importance dans la tribu. Les meilleures guerrières choisissaient en priorité les amants de leur choix. Ils étaient nourris et choyés, puis leur semence était « récoltée » lors d'une fête orgiaque. Les mâles étaient ensuite expulsés et sommés de rejoindre leur tribu d'origine. Le problème, c'était que très souvent les étrangers tombaient amoureux de leurs partenaires sexuelles et les suppliaient de les garder.

Au début, les femmes-guêpes les tuèrent à la manière de leurs sœurs insectes avec les faux bourdons. Puis elles comprirent qu'elles pouvaient tirer profit des intrus. Elles autorisèrent les plus intelligents à demeurer parmi elles à condition qu'en échange de leur mansuétude, ils œuvrent à l'amélioration de leur mode de vie. Des captifs de la tribu des hommes-fourmis leur enseignèrent ainsi l'agriculture, des hommes-chevaux elles apprirent l'élevage, et des hommes-araignées le tissage.

Mais une fois leur savoir délivré, les hommes n'avaient droit qu'à quelques semaines de répit avant de présenter une autre trouvaille, sous peine de devoir déguerpir ou mourir. Les prisonniers se creusèrent la cervelle pour se rendre indispensables. Une dizaine particulièrement versés dans l'agriculture ou la confection d'objets furent conservés à titre de « savants permanents ». Il se créa même quelques couples, tolérés parce que les mâles s'avéraient ingénieux.

Les guerrières amazones comprirent pour leur part que la tribu avait tout intérêt à préserver un petit groupe d'hommes reproducteurs, au cas où leurs chasses deviendraient infructueuses.

Paradoxalement, loin de se révolter en découvrant les règles du jeu, ces hommes faisaient assaut d'intelligence pour légitimer leur présence. Très motivés, ils progressèrent en science. Évidemment, certains exaltés donnèrent d'emblée tout ce qu'ils avaient en eux et, devenus inutiles, furent aussitôt sacrifiés. Les autres en déduisirent qu'ils avaient tout intérêt à distiller leurs connaissances au compte-gouttes, ne serait-ce que pour gagner du temps.

Avec ces méthodes curieuses mais efficaces, le village de huttes des femmes-guêpes s'agrandit, leur agriculture se développa tant et si bien que la chasse et la cueillette ne furent plus nécessaires. Grâce aux tissages des hommes-araignées, elles se plurent à créer des vêtements non plus de peaux de gibier mais d'étoffe. Elles plantèrent même du coton pour disposer à loisir de fibres végétales. Un homme leur enseigna à utiliser certaines fleurs et certains sangs d'insectes pour en extraire des pigments et colorer leurs tissus.

Après la sarbacane, un captif issu de la tribu des hommes-araignées leur fit découvrir l'arc. Il avait inventé l'objet en cherchant à propulser la pointe d'une lance à l'aide d'un fil. La meilleure manière de l'expédier au loin était de placer la lance contre un fil tendu puis de le relâcher. De là, il déduisit la forme de l'arc puis l'encoche. L'arc était en outre plus précis que la sarbacane puisqu'il était possible de placer un œil dans l'axe de la flèche.

Les femmes-guêpes apprécièrent tant l'invention qu'elles en récompensèrent l'auteur en se succédant dans sa couche plusieurs nuits durant.

Les amazones formèrent une escouade de cavalières nanties d'arcs aux flèches empoisonnées. Pour améliorer leur tir, certaines allèrent jusqu'à s'amputer de leur sein droit. Elles purent ainsi attaquer des tribus même fortement armées et rapporter sans difficulté des butins considérables en plus des hommes reproducteurs.

Cependant, le mâle à l'origine de l'arc chercha à attirer de nouveau l'attention sur lui afin de bénéficier une fois encore de ces nuits d'amour avec les plus belles. Un soir, tandis que, songeur, il faisait vibrer la corde d'un arc puis d'un autre, il s'aperçut que le son changeait selon les dimensions de l'objet. Il plaça plusieurs arcs de tailles différentes les uns à côté des autres pour composer une mélodie, puis décida qu'il serait plus simple d'accrocher plusieurs cordes à un seul arc. Il mit au point la harpe à sept cordes. Dès lors, cet homme n'eut plus à se soucier d'autres trouvailles. Les femmes se pressaient à ses pieds pour écouter les phrases sonores qu'il tirait de son instrument à sept cordes. Il était désormais « pensionnaire à vie » de la tribu des femmes-guêpes. Il venait d'inventer la musique.

LA TRIBU DES RATS

La tribu des hommes-rats était forte maintenant de mille six cent cinquante-six individus. Elle avait migré vers le nord et, en chemin, croisé d'autres peuples qu'elle avait attaqués et vaincus.

Ils gardaient en mémoire le souvenir de celui qu'ils nommaient le premier chef, l'homme de légende qui, en observant les rats, avait compris que pour progresser il était nécessaire d'attaquer, de soumettre et d'exterminer les autres humains. Et de chef en chef, ils se transmettaient la dépouille du rat noir, symbole de leur autorité.

Leur première stratégie d'attaque avait été l'encerclement, mais au fur et à mesure des guerres, ils avaient privilégié d'autres mouvements plus complexes. Ils savaient tendre des embuscades aux hordes encore nomades, foncer au centre pour tuer le chef, ou harceler une troupe par l'arrière.

La bataille gagnée, ils triaient les vaincus. Au chef et aux guerriers valeureux les plus jeunes, les plus belles et les plus fécondes des femmes, aux guerriers moins héroïques les autres. Enfin, les vieilles et les laides étaient systématiquement massacrées. Au début, ils tuaient tous les mâles captifs mais, peu à peu, les hommes-rats s'aperçurent qu'il était plus intéressant de les transformer en esclaves et de leur réserver les tâches les plus exténuantes. Ils portaient les fardeaux, pansaient les chevaux, les meilleurs étant parfois intégrés à la troupe pour parer au premier choc frontal avec l'ennemi.

Le grand chef conservait dans un sac les crânes des commandants adverses dont il avait dégusté la cervelle et aimait au bivouac en entourer sa couche pour se souvenir des rudes batailles qui avaient jalonné son périple.

Lorsque les hommes-rats s'emparaient d'une horde, ils ne s'appropriaient pas seulement son cheptel humain, mais aussi ses technologies.

Ils décidèrent qu'étaient « étrangers » tous ceux qui n'appartenaient pas à leur tribu. Et les étrangers, ils les classèrent en « étrangers plus forts », « étrangers aussi forts », « étrangers moins forts » et « étrangers aux forces inconnues ».

Les hommes-rats élaborèrent un langage basé sur leurs tactiques de combat. Au début, il ne s'agissait que de sifflements semblables à ceux des rats. Peu à peu, ces sifflements se transformèrent en cris puis en mots courts signalant les meilleurs emplacements en vue d'une embuscade. Le vocabulaire s'accrut en précision pour l'attaque et, bientôt, les guerriers les plus gradés furent ceux qui connaissaient le plus grand nombre de mots définissant rapidement une tactique. Évidemment, les femmes et les esclaves ne comprenaient rien à ce langage ésotérique.

Un jour, des éclaireurs repérèrent une horde calfeutrée dans une caverne et qui avait orné l'entrée d'un dessin représentant une tortue. L'issue de la grotte était barricadée d'un mur de rochers formant un rempart protecteur qui ne laissait passer l'air que par le haut.

Le chef des hommes-rats exigea aussitôt qu'on lui apporte une tortue. Devant ses guerriers, il exhiba l'animal, montrant comme celui-ci rentrait la tête pour s'abriter dans sa carapace. De son couvre-chef en tête de rat il dégagea une longue incisive qu'il enfonça dans le trou d'une patte de la tortue. D'abord, il ne se passa rien, puis la dent finit par rencontrer la chair, et un liquide opaque et visqueux s'écoula de l'orifice. Le chef s'en délecta comme d'un jus exquis et les guerriers poussèrent le cri de ralliement des hommes-rats parmi les encouragements joyeux des femmes.

Le lendemain, le soleil était déjà haut quand les hommes-rats projetèrent leurs lances dans l'interstice au-dessus de la muraille.

Dès que la première lance eut pénétré leur antre, les hommes-tortues répliquèrent en lançant des cailloux. On commença à compter les morts dans les deux camps.

Pierres contre lances, chaque mort suscitait des cris de joie dans le camp adverse.

Le lendemain et le surlendemain la bataille se poursuivit. Après la guerre éclair, les hommes-rats découvraient le principe de la guerre d'usure.

Chez les hommes-tortues, l'eau douce ne manquait pas encore mais les réserves de nourriture s'épuisaient. On avalait des chauves-souris, des vers, des serpents, des araignées, des limaces. Les enfants pleuraient. Victimes d'hallucinations provoquées par la faim, les hommes visaient moins bien. Ils cherchèrent vainement des issues de secours, ils étaient coincés.

Comme une tortue dans sa carapace.

Alors que la énième charge des hommes-rats était repoussée à coups de rochers, la foudre déchira le ciel.

Des éclairs visèrent les rochers et c'en fut fini du mur de protection des hommes-tortues. Les hommes-rats chargèrent et remportèrent sans coup férir la victoire sur ce petit groupe d'humains affamés.

La cervelle du chef des hommes-tortues fut consommée et son crâne rejoignit la collection dans le sac. Amaigries par les privations, beaucoup de femmes furent considérées comme « inutilisables » et massacrées, les hommes exterminés pour les punir d'avoir résisté si longtemps. Mais ce qui surprit les hommes-rats, ce fut le feu qui continuait à éclairer la caverne.

Le chef exigea d'une rescapée qu'elle lui explique son fonctionnement et, sous la menace, elle accéda à sa demande. Dès lors, les hommes-rats apprécièrent la viande cuite, s'émerveillèrent de la lumière, de la chaleur, de la faculté du feu à changer tout ce qu'il touchait.

Il y eut une grande fête chez les hommes-rats, mais déjà, guidés par la foudre, ils s'élançaient à la conquête de nouveaux peuples.

À marches forcées, ils se retrouvèrent face au peuple des hommes-chevaux. Ils les attaquèrent de nuit. Grâce à leurs torches enflammées les hommes-rats purent effrayer les chevaux interdisant ainsi toute défense solide. Mais l'essentiel de la tribu des hommes-chevaux put fuir de justesse.

Désormais les hommes-rats disposaient d'une cavalerie, de guerriers armés de lances et même de torches embrasées. Facile à présent de s'en prendre aux hommes-taupes qu'ils enfumèrent dans leurs tunnels ! Ils apprirent d'eux à creuser des tranchées dans les mines pour obtenir des métaux qu'ils fondirent pour forger des épées.

La population des hommes-rats prospéra, désormais riche de plus de deux mille individus. Mais dans leurs rangs, la lutte pour le pouvoir se durcit, les duels étaient de plus en plus rudes, et le grand chef était désormais le plus rusé d'entre eux.

La hiérarchie s'organisa. Sous le chef, les barons et les ducs. Venaient ensuite les capitaines et les soldats. Puis les forgerons qui, avec les métaux, fabriquaient les armes, les palefreniers, les femmes, les esclaves étrangers et, en dernier, les femmes étrangères réduites en esclavage.

Chaque caste avait droit de vie ou de mort sur celles qui lui étaient inférieures. Chaque caste disposait de son langage propre. Les castes supérieures usaient de tournures qu'elles étaient seules à connaître. Il suffisait d'adresser la parole à quelqu'un pour déterminer immédiatement s'il s'agissait d'un supérieur, d'un égal ou d'un inférieur et se conduire en conséquence. Manquer de respect à un supérieur était passible de mort.

Le statut des femmes se dégrada. Chaque homme de haute caste disposait du droit d'en posséder plusieurs et elles étaient privées de tout pouvoir de décision.

Dans le système de valeurs rat elles n'étaient que source d'assouvissement sexuel et matériel de reproduction destiné au renouvellement des troupes. L'éducation des jeunes se faisait par l'apprentissage de la guerre. Les plus maladroits étaient réduits à l'entretien des écuries, à la grande honte de leurs parents.

Lorsqu'ils ne livraient pas bataille, les guerriers s'exerçaient à monter les chevaux et s'occupaient de la chasse, jugée utile à la formation des enfants.

Plus la tribu s'accroissait, plus le mépris des femmes et des étrangers s'affirmait parmi les guerriers. Ils ne souhaitaient engendrer que des fils, source de fierté, et refusaient les filles, source d'avilissement. L'usage se répandit de les sacrifier à la naissance dans chaque foyer qui en avait déjà une.

La tribu des hommes-rats finit par trouver sur son chemin des villages de paysans qu'elle pilla et détruisit, mais dont elle apprit les méthodes d'agriculture. Elle songea à se sédentariser, puis, constatant qu'un village, même fortifié, était une proie facile pour les assiégeurs, elle choisit de demeurer itinérante.

Leur réputation de férocité les précédait et les autres peuples préféraient se rendre sans même livrer combat. Pareille attitude décevait les hommes-rats et exacerbait leur vindicte. En fait, ils étaient en quête d'une véritable résistance et ces victoires trop faciles leur donnaient l'impression de stagner, au lieu de progresser. Ayant tout dévasté sur leur passage, ils apprirent un jour qu'une autre tribu de guerriers redoutables, appelés les hommes-aigles, sévissait dans les alentours. Espérant qu'eux au moins ne baisseraient pas la tête, ils partirent à leur recherche, explorèrent de long en large la contrée sans rencontrer un seul de ces guerriers mythiques.

Alors les hommes-rats se résignèrent à bifurquer vers l'ouest, puis vers le sud où, au dire de leurs éclaireurs, un peuple très évolué avait pris ses quartiers dans une anse de la côte.

LA TRIBU DES DAUPHINS

De cent quarante-quatre, le peuple des dauphins était passé à trois cent soixante-dix individus.

Ils engendraient peu d'enfants mais consacraient beaucoup de temps à leur éducation. Au programme des enseignements figuraient la natation, la pêche au moyen d'hameçons taillés dans des os, la navigation sur des radeaux propulsés par des rames. Ils se nourrissaient de poissons, dont leurs compagnons dauphins signalaient les bancs, de coquillages, de crustacés et d'algues.

Les cétacés se laissaient volontiers chevaucher par les enfants qu'ils emmenaient se promener en haute mer avant de les reposer avec précaution près des plages. Certains jeunes entretenaient avec les dauphins une relation si fusionnelle qu'ils communiquaient au moyen de petits cris aigus et modulés.

Ce talent disparaissait au moment de la mue, quand la voix ne parvenait plus à produire cette stridence. Les hommes-dauphins avaient préservé leur alliance avec les hommes-fourmis. Ces derniers avaient construit un peu plus loin, à l'intérieur des terres, un dôme coiffant leur village souterrain.

Ensemble, hommes-fourmis et hommes-dauphins formaient une communauté de huit cent quatre-vingts personnes. À la manière d'un cerveau, leur communauté était scindée en deux : l'hémisphère droit représenté par les hommes-dauphins plutôt rêveurs et poètes, et l'hémisphère gauche par les hommes-fourmis plutôt pratiques et stratèges.

Chaque tribu améliorait séparément ses connaissances dans ses domaines de prédilection et échangeait ensuite son savoir avec l'autre. Elles troquaient des champignons contre des crustacés ou des poissons, l'apprentissage du tissage contre celui de la natation.

Les hommes-fourmis perfectionnèrent le tissage en voyant leurs insectes favoris se servir de larves en guise de navettes.

Les hommes-dauphins profitèrent de cette découverte pour fabriquer des filets de pêche aux mailles étroites qu'ils déposèrent simplement sous l'eau.

L'entente entre les deux peuples avait traversé le temps et se révélait chaque jour plus fructueuse.

Vivant en paix, nos deux tribus avaient pu développer les arts, à première vue inutiles pour la survie immédiate. Les hommes-dauphins composaient des chœurs polyphoniques où dialoguaient en musique hommes et dauphins.

Les fourmis pratiquant dans leurs cités l'élevage des pucerons afin d'en traire le miellat tout en se protégeant des coccinelles, leur principal prédateur, les hommes-fourmis se lancèrent eux aussi dans l'élevage. De rats d'abord, puis de ragondins, mais la saveur de cette viande ne leur convenant pas, ils les remplacèrent par des antilopes et des sangliers. Ces animaux ayant besoin de lumière, ils les installèrent dans des enclos de plein air, où poussaient l'herbe et les fruits.

Puis ils entreprirent de traire leurs bêtes comme les fourmis leurs pucerons et obtinrent du lait dont ils se régalèrent. Ils n'arrêtèrent pas là leurs progrès. Hors des cités souterraines, les champignonnières dépérissaient, ils s'intéressèrent donc à d'autres végétaux, et en premier lieu aux céréales. Tâtonnant d'abord, comme pour l'élevage, ils tentèrent de faire pousser des graines et finirent par découvrir le blé, très commode à cultiver, dont en écrasant les épis ils obtinrent la farine.

Ensemble, hommes-fourmis et hommes-dauphins mirent au point un langage simple constitué de soixante mots de trois lettres, au sens modifiable par l'ajout de suffixes ou de préfixes. Les échanges devinrent ainsi plus rapides et moins susceptibles de malentendus.

Pour compter, ils se servirent de leurs doigts, d'abord jusqu'à dix, puis jusqu'à vingt-huit en utilisant les phalanges. Ils observèrent le firmament et y distinguèrent des lumières fixes, les étoiles, et des lumières mobiles, les planètes.

Au moyen d'un bâton fiché dans la terre et dont leurs savants suivirent l'ombre déterminée par le soleil, ils déduisirent le cycle des saisons. Mais ce fut surtout l'observation de la lune qui leur permit d'établir un premier calendrier, précisant à quel moment, pour les hommes-dauphins, certaines espèces de poissons reviendraient vers la côte et, pour les hommes-fourmis, quand planter et récolter le blé.

De nouvelles alliances se nouèrent avec des peuples de passage. Les hommes-caméléons leur enseignèrent l'art du camouflage, les hommes-escargots la peinture et l'utilisation des pigments. Pour obtenir du jaune, ils utilisaient le soufre, pour du rouge, ils écrasaient des cochenilles, pour le bleu, ils broyaient des myosotis, et des pierres de manganèse fournissaient le noir.

Certains hommes-dauphins, sur leurs radeaux, remontèrent la côte à la découverte du monde.

C'est ainsi qu'ils apprirent qu'il arrivait du nord une troupe d'humains, appelés les hommes-rats, hissés sur des monstres et nantis d'armes inconnues. Ils avaient déjà anéanti de nombreux peuples et selon les estimations ils devaient atteindre leur territoire avant un mois.

Hommes-fourmis et hommes-dauphins se réunirent alors. Ils n'avaient connu jusqu'ici que quelques escarmouches avec des bandes de pillards faciles à disperser à coups de pierre et de bâton. Mais face à une troupe expérimentée, ils ne tiendraient pas, ils ne disposaient d'aucune arme réellement efficace. Proposer l'alliance aux envahisseurs ? Il ne fallait pas y penser. Des hordes itinérantes leur avaient raconté, horrifiées, que les hommes-rats préféraient massacrer et piller plutôt que discuter.

Un vent de panique parcourut l'assemblée.

Dans la nuit qui suivit, un vieil homme-dauphin fit un rêve étonnant.

Il vit surgir des hordes d'hommes décidés à exterminer son peuple, mais celui-ci parvenait à s'enfuir à bord d'un radeau en forme d'amande dont la coque descendait sous l'eau. La partie supérieure de l'embarcation était affublée d'un large pan de tissu qui prenait le vent. Grâce à cet engin ils arrivaient à partir nombreux vers la haute mer.

Le vieillard se montra si persuasif en contant son histoire à l'assemblée, que les deux peuples décidèrent d'associer leurs efforts pour fabriquer ce super-radeau capable de les sauver tous.

La coque serait de bois, la forme en amande, comme dans le rêve du vieillard. Tout le monde s'affaira donc à la construction. Un arbre longiligne fut choisi pour supporter la vaste toile dont on comprit le principe dès que le vent s'y engouffra, tirant vivement le bateau sur le côté.

La nuit suivante, le vieux reçut en songe l'idée d'un gouvernail. Puis chaque heure de sommeil lui apporta de nouvelles idées pour améliorer le navire. Sur ses conseils, on disposa de la terre à l'intérieur pour y planter blé et champignons. On aménagea un enclos destiné aux phacochères et aux antilopes afin qu'ils fournissent du lait pour une traversée dont nul ne savait combien de temps elle durerait.

Certains ne voyaient pas l'intérêt de s'équiper pour un tel périple, alors qu'en longeant les côtes ils finiraient bien par trouver un endroit protégé. Mais le vieil homme déclara que dans ses songes, il avait vu partout des peuplades agressives, au nord, au sud, à l'est, et que seuls l'ouest et l'océan profond promettaient le salut.

Hommes-dauphins et hommes-fourmis s'échinèrent jour et nuit sur leur embarcation. Chaque matin, ils guettaient anxieusement l'arrivée du vieillard, porteur de nouvelles recommandations.

Or, il advint que le cœur fatigué du médium cédât soudainement, et il mourut en plein sommeil. Ce fut aussitôt le désappointement parmi les siens. Ils avaient tout organisé autour de lui. Ils s'étaient accoutumés à ce que chaque problème trouve sa solution dans ses rêves. Maintenant, ils étaient seuls face à la mer et l'arrivée des hommes-rats s'annonçait imminente.

Une femme-fourmi dans la force de l'âge comprit qu'il lui appartenait d'intervenir. Juchée sur un tas de planches, elle expliqua à la population qu'il importait de suivre les ultimes conseils du vieil homme : consolider le navire, y accumuler le plus de nourriture possible, emporter des filets de pêche et des hameçons, des réserves d'eau douce, prévoir des voiles de rechange. Après une hésitation, on l'écouta. Alors la femme rappela que le vieil homme avait été un être exceptionnel et qu'il convenait de ne pas abandonner sa dépouille aux ordures, comme on le faisait pour le commun des humains. Saisie d'une intuition, elle demanda qu'il soit enterré au plus profond de la cité des hommes-fourmis.

L'idée était nouvelle. Pourtant, ils l'adoptèrent à l'unanimité. Ils recouvrirent de coquillages rares la dépouille de l'ancien guide qu'ils portèrent à bout de bras jusqu'au tréfonds de la fourmilière. Puis ils firent résonner les conques en guise de chant funèbre.

À ce moment, d'autres conques répondirent à l'extérieur de la cité. Les vigiles ! Ils venaient de repérer le nuage de poussière formé par l'immense troupe des envahisseurs.

Hommes-fourmis et hommes-dauphins se précipitèrent pour barrer le chemin aux assaillants mais il était déjà trop tard. Montés sur leurs chevaux, brandissant leur torche d'une main et l'épée de l'autre, les hommes-rats incendiaient tout sur leur passage.

La dame fourmi eut juste le temps de crier un : « Tous au bateau ! » désespéré. Dans la confusion, quelques centaines de survivants gagnèrent l'embarcation à la nage. Les hommes-rats ne comprirent pas tout de suite qu'il s'agissait d'une évasion et le navire, voile hissée, prit de la vitesse vers le large. Mais soudain les nuages lâchèrent un éclair de foudre et le vent cessa. Le bateau fut immobilisé. Surmontant leur peur de l'eau, les hommes-rats montèrent sur les petits radeaux à rames demeurés au rivage pour rattraper le vaisseau et l'attaquer.

Des lances enflammées atterrirent sur le gros navire dont les occupants désarmés ne pouvaient que s'efforcer d'éteindre les débuts d'incendie.

La nuit commençait à tomber, la bataille durait. Tout à coup la dame fourmi ordonna d'un ton sans réplique de lancer des nœuds coulants à l'avant du bateau. Des dauphins s'y précipitèrent et tractèrent le navire de la dernière chance jusqu'en haute mer, où les radeaux n'osèrent pas les poursuivre.

Enfin à l'abri, ils évacuèrent leurs morts et comptèrent les survivants. Ils n'étaient plus que trente fois huit, soit deux cent quarante sur le bateau.

Ceux qui étaient restés à terre connurent le sort que réservaient les hommes-rats à leurs vaincus : la mort ou la soumission. Il y eut peu de soumis et beaucoup de morts. Hommes-dauphins et hommes-fourmis avaient vécu trop longtemps en êtres libres pour accepter le joug des envahisseurs.

Les hommes-rats pillèrent les maisons sur pilotis avant d'y mettre le feu. Ils essayèrent d'incendier le dôme de la cité des hommes-fourmis mais la terre refusa de flamber. Quelque part au fin fond de la métropole désertée, la dépouille du vieux sage demeura en paix parmi ses coquillages.

84. ENCYCLOPÉDIE :
ENTERREMENTS CÉRÉMONIAUX

Les premiers rites funéraires apparaissent avec l'homme moderne, l'*Homo sapiens*, il y a 120 000 ans environ. Des tombes ont été retrouvées en Israël, à Qazfeh, près de la mer Morte. Des archéologues ont mis au jour des ossements et déterré des objets ayant probablement appartenu aux défunts.

À partir de la cérémonie des funérailles sont apparus un imaginaire de l'après-mort, les notions de paradis et d'enfer, de jugement des vies passées et, plus tard, les religions. Tant que l'homme jetait les cadavres de ses congénères aux ordures, la mort était la fin de tout. Dès le moment où il a réservé un traitement spécial à ses défunts, sont nés non seulement la spiritualité mais aussi l'imaginaire fantastique.

Edmond Wells,
Encyclopédie du Savoir Relatif et Absolu, Tome V.

85. LE BILAN DE DÉMÉTER

Tous, nous clignons les yeux avec l'impression de sortir d'un cauchemar tumultueux quand Déméter rallume la lumière. Je n'ai pas envie de quitter la partie, je me sens frustré, en proie au manque. J'ai connu ce sentiment autrefois au poker : le suspense, la peur au ventre quand les autres joueurs abattent leurs cartes.

« Un bon joueur est celui qui sait gagner avec de mauvaises cartes », disait Igor, mon « client » au temps où j'étais un ange.

Mes cartes, à présent, j'en compte deux cent quarante. Et je les connais pratiquement toutes par leurs noms. Hermès disait vrai. On finit par s'attacher à ses humains. De son côté, Edmond semble dans le même état que moi.

Ce qui m'inquiète le plus, c'est que l'histoire va continuer pour eux sans que je puisse agir. Et ils sont si démunis... Ils n'ont plus de cité, plus de territoire, rien qu'un tas de planches qui dépend du vent pour se déplacer au milieu d'un océan. Que va-t-il advenir d'eux en attendant la reprise du jeu ? Le temps risque de leur être fatal. Mais Déméter est formelle. Il nous faut pour l'heure laisser nos troupeaux d'humains à leur destin. Nous reprendrons notre jeu d'Y demain. Seulement demain.

Combien de jours, de semaines, de mois s'écouleront chez eux tandis que je dormirai tranquillement dans ma villa ?

Nerveusement, je me ronge un ongle. Des disputes éclatent dans les rangs. Des élèves dieux règlent leurs comptes pour des guerres, des massacres, des trahisons... Je m'en prendrais volontiers à Proudhon qui, après avoir anéanti les hommes-tortues de Béatrice, m'a contraint d'expédier mon peuple vers l'inconnu sur un navire de fortune, mais comme Edmond Wells reste de marbre, je m'abstiens. À quoi sert de se plaindre ? De toute façon, je sais déjà ce que me répondrait l'anarchiste : « La vie est une jungle et que le meilleur gagne. » Ou encore : « Malheur aux vaincus. » Des petites phrases légitimant les pires atrocités. Mais, nous dit-on, ce n'est qu'un jeu.

Est-ce qu'on plaint les pièces d'échecs qui se font manger durant la partie ?... Pourtant j'en viendrais à souhaiter être envoyé là-bas pour les aider directement, avec mes mains et mes muscles, à tirer avec eux sur les voiles et leur parler pour les rassurer.

Je regarde les peuples voisins.

Au sud, sur un autre continent, Freddy a lui aussi implanté un village en bord de mer. Son peuple s'est donné la baleine pour totem, a fabriqué des bateaux à rames, mais aucun d'eux n'est aussi grand que mon vaisseau de la dernière chance.

Raoul maintient ses hommes-aigles dans les montagnes d'où ils fondent de temps à autre sur une horde de passage. Raoul et Proudhon partagent des valeurs guerrières assez proches, mais alors que le premier agit par petits raids et razzias, le second avance comme un rouleau compresseur détruisant tout sur son passage. Les deux répugnent aux alliances. Ils prennent ce qu'il y a à prendre et ne laissent derrière eux que des ruines fumantes.

Raoul a mis sur pied une armée extrêmement mobile, qui privilégie la ruse plutôt que la force. Chez lui, l'information détermine l'action et il ne frappe que lorsqu'il est sûr de vaincre. Il récupère chez les autres sciences et techniques, tout ce qui renforcera les connaissances des siens.

Les peuples de Rousseau et Voltaire sont naturellement en guerre et pourtant, les deux cités aux conceptions si différentes se ressemblent étonnamment.

La déesse des Moissons annonce d'abord les perdants. En tout, treize tribus ont disparu. Neuf ont été envahies, mises en esclavage et rayées de la carte par des peuples envahisseurs, deux ont succombé à des épidémies inconnues et deux autres ont péri suite à des guerres civiles. Les treize élèves dieux sont enlevés par les centaures, ce qui porte notre décompte à $106 - 13 = 93$.

Puis Déméter annonce les gagnants.

Lauriers d'or : Marilyn Monroe et ses femmes-guêpes.

– Bravo, Marilyn, vos femmes sont un exemple à suivre. Vos féministes se préoccupent d'améliorer sans cesse leurs techniques et vous n'avez pas oublié de bien les armer. Parallèlement, elles s'intéressent aux arts et apprécient la musique. Chez elles sont apparus la harpe et le xylophone. Elles méritent bien la première place sur le podium.

Nous applaudissons. Que la si sensible jeune femme blonde ait su créer une civilisation de guerrières à la fois habiles au combat et voluptueuses au repos me surprend et me réjouit. Pourtant je me souviens d'une phrase de l'actrice disant : « Nous, les jolies femmes, nous sommes obligées d'avoir l'air bêtes pour ne pas inquiéter les hommes. » Voilà en tout cas qui prouve combien elle est douée.

Lauriers d'argent : Proudhon et ses hommes-rats. Il a inventé un système social doté de logique avec ses castes et il a su acquérir la maîtrise de techniques aussi complexes que celle de la fonte des métaux.

– Mais il l'a volée aux hommes-taupes ! s'indigne Sarah Bernhardt.

Déméter ignore la remarque :

– Les hommes-rats de Proudhon ont appris à se servir d'une cavalerie et disposent de bonnes stratégies de combat. En plus, leur croissance démographique est en constante progression.

– Mais il a augmenté sa population avec les esclaves des peuples vaincus ! poursuit Sarah Bernhardt.

Quelques applaudissements, mais moins fournis que pour Marilyn. On entend même quelques sifflets émanant d'élèves dont les peuples ont eu maille à partir avec celui du lauréat.

Lauriers de bronze : Marie Curie et ses hommes-iguanes.

Une rumeur de surprise parcourt les travées. Qui sont donc ces hommes-iguanes dont nous n'avons pas croisé le chemin ? Nous nous penchons sur la sphère, la loupe de nos ankhs dirigée vers un autre continent au nord, très éloigné de celui où, presque tous, nous jouons. Nous distinguons un peuple qui s'affaire à bâtir d'immenses agglomérations en plein désert.

Ovation pour la déesse des iguanes.

Déméter poursuit ses commentaires. Que Sarah Bernhardt prenne garde. Ses hommes-chevaux sont à bout de souffle et elle risque d'être éliminée à la prochaine partie.

— À qui la faute ! grommelle l'ancienne actrice.

Le peuple-chien végète. L'élève Françoise Mancuso doit d'urgence le doter d'une nouvelle dynamique si elle ne veut pas le voir disparaître. Il en va de même pour les hommes-tigres de Georges Méliès et les hommes-termites de Gustave Eiffel qui, selon notre professeur, tournent en rond sans avoir trouvé de style particulier. Certes, ils ont érigé des cités de très belle facture architecturale mais ils s'y prélassent sans en sortir.

— De l'audace, réclame Déméter. Il ne suffit pas de gérer, il faut aussi oser. Si Proudhon obtient de si bonnes notes, c'est que lui au moins n'hésite pas à prendre des risques.

— Évidemment. Si c'est pour tout démolir…, rumine Sarah Bernhardt.

— Proudhon n'est pas un dieu de destruction, corrige Déméter. C'est un dieu dur, comme il y a des parents durs. Mais souvenez-vous, les enfants aux parents sévères sont souvent mieux éduqués que ceux aux parents laxistes. Il est tellement plus facile de tout céder à un enfant que de lui imposer de strictes règles de vie ! Pour ma part, je n'ai rien contre les choix de Proudhon. La guerre est une composante essentielle du jeu d'Y. Proudhon s'y est investi à fond, c'est une option comme une autre. Je la respecte, comme je respecte ceux qui fondent leur civilisation sur la diplomatie, l'agriculture, la science ou les arts. Seul importe le résultat.

Déméter regagne l'estrade pour inscrire : « Enterrement » au tableau.

– J'ai assisté aujourd'hui à l'apparition d'un premier enterrement rituel, chez les hommes-fourmis d'Edmond Wells. L'événement est à marquer d'une pierre blanche. À partir de là, vous verrez bientôt éclore les religions, avec pour tout le monde une nouvelle répartition sociale en trois classes : les paysans, les soldats, les prêtres.

– Et les artistes ? demande Marilyn, pensant probablement à son joueur de harpe.

– Ils sont trop minoritaires et trop peu influents pour avoir une réelle action sur l'histoire de l'humanité, tout du moins à ce stade de l'évolution. Michael Pinson et vous avez doté vos gens de musique, mais sachez que sans paysans pour les nourrir et sans soldats pour les défendre, vos artistes ne vivront pas longtemps.

Quand Déméter en termine avec ses notations, nous constatons, Edmond Wells et moi, que nous sommes avant-derniers. Un seul élève se classe derrière nous. Les hommes-chauves-souris d'un certain Charles Mallet, un peuple troglodyte, ont tenté d'imiter leur totem en liant à leurs bras des ailes de cuir retenues par des lianes. Beaucoup sont morts en s'élançant ainsi affublés du haut d'une falaise.

– Lorsqu'une idée s'avère infructueuse, autant ne pas persévérer. Mais vous vous êtes entêté. De huit cents au départ, vos survivants ne sont plus qu'une cinquantaine, et n'oubliez pas, au-dessous de trente, les joueurs sont automatiquement éliminés.

Charles Mallet est cependant épargné de justesse.

– Que comptes-tu faire pour tes rescapés ? me questionne Raoul à mi-voix.

– Prier, dis-je, je ne vois plus que ça.

À son regard surpris, je comprends que Raoul se demande si je me moque de lui.

– Prier ? Ici ? Au royaume des dieux ?

Du menton, je lui indique le sommet de la montagne, encore enrobé de son chapelet de brumes.

301

– Ah, bien sûr. « Lui », là-haut. J'espère, Michael, que tu ne deviens pas… mystique. Un dieu mystique… on aura tout vu !

Freddy me prend le bras.

– C'est amusant, nous avons opté tous les deux pour une alliance avec les cétacés. J'ai pris les baleines et toi les dauphins, et pourtant, c'est toi qui construis de gros bateaux et moi des petits.

– Je n'avais pas le choix.

– Si tu as besoin de quoi que ce soit, n'hésite pas à faire appel à mes hommes-baleines.

– Tu peux aussi compter sur moi, mais pour l'heure, mes dauphins sont plutôt mal en point.

– Pourquoi ne pas faire demi-tour pour venir te reposer chez moi ? Mes baleines indiqueront le chemin à tes dauphins. Ton peuple pansera ses blessures, reconstituera ses réserves d'eau et de nourriture, s'enrichira des trouvailles du mien. Mes gens ont mis au point des bougies en suif. Leurs vêtements sont de plus très bien coupés et plairont beaucoup aux femmes de ta communauté.

– Tu m'invites à un défilé de mode baleine ? Merci, mais je crains qu'il ne soit trop tard. J'ai déjà programmé mes dauphins. Ils mèneront le navire vers l'ouest lointain, là où se couche le soleil.

– Pourquoi as-tu fait ça ?

– J'espère que mon peuple découvrira un endroit tranquille où il ne sera plus en danger. Un sanctuaire, une île. Assez vaste pour y introduire l'agriculture et l'élevage, mais pas trop grande pour ne pas attirer les voisins, je ne veux plus risquer de tout perdre à cause d'envahisseurs barbares.

Raoul chuchote à mon oreille :

– Libère-toi d'Edmond Wells. Il t'a aidé au début de la partie, d'accord, mais maintenant, c'est un fardeau. Ses hommes-fourmis sont nuls sur l'eau, nuls à la pêche, et seront donc nuls sur une île.

– Nous avons noué alliance.

– Peut-être, mais au bout du compte, il n'y aura qu'un seul gagnant. Plus tôt tu voleras de tes propres ailes, mieux ce sera pour toi.

On croirait entendre son père.

En coiffant sa couronne de lauriers d'or, Marilyn se lance dans un petit discours où elle loue les femmes, naturellement vouées à la préservation de la vie et à l'harmonie entre les êtres, contrairement aux hommes toujours obnubilés par la domination et la violence. Dans la classe, les quolibets masculins fusent.

– Oh, dit-elle, je sais ce que vous pensez. Vous vous dites que mes filles-guêpes ne tiendront pas longtemps. Mais elles ne sont pas seulement bonnes comme mères et gestionnaires de leurs cités, elles sont aussi d'excellentes guerrières prêtes à lutter pour les défendre.

Là, c'est une tempête de rires qui agite les rangs mais Marilyn ne se démonte pas :

– Je vous lance un défi. À tous. Que celui qui s'imagine capable d'affronter mes amazones ose venir s'y frotter !

Sarah Bernhardt et Marie Curie approuvent bruyamment. Les hommes sifflent. Déméter frappe dans ses mains pour calmer l'assistance avant que la querelle ne se termine en guerre des sexes. Croyant que c'est lui qu'elle appelle, Atlas, qui patientait à l'extérieur, entre pour reprendre « Terre 18 » qu'après quelques ahanements de circonstance, il emporte avec lui.

Je ne peux détacher mes yeux de cette planète qui s'éloigne, avec son océan sur lequel tangue le fragile esquif de mon équipage de survivants...

Déméter nous ordonne de reprendre nos places sur les bancs.

– Hermès, annonce-t-elle, vous a déjà conté une expérience réalisée avec des rats. Pour conclure ce cours et avant que vous

n'alliez dîner je voudrais vous parler d'une expérience qui
expliquera certains comportements de vos sujets...

86. ENCYCLOPÉDIE : EXPÉRIENCE AVEC DES CHIMPANZÉS

Une pièce vide et cinq chimpanzés. Au milieu de la pièce,
une échelle, et une banane placée à son sommet.

Dès qu'un premier singe a repéré la banane, il grimpe à
l'échelle pour l'attraper et la manger. Mais sitôt qu'il
s'approche du fruit, un jet d'eau glacé partant du plafond
s'abat sur lui et le fait chuter. Les autres singes tentent eux
aussi de gravir les échelons. Tous se font asperger et finissent par renoncer à s'emparer de la banane.

On coupe le jet d'eau glacé et on remplace un singe trempé
par un autre, tout sec. À peine est-il entré, les anciens
s'efforcent de le dissuader de grimper pour lui éviter la
douche froide. Le nouveau venu ne comprend pas. Il ne
voit qu'un groupe de congénères l'empêchant de prendre
une gourmandise. Il essaie donc de passer en force et se
bat contre ceux qui veulent le retenir. Mais à un contre
quatre, il se fait rouer de coups.

Un autre singe trempé est remplacé par un nouveau singe
sec. À peine est-il entré que son prédécesseur qui a cru
comprendre que c'était ainsi qu'il convenait d'accueillir
les nouveaux venus, se jette sur lui et le rosse. Le nouveau
venu n'a pas eu le temps de repérer l'échelle et la banane
qu'il est déjà hors jeu.

Le troisième, le quatrième et le cinquième singes mouillés
sont à leur tour remplacés par autant de singes secs.
Chaque fois, les nouveaux chimpanzés sont roués de coups
dès leur entrée.

L'accueil est même de plus en plus violent, les singes s'y
mettant à plusieurs pour assommer le nouveau, comme
s'il s'agissait d'un rituel d'accueil à perfectionner.

Au final, il y a toujours une banane au sommet de l'échelle, mais les cinq singes secs sont tous sonnés et ne songent même pas à s'en approcher. Leur seul souci est de guetter la porte par où apparaîtra un nouveau congénère afin de le démolir au plus vite.

Cette expérience a été menée dans le but d'étudier les comportements de groupe dans une entreprise.

Edmond Wells,
Encyclopédie du Savoir Relatif et Absolu, Tome V.

87. UN TOUR DE MAGIE

Pour ce dîner, la grande salle à manger du Mégaron est décorée de fleurs indigo. Mata Hari s'assied en face de moi. Elle me sourit, je lui souris en retour. Le sort de mes hommes-dauphins en errance sur les mers me taraude.

Edmond Wells, près de moi, semble moins soucieux pour ses quelques hommes-fourmis. Il discute paisiblement avec Georges Méliès qui affirme la prééminence, au départ, des forgerons sur tous les autres corps de métier.

– Comprenez, insiste Méliès, les forgerons sont les premiers magiciens. On leur donne des cailloux et, par la magie de la maîtrise des hautes températures, ils les transforment en matériaux qui n'existent pas dans la nature.

– En effet, dit Edmond Wells, se souvenant d'une de ses notes dans l'Encyclopédie sur les forgerons qenites du mont Sinaï. Les villageois les tenaient en si grande estime qu'ils allaient parfois jusqu'à les enchaîner à leur forge pour qu'ils ne soient pas tentés de rejoindre une autre bourgade où ils seraient mieux payés. Autrefois, ils étaient même échangés contre des rançons ou servaient de cadeaux en signe d'alliance.

Simone Signoret et Marie Curie, à une table voisine, discutent des modes vestimentaires de leurs peuples respectifs.

305

La physicienne d'origine polonaise reconnaît que, dans sa région, les frimas sont tels qu'il lui importe surtout de concevoir des vêtements qui tiennent chaud.

Des élèves discutent ponts et chaussées ou conservation des aliments.

Vaut-il mieux couvrir les habitations de chaume ou d'ardoises ? Comment concevoir un système de filtrage pour éviter les bactéries dans les citernes d'eau de pluie ? Ici on conserve les viandes dans le sel, là les poissons dans l'huile. Des amphores scellées de liège préservent les aliments, encore faut-il disposer de potiers et de liège. Colle, aiguilles à coudre, métiers à tisser, désinfectants pour les plaies (oignons, citrons ou eau salée), tout donne lieu à des échanges. Et les mouches et les moustiques ? Comment chasser ces porteurs de maladies qui ont déjà fait tant de ravages ?

Georges Méliès explique qu'avec ses hommes-tigres, il s'est livré à plusieurs expériences afin d'élaborer un compost précieux pour la croissance végétale, sans trop de bactéries et donc sans effets toxiques.

Les Saisons apparaissent avec leurs chariots.

Ce sont des céréales qu'elles nous servent. Il y a là du riz, de la semoule de blé, de l'orge, du mil, du sorgho et même du pain. Logique, puisque l'agriculture a fait son entrée dans nos mœurs.

Que c'est bon le pain. Je croque la croûte, je me délecte de la mie, douce, sucrée et salée à la fois, je recherche l'arrière-goût délicieux de la fermentation.

Les Saisons déposent sur les tables des cruchons de lait de vache, de chèvre, de brebis, et d'autres breuvages crémeux.

Les huîtres reviennent au menu mais je ne me sens pas de force à gober ce soir un animal vivant, doté peut-être de conscience. Voltaire, lui, s'en régale et en engouffre des douzaines en expliquant qu'il suffit d'un peu de citron, provoquant ou non un léger réflexe, pour en vérifier la fraîcheur.

Des cadavres plus conventionnels sont aussi au menu, du bœuf, du mouton, de l'agneau, du poulet. Je constate que ces viandes sont moins fortes que celles de l'hippopotame ou de la girafe.

Méliès nous affirme que ses hommes-tigres se délectent de ces têtes de singe que l'on nous sert ensuite avec des petites cuillères pour en déguster l'intérieur. La plupart d'entre nous s'en détournent, dégoûtés.

Cette vision me ramène à l'expérience des chimpanzés que nous a contée Déméter. L'humanité de « Terre 17 » a chuté pour cette raison. Parce qu'ils avaient oublié pourquoi ils étaient là et ne pensaient qu'à reproduire des traditions dont ils ignoraient l'origine réelle.

– À quoi penses-tu ? me demande Marilyn, rejoignant le groupe des théonautes.

– À rien… Que vous est-il arrivé hier soir ?

– Nous avons tenté de passer mais la grande chimère était là.

– Ce soir, ajoute Raoul, tu viens avec nous. Tu ne vas quand même pas nous faire faux bond deux fois de suite.

Je ne réponds pas, réservant mon choix.

En guise de dessert, on nous sert des gâteaux et du pain perdu au miel.

– Il ne manque qu'un bon café pour terminer dignement ce repas, déclare Méliès, ravi.

Ce soir un concert nous attend. Centaures, sirènes, oiseaux-lyres nous rejoignent dans le Mégaron. Aux instruments habituels s'ajoute un arc instrumental manié par un centaure. La musique est douce.

En guise de pousse-café, Georges Méliès propose un tour de magie ne nécessitant aucun matériel particulier. Mata Hari accepte volontiers de collaborer à son numéro.

– Pense à un chiffre entre 1 et 9 et multiplie-le par 9.

La danseuse ferme les yeux et annonce :

– Ça y est.

– Soustrais-en cinq.

– C'est fait.

– Additionne les chiffres formant ton nombre jusqu'à obtenir un chiffre simple. Exemple : si tu as 35, additionne le 5 et le 3 et tu obtiendras 8. Et si tu as un nombre qui donne encore un nombre tu continues jusqu'à n'avoir qu'un chiffre.

– D'accord.

– Bien. Alors, associe ton chiffre à une lettre de l'alphabet selon le principe A = 1, B = 2, C = 3, etc. Tu obtiens maintenant une lettre.

– Ça y est.

– Choisis un pays d'Europe commençant par cette lettre.

– C'est encore long ?

– Non. On arrive au bout. Regarde la dernière lettre de ce pays et associe-lui un fruit.

– Voilà.

Georges Méliès fait mine de se concentrer profondément et annonce :

– Ton fruit, c'est un kiwi.

Mata Hari est médusée. Je cherche la clé, ne la trouve pas. Interroge le cinéaste :

– Tu t'y es pris comment ?

– Disons qu'il y a un rapport entre ce tour et ce qui se passe ici. On croit choisir et on ne choisit pas…

Le magicien me décoche un clin d'œil et réclame un autre café.

Sarah Bernhardt vient s'asseoir à notre table.

– Il faut nous liguer contre Proudhon, murmure-t-elle. Sinon il va tous nous exterminer.

– Il a gagné, c'est donc que les Maîtres dieux sont d'accord avec ses méthodes de jeu, assure Raoul, le geste apaisant.

– Le pillage, la tuerie, le viol, l'esclavage, le terrorisme, la mauvaise foi érigés en système de pensée et de gouvernement ! dit-elle.

– Ne juge pas. Adapte-toi, dis-je.

Sarah Bernhardt s'emporte :

– C'est toi qui me dis ça ? Mais vous ne vous rendez pas compte, il va gagner et ses valeurs l'emporteront sur toute la planète. C'est ce que vous voulez, des valeurs de rats ? Nous avons vu ce que ç'a donné sur « Terre 17 ».

La destruction de cette planète reste dans toutes les mémoires.

– Si on ne réagit pas il va...

À sa table, Proudhon, qui a l'ouïe fine, se tourne vers nous, sarcastique, et nous lance :

– Je vous défie tous autant que vous êtes d'arrêter les guerriers de ma tribu...

Sarah Bernhardt ne trouve rien à répondre. Elle sait qu'avec son peuple de chevaux exsangue elle ne peut tenir le choc.

– Viens donc affronter mes amazones ! s'exclame Marilyn Monroe.

Il se tourne vers elle.

– Je viendrai, je viendrai, ma belle, les dards de tes guêpes ne me font pas peur...

Et en guise de provocation, l'anarchiste lui adresse un baiser qu'il lui envoie en soufflant sur sa paume.

– Je te préviens, si tu t'approches de mes filles, nous ne nous laisserons pas faire comme les hommes-dauphins.

– Parfait, dit l'autre en se frottant les mains. Une belle bataille en perspective.

J'ai soudain l'impression d'être revenu à la maternelle, quand les gamins se lançaient des : « Viens te battre si tu l'oses » dans la cour de récréation.

– Il n'y a pas que la force ! Mes filles ont bien plus de cervelle et de courage que tes brutes !

– J'attends cette confrontation avec impatience ! s'exclame le dieu des hommes-rats.

– Je suis prêt à prendre les paris, propose Toulouse-Lautrec.

Le petit homme barbichu se met debout sur une table et fait mine d'attendre les mises.

– Nous n'avons pas d'argent, remarque Gustave Eiffel.

– Alors intéressons la partie avec des toges. Elles se salissent vite et j'en use beaucoup, dit le peintre.

Sortant un carnet, il trace deux colonnes, l'une pour ceux qui donnent Marilyn victorieuse, l'autre pour ceux qui misent sur Proudhon.

Edmond Wells parie une toge sur l'actrice.

– Dans le monde animal, les guêpes l'emportent sur les rats, m'explique-t-il.

Ayant toujours été malchanceux au jeu, je préfère m'abstenir. Et puis, je suis trop préoccupé par l'avenir de mon pauvre peuple sur son rafiot pour m'intéresser à cette confrontation. Si, au prochain round, je ne parviens pas à sauver mes hommes-dauphins, je n'aurai plus qu'à me transformer à mon tour en centaure ou en sirène. Tant de vies pour progresser, tant de sagesse accumulée pour finir en chimère… Non, il faut vraiment que je trouve un moyen de venir en aide aux miens avant de penser à m'amuser.

– Tu penses à nos hommes, murmure Edmond Wells.

– Pas vous ?

– Si. Le pire c'est que, la bataille terminée, les hommes-rats ont donné leur version des faits. Pour eux nous étions une bande de sauvages vagabonds et lâches que leur brillante civilisation a réussi à éduquer. Ils ont même inventé une histoire racontant que nous faisions l'amour avec des dauphins… Tu n'as pas vu ?

– Non, je n'ai pas vu… C'est incroyable. Ils nous massacrent et en plus ils réécrivent l'histoire pour se donner le beau rôle.

Je vois mon ami très préoccupé. Il sort l'Encyclopédie et note quelque chose à toute vitesse. J'hésite à l'interrompre. Il semble avoir une idée.

– Nous ne pouvons pas les laisser comme ça…, dis-je.

Tout en continuant d'écrire, il répond :

– C'est trop tard.

– Il n'est jamais trop tard, protesté-je.

– Nous avons échoué. Nous n'avons pas eu de chance, c'est tout.

– « Ceux qui échouent trouvent les excuses. Ceux qui réussissent trouvent les moyens », disait mon père. Et il y a toujours un moyen.

– Non, pas cette fois.

Il continue d'écrire, se relit, paraît mortifié par la gravité de ce qu'il a noté, puis se relève, referme son ouvrage et prononce d'une voix grave :

– Tu as peut-être raison. Ceux qui réussissent trouvent les moyens... quels qu'ils soient.

88. ENCYCLOPÉDIE : LA MÉMOIRE DES VAINCUS

Du passé nous ne connaissons que la version des vainqueurs. Ainsi on ne connaît de Troie que ce qu'en racontaient les historiens grecs. On ne connaît de Carthage que ce qu'en racontaient les historiens romains. On ne connaît de la Gaule que ce qu'en racontait Jules César dans ses Mémoires. On ne connaît des Aztèques ou des Incas que le récit des conquistadores et des missionnaires venus les convertir de force.

Et dans tous les cas les quelques talents prêtés aux vaincus ne sont là que pour glorifier le mérite de ceux qui ont su les anéantir.

Qui osera parler de la « mémoire des vaincus » ? Les livres d'histoire nous conditionnent à l'idée que, selon le principe du darwinisme, si des civilisations ont disparu c'est qu'elles étaient inadaptées. Mais en examinant les événements on comprend que ce sont souvent les plus civilisés qui ont été détruits par les plus brutaux. Leur seule « inadaptation » consistait à croire aux traités de paix, dans le cas des Carthaginois, et aux cadeaux dans

le cas des Troyens (ah ! l'apologie de la « ruse » d'Ulysse qui n'était qu'une perfidie aboutissant à un massacre nocturne…).

Le pire est peut-être que, non seulement les vainqueurs détruisent les livres d'histoire et les objets de mémoire de leurs victimes, mais qu'en plus ils les insultent. Les Grecs inventeront la légende de Thésée vainqueur d'un monstre à tête de taureau et dévoreur de vierges pour légitimer l'invasion de la Crète et la destruction de la superbe civilisation minoenne.

Les Romains prétendront que les Carthaginois faisaient des sacrifices à leur dieu Moloch, ce qui, on le sait maintenant, était complètement faux.

Qui osera jamais parler de la magnificence des victimes ? Les dieux, peut-être, qui savent la beauté et la subtilité des civilisations disparues sous le feu et le glaive…

Edmond Wells,
Encyclopédie du Savoir Relatif et Absolu, Tome V.

89. LE TEMPS DES EXPÉRIENCES

Le palais d'Atlas est tapi parmi des figuiers, au sud d'Olympie, dans un quartier assez éloigné de nos demeures.

– C'est une pure folie, ils ne nous laisseront jamais.

– Il faut essayer.

– Mais tu te rends compte, si on apprenait que nous avons…

– Quoi ? Rendu visite à Atlas ? Nous avons le droit de visiter la ville, il me semble.

Nous progressons.

La demeure du géant comporte un étage et est construite en marbre brut.

Elle doit bien mesurer dix mètres de hauteur.

Edmond Wells et moi nous y introduisons par une fenêtre entrebâillée. La décoration intérieure reflète le goût des géants pour le bois massif et les étoffes de couleurs vives.

Le plus discrètement possible, nous nous faufilons entre fauteuils et canapés démesurés.

Dans sa cuisine aux allures rustiques, sa compagne, Pléioné, sermonne le géant d'une voix grave :

– Tu es trop gentil. Alors, ils abusent de toi.

– Mais…

– Et quand ils exigeront que tu transportes l'Olympe, tu répondras quoi ?

– Mais, Pléplé, ce n'est pas qu'un métier…

– Ah oui, et c'est quoi alors ?

– Une condamnation. Parce que je me suis opposé à Zeus avec Chronos et que nous avons été perdants, tu le sais bien.

Du salon, nous devinons la femme, poings sur les hanches, le verbe haut, et Atlas tout penaud.

– Facile, le coup de la punition. Depuis le temps… Ils te considèrent comme corvéable à merci, c'est tout. Tu travailles comme un bœuf pour pas un rond et si tu protestes, on te rappelle qu'il s'agit d'un châtiment et que tu n'as qu'à te taire. Relève la tête, Atlas, revendique ton bon droit.

– Mais, ma douce, j'ai perdu la guerre…

– C'était il y a des millénaires ! Tu confonds faiblesse et gentillesse, Atlas.

Un bruit de baiser. J'imagine ces deux montagnes qui s'étreignent. Ah… la tendresse des géants…

Profitant de ce que le couple a mieux à faire qu'à guetter les bruits, nous avançons dans un couloir, à la recherche du lieu où Atlas range ses mondes.

Avec l'impression d'être deux Petits Poucets, nous nous hissons sur la pointe des pieds pour ouvrir des portes à la mesure des géants de trois mètres. L'une laisse apparaître une chambre au lit vaste comme un jardin, mais la plupart donnent sur des débarras, des cabinets de toilette, et aussi un atelier de bricolage. Enfin, derrière un battant, nous manquons de chuter dans un escalier hélicoïdal qui plonge vers une cave. Nous éclairant de nos ankhs, nous le dévalons.

En bas, à la lueur de cierges imposants que nous allumons de nos ankhs, nous découvrons une voûte gigantesque creusée à même la roche. Ici, ce ne sont pas des jéroboams qui attendent sur des étagères mais des dizaines de sphères posées sur leurs coquetiers.

Combien y a-t-il de mondes ? Je croyais qu'en dehors de « Terre 1 », il n'existait que des brouillons et qu'au fur et à mesure qu'une planète était détruite, on l'effaçait pour donner le jour à la civilisation suivante. Mais non, les Maîtres dieux conservent d'autres planètes. « Terre 17 » a peut-être été transformée en « Terre 18 » mais toute une collection de mondes parallèles subsistent à ses côtés, étiquetés jusqu'au n° 161.

Edmond Wells partage mon émerveillement. Nous pensons la même chose.

Et si toutes les planètes à conscience de l'Univers étaient entreposées ici ?

Nous approchons nos ankhs d'une sphère. Mise au point du zoom. Il y a comme des verrues sur la surface de la planète. Des mégapoles ultramodernes s'abritent tout entières sous des cloches démesurées pour se protéger de la pollution ambiante. Un futur possible pour l'humanité…

À côté un monde a fait d'autres choix. Suite sans doute à des guerres nucléaires, la vie est devenue impossible dans l'atmosphère irradiée. Alors les gens ont bâti des villes sous-marines. Des cités entières qui sous l'eau protègent de l'air empoisonné.

Plus loin, dans un monde dépourvu d'océan, les humains se terrent au contraire dans des cités pyramidales pour se protéger de l'ardeur de leur soleil et conserver un peu d'humidité.

Nous constatons que la plupart de ces mondes sont plus « mûrs » que « Terre 1 ». À les voir, ils ont l'air d'en être à l'an 3 000 ou plus. Comment est-ce possible ?

– Et si c'étaient des travaux pratiques laissés par d'anciens élèves ? chuchote Edmond Wells.

– Dans ce cas ils seraient plus avancés parce que Chronos les aurait fait mûrir prématurément.

Nous découvrons également des mondes revenus à la préhistoire sur les ruines mystérieuses des mégapoles. Peut-être, comme notre pauvre « Terre 17 », ont-ils tout oublié de leurs sciences du passé.

Que de diversités météorologiques.

Ici, un monde très chaud où les humains vivent nus, là un monde glacial où ils se calfeutrent dans des igloos, un monde humide où les maisons sont construites dans les arbres…

Edmond Wells me désigne un monde où le clonage est si bien entré dans les mœurs que tous les humains sont jumeaux. Ils ont sélectionné le plus beau, le plus intelligent et le plus résistant d'entre eux et fait disparaître tous les autres, à l'instar des généticiens de « Terre 1 » vis-à-vis des vaches laitières et du maïs.

Puis une planète peuplée uniquement de femmes, tout comme chez les fourmis, il n'y a que des femelles, partagées entre asexuées et sexuées fécondes. Tout comme chez les fourmis, ces humaines ont désigné une reine qui à ma grande surprise… pond des œufs. Je zoome et distingue en effet des femmes qui portent des œufs en sac sur le ventre et qui les couvent chez elles.

À bien y regarder, cette humanité n'est plus en l'an 3000 ou même 5000, mais à un niveau de mûrissement qui la placerait sur nos calendriers à 2 millions d'années après J.-C. Ainsi donc le futur est aux femmes et à l'oviparité. Cela me semble soudain logique…

Je reste fasciné à observer ce monde féminin lorsqu'un élément me trouble : elles sont toutes belles. Quel intérêt peut avoir la sélection naturelle à promouvoir la beauté au cours des siècles ?

– Nous sommes là pour trouver « Terre 18 », me rappelle Edmond Wells.

Nous avons compris qu'Atlas remise ses mondes par niveau de conscience, les moins éveillés au fond. Nous nous dirigeons donc vers le bas de la travée et y découvrons « Terre 18 » parmi d'autres mondes où des peuples barbares se déchirent à coups de massue, à pied, à cheval ou en radeau.

Nous dégageons la sphère pour mieux l'observer à la lueur des bougies.

Nos humains semblent usés et désespérés sur le frêle esquif dérivant en haute mer. Le navire est sur le point d'échouer sur des récifs que n'ont pas distingués nos pauvres marins inexpérimentés. Il était temps que nous arrivions. De justesse, avec mon ankh, je crée un semblant de tempête qui les éloigne des plus dangereux rochers. Puis, me concentrant, je signale à la forte dame leader qui a pris le relais du sage médium de lancer de nouveau à la mer de gros lassos. Elle m'écoute mais la plupart des rescapés ne la suivent pas. Ils sont trop las pour croire encore à ses prédictions.

Comment leur rendre l'espoir ? J'envoie des intuitions, mais cela ne donne rien. Un barbu tente même d'organiser une mutinerie pour contraindre les autres à faire demi-tour. Dans la tempête de foudre que je déclenche pour les impressionner, Edmond Wells l'abat d'un tir précis qui suffit à calmer ceux qui étaient tentés de le suivre.

Une fois de plus, je constate que les dieux ne sont respectés que lorsqu'ils sont redoutés.

Les rescapés consentant à présent à écouter notre médium, je recherche la communication avec les dauphins afin qu'ils guident le bateau loin de ces récifs périlleux. Finalement, il est aussi facile pour un dieu de communiquer avec les dauphins que pour un ange avec les chats. Le problème, ce sont les hommes. Ils ne sont pas assez « réceptifs ».

Enfin le bateau vire de bord. Edmond Wells et moi poussons un soupir de soulagement. La catastrophe a été évitée.

Dans un mouvement de recul je renverse une sphère et son coquetier. La sphère explose. Des débris de verre s'éparpillent alentour. Aurais-je détruit un monde ?

Mais non… à l'intérieur des sphères, il n'y a rien. Ce sont des écrans en relief dans lesquels se reflètent des mondes lointains.

Edmond Wells s'est empressé d'éteindre toutes les bougies. Bien lui en a pris car déjà la porte de la cave s'ouvre et Atlas apparaît.

– Que se passe-t-il, amour ? lance de loin son épouse.

– Rien, Pléplé. Il me semblait avoir entendu du bruit, dit le géant en illuminant les alentours avec une grande torche.

Nous nous dissimulons de notre mieux dans un recoin.

Atlas déambule dans la travée en vérifiant ses sphères.

– Des rats, sans doute…, lance sa femme.

Après être passé tout près de nous sans nous repérer, il remonte à pas lourds.

Nous rallumons prestement les cierges et nous installons pour accomplir enfin, du mieux possible, le sauvetage de nos petits protégés. Que va-t-il leur arriver encore ?

90. ENCYCLOPÉDIE : NOSTRADAMUS

Michel de Nostre-Dame, dit Nostradamus, naquit en 1503 à Saint-Rémy-de-Provence. Il se passionna très jeune pour les mathématiques, l'alchimie et l'astrologie. Mais toute sa vie, pourchassé par l'Inquisition en raison de ses origines juives, il sera contraint de fuir. Après de brillantes études de médecine à Montpellier, il part en 1525 combattre par toute l'Europe l'épidémie de peste qui la ravage. Il met au point une médecine personnelle, très différente de celle couramment pratiquée à l'époque.

Lui ne se livre pas à des saignées. Il insiste sur la propreté et l'hygiène. Il élabore un bec de papier conique qui, placé sur le nez, protège des miasmes. Il introduit une pastille de rose sous sa langue pour se protéger des « vapeurs » de ses patients.

Parallèlement, il rédige des traités sur la préparation des confitures et invente des parfums à base de santal et de bois de cèdre.

En 1537, Nostradamus est considéré comme le plus efficace praticien d'Europe mais, à force de lutter contre les épidémies, il contamine sa propre famille. Son épouse et ses enfants mourront de la peste.

Après une période de dépression, il entame son cheminement spirituel. En Sicile, des soufis l'initient à la transe, l'ingurgitation de noix de muscade permettant de passer la barrière de la conscience. Il se livre à des méditations au cours desquelles, dans l'aura d'une flamme de bougie ou dans un bassin de cuivre empli d'eau posé sur un trépied aux angles semblables à ceux de la pyramide de Chéops, il suit l'évolution future de l'humanité.

Les transes de Nostradamus pouvaient durer une nuit entière, à la suite de quoi il rédigeait les fameux quatrains de ses *Centuries*.

Ses vers peuvent parfois sembler hermétiques mais certains y ont discerné l'annonce des avènements de l'empereur Napoléon, du Troisième Reich, du caudillo Francisco Franco, ainsi que du largage des bombes atomiques sur Hiroshima et Nagasaki.

En se fondant sur ses prédictions, Jean Dixon tenta dès 1956 d'avertir John Fitzgerald Kennedy des menaces mortelles pesant sur lui.

Nostradamus situe aux environs de l'an 2000 les prémices de bouleversements politiques et climatiques majeurs. Il prévoit un rapprochement entre les États-Unis et la Russie afin de s'opposer à une montée de dangers ayant le Moyen-Orient pour origine.

Le devin a prédit en outre des cataclysmes, des tornades et des séismes manifestant la colère de la planète Terre contre les humains qui la détruisent. Dans une lettre au roi de France Henri II, Nostradamus annonce qu'en 2250, l'humanité connaîtra des changements radicaux. Il estime que la Terre disparaîtra en 3797 sous les menaces conjuguées d'une forte hausse des températures et de la chute d'énormes météorites issues de la désintégration de la planète Mercure. Cela provoquera des raz de marée submergeant toute la surface terrestre.

Cependant, à ce moment, assure le médecin de Saint-Rémy-de-Provence, l'homme aura déjà quitté la Terre pour gagner d'autres planètes des systèmes solaires proches et y recréer de nouvelles civilisations.

Les prophéties de Nostradamus courent jusqu'en l'an 6000. Les rois et les princes accueillirent le devin dans toute l'Europe. La reine Catherine de Médicis, mère d'Henri III, l'admirait beaucoup. En juin 1566, très fatigué, il appela son assistant et ami Chavigny pour lui confier une ultime prophétie : « Demain je serai mort. » Ce qui se produisit. Comme il l'avait souhaité, il fut emmuré en position verticale dans l'église de Salon-de-Provence : « pour qu'aucun poltron imbécile ne piétine ma tombe ».

Edmond Wells,
Encyclopédie du Savoir Relatif et Absolu, Tome V.

91. UN MONDE TRANQUILLE

Tous étaient épuisés. Que de souffrances endurées. Et toujours l'horizon infini, à perte de vue. Ceux qui n'étaient pas morts de dysenterie, de scorbut, d'autres maladies étranges ou de suicides commençaient à perdre espoir.

Ils expérimentèrent de nouvelles méthodes de pêche et ramenèrent à bord des poissons bizarres qui s'avérèrent parfois toxiques.

Grâce aux pluies, ils évitèrent la déshydratation. Aux premières gouttes, ils tendaient leurs amphores vidées à présent de leurs graines.

La plupart du temps, ils reposaient sur le pont leurs corps si affaiblis qu'ils avaient peine à se mouvoir, et fixaient de leurs yeux vides l'horizon où nulle terre n'apparaissait.

La grosse femme leader persistait à les encourager en leur parlant de ses rêves. Elle avait vu, oui vu, s'étaler là-bas l'île idéale, le lieu paisible où ils vivraient heureux.

– Patience, confiance, nous y allons, répétait-elle pour s'en persuader elle-même.

Il y avait eu une première rébellion fomentée par des hommes-fourmis désireux de regagner la terre ferme. Ils préféraient être esclaves des hommes-rats que bringuebalés par les tempêtes. Les séditieux avaient aisément été matés. Une seconde mutinerie, organisée par des plus désespérés, avait failli réussir mais dans un éclair, la foudre en avait tué le chef.

Le ciel avait parlé. Et depuis, c'était comme si quelque chose là-haut était revenu… Et ce « quelque chose » avait l'air de dire qu'il fallait poursuivre l'équipée.

Les dauphins avaient ensuite guidé leur esquif à travers les récifs et tous se plièrent désormais aux demandes de celle qu'ils nommèrent la « Reine des deux peuples », les hommes-dauphins et les hommes-fourmis, solidaires dans une même adversité. À l'avant du navire, les dauphins redonnèrent un peu de moral aux voyageurs. Dès lors, les rêves de la Reine se firent plus précis. Elle évoquait sans cesse cette île-sanctuaire où plus jamais ils ne seraient attaqués.

Fatigue, faim, maladies, il y eut encore des pertes. La Reine interdit la consommation des cadavres, même s'ils représentaient une source de protéines, et ordonna qu'on les jette à l'eau.

Et toujours, la souveraine répétait : « Confiance, les rêves et les dauphins nous montrent le chemin. » Et de fait, face à la détresse des humains qu'ils convoyaient, les dauphins ne se contentèrent plus de les guider mais se chargèrent aussi de pêcher pour eux afin de les aider à survivre. Ils lançaient même les poissons capturés dans le bateau.

« Là-bas, disait la reine, sur cette terre que nous allons bientôt découvrir, il y aura des fruits géants, du gibier et des rivières d'eau fraîche. »

Dans son sommeil, elle apprit comment améliorer le bien-être des siens en croisant les jambes et en respirant lentement. Comme elle était leur souveraine, nul n'exigea d'explications quand elle ordonna qu'ils demeurent immobiles dans des postures curieuses, ou bien qu'ils s'étirent pour ne plus penser qu'à inspirer et expirer. Mieux nourris grâce aux dauphins, assouplis par cette gymnastique inédite, les deux peuples retrouvèrent une nouvelle forme.

Il y eut encore des décès mais les survivants se portaient mieux. Plus personne ne cherchait à se suicider. Les émigrants s'immobilisaient, respiraient, soufflaient, puis chantaient ensemble, et les dauphins leur répondaient à l'unisson.

Le navire continuait d'avancer vers l'ouest, toujours plus à l'ouest, et ils ne savaient plus depuis combien de temps ils s'étaient embarqués. Ils se refusaient à évoquer entre eux le massacre à l'origine de leur fuite pour ne plus songer qu'à aller de l'avant. Ils avaient le visage grave, le sourire rare, mais plus aucune dispute n'éclatait entre eux.

Et puis un jour, alors que, résignés à errer sur les eaux jusqu'à la fin des temps, ils s'occupaient à tracer des cartes du ciel sur des peaux de poisson, du haut du mât, la vigie lança le cri qu'ils n'attendaient plus :

– Terre ! Terre à l'horizon !

Dans le ciel, des mouettes confirmèrent qu'une terre était proche. Une clameur monta du bateau. Ils s'étreignirent en pleurant. Arrivés sur la côte, ils se jetèrent à l'eau et rejoignirent la terre à la nage. Ils prirent pied sur une plage de galets surmontée d'un tertre de sable ocre. Ils trébuchaient, en proie au mal de terre après tant de temps passé à vivre ballottés par les flots.

Ils se nourrirent de crabes et de varech et s'endormirent au clair de lune, pelotonnés les uns contre les autres pour cette première nuit en leur nouvelle terre.

Au matin, ils se comptèrent. Ils étaient soixante-quatre, quarante-deux hommes-dauphins, vingt-deux hommes-fourmis. Ensemble, ils entreprirent d'explorer l'île. Elle était plus belle que dans leurs rêves les plus extravagants. Il y avait une végétation luxuriante, des arbres porteurs de fruits inconnus, des ruisseaux murmurants. Ils s'enfoncèrent dans une forêt où soudain des pierres s'abattirent sur eux, leur faisant craindre une présence hostile. Mais ce n'étaient que des noix de coco que des singes espiègles leur lançaient gaiement, et en éclatant à terre, elles révélaient leur chair blanche et leur contenu de lait, véritable manne.

Enfin apaisés, ils décidèrent de baptiser l'île : île de la Tranquillité.

Ils la parcoururent en profondeur sans découvrir la moindre trace humaine. Et dans les jours qui suivirent, hommes-dauphins et hommes-fourmis fusionnèrent pour construire ensemble un village sur la côte.

Dans une clairière, la reine remarqua des fourmis qui vaquaient, et elle se réjouit que, comme eux, ces insectes soient parvenus à rejoindre une île. Elle les suivit jusqu'à une gigantesque fourmilière en forme de pyramide. Elle posa ses deux mains à plat contre la paroi et pria les insectes de l'aider comme ils avaient assisté le vieux médium qui l'avait précédée.

Elle ferma les yeux et les visions affluèrent. Une pyramide géante comme les fourmis. Des greniers comme les fourmis. La communication comme les fourmis. Un seul grand esprit collectif comme les fourmis. L'esprit pour nouveau terrain de conquête.

Ils furent soixante-quatre à se mettre à l'œuvre pour bâtir une pyramide de neuf mètres de hauteur. Aux deux tiers, la reine s'installa dans une loge pour « recevoir » et elle « reçut ». Elle ajouta des postures immobiles à sa gymnastique de bien-être et de méditation. Elle conçut une médecine des méridiens fondée sur les flux de vie parcourant le corps, qu'il convenait de débloquer pour que l'énergie circule mieux. Elle détermina les points centraux où elle s'accumulait, le long de la colonne vertébrale. Il y en avait un au-dessus du sexe, un deuxième sous le nombril, un troisième face au cœur, un quatrième au niveau de la gorge, un cinquième entre les deux yeux, et un sixième au sommet du crâne.

Ses songes ne cessaient de la surprendre.

Elle reçut l'intuition d'un système politique où, comme la reine des fourmis, elle ne serait pas leader mais « pondeuse ». L'une mettrait au monde sa population, l'autre, la médium, engendrerait des concepts. Ce serait une république des idées où, comme chez les fourmis, les gens seraient libres de s'exprimer en assemblées, confrontant leurs arguments. Pas de pouvoir centralisé mais un pouvoir éclaté, uni par la communication. Ainsi tout le monde serait participant et personne indispensable.

Hommes-fourmis et hommes-dauphins inventèrent des mots au contenu abstrait, et plus seulement figuratif. Il y eut un terme pour signifier l'énergie de vie circulant dans le corps, un mot pour signifier l'espoir qui les avait soutenus pendant la traversée, un autre pour qualifier les rêves de la Reine, un autre encore pour caractériser l'enseignement reçu des dauphins et qui désignerait également l'éducation des jeunes.

Ils décidèrent de ne pas concevoir plus d'enfants qu'ils n'en pourraient aimer et élever. Cependant leur communauté grandit rapidement, ils portaient tant d'amour et d'attention à leur progéniture que la mortalité infantile se raréfia.

Les semaines passaient, ils oublièrent l'horreur de l'attaque des hommes-rats, ils oublièrent l'horreur des douleurs de la traversée, et découvrirent l'impression d'être seuls au monde.

Les enfants nageaient avec les dauphins et s'amusaient à répondre à leurs petits cris. Ils grimpaient sur leur dos comme sur des destriers et leur offraient les nourritures de la terre, noix de coco et dattes de palmiers, que les cétacés goûtaient avec curiosité. Ils émettaient alors des sons ressemblant à des rires et, par mimétisme, les hommes retrouvèrent eux aussi l'habitude de rire.

La souveraine eut alors une idée : les fourmis seraient leur totem caché, les dauphins leur totem révélé. Ils seraient désormais fourmis à l'intérieur, dauphins à l'extérieur.

Poussant plus loin l'audace, je dégageai sous le coquetier la pendule et tournai l'aiguille pour accélérer le temps local.

Le village s'étendit, devint bourgade, puis vaste cité au port rempli de voiliers. Au centre, il y avait toujours la grande pyramide où la première reine mourut, bientôt remplacée par une autre, tout aussi visionnaire.

Le peuple unifié découvrit une nouvelle céréale, le maïs, qu'il entreprit de cultiver.

En plus des paysans et des pêcheurs apparut un groupe soigneusement sélectionné pour ses aptitudes à résoudre les problèmes pratiques, des sages uniquement chargés de gérer la ville. Des guérisseurs se spécialisèrent dans l'étude des méridiens du corps. Des astronomes établirent des cartes du ciel et tentèrent d'en comprendre les rouages. Des instructeurs s'affairèrent à l'éducation des enfants. Dans tous les domaines, femmes et hommes étaient représentés, chaque tâche distribuée en fonction des talents de chacun à l'exclusion de tout autre critère.

Ils virent que dans une fourmilière, un tiers des habitants dort, se repose ou se promène sans rien produire. Un tiers trime pour rien, construisant des tunnels qui font s'effondrer des greniers ou transportant des branchettes qui bloquent des couloirs fréquentés. Un dernier tiers enfin se charge de réparer les erreurs des ouvriers maladroits et de poursuivre le développement de la cité. Ainsi firent les habitants de l'île, ne contraignant personne au labeur mais donnant à tous l'envie de participer à la réussite du peuple en son entier. Ils venaient d'inventer le concept d'enthousiasme communicatif.

Mais plus que tout, cette communauté humaine se caractérisa par un élément nouveau : par moments, ses gens étaient délivrés de la peur.

92. ENCYCLOPÉDIE : L'ATLANTIDE

Le mythe de l'Atlantide est parvenu jusqu'à nous grâce à deux ouvrages du philosophe grec Platon, *Timée ou De la nature* et *Critias ou De l'Atlantide*, rédigés vers 400 av. J.-C.

Ces textes font référence cependant à des écrits de Solon, lequel les tenait, disait-il, de prêtres égyptiens.

Dans le *Timée*, Platon situe l'île mystérieuse au-delà des colonnes d'Hercule, nom antique du détroit de Gibraltar, donc en plein océan Atlantique, face au Portugal et au Maroc. Il en évoque aussi la capitale, Atlantis. De forme circulaire. D'un diamètre de cent stades, environ vingt kilomètres, la ville était composée de cercles de plus en plus étroits.

Selon Platon, le dieu de la mer Poséidon et la mortelle Clitô y auraient élu domicile. Ils auraient engendré à cinq reprises des couples de jumeaux qui devinrent les dix rois de l'Atlantide, chacun régnant sur un dixième de l'île. Platon en évalue la superficie totale, selon les mesures modernes, à environ deux millions de kilomètres carrés, soit presque un tiers de l'Australie.

Toujours selon Platon, les Atlantes étaient de taille plus imposante que les hommes de leur temps, et formaient un peuple très puissant mais aussi très sage. Ils avaient

instauré un système politique moderne à base d'assemblées et maîtrisaient des techniques particulièrement évoluées. Ils possédaient notamment des « vrills », bâtons de cuivre enveloppés de cuir et terminés par un quartz, avec lesquels ils soignaient les malades et accéléraient la croissance des plantes.

Platon situe la disparition de l'Atlantide en –9 000 avant la rédaction du *Critias*, ce qui correspond à 11 000 ans avant notre ère.

L'existence de cette île est également mentionnée sous le nom de Ha mem Ptah dans des écrits égyptiens. Des textes des Yorubas, en Afrique, l'évoquent également. Tous en parlent comme d'une cité idéale et d'un paradis perdu.

Le mot « paradis » étant lui-même un terme perse signifiant jardin, il pourrait être également une évocation de l'Atlantide. On retrouve mention d'une île mystérieuse où vivrait un peuple aux pouvoirs médicaux surnaturels en Chine, sous le nom de Kun Lun, les Chinois situant cette « île de la jeunesse éternelle » au-delà de l'océan.

Edmond Wells,
Encyclopédie du Savoir Relatif et Absolu, Tome V.

93. EDMOND A DES SOUCIS

Edmond Wells et moi nous regardons, soulagés. Nos humains sont pour l'heure à l'abri, loin de la sauvagerie du reste du jeu. Nous en sommes fiers, comme des parents qui auraient sauvé de justesse leurs enfants de la noyade.

Il me plaît, ce peuple qu'ensemble nous avons modelé. Certes, notre population est réduite, nos gens sont loin de tout, mais ils sont vivants, en bonne santé et conscients de la nécessité de vivre en bonne intelligence tout en préservant l'avenir. D'ici à ce que Proudhon dote ses hommes-rats de la technologie indispensable à un débarquement sur l'île, nos savants auront probablement trouvé la parade.

Nous remettons la sphère de « Terre 18 » à sa place et nous apprêtons à partir. L'aube doit être proche. Tout à notre ouvrage, nous avons perdu la notion du temps. Mauvaise surprise : en remontant, nous trouvons la porte de la cave fermée à clef. Nous sommes piégés. Non seulement nous risquons d'être attrapés par le géant quand il reviendra chercher la planète du jour, mais il nous est impossible de regagner à temps nos villas.

— Fais-moi la courte échelle, dit Edmond Wells, sans le moindre affolement.

Je le hisse sur mes épaules pour qu'il examine le pêne tout à son aise.

— La clef est encore sur la serrure, annonce-t-il.

Nous inversons les rôles. Plus agile, je glisse ma toge sous la porte puis je m'agrippe à la carrure d'Edmond, et je pousse la clef qui bloque cette serrure monumentale. Elle finit par retomber de l'autre côté, où l'étoffe amortit le bruit de sa chute. Ensuite, nous n'avons plus qu'à tirer la toge pour la ramener à nous.

La clef est longue comme mon bras et étonnamment lourde. Un géant de trois mètres la manie peut-être aisément mais un humain de un mètre soixante-quinze a du mal à l'actionner. Je m'y reprends à plusieurs fois, Edmond m'encourage avec des chuchotements approbateurs.

Enfin, le pêne cède dans un grincement.

— Tu as entendu, Pléplé ? interroge Atlas.

— T'inquiète pas. Ce doit encore être les rats, répond Pléioné.

Nous nous faufilons hors de l'escalier avant qu'il s'y engage et courons vers la fenêtre nous abriter derrière les rideaux.

Déjà Atlas remonte en hurlant :

— Il y en a un qui est entré dans la cave et il a démoli un monde !

— Un rat ?

– Non, un élève. J'aurais dû placer des pièges à humains. Il y a toujours des élèves dieux tricheurs.

– Attention il y en a un, là ! crie la femme géante.

Des pas ébranlent le sol dans notre direction.

– Filons vite, me souffle Edmond qui me pousse et se précipite derrière moi.

Atlas s'est muni d'un balai, sa compagne d'un couvercle de casserole. Nous galopons en tous sens à la recherche d'une issue tandis qu'ils nous pourchassent.

– Il y en a deux, dit Pléioné. Ils sont là, ils sont là. Tu les vois ?

– Mets ta toge sur ta tête, vite, me conseille mon compagnon d'infortune.

Habitué à suivre ses conseils, je ne discute pas et, comme lui, déchire de deux trous le tissu en face des yeux. Les géants approchent.

– Séparons-nous maintenant.

Sautillant dans la cuisine pour échapper aux coups de couvercle de la femme, je constate qu'un trou pour le nez aurait été également nécessaire, l'étoffe m'asphyxie. Quant à Edmond, il zigzague de son mieux pour éviter la semelle d'Atlas. Il se dissimule derrière un meuble colossal que le géant déplace aussitôt. Moi, je grimpe carrément sur le dos de l'épouse qui ne parvient pas à me détacher et glapit :

– Il m'a mordue, il m'a mordue.

Tandis qu'elle se démène, j'aperçois une fenêtre béante et bondis pour m'évader. Je franchis le chambranle de justesse et, ouf, je suis dehors, blotti dans les buissons en attendant que mon ami me rejoigne.

À l'intérieur, Atlas exulte :

– Ça y est, Pléplé, j'en ai un.

Bon sang, Edmond Wells s'est fait prendre. J'hésite : fuir ou tenter de sauver mon maître ?

– Jetons-le à la mer. Il se transformera en baleine, dauphin ou ce qu'il voudra, conseille la mégère.

La fidélité l'emporte. Je reviens et vois Edmond Wells qui se débat entre les mains du géant. Il me repère lui aussi.

– Non, va-t'en, crie-t-il.

Mais j'essaie de créer une diversion. Edmond Wells parvient alors à tirer quelque chose de sa toge qu'il me lance en m'intimant de déguerpir.

– Tiens, à toi de continuer maintenant.

Je reçois l'Encyclopédie du Savoir Relatif et Absolu et file en serrant fort l'ouvrage.

Je repasse la fenêtre et fonce, m'égratignant au passage à toutes les ronces du chemin. Derrière moi, des branches craquent sous le poids d'Atlas, tout proche.

Je cours, conscient que tant qu'il ne m'a pas attrapé il ne connaît pas mon visage. Il essaie maintenant de rameuter toute la ville pour me donner la chasse.

Mais l'Encyclopédie palpite contre mon cœur. À moi de poursuivre l'œuvre, c'est bien le moins que je puisse faire pour honorer la mémoire d'Edmond Wells. Sauver notre peuple, sauver ma vie, poursuivre l'Encyclopédie.

Des centaures surgissent de partout pour m'attraper. Même des griffons leur viennent en aide. Je cours de toute la force de mes jambes. Il y a trop d'enjeux pour que je laisse tomber.

94. ENCYCLOPÉDIE : MOUVEMENT ENCYCLOPÉDISTE

Répertorier tout le savoir d'une époque relève d'une gageure qui a enthousiasmé nombre de savants au fil des siècles.

Les premiers travaux encyclopédiques d'envergure datent du IIIe siècle av. J.-C. C'est en Chine que Lu-Buwei, riche marchand devenu Premier ministre du royaume de Qin,

convia trois mille lettrés à la cour et les pria de consigner tout ce qu'ils savaient.

Il exposa ensuite l'épais tas de feuillets issus de cette confrontation aux portes du marché de sa capitale et disposa mille pièces d'or dessus. Puis il placarda une inscription signalant que toute personne capable d'ajouter le moindre savoir à celui-là recevrait l'argent de la bourse.

En Occident, Isidore de Séville rédige dès 621 la première encyclopédie moderne, intitulée *Étymologies*, laquelle réunit les savoirs latin, grec et hébreu de son temps.

En 1153, le *Secretum Secretorum* « Le Secret des Secrets », de Johannes Hispalensis se présente sous la forme d'une lettre adressée par Aristote à Alexandre le Grand lors de la conquête de la Perse. On y trouve des conseils de politique et de morale associés à des préceptes d'hygiène, de médecine, d'alchimie, d'astrologie, à des observations de plantes et de minéraux. Traduit dans toutes les langues européennes, le *Secret des secrets* connaîtra un grand succès jusqu'à la Renaissance.

Albert Le Grand, professeur à l'université de Paris en 1245 et maître de Thomas d'Aquin, prend le relais. Il établit une encyclopédie englobant les animaux, les végétaux, la philosophie et la théologie.

Plus subversif, plus distrayant aussi, François Rabelais, dans ses ouvrages publiés à partir de 1532, s'intéresse à la médecine, à l'histoire et à la philosophie.

Il rêve d'un enseignement stimulant l'appétit de savoir et incitant à l'apprentissage dans la joie.

Établirent encore leur encyclopédie personnelle les Italiens Pétrarque et Léonard de Vinci, et l'Anglais Francis Bacon.

En 1746, le libraire Lebreton obtient pour vingt ans un privilège royal l'autorisant à publier un *Dictionnaire raisonné des sciences, des arts et des métiers*. Il en confie la rédaction à Denis Diderot et à d'Alembert qui, aidés des plus grands savants et penseurs d'alors, parmi lesquels Voltaire, Montesquieu ou Jean-Jacques Rousseau, recenseront tous les savoirs et techniques de leur temps.

Simultanément, en Chine, à la même époque, sous la direction de Cheng Menglei, plus de deux mille lettrés et deux cents calligraphes s'attelaient à une *Grande Encyclopédie des temps passés et présents* qui compta plus de 800 000 pages et fut imprimée en soixante-cinq exemplaires. Mais l'Empereur mourut et son fils aîné, qui avait dû lutter contre lui pour accéder au pouvoir, se vengea sur ses proches et exila Cheng Menglei qui mourut dans la misère.

Edmond Wells,
Encyclopédie du Savoir Relatif et Absolu, Tome V.

95. MORTELS. 12 ANS

Ouf, je suis arrivé indemne à la maison. J'enlève mon masque de tissu. Heureusement qu'Edmond Wells a eu l'idée d'utiliser nos toges pour dissimuler nos visages. Je m'effondre dans le canapé.

Un immense sentiment de solitude m'envahit. J'ai ressenti pareil abandon dans ma dernière vie de mortel lors du décès de mon père. L'impression qu'il n'y a plus d'intermédiaire entre moi et le néant.

Edmond Wells a été mon maître instructeur au pays des anges, sévère, rigoureux, exigeant mais apte à me doter de l'ouverture d'esprit nécessaire à ma quête.

Il a sacrifié sa vie pour sauver la mienne, ne réclamant de moi que la poursuite de son œuvre, continuer pour accumuler le savoir qui éloigne la barbarie et prédispose à un niveau supérieur de conscience.

En suis-je seulement capable ? Pour commencer, je noterai de mémoire les idées qu'il m'a confiées de bouche à oreille. « Parle de ce que tu connais », disait-il.

Depuis des siècles, en proie au devoir de mémoire, des humains s'efforcent de transmettre la somme de leurs connaissances. Edmond Wells avait déjà pris en charge les recherches de Francis Razorback. C'est sur moi que pèse maintenant la responsabilité de la continuité du savoir. Et mon cœur est lourd en énonçant mentalement le nouveau décompte :

$$93 - 1 = 92.$$

Ce n'est pas aujourd'hui que j'enrichirai l'Encyclopédie. Autant regarder à la télévision où en sont mes mortels.

Je me rends directement sur la première chaîne où Eun Bi, 12 ans, se révèle une élève surdouée, dotée en plus d'un incontestable talent pour le dessin. Sur ses cahiers, elle représente d'abominables monstres aux couleurs bariolées. Ses œuvres plaisent beaucoup en classe, tant aux autres élèves qu'aux professeurs. Du coup, on laisse en paix « la Coréenne ». Le soir, à la maison, Eun Bi cherche l'oubli dans ses jeux vidéo. Elle n'évoque plus avec sa mère la saga de sa famille. En revanche, elle fouille les bibliothèques à la recherche de livres sur le sujet. Ces ouvrages sont rares au Japon, elle se lance sur le web.

Lorsque sa mère lui apprend que sa grand-mère est malade, la fillette demande où vit l'aïeule.

– À Hokkaido.

Eun Bi réclame le numéro de téléphone de la vieille dame, que sa mère lui confie après quelques hésitations.

La jeune fille se précipite sur l'appareil.

– J'attendais ton appel depuis si longtemps, répond une voix fatiguée.

Elles se parlent longuement, la vieille dame et l'adolescente, et toutes les souffrances, toutes les indignités du passé remontent à la surface. Eun Bi apprend enfin ce qu'elle voulait savoir. Puis l'aïeule annonce qu'elle a une maladie grave qui la condamne. Alors la mère d'Eun Bi prend le combiné et renoue le dialogue avec sa mère, malgré les querelles anciennes.

Quand le père rentre à la maison, il trouve sa femme et sa fille en plein désarroi et demande ce qu'il se passe. La grand-mère est malade ? Alors pourquoi ne pas suivre la coutume japonaise qui veut que, par décence, les vieux devenus bouches inutiles aillent se perdre en montagne pour ne pas embarrasser leur famille ? Il cite un film : *La Ballade de Narayama.* Un exemple à suivre...

Sur la troisième chaîne, Kouassi Kouassi participe aux céré-monies funéraires organisées en l'honneur de son grand-père, le défunt roi de la tribu. Autour de la dépouille installée sur une table recouverte de branchages, des virtuoses du tam-tam frappent au rythme des battements de leur cœur.

– Lorsque les tam-tams se déchaînent, toute la tribu entre en transe et on peut alors accompagner l'esprit du mort jusqu'au pays des grands esprits de la forêt, explique le père.

Kouassi Kouassi a passé toute la matinée à peindre sur son visage le masque rituel et à se coiffer à l'aide d'onguents à base de graisse d'oiseau ou de miel. Une bande blanche cerne ses yeux, des traits rouges creusent ses joues, des baguettes de bois hérissent sa chevelure.

– Les tam-tams joueront toute la journée, commente le père, mais pour que la fête soit complète, il faut manger de la viande sacrée.

– Qu'est-ce que la viande sacrée ?

– De l'homme-antilope. Les hommes-antilopes se sont nommés ainsi eux-mêmes et appartiennent aux tribus du Nord. Et nous, nous sommes les hommes-lions. Il est normal que les lions mangent les antilopes.

L'enfant aimerait participer lui aussi à la traque mais le père estime cette chasse trop violente pour un gamin.

Kouassi Kouassi regarde donc s'éloigner les siens armés de filets et de lances.

Le soir, lorsqu'ils reviennent, portant un homme vivant ligoté sur une longue branche, le gamin s'étonne de le découvrir si semblable aux siens. Il l'avait imaginé cornu, mais non, il leur ressemble, son visage est seulement plus allongé et son regard plus doux. « Une tête d'herbivore », songe Kouassi Kouassi.

Le malheureux qui a eu le tort de ne pas s'enfuir assez vite est amené au centre de la place au rythme redoublé des tam-tams.

— Nous allons tout manger ? interroge l'enfant.

— Bien sûr que non, répond le père. Chacun aura droit au morceau correspondant à son rang. Nous ne sommes pas des sauvages. Nous ne consommons ni les fesses, ni les bras et les jambes.

— Que mange-t-on alors ?

— Eh bien, d'abord le foie, qui nous sera réservé à toi et à moi en tant qu'héritiers du défunt. Puis les autres auront la cervelle, le nez, le cœur, les oreilles, les yeux, tout ce qui est sacré.

Ce qui ne paraît guère ragoûtant à Kouassi Kouassi. Mais son père précise que cet acte symbolique permettra à l'âme du grand-père de s'élever droit dans le ciel.

— …Kouassi Kouassi, un jour, ce sera ton tour d'être roi. L'esprit de la famille t'aidera. Il te faudra simplement le retrouver près du grand baobab à l'intérieur duquel il a été déposé. Les coutumes forment l'essence même de notre peuple, il faut les perpétuer afin qu'aucune magie étrangère ne puisse nous faire du mal.

Sur la deuxième chaîne, à 12 ans, Théotime est un enfant obèse. Sa fine cuisinière de mère lui concocte des plats délicieux mijotés à l'huile d'olive. Quand il rentre de l'école avec des résultats plutôt médiocres, elle maudit le système scolaire incapable de comprendre la subtilité de son rejeton. Elle console ensuite son fils avec des gâteaux tout juste sortis du four et le couvre de gros baisers mouillés.

– Laisse-moi manger tranquille, maman, proteste le garçon.

– C'est plus fort que moi, s'exclame la femme, tu es trop mignon. Tu ne vas tout de même pas interdire à une mère d'embrasser son fils ?

Résigné, tout en ingurgitant son goûter, Théotime supporte cette avalanche d'affection. Quand je pense que le Igor d'autrefois a failli à plusieurs reprises se faire trucider par sa mère…

– Tu sais ce que signifie ton nom, au moins. « *Theo* », c'est dieu et « *time* », c'est la peur. Théotime, la peur de Dieu.

Théotime, qui entend cette histoire pour la millième fois, ne lève pas la tête de son gâteau. Il ne réagit pas non plus quand le téléphone sonne. Ce n'est jamais pour lui.

La mère va décrocher et revient, consternée.

– Papy a été envoyé à l'hôpital. Ils ne veulent plus le garder à l'hospice sous prétexte que sa santé s'est détériorée. Avec tout l'argent qu'on leur donne pour sa pension… Il faut y aller.

À l'hôpital général d'Héraklion, le grand-père est hérissé de tubes en plastique plantés dans ses veines, et de capteurs reliés à des ordinateurs. Théotime cherche un coin de peau libre pour l'embrasser. Il se penche sur une joue. Le vieillard maugrée quelque chose.

– Que dis-tu, Papy ?

Le vieillard s'efforce d'articuler mais sa bouche est trop sèche pour qu'il puisse parler. Une infirmière se charge de lui vider un verre d'eau dans la bouche comme si elle arrosait un pot de fleurs.

– Le pauvre, avec sa maladie d'Alzheimer, il ne nous reconnaît plus, se désole la mère de Théotime. Quel malheur de finir comme ça.

Le vieux émet quelques couinements et le père de Théotime propose qu'on le redresse un peu. Peut-être ainsi parviendra-t-il à exprimer ce qu'il cherche à leur dire.

Toute la famille participe à la manœuvre pour éviter de débrancher les fils. Adossé à ses oreillers, le vieillard aspire l'air et, difficilement, articule :

– Laissez-moi… mourir.

La mère de Théotime fronce immédiatement les sourcils.

– Méchant, Papy. Méchant. On vient te voir, on t'amène le petit dans cet endroit et tout ce que tu trouves à nous dire, c'est que tu veux mourir. Mais nous ne t'abandonnerons pas, nous ! Tu vivras.

– Je veux mourir, répète le vieillard.

Un médecin apparaît, soucieux de rassurer la famille. Il explique que le grand-père souffre parce que ses escarres lui font mal et qu'ils sont à court de matelas anti-escarres. Mais ses organes vitaux fonctionnent. Ses bronches sont un peu encombrées mais l'aide-soignante va les dégager.

– Et tout ça va nous coûter combien ?

Le médecin prend un air entendu.

– Ne vous inquiétez pas, madame. L'hospice nous a transmis un dossier parfaitement en règle. Votre père est pris en charge par la Sécurité sociale. Il pourra rester chez nous bien au-delà de ses 100 ans.

– Tu entends, Papy ? On va bien s'occuper de toi.

Mais c'est quoi, cette odeur ?

Le médecin soulève le drap et Théotime constate que son grand-père porte une couche-culotte. Que ce vieil humain soit garni comme un bébé effraie le garçonnet qui demande à partir. La mère acquiesce, non sans avoir abondamment félicité son fils pour le courage avec lequel il a supporté le spectacle de cette fin de vie.

J'éteins la télévision. Mes mortels ont réussi à me faire oublier la douleur d'avoir perdu Edmond Wells. « Ici-bas, rien ne dure », me répétait-il souvent. Je suis étonné de constater à quel point les mortels ne savent pas accepter sereinement qu'il y ait un point final au chapitre de leur existence.

Je m'allonge dans mon lit et ferme les paupières. Saurai-je moi-même accepter ma fin ? Autant il est acceptable de mourir quand on ignore ce qu'il y aura après, autant il est insupportable de mourir lorsqu'on le sait. Or, je sais que si je meurs ici, je me muerai en chimère. Je ne serai plus qu'une créature immortelle et muette, un simple spectateur perdu sur une île, quelque part dans le cosmos... Comme je préférerais être ignorant et m'avancer vers l'inconnu ! Même le grand-père de Théotime espère sa mort comme une libération. Peut-être qu'il lui tarde de savoir s'il y a quelque chose après.

Je regarde la liste des cours et des professeurs.

Qui aurai-je tout à l'heure ?

Bon sang. Elle !

96. MYTHOLOGIE : APHRODITE

Son nom signifie « Issue de l'écume des mers ». Selon la mythologie, Aphrodite aurait été en effet engendrée à partir de la semence des organes sexuels d'Ouranos arrachés et jetés à la mer par Chronos. Du mélange de sang, de sperme et d'eau salée aurait jailli une écume (Aphro) qui, portée par les vagues sur les ailes du vent Zéphyr, aborda l'île de Chypre en femme complète surgissant des flots. Là, elle fut recueillie par les Heures qui l'emmenèrent jusqu'aux dieux de l'Olympe en compagnie de l'Amour (Éros) et du Désir (Himeros). Sa beauté et sa grâce subjuguèrent tous les dieux et suscitèrent la jalousie de toutes les déesses. Quant à Zeus, il l'adopta pour fille.

Aphrodite jeta son dévolu sur le plus laid des dieux et épousa Héphaïstos, le forgeron difforme et boiteux. Il lui confectionna une ceinture magique qui rendait fou d'amour quiconque s'approchait de celui ou celle qui la portait. Elle eut trois enfants, Phobos, Déibos et Harmonie, dont le véritable père n'était cependant pas Héphaïstos l'estropié mais le bel

Arès, dieu de la Guerre avec qui la déesse entretenait une relation cachée. Cependant, Hélios, le dieu du Soleil, surprit un jour les amants dans le lit conjugal d'Héphaïstos. Il dénonça le couple au mari bafoué qui décida de forger un filet de chasse en bronze afin de les piéger et les humilier à la face de tous les autres dieux. Ce qui se passa.

Libérés, Arès retourna en Thrace et Aphrodite se rendit à Paphos retrouver sa virginité dans la mer. Héphaïstos songea à divorcer mais il aimait trop l'infidèle pour s'en séparer à jamais. Sa vengeance finit cependant par se retourner contre lui car tous les dieux avaient eu l'occasion de contempler la déesse nue, prisonnière du piège, et s'en étaient émus. À leur tour, ils cherchèrent à la séduire et y réussirent pour la plupart.

Aphrodite céda aux avances d'Hermès et conçut avec lui Hermaphrodite, jeune homme bisexué dont le nom associe celui de ses deux géniteurs.

Après Hermès, elle accepta Poséidon dans sa couche. Puis avec Dionysos, elle eut Priape, doté d'un organe sexuel démesuré, une idée de Héra qui avait voulu manifester ainsi sa désapprobation face à la conduite légère de la déesse.

Aphrodite aima Cinyras, roi de Chypre, qui instaura alors son culte dans son île.

Le sculpteur Pygmalion tomba fou amoureux d'elle, modela une statue d'ivoire à son image et la plaça dans son lit. Il supplia ensuite la déesse de venir à lui. Elle accéda à sa demande, entra dans la statue et l'anima, créant ainsi Galatée.

Poursuivant ses aventures, Aphrodite enleva Phaéton (le nom signifie « brillant »). Il n'était encore qu'un enfant mais elle fit l'amour avec lui et le désigna comme gardien de son temple.

Au nombre des amants d'Aphrodite, on compte entre autres Adonis, berger à la beauté célèbre et fils de son ancien compagnon Cinyras, roi de Chypre. Mais Arès, toujours épris et jaloux de la déesse, dépêcha un sanglier pour éventrer Adonis devant son amante, et de son sang jaillit une fleur, l'anémone.

Les attributs d'Aphrodite sont le myrte, la rose, les fruits à pépins, pommes et grenades, considérés comme fécondants. En Olympe, elle avait pour cortège les Nymphes, les Charites, Éros, les Heures, les Tritons et les Néréides. Sur la Terre, ses animaux de prédilection étaient le cygne et la tourterelle ainsi que le bouc et le lièvre pour leur talent de reproduction.

Les temples dédiés à Aphrodite se caractérisaient par leur forme pyramidale ou conique, assez semblable à celle des fourmilières. En Égypte, elle devient Hathor, vénérée à Aphroditopolis, ville proche de Memphis. En Phénicie, elle était représentée par Astarté, déesse de l'Amour. (En fait, c'est Astarté qui a inspiré aux Grecs Aphrodite.)

À Rome, on la connut sous le nom de Vénus à qui plus tard une planète fut dédiée.

Edmond Wells,
Encyclopédie du Savoir Relatif et Absolu, Tome V,
(apport de Francis Razorback s'inspirant
de la *Théogonie* d'Hésiode, 700 av. J.-C.).

97. VENDREDI : COURS D'APHRODITE

Le réveil m'arrache à un rêve érotique dont tout mon corps frissonne encore.

Aphrodite…

Son regard, ses cils, son parfum, ses mains, ses dents, ses lèvres.

Aphrodite…

Sa voix, son rire, son souffle.

Aphrodite…

Sa démarche, ses jambes, le contact de sa peau, ses seins, ses reins, son dos.

Aphrodite…

Sa chevelure, son…

Je m'adosse à mon oreiller. Mon cœur bat si fort. Je suis redevenu l'adolescent qui jadis frémissait devant la moindre jolie fille. Amoureux, au bord de l'évanouissement, mes joues s'embrasaient.

« L'amour, c'est la victoire de l'imagination sur l'intelligence », estimait Edmond Wells. Il ne croyait pas si bien dire.

Évoquer mon ami dissipe mes visions érotiques. Nous avions encore tant à nous dire, il avait encore tant à me donner. Sa voix résonne à mes oreilles : « … J'ai écrit l'Encyclopédie parce que je recevais, au hasard des rencontres, énormément de savoir de la part de beaucoup de gens. Mais lorsque je voulais le transmettre à mon tour, afin que ce savoir continue de vivre, je me suis aperçu que très peu de personnes étaient intéressées par ce cadeau. On ne peut offrir qu'à ceux qui sont prêts à recevoir. Alors je l'ai livré à tous. Comme une bouteille à la mer. Le recevront ceux qui sauront l'apprécier, même si je ne les rencontre pas. »

Penser à lui me ramène à nos peuples qui désormais n'en forment qu'un seul, en paix sur son île où, grâce à la pyramide de son invention, sublime porte-voix, je communique à loisir avec la reine.

Toc toc…

Je sursaute.

— Debout là-dedans, clame Raoul. Il y a un petit déjeuner aujourd'hui. Il y a à manger même pour les froussards qui refusent d'affronter la grande chimère.

Il entre et s'assied sur mon canapé tandis que je m'empresse de me laver et de m'habiller. En dépit de ses reproches, mon ami paraît particulièrement de bonne humeur ce matin.

— Finalement, tu as bien fait de ne pas venir hier au soir, me dit-il en chemin. Nous n'avons pas vraiment progressé.

340

Mais Georges Méliès affirme avoir une idée pour nous permettre de franchir l'obstacle. En tout cas, la grande chimère, ça résiste non seulement aux ankhs mais aux flèches. Nous avons fabriqué une arbalète géante et nous lui avons enfoncé un pieu grand comme un poteau en plein poitrail. Ça ne l'a pas plus dérangée qu'une piqûre. Tu viens, ce soir ?

– Je ne sais pas encore. Es-tu au courant pour Edmond ?

– Bien sûr, les nouvelles vont vite. Il paraît qu'il a essayé de pénétrer chez Atlas pour continuer à jouer. Il a voulu tricher...

– J'étais avec lui, dis-je.

Il hoche la tête, plus compréhensif qu'étonné.

Je sais que Raoul était jaloux de mon mentor. Lui disparu, il est convaincu que je serai tout à lui.

Au Mégaron, les Saisons nous servent du lait tiède, juste trait, du pain et des viennoiseries. Sur les tables, il y a des œufs brouillés, des tranches de bacon, du miel. J'apprécie.

Raoul m'adresse un clin d'œil.

– Nous sommes vendredi. Le jour de Vénus, Vénus qui est le nom latin d'A-phro-di-te !

– Et alors ?

– Nous savons tous que tu es raide dingue de cette déesse. Tu devrais d'ailleurs te montrer plus discret, il y en a beaucoup qui jasent.

– Que raconte-t-on derrière mon dos ?

Saisissant tranquillement un toast entre ses doigts demesurés, il fronce les sourcils.

– Eh bien, on murmure que pour plaire à Aphrodite, tu façonnes des peuples gentils tournés vers la spiritualité.

Raoul Razorback tempère :

– Moi, je te connais, je sais que ce n'est pas ça. Tu es vraiment gentil... et spirituel. Depuis une bonne centaine de karmas, tu es un chic type convaincu que, comme dans les films, il y a toujours un happy end, les méchants sont punis et les bons récompensés.

J'enfonce mon nez dans mon bol.

– Tu te trompes. Aphrodite n'aime pas les gentils. Avec tes hommes-aigles, tu as beaucoup plus de chances de la séduire.

Il me considère, préoccupé.

– Mon peuple des aigles n'est pas encore au point. Pour l'heure, le danger, c'est Proudhon. Son armée est si nombreuse et si bien équipée qu'il est en mesure d'envahir le monde entier sans rencontrer de résistance. Alors, je préfère rester dans mes montagnes et bâtir ma civilisation en attendant qu'elle soit suffisamment puissante pour l'affronter.

– Tu crains Proudhon ?

– Bien sûr. Il domine le jeu et nous impose son rythme.

– Sarah Bernhardt avait proposé l'union générale contre ses rats.

– Trop tard, dit-il. Ton peuple est déjà pratiquement hors jeu. Quant aux autres élèves, ils redoutent si fort d'être évincés qu'ils sont en état de panique. Ils sont déjà prêts à fuir ou à se soumettre. Quant à ceux qui pourraient leur tenir tête, comme les hommes-ours de Victor Hugo ou les hommes-loups de Mata Hari, ils sont géographiquement trop loin pour intervenir.

– Il y a encore Marilyn Monroe et ses amazones.

– Tu y crois vraiment ? Ses femmes sont certes capables d'un grand courage, le problème ne vient pas des guêpes mais de Marilyn elle-même. Elle n'a aucun sens de la stratégie. Par moments, ses mortelles me paraissent plus en phase avec leur monde que la déesse censée les inspirer. Ce qui est un comble.

L'idée que certains humains aient des intuitions plus subtiles que celles de leurs dieux m'amuse. J'ai moi-même constaté que, sans les influencer, certains de mes hommes-dauphins parvenaient à des inventions déterminantes auxquelles je ne pensais même pas.

Georges Méliès s'assied auprès de nous.

– Je pense avoir trouvé comment vaincre le monstre, annonce-t-il tout de go.

Il semble enthousiaste.

– Nous nous trompions jusque-là car nous lui faisions face. Il faut contourner le problème.

– On t'écoute.

– Ne me posez pas de questions. Je vous réserve la surprise pour ce soir. Il n'est pas nécessaire de détruire la grande chimère, il suffit de la mettre hors d'état de nuire.

La cloche résonne. Il est huit heures et demie, et temps de nous rendre au palais d'Aphrodite.

La demeure de la déesse de l'Amour ressemble à un château de conte de fées, avec des fleurs suspendues aux balcons des multiples tourelles. Il y a des rubans roses, des fils dorés, des décorations kitch un peu partout. Un vrai décor de poupée.

Et c'est alors qu'Aphrodite surgit du ciel, splendide, dans un char tiré par une centaine de colombes et de tourterelles. Derrière elle, un soleil rouge souligne la fière silhouette. À ses côtés, un chérubin volette.

L'enfant potelé est nanti d'ailes de colibri et il est armé d'un arc et d'un carquois aux flèches couronnées de cœurs écarlates.

– C'est Cupidon, souffle Raoul, une flèche, et il rend fou d'amour qui il veut. Inquiétant, non ? C'est peut-être l'arme la plus redoutable...

Je pense que, pour moi, Cupidon n'a nul besoin d'user de ses flèches, ni Aphrodite de sa ceinture.

L'escorte ailée se pose sur l'herbe dans un tourbillon d'ailes et de plumes. La déesse descend de son char et nous salue. Puis elle s'avance vers le portail de son palais et les deux huis s'ouvrent seuls comme s'ils l'avaient reconnue.

Nous découvrons une vaste salle ronde aux murs tapissés de grandes tentures de velours rouge.

Des lustres-bougeoirs éclairent la pièce.

Des gravures érotiques représentant des estampes japonaises et des scènes du *Kama-sutra* sont suspendues aux murs. Sur les côtés, des marbres romains alignent des couples enlacés.

— Bienvenue chez moi, dit la déesse en s'asseyant à son bureau sur l'estrade. Je suis Aphrodite, déesse de l'Amour, votre sixième professeur pour votre passage au niveau de conscience « 6 ».

D'une clochette au tintement léger, elle convoque Atlas qui entre en titubant sous la charge de « Terre 18 ». Elle lui indique le coquetier, mais il se tourne vers nous, l'expression soudain durcie. Je devine qu'il cherche dans nos rangs le second élève masqué qui lui a échappé cette nuit. Je baisse les yeux.

— Qu'y a-t-il ? demande Aphrodite, étonnée par son attitude.

— Cette nuit, deux élèves ont pénétré chez moi pour toucher à « Terre 18 ».

— En es-tu sûr ?

De sa ceinture, le géant tire un lambeau de toge. C'est *ma* toge ! Bon sang... J'ai dû m'accrocher quelque part. Il faudra que je détruise le reste du vêtement dès mon retour à la villa.

— Ne t'inquiète pas, Atlas, lâche Aphrodite en conservant le morceau d'étoffe en main. Nous retrouverons le coupable.

D'un même geste, elle convie le géant à s'éclipser et nous enjoint de nous rassembler autour de « Terre 18 ».

Près de la sphère, elle tire d'entre ses seins un ankh incrusté de diamants, et examine nos humanités.

— Vos mortels connaissent déjà les rites funéraires. Qui les a inventés ?

Edmond Wells n'étant plus là pour répondre, tout le monde se tourne vers moi.

— Comment vous appelez-vous ? demande Aphrodite, faisant semblant de ne pas me reconnaître.

– Pinson… Michael Pinson.

S'adressant à l'ensemble de la classe, elle poursuit :

– Si vous connaissez déjà les cérémonies funéraires, vous verrez bientôt apparaître les religions, et donc les premières tentatives des mortels pour percer les mystères des immortels. Déjà, la plupart de vos peuples ne jettent plus leurs cadavres et, tout naturellement, ils se sont mis à imaginer que les âmes partaient vers quelque dimension supérieure. Bref, ils ont créé des « protoreligions ». Mais tout d'abord un petit réajustement.

Elle approche de « Terre 18 », ouvre la trappe de la pendule et fait avancer de plusieurs tours l'aiguille du cadran. À en juger par le nombre de tours, elle a vieilli notre monde de plusieurs siècles. Toutes nos populations ont dû croître en accéléré et je me félicite d'avoir placé la mienne sur de bons rails.

La déesse de l'Amour nous convie à approcher de notre œuvre.

J'observe et je constate, en effet, que le peuple des iguanes de Marie Curie vénère désormais le Soleil, le peuple des rats de Proudhon la foudre, et le peuple des guêpes de Marilyn sa reine, qu'il considère comme l'incarnation du dieu sur Terre. Le peuple des faucons de Bruno Ballard se prosterne devant la Lune et le peuple des termites de Gustave Eiffel rend hommage à une statue de femme géante. Les hommes-scarabées de Clément Ader prient la vache et les hommes-chevaux de Sarah Bernhardt les vieux arbres.

Il est des religions plus surprenantes encore. Le peuple des hommes-loups de Mata Hari s'est donné pour dieu le Grand Loup Blanc, qu'il considère comme son ancêtre sacré. Le peuple des tigres de Georges Méliès croit en une énergie qu'il nomme « La Chaleur ». Les aigles de Raoul vénèrent la plus haute cime de la chaîne de montagnes où ils vivent. Quant à mes hommes-dauphins, ils vénèrent une notion qu'ils appellent la Vie et qu'ils définissent comme une énergie présente en toute chose et à laquelle ils font appel. C'est à elle, la Vie, que leur nouvelle Reine dit se connecter pour recevoir les informations utiles à sa communauté.

— La religion, pour l'homme, est une nécessité naturelle, explique Aphrodite. Son ambition le pousse à agrandir ses territoires. Son imaginaire à conquérir les mondes situés au-delà du visible. Pour se les approprier, il les nomme et les dessine. Il invente des cosmogonies. Il nous… invente à l'image de ce qu'il pense être le plus élevé.

Je me souviens d'une phrase d'Edmond Wells évoquant l'Olympe : « On se croirait ici dans le rêve d'un enfant ou… dans un livre. »

Nous observons nos humains avec nos ankhs et nous constatons que même les peuples sans dieux ont inventé un culte.

Aphrodite secoue sa longue chevelure blonde et annonce :

— Puisqu'ils ont inventé l'au-delà, nous allons leur en créer un « vrai ».

Elle note sur le tableau : « Paradis 18 ».

La déesse de l'Amour sort d'un tiroir un matériel ressemblant à la panoplie du parfait petit chimiste dont une bouteille de forme conique. Elle mélange différents produits dans la fiole et la chauffe sur un bec Bunsen. Au bout d'un moment, apparaît un tourbillon de vapeur, lequel, la bouteille ayant été déposée dans un agitateur, laisse place à un vortex conique qui épouse la forme de la bouteille. Puis, d'une éprouvette, elle tire un petit soleil qu'elle place au bout du goulet le plus étroit du cône.

C'était donc quelque chose comme ça qui nous attirait lorsque nos âmes sortaient de nos corps pour explorer le Paradis de « Terre 1 ». Un soleil déposé au fond du Paradis.

Aphrodite frappe dans ses mains et l'orchestre des Charites pénètre dans la classe pour entonner l'*Adagio* de Samuel Barber.

La musique vibre dans toute la salle et nous plonge dans une émotion étrange.

Cupidon se charge d'éteindre quelques bougies proches de la sphère pour gagner en pénombre et, bouche bée, nous distinguons une âme, puis deux, puis des âmes par dizaines, par centaines, par milliers s'extraire de « Terre 18 » pour s'élever dans les cieux. Elles montent et s'engouffrent dans le tube menant à la fiole du Paradis 18.

Quel spectacle ! Les petites âmes humaines s'envolent de tous les coins de la planète, par groupes, telle une migration d'oiseaux cosmiques.

Certaines décollent mais restent à planer en surface sous la couverture de nuages. Ce sont les âmes errantes qui n'ont pas la force ou la volonté de monter vers la lumière et préfèrent rester à stagner à proximité de leur terre.

Dans la fiole, le Paradis s'organise. Les trois premières âmes s'autoproclament archanges et cooptent quelques anges subalternes pour former le tribunal qui accueillera les arrivants et pèsera les âmes. Ainsi la grande roue des cycles des réincarnations est-elle lancée sur « Terre 18 ». La machine à laver qui rend toujours plus blanc, plus lumineux.

Je songe que génération après génération, karma après karma, mon peuple dauphin pourra à présent s'améliorer.

Certaines de mes plus belles âmes dauphins choisissent de renaître sur l'île mais d'autres préfèrent se rendre chez d'autres peuples. C'est leur libre arbitre. Il y en a même qui sélectionnent leurs géniteurs chez Raoul ou chez Proudhon, comme si elles voulaient irradier l'esprit dauphin en plein cœur de leur ennemi ou des guerriers les moins conscients. Mais la déesse de l'Amour n'en a pas fini avec ses manipulations. Dans une autre fiole, elle crée un « Empire des anges » où quelques rares âmes du Paradis 18 sont autorisées à se glisser. Aphrodite vient de créer pour nos humains une possibilité d'accéder au niveau de conscience « 6 ». Désormais, les mortels de « Terre 18 » auront eux aussi leurs anges particuliers.

Le cycle des humains de cette petite planète est désormais en état de marche : la chair, l'âme, le paradis, l'empire des anges, le retour sur Terre.

L'élévation peut se produire. Notre tâche de dieux en sera nettement facilitée. Les anges locaux vont aider de manière « artisanale » leurs clients à s'élever alors que nous agirons de manière plus « industrielle ». Les anges sont les fantassins de la bataille pour la prise de conscience humaine. « Paradis 18 » et « Empire des anges 18 ». Aphrodite dépose soigneusement les deux flacons dans des trappes installées sous le coquetier de la sphère. Le moment est venu. Les lumières s'éteignent de nouveau, laissant « Terre 18 » illuminée par un projecteur. Juchés sur des escabeaux pour dominer la sphère, ou grimpés sur des chaises pour être à hauteur de nos peuples, tous, nous reprenons la partie.

Pour ma part, je me hisse sur un tabouret, à l'ouest, face à mon île. À l'aide de la touche « N » de mon ankh, je zoome : l'océan, une île. Ma petite île de la Tranquillité.

Mes hommes-dauphins ont érigé une monumentale pyramide bien plus haute et plus large que toutes celles qui ont été bâties jusque-là. Ils ont respecté pour la construire le nombre d'or : $\dfrac{1 + \sqrt{5}}{2}$, qu'ils ont dû déduire de l'observation de la nature. Leur nouvelle reine s'est beaucoup étoffée, elle aussi. Obèse, elle ne quitte pratiquement plus sa loge. Autour d'elle, cinq très jeunes hommes se livrent à la méditation. J'essaie de comprendre.

Je n'ai jamais vu cela nulle part. Dans sa loge, avec ses cinq mâles, elle forme une sorte « d'émetteur-récepteur à ondes humaines » nourri par l'énergie sexuelle retenue !

Grâce à cette antenne vivante toute la population est branchée sur l'énergie de la reine, laquelle est branchée sur le cosmos.

Nouvellement nanti de son « au-delà » tout neuf, mon peuple a accompli des progrès exponentiels. Il est désormais fort de près de trois cent mille citoyens, très éduqués, à grande majorité dynamiques et dotés d'un sens aigu des responsabilités.

Combien j'aurais aimé que mon ami Edmond Wells voie cela, qu'il constate comme moi le degré d'évolution de nos gens.

Aphrodite nous a parlé de protoreligion, mais les miens en sont déjà bien plus loin. Ils ont développé toutes sortes de lieux de transmission de la spiritualité. Et en parallèle des enseignements habituels, ils connaissent et pratiquent la méditation, la décorporation et la télépathie. À l'école on apprend à mieux respirer, à dormir d'un sommeil court et réparateur, à aimer.

Connaissant parfaitement leur corps, ils se soignent par imposition des mains ou par pression en des points précis. Ils ont élaboré une écriture et ils consignent leur savoir dans des livres en parchemin. Ils ont inauguré une bibliothèque et, dans leurs ouvrages, ils recensent leur cartographie céleste et tous les animaux, toutes les plantes de leur île. Ils ne sont pas en reste en matière de sciences théoriques et n'ont pas davantage oublié de s'intéresser aux arts. Ils peignent, sculptent, composent.

Mais le plus impressionnant est leur sérénité. À l'abri du stress de la guerre, ils ignorent la violence. Leurs enfants, éduqués dans l'amour, ne jouent pas avec des armes factices, les dauphins sont tellement plus amusants…

Bien nourris de protéines de poisson et non de viande, soignés par une médecine adéquate, mes mortels vivent longtemps, et les plus que centenaires sont en pleine forme. De plus, ils sont de haute taille. La moyenne est de 1,95 mètre et certains déploient 2,10 mètres.

Je promène ma loupe ankh dans leurs rues. Les maisons n'ont pas de serrures. Tout le monde vaque à ses occupations librement et sans crainte, tandis que les assemblées de sages délibèrent de la gestion de la Cité.

– Monsieur Pinson ?

De temps à autre, ils envoient leurs navires, longs et effilés, à l'image des dauphins, en expédition dans le vieux monde. La plupart des autochtones ayant la fâcheuse habitude de les assassiner avant même qu'ils n'aient pu entrer en contact avec eux, l'assemblée des sages hésite désormais à dépêcher de nouveaux aventuriers. Cependant, le port s'agrandit, et dans les chantiers navals se construisent d'autres bateaux, encore plus rapides. Dans la ville, des urbanistes s'affairent sur un système de tout-à-l'égout qui évacuera leurs ordures et...

— Michael Pinson, je vous parle !

Aphrodite se dresse face à moi.

— Ce lambeau d'étoffe rapporté par Atlas vous appartient, il me semble.

Mon cœur s'arrête.

— ...Vous êtes allé jouer en douce chez le gardien des mondes afin d'avantager votre peuple, n'est-ce pas ? Je comprends maintenant comment vos humains ont pu échapper de justesse à leur extermination et construire aussi rapidement une si belle cité. Le problème, c'est qu'il vous est formellement interdit d'intervenir en dehors des heures de cours. Michael Pinson, vous avez triché.

Tous les yeux sont fixés sur moi. Une rumeur réprobatrice parcourt les travées.

— ...Vous avez triché, Michael Pinson, et, de votre part, cela me déçoit beaucoup.

De son ankh de diamants, elle examine plus attentivement mon île.

— Votre peuple est désormais beaucoup trop en avance par rapport aux autres. Désolée, mais il me faut remettre les pendules à l'heure.

Les battements de mon cœur s'accélèrent. Qu'elle me châtie moi, mais pas mon peuple, pas mon peuple... Dans sa main, le joyau se transforme en une arme redoutable, réglée sur sa puissance maximale.

Pas elle, pas ça.

Déjà un doigt fin s'abat sur la chatoyante touche « D » de son ankh.

98. ENCYCLOPÉDIE. LOI D'ILLICH

Ivan Illich, prêtre catholique issu d'une famille de Juifs russes installés en Autriche, a longtemps étudié les comportements des enfants et a publié de nombreux ouvrages comme *Une société sans école* ou *Le Chômage créateur*. Homme de toutes les cultures, ce penseur considéré comme un subversif renonce au sacerdoce et crée au Mexique, en 1960, le centre de documentation de Cuernavaca, spécialisé dans l'analyse critique de la société industrielle. Dans son discours : « Pas besoin de stratégie politique pour faire la révolution », il appelle l'homme à créer un espace de travail dont la principale préoccupation serait la convivialité. À partir de la convivialité, et non du rendement, il pense que l'humain trouvera de lui-même la forme de participation à la production qui lui convient le mieux. Mais au-delà de ses livres et de ses discours, Ivan Illich sera surtout connu pour une loi baptisée de son nom, la loi d'Illich. Celle-ci reprend les travaux de plusieurs économistes sur les rendements de l'activité humaine. Elle peut s'exprimer ainsi : « Si l'on continue d'appliquer une formule qui marche, elle finit par ne plus marcher du tout. » Pourtant, dans le domaine de l'économie, on avait pris l'habitude de croire qu'en doublant la quantité de travail agricole on doublait la quantité de blé. Dans la pratique cela fonctionne jusqu'à une certaine limite. Plus on approche de cette limite, moins l'ajout de travail devient rentable. Et si on dépasse, on rentre carrément dans des rendements décroissants. Cette loi peut s'appliquer au niveau de l'entreprise, mais aussi au niveau de l'individu. Jusque dans les années 60, les adeptes de Stakhanov pensaient que pour augmenter la rentabilité il fallait augmenter la pression sur l'ouvrier. Et que plus celui-ci subit de pression plus il est performant. En fait cela fonctionne jusqu'à un point que la loi d'Illitch peut définir. Au-delà, toute dose de stress supplémentaire sera contre-productive, voire destructrice.

Edmond Wells,
Encyclopédie du Savoir Relatif et Absolu, Tome V.

99. LE TEMPS DES CITÉS

LA CITÉ DES DAUPHINS

La foudre avait frappé le volcan et cela provoqua un mini-séisme à 7 heures du matin.

Quelques minutes plus tard, alors qu'une fumée commençait à s'élever de la montagne centrale, une seconde secousse plus forte fut ressentie. Des crevasses creusèrent le sol et les bâtiments les plus hauts s'écroulèrent. La Terre semblait secouée de spasmes. Quand enfin elle s'apaisa sous leurs pieds, ils crurent en avoir fini et commencèrent à évacuer les blessés.

C'est alors qu'une gigantesque vague de près de cinquante mètres de hauteur surgit à l'horizon. Elle avançait lentement vers le rivage, cachant le lever du soleil et projetant loin devant elle une ombre de fraîcheur. Les oiseaux qui s'approchaient de ce mur si vert, si lisse, étaient irrémédiablement aspirés et broyés.

Les hommes-dauphins, réveillés en sursaut par les tremblements de terre, s'attroupèrent sur la plage pour examiner le phénomène. Ils se frottaient les yeux comme pour sortir d'un cauchemar.

Tout comme leurs ancêtres regardant déferler la horde des hommes-rats, ils restaient là, fascinés par ce malheur qui soudain, sans raison, s'abattait sur eux.

Alors la Reine ferma longuement les yeux pour essayer de comprendre, les rouvrit d'un coup et émit un message télépathique tous azimuts : « Fuir. »

Mais personne ne bougeait. Tous étaient hypnotisés par l'énormité de cette adversité.

Elle clama :

– Il faut fuir au plus vite. Montez sur les bateaux.

Il n'y avait toujours aucune réaction. Le peuple entier était fasciné par sa destruction imminente. Leur sérénité et leur intelligence jouaient contre eux. Ils avaient déjà tout compris et tout accepté. Du coup ils étaient calmes... comme résignés.

– Fuir, répéta-t-elle.

Il y a des moments où être en rage sauve. Alors la Reine se mit à hurler. Un hurlement qui retentit dans la cité comme une corne. Son cri déchirant était si puissant qu'il tira les hommes-dauphins de leur torpeur. Les enfants, qui eux n'intellectualisaient pas encore, reprirent en écho ce cri douloureux. Des plus petits aux plus grands, ils prenaient conscience de l'ampleur du drame.

Comme dans une fourmilière touchée par un coup de pied, le signal de survie se propagea rapidement jusqu'à atteindre toute la cité.

Sur la plage, on s'interpellait, on criait, on pleurait.

Et puis, les cris, les gestes se firent plus mesurés, plus déterminés, plus efficaces. En toute hâte, chacun saisit quelques affaires et s'empressa d'embarquer. Les marins déployèrent les voiles. L'immense vague continuait d'avancer inexorablement, comme au ralenti.

Elle était maintenant à dix kilomètres de distance.

Dans le port, hâtant désespérément la manœuvre, les bateaux s'entrechoquaient. C'était l'inconvénient de la panique, on refléchissait moins. Les plus calmes ou les plus habiles parvinrent à se dégager.

Déjà la vague porteuse de mort voilait un pan entier de l'horizon. À trois kilomètres de la côte.

Le sol se remit à trembler, mais cette fois ce n'était pas le magma terrestre qui l'agitait. Un bruit de tempête retentit.

La panique monta d'un cran.

Ceux qui s'accrochaient encore à leurs biens lâchèrent tout pour s'enfuir.

Dans l'affolement, des familles entières se jetèrent à l'eau pour nager vers une coque protectrice d'où des mains se tendaient pour les repêcher.

La vague était à deux kilomètres.

Les secousses se multiplièrent, la terre s'ouvrit, les arbres, les montagnes, les rochers et les fragiles constructions humaines se fendirent. La pyramide, symbole de leur splendeur, se crevassa et s'effondra.

Un kilomètre.

Le silence revint, un silence lourd, oppressant. Il n'y avait plus le moindre cri d'oiseau désormais sous le ciel devenu sombre.

Ce fut à ce moment que le volcan explosa, recouvrant l'île d'une projection de magma orange. La vague n'était plus qu'à cent mètres.

Les humains étaient piégés entre le feu et l'eau.

Plus que cinquante mètres.

Même les dauphins étaient projetés si haut dans le ciel qu'ils mouraient en retombant sur le sol de l'île. Et dans un terrible ralenti, la vague monstrueuse s'abattit sur cette île paradisiaque qui avait été le salut des hommes. Ils n'étaient plus que de petites choses claires qui se débattaient de manière dérisoire. La chair écrasée se collait à la pierre avant de se transformer en boue rose. Puis, tel un *Titanic* percuté par un iceberg, l'île tout entière vacilla, les blocs de roche se détachèrent du sol, libérant des béances où le magma jaune se mit à cuire et à fumer sur l'eau verte.

L'île se retirait dans les coulisses du monde, abandonnant ses locataires à leur mort certaine. Elle s'enfonça lentement, puis d'un coup plongea en aspirant l'océan dans un vortex de mort.

Le silence revint.

Voilà. Tout était fini. Là où il y avait eu une civilisation brillante, il n'y avait plus que quelques débris flottants.

Sur les cent soixante embarcations qui avaient tenté de fuir l'île, douze avaient échappé au désastre.

Sur les trois cent mille âmes qui avaient peuplé la capitale des hommes-dauphins, trois mille avaient survécu.

La Reine avait disparu, mais dans l'un des douze bateaux, ils désignèrent une nouvelle Reine. Elle comprit très vite la responsabilité de sa charge. Grimpant sur la proue du bateau, elle parla pour redonner du courage aux siens. Et elle dit que, tant qu'il resterait un seul humain dauphin vivant, il transporterait avec lui, où qu'il aille, les valeurs, la mémoire, la connaissance et les symboles de son peuple.

LES SCARABÉES

Les deux millions cent cinquante mille hommes et femmes du peuple scarabée étaient parvenus à un degré élevé de civilisation. Ils avaient construit de grandes cités et développé une agriculture variée grâce à une invention fort utile : la poterie. Au début, ils cultivaient puis ensilaient leurs récoltes dans de grands hangars. Mais les charançons et les insectes détruisaient rapidement leurs réserves, jusqu'à ce qu'un jour, une femme ait l'idée de fabriquer des pots hermétiquement fermés. L'idée lui en était venue en observant les scarabées qui protègent leurs œufs d'une boule de bouse de vache afin qu'ils s'épanouissent dans un milieu protégé.

Le peuple scarabée décida de sophistiquer l'idée et songea à des pots de fiente séchée, puis de glaise, qu'il scella grâce au même matériau.

La découverte de la poterie leur procura d'immenses avantages. Ils façonnèrent d'abord de petits pots, puis des plus grands, et enfin des jarres qu'ils remplirent de lait, de viande, de céréales, d'eau douce. Ils créèrent un tour de potier pour modeler des récipients parfaitement ronds et en déduisirent la roue dont ils équipèrent brouettes et charrettes. De tous les peuples de la région, ils s'avérèrent les mieux nourris, et leurs enfants étaient les plus grands de tous. Ce qui suffisait à leur donner un avantage certain.

Ils bâtirent leur première ville à l'embouchure d'un fleuve. Puis ils le remontèrent vers sa source. Et en même temps que leurs explorations, leurs terres cultivables s'agrandirent vers le sud. Le fleuve irriguait leurs terres et leur apportait des alluvions qui l'enrichissaient. Une seconde ville fut créée plus bas, comme pour marquer un repère dans leur expansion vers le sud. Puis une troisième. À chaque exploration, ils emportaient dans des jarres les aliments qui leur permettaient de survivre et d'aller plus loin, là où les autres peuples avaient renoncé. Leur système – exploration, village, ville, extension des cultures – fonctionnait parfaitement, augmentant sans cesse leur territoire, leur population et leur confort de vie. Mais à force de descendre vers le sud ils finirent par se heurter à une montagne élevée qu'ils ne savaient pas gravir.

Comme à l'ouest il y avait la mer, à l'est le désert et en face la montagne, ils décidèrent d'arrêter là leur expansion.

Ils construisirent alors des routes pour relier leurs cités entre elles et y faire circuler les charrettes transportant les produits de leurs semailles. Ils prospérèrent car la situation géographique de leur territoire était particulièrement favorable. De surcroît, grâce à leur nombreuse population ils purent facilement constituer une armée qui, après avoir écrasé tous les peuples voisins, formait une force de sécurité apte à empêcher toute invasion.

Un matin, des enfants aperçurent à l'horizon, venant du nord-ouest, de grands bateaux nantis de gréements comme ils n'en avaient jamais vu jusque-là.

Au début ils craignirent une nouvelle attaque des peuples pirates, mais au fur et à mesure qu'ils approchaient ces navires leur apparaissaient bien plus évolués techniquement. Non seulement ils avaient des voiles mais leur coque était vingt fois plus grande et plus effilée que tout ce qu'ils avaient vu.

Trois cents soldats s'empressèrent de former des lignes de défense.

Mais quand les navires s'échouèrent, ils eurent la surprise d'en voir descendre des êtres épuisés et faméliques. Leurs regards portaient les stigmates d'une grande terreur, et les hommes-scarabées se dirent qu'ils avaient dû affronter bien des épreuves.

À tout hasard, des guerriers cernèrent les arrivants d'un mur de lances et de boucliers, mais les étrangers ne se présentaient pas en ennemis. Ils paraissaient affreusement las et mal en point. La plupart n'avaient pas mangé depuis plusieurs jours, voire plusieurs semaines. Leurs joues étaient émaciées et pâles. De tous ces voyageurs, la plus étonnante était une femme aux larges hanches ; la peau flasque de ses bras pendait comme un vêtement trop lâche.

À peine débarqués, les étrangers se pelotonnèrent les uns contre les autres, transis. L'un d'eux pourtant trouva la force de s'avancer vers les soldats. Il prononça un mot dans une langue que le peuple scarabée ne connaissait pas. Le chef des soldats répondit par une question qui signifiait : « Qui êtes-vous ? »

Le voyageur saisit un bâton et dessina dans le sable un poisson, puis un bateau, puis une île, puis une vague. L'homme-scarabée finit par comprendre que ces gens avaient fui une île, à l'ouest, que les vagues avaient soudain submergée.

Ils n'étaient pas armés et tendaient une main ouverte en signe de paix. Des femmes-scarabées apportaient déjà des aliments pour nourrir les arrivants et des couvertures pour les réchauffer. Les soldats les regroupèrent dans une clairière proche où des hommes-scarabées leur érigèrent des huttes de fortune.

Ils s'installèrent dans l'enclos protégé. Les hommes-scarabées les visitaient comme des animaux curieux. Leurs bateaux furent examinés avec intérêt, chacun cherchant à comprendre comment ces gens aussi démunis étaient parvenus à construire d'aussi beaux navires. Les voiles surtout impressionnaient, avec cette façon de frissonner comme les ailes d'un oiseau rasant les flots.

Dans leur enclos, les hommes-dauphins restèrent plusieurs jours à se reposer et à panser leurs plaies. Ils se taisaient, et leurs regards n'exprimaient que la détresse. Enfin, le chef de la cité des hommes-scarabées convoqua une délégation d'hommes-dauphins pour un entretien. De part et d'autre, on se dévisagea, méfiant et intéressé à la fois.

Dans la discussion qui s'ensuivit, il fut décidé que les hommes-dauphins pouvaient rester et même construire un quartier à eux dans la ville, à condition de transmettre leur savoir.

Les hommes-dauphins quittèrent l'enclos et reçurent l'autorisation de construire leurs habitations en dur dans un quartier périphérique de la capitale. Ils y implantèrent de curieuses maisons rondes en ciment crépi de blanc, fermées par de pimpantes portes bleu turquoise. Les premières émotions passées, ils décidèrent d'instaurer un jour de fête destiné à commémorer cet exode au cours duquel ils avaient trompé la mort.

– Désormais, décréta leur Reine, chaque fois que nous survivrons à un péril, nous en consignerons l'histoire dans nos livres afin que nul ne l'oublie et que l'expérience serve aux générations futures. Nous organiserons une fête au cours de laquelle nous consommerons les aliments correspondant à l'aventure. Ainsi, pendant toutes ces semaines où nous avons fui le déluge, nous avons mangé du poisson. Chaque année, à la date-anniversaire de la grande catastrophe, nous ne mangerons que du poisson.

Dans la nuit, la Reine des rescapés mourut, une arête fichée dans la gorge.

Il devint urgent de repérer qui, dans la communauté, serait apte à lui succéder. Les hommes-dauphins testèrent les talents médiumniques de plusieurs d'entre eux. Les femmes, de manière générale, s'avérèrent plus douées que les hommes en la matière et une jeune fille l'emporta. Elle entreprit aussitôt de se nourrir comme quatre afin de grossir pour se doter de l'énergie indispensable aux longues méditations.

En gage de gratitude pour l'hospitalité reçue, les hommes-dauphins livrèrent peu à peu leurs connaissances aux hommes-scarabées. Ils leur enseignèrent leur système numérique et leur système alphabétique. Ils leur apprirent leur langue. Ils leur enseignèrent la cartographie du ciel et leurs techniques de navigation et de pêche. Les hommes-dauphins ne pouvaient évidemment pas expliquer ce qui s'était passé sur leur île. Ils se contentèrent de dire qu'autrefois, ils avaient vécu au Paradis et qu'ils en avaient été chassés pour une faute qu'ils ignoraient.

Ils enseignèrent encore comment remplacer le troc qui jusque-là était d'usage chez les hommes-scarabées par un principe d'unité de mesure des valeurs, le coquillage.

Ils leur expliquèrent pourquoi il était utile d'ériger des monuments. Ils rassemblent la population, constituent des points de repère dans la cité et attirent les étrangers de passage, favorisant ainsi les échanges.

Les hommes-scarabées écoutèrent attentivement les hommes-dauphins mais, pour les monuments, ils se montrèrent plutôt dubitatifs. Cela coûtait trop cher à fabriquer pour un intérêt qui leur semblait encore peu évident.

Alors, les hommes-dauphins décidèrent d'inventer à leur intention une religion particulière.

Ils affirmèrent qu'il était nécessaire d'enterrer les morts dans une pyramide afin de faciliter leur grand voyage vers l'au-delà. Les hommes-scarabées redoutaient certes d'avoir leur âme bloquée ici-bas mais il leur en fallait davantage pour les persuader de se lancer dans des grands travaux. Qu'à cela ne tienne. Un homme-dauphin, le meilleur conteur de sa génération, annonça que, le lendemain, il leur raconterait l'histoire du monde. Et toute la nuit, laissant libre cours à son imagination, il les émerveilla d'une cosmogonie sur mesure pour les inciter à créer une religion et une pyramide. L'idée d'inventer des dieux à têtes d'animaux lui était venue spontanément en considérant que les hommes-scarabées seraient impressionnés par ce concept.

Non seulement ils le furent, mais ils aidèrent le conteur à embellir son récit à l'aide d'une mixture végétale qu'ils avaient découverte, le soma, à base d'éphédra, une baie rouge qui, pilée, donne de l'éphédrine, un psychotrope qui contribua à le mettre en transe et à rendre ses visions plus précises. Son histoire plaisant à tous, elle fut retransmise de bouche à oreille puis consignée par écrit. L'homme-dauphin en rajoutait, certes, mais il avait un objectif précis : obtenir l'érection d'une pyramide où la nouvelle Reine pourrait entrer en communication avec leur dieu.

Mentalement, la jeune fille obèse était prête lorsque les hommes-scarabées, convaincus par la nouvelle religion créée pour eux, accédèrent enfin à la demande de leurs hôtes. En quelques mois, ils bâtirent une pyramide, encore plus élevée que celle de l'île et dotée également d'une loge confortable aux deux tiers de sa hauteur. Les hommes-dauphins ayant insisté sur les voyages vers l'au-delà à partir du monument, les hommes-scarabées y inhumèrent les cadavres des notables de leur société, et il fallut en repousser les dépouilles pour installer secrètement la nouvelle souveraine-médium.

La jeune fille savait que dans son nouveau lieu « émetteur-récepteur » leur dieu lui parlerait, mais elle réfléchit longuement avant de l'interroger sur la question qui la préoccupait le plus : « Pourquoi nous avez-vous abandonnés ? »

Quand elle la posa enfin, il lui sembla recevoir une réponse qu'elle interpréta comme : « Pour vous endurcir au contact de l'adversité. »

La Reine accepta cette réponse mais, au souvenir des malheurs des siens, recueillie en position du lotus, elle pleura doucement, seule parmi les défunts du peuple scarabée.

– S'il vous plaît, murmura-t-elle, s'il vous plaît, ne nous infligez plus jamais pareille épreuve.

Puis, après ce timide reproche à son dieu, elle prit conscience que cela avait été dur mais que ç'aurait pu être encore pire.

Leur dieu les avait arrachés de justesse aux hommes-rats en leur inspirant la construction d'un navire, il les avait sauvés du naufrage en guidant les dauphins vers l'île, il les avait installés sur une île magnifique, il leur avait inspiré une spiritualité très évoluée.

Durant les jours qui suivirent, la médium et le conteur firent merveille. La première pour recevoir des informations provenant d'en haut, le second pour répandre des informations vers le bas. Le conteur améliora encore sa cosmogonie. Au couple fondateur, à la quête du Paradis perdu, il ajouta l'idée de deux dieux-fils jumeaux, et rivaux. Il imagina une lutte entre adorateurs de la Lune et adorateurs du Soleil, les premiers étant dans le mensonge et l'illusion (la lune n'est que le reflet de la lumière du soleil), les autres dans la vérité (le soleil est la véritable source de toutes les énergies). Il raconta le combat des forces de l'ombre contre celles de la lumière, les bons contre les méchants, une dualité simple et qui fonctionnait toujours.

La Reine dauphin retint tout ce que lui dit son dieu mais, bien sûr, quand elle rapporta ses propos aux siens, elle y ajouta ses interprétations personnelles. Par la suite, comme les cadavres environnants commençaient à dégager une insupportable puanteur, la souveraine inventa un rituel consistant à vider les dépouilles de leurs organes putrescibles et à les envelopper de bandelettes bien serrées pour que l'air n'y pénètre plus.

La cosmogonie des dieux jumeaux se répandit parmi le peuple des hommes-scarabées qui l'adaptèrent à leurs propres légendes, y associant une multitude d'esprits et de rites locaux. Au bout d'un certain temps, la religion des scarabées existait, solide et complexe. Le conteur mourut, et les hommes-scarabées l'oublièrent et considérèrent que telle avait toujours été leur religion. Mais alors que les hommes-scarabées se divertissaient de leur panthéon, les hommes-dauphins suivaient un cheminement inverse, simplifiant leur religion pour aboutir à un concept de dieu unique universel. Parallèlement, survinrent les premiers mouvements racistes à leur encontre.

Des enfants-dauphins se faisaient rosser sans raison par des enfants-scarabées, et il n'était pas rare que, par jalousie pure, des échoppes d'hommes-dauphins soient saccagées et pillées par des hommes-scarabées.

Néanmoins, l'influence des hommes-dauphins porta ses fruits. En plus de la construction de pyramides et de l'invention d'une religion, ils incitèrent leurs hôtes scarabées à bâtir une cité portuaire où abordèrent de plus en plus de voiliers venus d'ailleurs. Ils leur firent ériger une bibliothèque où ils récapitulèrent dans des livres leur savoir.

Après la bibliothèque vinrent des écoles où les enfants apprirent à écrire, lire et compter dès leur plus jeune âge. Il y eut ensuite des établissements pour adultes où étaient enseignées la géographie, l'astronomie et l'histoire.

Enfin, les hommes-dauphins poussèrent les hommes-scarabées à entreprendre eux aussi des expéditions navales et terrestres. L'idée n'était pas innocente, ils espéraient ainsi retrouver les survivants des neuf autres navires, qui n'avaient pas suivi la même route qu'eux. Et effectivement, au cours de leurs recherches, ils découvrirent dans le désert des hordes d'hommes-dauphins qui erraient d'oasis en oasis depuis très longtemps. Ils renouèrent connaissance et s'émerveillèrent que des rescapés de leur île de la Tranquillité soient parvenus à reconstruire leurs propres villages sur la côte. Quel qu'ait été leur destin, tous gardaient en mémoire les deux traumatismes qui avaient marqué leur peuple : la fuite devant l'invasion des hommes-rats et le grand déluge qui les avait chassés de leur île.

Mais les hommes-scarabées exigeaient toujours davantage des hommes-dauphins. Ils enviaient leurs connaissances et plus ils en apprenaient, plus ils considéraient que les hommes-dauphins leur cachaient des choses. Ayant découvert l'existence de la médium obèse, ils voulaient eux aussi être initiés aux mystères de la pyramide, ils réclamaient qu'une caste d'hommes-scarabées prêtres soit autorisée elle aussi à y dialoguer avec ce dieu. Puis ils exigèrent des hommes-dauphins la transmission de leur savoir le plus complexe. Cela fut accepté aussi. Il apparut ainsi non pas une caste mais un groupe d'hommes-scarabées érudits, des intellectuels qui supplantèrent peu à peu les prêtres, les paysans et les militaires de l'ancienne génération. Pour renforcer leur emprise sur les autres, ils imposèrent un nouveau concept : la monarchie. En s'appuyant sur ses semblables et avec l'aide logistique des hommes-dauphins, leur chef se proclama roi, fils du Soleil. Il inventa les impôts pour financer son armée, il créa des réserves royales de nourriture, il se lança dans la construction d'une série de monuments de plus en plus imposants.

Le royaume compta bientôt une vingtaine de villes importantes.

Pays puissant, progrès constants, culture en plein développement, religion étatique, les hommes-scarabées devinrent ainsi une superpuissance politique et économique.

LES RATS

Guidés par la foudre, des éclaireurs hommes-rats firent un après-midi une découverte étonnante : un village de femmes, uniquement de femmes. Ils restèrent longtemps à observer ces élégantes amazones, si belles et d'allure si sportive. Certaines s'ébattaient nues dans l'eau d'une rivière, se frottant mutuellement le corps et les cheveux d'herbes saponifères et s'éclaboussant en riant. Dans un enclos, d'autres, juchées sur des chevaux, s'exerçaient à sauter des obstacles, ou s'entraînaient à tirer à l'arc. À force de contourner le village ils finirent par trouver quelques hommes qui faisaient la cuisine, cousaient, tissaient ou jouaient de la musique.

Les éclaireurs étaient encore bouleversés quand ils regagnèrent leur base.

Leur récit passionna leur chef, un homme de haute stature, coiffé de l'ancestrale peau de rat noir.

– Ces femmes sont-elles à ranger dans la catégorie des « étrangers moins forts » ou « plus forts que nous » ? interrogea-t-il.

Les éclaireurs furent catégoriques :

– Moins forts.

Le chef déclara alors qu'il avait vu en rêve qu'ils devaient les attaquer.

Les hommes-rats se répartirent les armes. Leurs troupes se mirent en branle pour se déployer en une longue ligne sur les crêtes avoisinant la bourgade des femmes-guêpes.

Un premier signal imitant un sifflement d'oiseau prévint la troupe de se tenir prête. Un second commanda le jet des lances par-dessus le mur de protection de la cité des femmes-guêpes.

Les pointes s'abattirent au hasard. Des cris, du sang, des corps, des chevelures flottaient parmi des vêtements épars dans l'eau rougie du lac intérieur. L'incompréhension se lisait sur les visages qu'atteignait une nouvelle volée de lances.

Les amazones se ressaisirent et coururent vers la remise où s'entassaient leurs arcs. Une femme aux cheveux très longs et très clairs clama des ordres. Les soldates se massèrent derrière leur chef puis, camouflées par leur mur d'enceinte, tirèrent leurs flèches vers les assaillants. Grâce à leurs nouveaux arcs à double courbure, elles en tuèrent plusieurs dizaines, mais les hommes-rats se ressaisirent à leur tour.

Volées de lances. Quand le fruit lui parut mûr, le chef rat émit un troisième signal.

Des hommes-rats s'élancèrent pour défoncer à coups de bélier la porte d'entrée. Ils furent arrêtés par des flèches bien ajustées, d'autres prirent le relais et, se protégeant avec des boucliers, ils parvinrent à arracher la grande porte de la cité.

Nouveau signal, et une centaine de cavaliers rats jaillirent des fourrés et chargèrent en hurlant. Mais une colonne d'amazones étaient déjà à cheval et les deux cavaleries s'affrontèrent devant les murs de la cité. Le combat tourna rapidement à l'avantage des femmes-guêpes. Elles n'étaient pas plus fortes, mais plus rapides au combat. Leur art de l'esquive et leur adresse à cheval leur permirent d'éviter les coups de sabre et les lances. Après ce choc frontal, les hommes-rats détalèrent, certains fuyant à pied. La colonne amazone les poursuivit. La peur changea de camp. Les hommes-rats reculaient devant ces femmes étonnantes.

Le chef rat prit alors lui-même la tête d'une nouvelle escouade de lanciers. Alors que les cavalières remontaient la butte, ils se disposèrent en position d'encaissement de choc. Beaucoup de ses hommes furent fauchés au passage de la première ligne de cavalerie. Les femmes décochèrent leurs flèches à bout portant. Puis ce fut le corps-à-corps et une fois de plus celui-ci ne tourna pas à l'avantage des hommes. Les amazones hurlaient, mordaient, arrachaient les cheveux par touffes, frappaient au bas-ventre. Elles possédaient une petite dague empoisonnée qu'elles tenaient placée dans un étui de mollet. Surpris par cette opposition inattendue et la détermination de ces furies, les hommes-rats se battaient moins bien qu'à l'ordinaire. Accoutumés à ce que leurs compagnes restent terrées au fond de leurs cavernes, ils avaient du mal à considérer que cette engeance leur opposait une telle résistance. En son for intérieur, le chef des rats maudissait les éclaireurs qui avaient sous-estimé l'adversaire.

Épée au clair, il fonça vers une ligne d'amazones qu'il mit en pièces à lui seul. La chef des femmes-guêpes riposta en lui balafrant le front d'une flèche qui le fit choir.

Ses soldates poussèrent un cri de victoire tandis que les hommes emportaient le chef à la coiffe de rat.

Le vent avait tourné. Les hommes-rats perdirent en virulence. Puis déguerpirent sans même attendre le signal de la retraite. Bientôt ils furent chassés des zones avoisinant la cité des guêpes.

Chez les femmes-guêpes, les mortes inhumées, les blessées soignées, ce fut la fête.

Au campement des hommes-rats, la rage l'emportait sur la déception de la défaite. Confondant leurs compagnes soumises et les amazones dans une même exécration du sexe féminin, ils les molestèrent sans raison.

Ayant repris ses esprits, le chef des hommes-rats se montra particulièrement vindicatif. Il décida que ses troupes avaient non seulement manqué d'audace mais aussi de courage en battant en retraite devant une cité de femmes. Pour les motiver, il inventa « la décimation ». À chaque défaite, il mettrait à mort un soldat sur dix choisi au hasard. Ils apprendraient ainsi qu'il valait mieux périr valeureusement face à l'ennemi que comme des lâches de la main de leurs frères. Ce fut fait. Il ordonna de jeter ensuite aux ordures les dépouilles des malheureux décimés.

Instinctivement, le chef rat perpétrait ainsi l'instauration du principe de diversion par la terreur inventé par son illustre ancêtre.

– On vainc la peur par la peur. Oubliez votre effroi devant les amazones, vous ne devez avoir peur que de moi, déclarait-il à son peuple.

Et en effet, après tant de cruauté gratuite, les femmes-guêpes parurent à ses soldats moins redoutables que leur leader. D'ailleurs, pour leur redonner confiance, leur chef les lança contre d'autres peuplades, beaucoup moins résistantes. Leurs prisonniers ne furent pas massacrés mais ramenés comme du bétail afin de servir de premières lignes face aux flèches des amazones.

Le chef des hommes-rats voulait venger l'affront qu'elles lui avaient infligé. Il ordonna à ses menuisiers de fabriquer comme elles des arcs à double courbure et renforça les castes militaires en leur octroyant de nouveaux privilèges.

Il s'autoproclama roi. Et, dans une grande cérémonie pleine de fastes, il annonça que désormais il y aurait des impôts pour financer une armée techniquement plus moderne.

La guerre avec les femmes-guêpes menaçant de durer, le roi des rats décida de construire une ville temporaire doublée de palissades. Les hommes-rats lanceraient désormais leurs raids à partir de cette base où ils installeraient leurs quartiers.

Paradoxalement, le pouvoir du chef rat n'avait jamais été aussi grand qu'après cette défaite, et jamais il n'avait été aussi respecté.

Le roi institua ensuite les notions de martyr et de héros pour glorifier ceux qui avaient péri au combat face aux horribles femmes, et se montra pionnier en matière de propagande en réécrivant sans cesse la bataille pour prouver l'ignominie de leurs adversaires.

Le mot « guêpe » était devenu une insulte et ils prenaient plaisir à brûler tous les nids de ces insectes qu'ils rencontraient.

Le roi n'était pas pressé. Il voulait que sa victoire sur les femmes-guêpes soit éclatante. Dans ses rêves, leur reine traînait sa longue crinière claire à ses pieds et le suppliait de l'épargner.

100. ENCYCLOPÉDIE. AMAZONES

D'après l'historien Diodore de Sicile, un peuple de femmes installé à l'ouest de l'Afrique du Nord lança une série de

raids militaires jusqu'en Égypte et en Asie mineure. La mythologie grecque évoque également un peuple de femmes (a-mazos signifiant privée d'un sein, puisqu'elles se mutilaient le sein droit pour mieux se servir de leur arc) vivant sur les bords du fleuve Thermodon, dans la région de l'actuel Caucase, et n'entretenant avec les hommes que des relations occasionnelles strictement limitées à la procréation. Selon lui, elles n'avaient ni pudeur, ni sens de la justice. Chez elles, la filiation se faisait par les femmes. Lorsqu'elles concevaient des rejetons mâles, elles les réduisaient en esclavage. Armées d'arcs aux flèches de bronze, elles se protégeaient derrière de courts boucliers en forme de demi-lune. Leur reine Lysippé s'en prit à tous les peuples jusqu'au fleuve Thaïs. Elle entretenait un tel mépris du mariage et une si grande passion pour la guerre que, par défi, Aphrodite s'arrangea pour que le fils de Lysippé tombe amoureux de sa mère. Plutôt que de commettre l'inceste, le garçon se jeta dans le Thaïs et s'y noya. Pour échapper aux reproches de son ombre, Lysippé conduisit ses filles jusqu'aux bords de la mer Noire où chacune fonda sa cité, Éphèse, Smyrne, Cyrène et Myrina. Ses descendantes, les reines Marpessa, Lampado et Hippolyté, étendirent leur influence jusqu'en Thrace et en Phrygie. Quand Antiope, l'une des sœurs, fut enlevée par Thésée, les Amazones attaquèrent la Grèce et assiégèrent Athènes. Le roi Thésée eut beaucoup de mal à les repousser et fut contraint de réclamer l'aide d'Hercule. Il est à noter que ce combat contre les Amazones fait partie des douze travaux d'Hercule.

Durant la guerre de Troie, sous les ordres de la reine Penthésilée, les Amazones accoururent au secours des Troyens contre leurs envahisseurs grecs. Penthésilée sera finalement tuée lors d'un duel singulier avec Achille, mais son dernier regard rendra à jamais le guerrier amoureux de sa victime.

On retrouve trace d'armées strictement féminines dans les corps d'élite des Cimmériens et des Scythes. Les Romains eurent aussi à combattre plus tard des cités composées uniquement de femmes comme les Namnètes de l'île de Sein, ou les Samnites, vivant aux alentours du Vésuve.

De nos jours, subsistent encore dans le nord de l'Iran des bourgades peuplées majoritairement de femmes, lesquelles se revendiquent descendantes des Amazones.

Edmond Wells,
Encyclopédie du Savoir Relatif et Absolu, Tome V.

101. CRUELLE DÉSILLUSION

La lumière revient et nous clignons les yeux, hébétés, arrachés aux nôtres.

Je ne quitte pas la déesse de l'Amour des yeux. J'enrage. Je me sens comme Eun Bi insultée par les élèves, si ce n'est que là je suis insulté par le professeur.

Ah, j'aurais préféré avoir été tué comme Jules Verne dès le début. J'aurais préféré avoir été attrapé par les sirènes comme Francis Razorback, ou tué par Atlas comme Edmond Wells. Eux au moins n'auront pas à subir ce que je vis. À quoi cela sert-il de s'être donné tant de mal pour créer un joyau et voir ce joyau détruit ? Est-ce cela le cynisme de la vie des dieux, être amené à aimer un peuple pour mieux le voir périr ?

Ai-je eu tort en voulant sauver les bateaux de réfugiés porteurs de valeurs qui me semblaient importantes ? Ai-je à ce point contrarié l'ordre du monde en voulant faire évoluer un petit groupe d'humains loin des invasions barbares ?

Je ne sais toujours pas ce qui est mieux que Dieu mais je sais ce qui est pire que le diable : A-phro-dite. Elle m'a fait miroiter le Paradis et m'offre l'enfer. Avec son sourire délicieux elle détruit tout ce que j'ai bâti en me lâchant un petit « désolé » qui est pire que tout. À cet instant je la hais, je la maudis, je la conspue. Si c'est cela la déesse de l'Amour… je lui préfère sans nul doute la déesse de la haine. Je me sens envahi d'un immense sentiment de découragement. Et puis je me reprends, ce serait trop facile de se laisser aller.

D'abord, sauver ce qui peut l'être. Se battre jusqu'au bout. « Tant qu'il y a de la vie il y a de l'espoir », dit l'adage.

Tant qu'il y aura un homme-dauphin vivant, il transportera les valeurs, le souvenir, les symboles. C'est du moins ce que j'ai essayé de transmettre à la reine-médium.

Il faut que je me calme. Il me faut viser l'efficacité. Les sauver quoi qu'il m'en coûte. Me battre avec mes outils d'élève dieu. Ils n'ont pas mérité cette fin. En tant que dieu, leur dieu, je dois les secourir.

Il faut que je me calme.

Respirer, fermer les yeux. Discuter avec les autres comme si tout cela était léger et sans gravité aucune. Nombre d'élèves félicitent Marilyn Monroe pour sa victoire sur Joseph Proudhon. Les parieurs gagnants emportent leurs mises que versent les perdants. Même les plus machistes d'entre nous reconnaissent la valeur de ces femmes-guêpes. Pour sa part, Proudhon se tait, n'exprimant ni regret ni colère. Fair-play, il va même jusqu'à serrer la main de son adversaire et la félicite lui aussi.

Avoir l'air détendu.

Faire le point sur l'état de mon peuple. Il ne possède pas d'armée à lui, il ne dispose d'aucune ville, mes hommes-dauphins ne sont que des « locataires » dépendant du bon vouloir de leur hôte. Je crains que lorsque Clément Ader, le dieu des hommes-scarabées, leur aura tout pris, il les jette hors de son territoire comme autant de citrons pressés. Désormais, mes hommes-dauphins doivent sans cesse surenchérir pour gagner leur droit de vivre. Ils sont des otages. À y bien regarder, je constate que d'autres hommes-dauphins ont essaimé chez d'autres peuples. Ils ont transmis aux hommes-iguanes de Marie Curie leurs connaissances en astronomie, en construction de monuments, en voyages astraux et en médecine. Sous l'influence des miens, ces hommes, comme les hommes-scarabées, ont érigé leurs pyramides. Aux hommes-chiens de Françoise, mes hommes-dauphins ont donné leur savoir en matière de symboles et de structures cachées. Aux hommes-taureaux d'Olivier, ils ont enseigné la liberté sexuelle et le goût des labyrinthes.

Les hommes-loups de Mata Hari ont appris des miens à gréer des navires et des voiliers rapides aux coques pointues. Quant aux hommes-baleines de Freddy Meyer, ils ont si bien accueilli mes rescapés qu'ils en sont déjà à discuter systèmes d'irrigation et gouvernement d'assemblées.

Les hommes-lions de Mongolfier ont développé grâce à eux leur conception des lettres et des arts, et ils ont introduit leur alphabet et leur arithmétique jusque chez les hommes-aigles de Raoul Razorback.

Mes gens sont décidément plus dispersés que je ne l'imaginais. Comment maîtriser un peuple sans aucune unité de territoire ? Je crains de devoir me concentrer sur ceux qui se sont installés chez les hommes-scarabées. Ils sont les plus nombreux et disposent, me semble-t-il, du meilleur environnement.

– La déesse de l'Amour n'y est pas allée de main morte avec toi, il ne reste plus rien de la superbe cité que tu avais bâtie dans ton île, me chuchote Mata Hari.

Je me tais.

– Je trouve le châtiment d'Aphrodite disproportionné par rapport à ta prétendue faute. Elle aurait pu au moins te laisser du temps pour évacuer tes humains.

Dire que, hier encore, nous dansions ensemble et qu'elle m'avait murmuré à l'oreille combien elle trouvait mon peuple « avancé et sympathique »...

Mon regard se tourne vers Aphrodite et je m'aperçois qu'elle me regarde aussi, et m'adresse un sourire. Elle qui me conseillait de me garder de mes amis, j'aurais mieux fait de me méfier d'elle.

Pourtant, je n'arrive pas à en vouloir à ma déesse. Elle me captive, et quel que soit son comportement, j'ai l'impression qu'elle éprouve une réelle affection à mon égard, que c'est pour mon bien qu'elle me fait souffrir. Deviendrais-je masochiste sous son emprise ? Non, ou alors comme l'alpiniste qui s'entête à escalader le périlleux versant d'une montagne plutôt que d'emprunter un hélicoptère. Tous les sportifs sont adeptes de la douleur librement consentie. Courir un marathon est un calvaire, soulever des haltères une souffrance inutile. Essayer de plaire à la déesse de l'Amour…

— Quelle garce quand même, murmure Sarah Bernhardt, ce qu'elle t'a infligé est vraiment injuste.

Et je me surprends à dire avec la voix le plus neutre possible :

— Elle n'a fait qu'appliquer la règle du jeu.

— Oui, en t'envoyant un cataclysme pour te démolir…

— Je peux t'aider si tu veux, reprend Mata Hari. J'ai déjà recueilli quelques hommes-dauphins parmi mes hommes-loups, mais si tu en as d'autres en difficulté, envoie-les-moi, je les protégerai et je leur donnerai des terres.

Mata Hari m'a sauvé la vie lors de la traversée du fleuve bleu. Elle a toujours été là pour m'aider dans les moments difficiles. Pourtant, pour des raisons que je ne comprends pas, sa gentillesse m'agace.

Aphrodite dégage les bouteilles du Paradis et de l'Empire des Anges de leur emplacement sous le coquetier.

Les âmes montent dans la première bouteille, puis, en une chorégraphie de petits points lumineux semblables à des lucioles, certaines gagnent la fiole de leur Empire des anges.

Il demeure cependant beaucoup d'âmes errantes retenues dans l'attraction terrestre par des émotions basses. Dissimulés et invisibles, ces défunts s'efforcent de hanter leurs tourmenteurs, de troubler les médiums par de fausses intuitions ou encore de s'attarder auprès de ceux qu'ils ont aimés.

– Il faudra nettoyer la planète de ces pauvres hères, dit Aphrodite. Il n'existe pas d'âmes errantes heureuses. Le destin de toute âme est de renaître sans cesse jusqu'à l'entrée dans le monde supérieur, ne l'oubliez pas.

Tout le monde note : enseigner à ses prêtres de reconnaître les âmes errantes et les faire monter.

La déesse se dirige vers moi et, à ma grande surprise, me félicite :

– Bravo, Michael. Je pensais que vous alliez... enfin, je ne pensais pas que vous surmonteriez cette épreuve. Vous commencez à m'impressionner. Je ne savais pas que vous possédiez autant de ressources...

Chaud et froid, je ne sais comment réagir.

– Ce qui ne tue pas rend plus fort, ajoute-t-elle.

La même phrase que celle de la mère d'Eun Bi. On l'a longtemps attribuée à Nietzsche mais elle se trouvait déjà dans l'Ancien Testament.

Elle ne veut quand même pas que je la remercie d'avoir martyrisé mon peuple pour le « renforcer » !

Elle s'approche de moi.

– Vraiment, vous avez été très bien, monsieur Michael Pinson.

Là-dessus, elle me prend la main et la serre comme un coach félicitant son boxeur. Puis elle remonte sur l'estrade.

– Une allumeuse, grommelle Raoul. Après tout ce qu'elle t'a fait, tu ne devrais même pas accepter qu'elle t'approche.

– Quelle actrice ! La question que je me pose, c'est à quoi lui sert ce déploiement de séduction, dit Marilyn.

– À tester son pouvoir, sans doute, complète Freddy.

– Oui, son pouvoir de magie rouge, conclut Raoul.

Il m'explique qu'en plus de la magie blanche et de la magie noire, il en existe une troisième moins connue : la magie rouge. C'est la magie des femmes, fondée sur les pulsions sexuelles les plus élémentaires. Les Asiatiques s'y sont particulièrement intéressés en développant le *Kama-sutra* et le Tantrisme en Inde, le Tao de l'amour en Chine ou l'art de la danse nuptiale au Japon. Ils ont compris qu'au-delà du pouvoir de jeter des sorts ou de les exorciser, les femmes sont capables de séduire un homme et de le maintenir sous le joug de la dominance hormonale, le rendant aussi faible que sous l'emprise d'une drogue.

Raoul a compris mon problème mais il ne l'a pas résolu pour autant. Je ne quitte pas des yeux la déesse. Et je suis soulagé quand, interrompant ses conversations particulières, Aphrodite nous invite à la rejoindre dans un coin de la salle où s'alignent des bocaux recouverts de bâches.

– Mon prédécesseur Hermès vous a détaillé une expérience accomplie avec des rats. Déméter vous a parlé d'expérience avec des singes. La parabole animale permet de mieux comprendre certains comportements humains. Moi, je vais donc vous parler des puces.

Elle sort un bocal et pratique devant nous l'expérience. Je m'empresse de noter pour l'Encyclopédie.

102. ENCYCLOPÉDIE. AUTOLIMITATION DES PUCES

Des puces sont disposées dans un bocal. Le bord de ce bocal est juste à la hauteur qui leur permet de sauter par-dessus.

On dispose ensuite une plaque de verre pour boucher le sommet du bocal.

Au début les puces sautent et percutent la plaque. Puis, à force de se faire mal, elles adaptent leur saut de manière à s'arrêter juste au-dessous de la plaque de verre. Au bout d'une heure, il n'y a plus une seule puce qui se tape contre le verre. Toutes ont réduit leur saut pour arriver au ras du plafond.

Si on enlève ensuite la plaque de verre, les puces continuent de sauter de manière limitée comme si le bocal était encore obturé.

Edmond Wells,
Encyclopédie du Savoir Relatif et Absolu, Tome V.

103. ATTENTION AU PLAFOND

Aphrodite maintient son visage collé à la paroi comme si ces puces autolimitées étaient pour elle le spectacle le plus passionnant de l'univers.

– Que déduisez-vous de cette expérience ? demande-t-elle.

– Certaines expériences du passé empêchent de voir les choses telles qu'elles sont réellement. La vision du réel est déformée par les traumatismes anciens, dit Rabelais.

– Pas mal. Ces puces refusent désormais de prendre des risques, de crainte de se frapper la tête contre le plafond. Pourtant, il leur suffirait d'essayer pour constater que la réussite est de nouveau à leur portée.

De la manière dont elle a prononcé cette phrase, j'ai l'impression qu'elle m'est directement destinée.

– Un peu comme les chimpanzés de l'expérience, ajoute Voltaire.

– Non, car les chimpanzés n'avaient même pas pu faire l'expérience traumatique, lui rétorque Rousseau. Les puces savent pourquoi il ne faut pas aller plus haut, les chimpanzés ne le savaient pas.

– Bon, mais, dans les deux cas, ce sont des êtres qui n'arrivent plus à voir l'évidence.

– Il y a aussi la peur de changer ses habitudes, remarque Saint-Exupéry.

– Certes, accorde la déesse de l'Amour.

– Et puis, ces puces ne se soucient plus de se lancer à la recherche de nouvelles informations. Elles tiennent pour définitivement acquis ce qu'elles ont déjà expérimenté, remarque Sarah Bernhardt.

– Vous mettez là le doigt sur l'un des grands problèmes de l'humanité, déclare notre enseignante. Très peu d'hommes savent se forger une opinion par eux-mêmes. Aussi répètent-ils ce que leur ont dit leurs parents, puis leurs professeurs et enfin ce qu'ils ont entendu aux informations du soir, et ils finissent par se convaincre qu'il s'agit là de leur opinion personnelle, au point de la défendre ardemment face à d'éventuels contradicteurs. Il suffirait pourtant qu'ils tentent d'observer par eux-mêmes, de penser par eux-mêmes et ils découvriraient le monde tel qu'il est et non pas comme on les conditionne à le voir.

Ce cours me rappelle une discussion que j'avais eue jadis avec quelques amis invités à dîner chez moi. Un ami journaliste nous avait expliqué que tous les médias prenaient leurs informations en France auprès d'une unique agence de presse, comme par hasard financée à la fois par l'État et de grands groupes industriels pétroliers. Donc le public avait en permanence d'une manière indirecte le point de vue de l'État et des industriels pétroliers qui eux-mêmes souhaitaient ménager les nations qui leur fournissaient le pétrole. Que n'avait-il pas dit là ? Aussitôt il fut taxé d'esprit partisan. J'avais essayé de prendre sa défense, mais en vain. De manière étrange, ceux qui se prétendaient défenseurs des libertés étaient les plus virulents.

– Comment agir pour que des puces osent sauter au-delà de la limite admise par tous ? s'enquiert Aphrodite.

– En les éduquant afin qu'elles se sentent libres et ne se fient plus qu'à leurs propres sens, dit Rabelais.

– Et comment y parvenir ?

– En les rendant intelligentes, tente Simone Signoret.

– Non, l'intelligence n'a rien à voir là-dedans.

– En leur apprenant à se forger une opinion en ne se fondant que sur leur vécu et leurs propres expériences, proposé-je.

Aphrodite approuve :

– Exactement. Tout essayer, tout tenter, accumuler les expériences, ne plus se servir de celles du passé ou d'autrui pour comprendre mais ne se fier qu'à soi-même dans le présent.

Sur Terre, jadis, quand avec Raoul nous avions décidé d'explorer la mort, nous avions suscité la méfiance jusque dans nos propres familles. Pour tous, la mort et l'au-delà appartenaient au domaine du religieux et seuls les prêtres et les mystiques étaient autorisés à y réfléchir. Qu'un simple individu s'intéresse à la mort en tant que terra incognita semblait absolument obscène, surtout lorsque j'évoquais ces notions qui me sont chères de « spiritualité laïque » ou de « spiritualité individuelle et non pas collective ». Pour moi, la spiritualité était contraire à la religion puisque propre à chaque individu, alors que la religion n'était que du prêt-à-penser destiné à ceux qui étaient incapables de trouver leur propre voie d'élévation. Je soutenais que le mot « spiritualité » contenait le terme « spirituel », qui signifie aussi « humour », et que la plupart des religions me semblaient bien trop austères pour conserver cette dimension. J'ai évidemment compris par la suite que mieux valait me taire et ne discuter de ces choses qu'avec Raoul, qui lui au moins me comprenait.

– Pour inciter les gens à tester de nouveau le saut jusqu'au sommet, il faut leur enseigner la liberté, et pour transmettre cet enseignement, il faut des...

Au tableau, la craie d'Aphrodite crisse pour inscrire : « Des Sages. »

– Voilà le nouveau défi. Introduisez parmi vos peuples des sages, des initiés, des savants, conseille-t-elle. Bref, des êtres de niveau de conscience 6.

– Ils se feront tuer, dit Bruno.

– Chez vous, oui, probablement, dit soudain Aphrodite en fixant Bruno Ballard durement.

– …Chez moi ? Qu'est-ce que vous avez contre moi ?

Je vois soudain la déesse de l'Amour foncer vers le nommé Bruno.

– Ce que j'ai contre vous ?

Elle le pointe du doigt.

– Vous croyez que je n'ai pas vu ?

À cet instant je m'aperçois que je n'ai jamais songé à aller regarder du côté du dieu des faucons.

– Il y a, mon cher monsieur Ballard, que dans votre coin, c'est vrai vous n'envahissez personne, vous n'avez pour l'instant causé aucun massacre, ça non… mais il faut voir comment vous laissez traiter votre propre population. Dites-moi, qu'est-ce que vous avez contre les femmes ?

Bruno baisse les yeux.

Je ne comprends pas, je m'attendais plutôt à voir ce genre de réaction contre Proudhon, l'agresseur des femmes-guêpes…

– Vous avez laissé des mœurs inqualifiables s'installer. Et tout d'abord, pour le plus apparent… l'excision. Des mères qui mutilent leur propre fille. Elles leur coupent le clitoris ! Voilà ce qu'on fait chez monsieur Bruno. Et pourquoi elles font ça ?

– Euh…, dit Bruno… je ne sais pas. Ce sont les femmes qui ont décidé entre elles. Elles pensent que si elles ne le font pas elles ne seront pas des vraies femmes.

– Et qui leur a mis cette idée en tête ?

– Euh… les hommes.

– Et pourquoi ?

– … Parce qu'ils n'ont pas envie qu'elles couchent à droite et à gauche.

– Non, monsieur, parce qu'ils n'ont pas envie que les femmes aient du plaisir. Ils sont jaloux du plaisir des femmes qui a l'air supérieur au leur (et qui l'est), voilà la vérité. Et j'ai vu chez votre peuple des gamines mutilées à vie, dans des conditions d'hygiène et de douleur ignobles, par... tradition !

Bruno Ballard a un instant de flottement.

– Ce n'est pas moi, ce sont mes humains...

– Oui, mais vous n'avez rien fait pour les en empêcher. Un rêve, une intuition, un coup de foudre auraient peut-être suffi à rendre cet acte tabou. À quoi cela vous sert d'être dieu si vous laissez faire n'importe quoi ? Et ce n'est pas tout, monsieur Bruno... On pourrait aussi parler chez vous de l'infibulation. Des filles dont le sexe est carrément cousu sans anesthésie. Et ce pour qu'elles soient vierges au mariage...

Les élèves déesses jettent sur Bruno un regard réprobateur.

– Et puis je vais vous parler de quelque chose d'encore moins connu et d'encore plus ignoble qui se passe chez vous, monsieur Bruno... En termes médicaux on appelait cela, sur « Terre 1 », « la fistule obstétricale ».

J'ignore le sens de ce mot. La salle émet une rumeur. Je m'attends au pire.

– Vous savez ce que c'est ? Eh bien voilà. Des jeunes filles sont mariées de force dès 12 ans à de vieux riches. Vendues par leurs parents. Et, bien évidemment, ces saligauds ne prenant aucune précaution, elles se retrouvent enceintes à la puberté. Mais leur corps n'est pas prêt. En général le fœtus n'arrive pas à terme, mais en grossissant il comprime les tissus qui séparent le système génital, la vessie et le rectum... La pression crée des brèches qu'on nomme fistules. Résultat, les urines, parfois les matières fécales s'écoulent par la voie vaginale. Ces jeunes filles se lavent tout le temps mais elles sentent si mauvais que leurs maris les chassent ainsi que leur famille. Elles errent comme des clochardes et on leur jette des pierres. Des gamines de 12 ans, monsieur Bruno, de 12 ans !

Nous le regardons tous. Il rentre la tête dans les épaules.

– Ce n'est pas moi, ce sont mes humains, clame-t-il comme le propriétaire d'un chien qui vient de mordre un enfant.

Son plaidoyer ne calme pas la déesse de l'Amour.

– Eh bien c'est pour cela qu'ils ont un dieu, vos humains ! Pour les tenir, les éduquer, ne pas les laisser faire n'importe quoi… Et puis c'est si facile de s'acharner sur les femmes. Elles n'ont pas la force physique de se défendre. Elles finissent par tout accepter… Et je ne vous parlerai pas de certains de vos villages où les mères ont tellement honte de concevoir des filles qu'elles préfèrent les noyer dès leur naissance.

Maintenant Bruno Ballard ne dit plus rien, j'ai l'impression de discerner comme une rage chez lui. C'est étonnant, il en veut à Aphrodite d'avoir révélé à tous les mœurs de son peuple.

Mais déjà Aphrodite pointe du doigt d'autres élèves.

– Et que vos petits camarades ne se moquent pas trop vite… Vous croyez que je n'ai pas vu ? D'abord il n'est pas le seul à avoir ce genre de pratiques et puis… j'ai vu vos sacrifices humains inutiles, j'ai vu vos incestes considérés comme une forme d'éducation des enfants ! J'ai vu les réseaux de pédophilie installés par les petits chefs. Et je ne parlerai pas du cannibalisme, ni de la mise en quarantaine systématique et dans des conditions ignobles des lépreux ou des handicapés. J'ai vu les premières femmes dites sorcières brûlées sur les bûchers… J'ai vu les premières salles de torture qui se construisaient et le métier de bourreau qui devenait un travail à plein temps. J'ai vu tout ça. Tout ce que vous avez laissé faire par pusillanimité ou par bêtise.

Son regard se fait dur.

– À moins que ce ne soit par vice.

Beaucoup d'élèves baissent la tête. La déesse change de ton, elle repasse dans les travées et sa toge vole au vent. Elle arrive sur l'estrade. Cupidon vient s'asseoir sur son épaule. Elle respire amplement.

– Donc… de quoi parlait-on déjà ? Ah oui, les sages. Au début, sans aucun doute, les sages inquiètent toujours les petits chefs et les systèmes établis. Ceux-ci n'hésitent pas à utiliser la force, la violence, voire le terrorisme, pour s'en débarrasser, et vos sages commenceront forcément par être persécutés. Mais il faut voir ça à plus long terme. Vos sages martyrs seront là pour planter des graines qu'ils ne verront peut-être jamais pousser. Thalès, Archimède, Giordano Bruno, Léonard de Vinci, Spinoza, Averroès n'ont pas eu des vies faciles mais ils ont laissé derrière eux des traces indélébiles. Tel est votre prochain enjeu.

« Des Sages », souligne la déesse d'un large trait.

– Les âmes de « Terre 18 » s'élèvent désormais. À vous de fixer une direction, un cap pour vos peuples. Je vous demande de noter sur un papier votre objectif final.

« Objectif final » inscrit-elle, et tout à côté : « Utopie ».

– Ce qui importe, derrière chaque politique, c'est l'intention cachée. Elle ajoute ce troisième mot : « Intention. »

– Il ne faut pas vous fier aux étiquettes. Vous pouvez avoir une démocratie, mais si l'intention du président est son enrichissement personnel vous obtiendrez une dictature déguisée. De même que vous pouvez avoir une monarchie, mais si l'intention du roi est le bien-être de son peuple vous pourrez obtenir un système socialement égalitaire. Derrière les slogans politiques, derrière les chefs, se cachent des intentions personnelles, et ce sont elles qu'il faut surveiller et maîtriser.

Certains élèves ne comprenant pas, notre professeur précise :

– Vous avez tous en tête un monde idéal pour les humains. Vous entretenez chacun une utopie différente. C'est dans l'intention de voir cette utopie se réaliser que vous allez faire apparaître vos sages. Ce seront en quelque sorte les gardiens de votre intention divine cachée. Ils conseilleront le peuple ou les chefs pour que l'ensemble de vos civilisations atteignent un objectif élevé. Encore faut-il avoir défini cet objectif. Je vous propose d'inventer un rêve pour votre peuple. Notez par écrit ce qu'est pour vous un monde humain idéal, non pas seulement pour votre peuple particulier, mais pour l'ensemble de « Terre 18 ».

Dans la classe, le silence est total. Nous nous livrons à une même introspection. Pour moi, qu'est-ce qu'un monde idéal ? À ce stade, je songe que l'idéal serait la paix planétaire. Je souhaiterais un désarmement général. Dans un tel monde, je pourrais orienter toutes les énergies de mon peuple vers la connaissance et le bien-être, voire la spiritualité. En lettres capitales, je griffonne donc : « LA PAIX MONDIALE ».

Aphrodite précise :

– Le futur idéal étant susceptible de changer au fur et à mesure du déroulement des cours, précisez la date du jour en regard de votre utopie. Nous sommes aujourd'hui le premier vendredi.

La déesse relève toutes les copies puis, se rasseyant à son bureau, elle annonce :

– Il est temps à présent d'en venir au classement.

Chacun retient son souffle. Notre professeur semble en proie à une profonde réflexion. Elle vérifie ses notes et nous dévisage les uns après les autres avant de laisser tomber son verdict :

– Premier : Clément Ader et son peuple des hommes-scarabées.

Les autres applaudissent, moi je m'indigne. Les hommes de Clément Ader ne seraient encore qu'un ramassis de paysans mal dégrossis si je ne leur avais pas apporté l'écriture, les mathématiques et les pyramides.

Impavide, la déesse de l'Amour dépose une couronne de lauriers d'or sur la tête de mon hôte. Elle commente :

– Non seulement Clément Ader a su tirer parti du principe d'alliance en accueillant les hommes-dauphins, mais il a su comprendre l'intérêt de bâtir des monuments. C'est dans sa civilisation qu'à ce jour, sur « Terre 18 », on peut voir les plus admirables constructions. Elles ont coûté cher en travail et en énergie mais contribueront au rayonnement de la civilisation des hommes-scarabées dans le temps et l'espace. À tous, je conseille de vous inspirer des méthodes de Clément Ader.

Elle embrasse l'aviateur sur les deux joues et le serre contre sa poitrine.

– Deuxième : le peuple des hommes-iguanes de Marie Curie. Eux aussi ont érigé des pyramides et construit des grandes cités très modernes et, de surcroît, ils ont développé une science de l'astrologie et de la prédiction. Je n'émettrai qu'une petite critique. Il faut cesser les sacrifices humains, mais je suis sûre, ma chère Marie, que vous saurez créer des sages qui arrêteront cette « bêtise ». Considérez ce prix comme un encouragement en ce sens.

Marie Curie reçoit sa couronne de lauriers d'argent, souligne qu'elle doit beaucoup à la qualité des médiums humains qui ont su l'écouter, et ajoute qu'elle fera tout pour répandre dans l'avenir les idées des hommes-iguanes.

Comme Clément Ader, Marie Curie s'est bien gardée de faire allusion à ces navires qui un jour ont surgi à l'horizon pour lui apporter tout le savoir nécessaire à l'épanouissement de sa civilisation… Peut-être souhaiteraient-ils tous me voir exclu pour ne plus jamais me manifester la moindre reconnaissance.

– Troisième lauréat enfin : Joseph Proudhon et son peuple des hommes-rats.

Là, un murmure parcourt l'assistance. La déesse ajoute :

– Les hommes-rats sont en fait ex æquo avec les femmes-guêpes, mais comme ils représentent la force « D », je leur ai accordé un petit avantage pour qu'en tête, les trois forces soient représentées.

À nouveau la salle est en ébullition.

D'un geste agacé, Aphrodite calme les protestations principalement féminines et poursuit :

– La civilisation des hommes-rats est à présent la plus puissante militairement sur « Terre 18 ». Vous devriez tous en tenir compte. À mon avis, son armée est actuellement invincible et ses armes d'une exceptionnelle qualité.

Quelques sifflets. Cette fois, la déesse est visiblement irritée et tape sur son bureau pour réclamer le silence.

– Comprenez bien ! Comme vous je suis avide d'amour et je hais la violence, mais il ne sert à rien de se boucher les yeux, une puissante armée viendra toujours à bout d'un peuple pacifique. Le dur domine le mou.

Dans ma tête résonne le chant des miens attendant la mort lors de l'invasion de ces hommes-rats. Dans ma tête résonnent les litanies des miens au jour du déluge. Incapables de lutter, ils n'ont cherché qu'à passer dignement de vie à trépas. Leur noble conduite n'aurait donc aucune valeur dans le code des dieux de l'Olympe ?

– À quoi servent les beaux principes si l'on est mort ? déclare Aphrodite comme si elle avait lu dans mes pensées. Beaucoup d'entre vous ont péché par angélisme. Comme n'importe quel autre monde, « Terre 18 » est un lieu de confrontation, une jungle. S'il n'y avait qu'un seul dieu, il pourrait imposer le système de son choix mais ce n'est pas le cas. Vous êtes encore une centaine. Soyez réalistes avant d'être idéalistes.

– Pourquoi avez-vous détruit la civilisation de Michael ? demande Mata Hari à brûle-pourpoint.

– Je comprends votre émotion, mademoiselle, répond froidement la déesse, et je vous félicite pour vos qualités de cœur. Seulement, le cœur ne suffit pas. Il faut encore lui associer l'intelligence pour comprendre le monde. J'ai moi-même payé cher cette leçon.

Elle parle, et dans son regard clair, je lis mille drames, mille souffrances, mille trahisons inoubliées.

– Michael a non seulement triché mais il a créé un monde faux. Je dirais que c'était une île d'enfants gâtés... sans contact avec les peuples voisins. Ils accumulaient certes le savoir et la spiritualité mais ils étaient devenus trop « personnels ». Au moins maintenant répandent-ils leur précieux savoir dans le monde. À quoi sert d'être une lumière si on éclaire le jour ? La lumière ne se voit qu'au milieu des ténèbres. La clarté ne se mesure que dans l'adversité, c'est pour cela qu'ils ont dû quitter leur île, et c'est pour cela qu'ils doivent actuellement se battre pour survivre, mais je fais confiance à Michael, il saura faire briller les siens dans la pire noirceur.

J'ai envie de lui dire que si elle avait laissé les miens se développer ils auraient fini par envoyer des navires instruire les autres peuples, mais il fallait leur laisser un peu de temps. Après tout, même si mes bateaux d'explorateurs se faisaient accueillir à coups de flèches, les gens de l'île de la Tranquillité continuaient à les envoyer. Il fallait me faire confiance. Mais son regard se fait complice, une fois de plus on dirait qu'elle veut me faire comprendre qu'elle agit pour mon bien. Je me mords la langue.

– Faites au mieux, essayez de vous comporter en personnes responsables mais acceptez les règles du jeu, conclut-elle. Les bons sentiments, c'est très bien au cinéma ou dans les romans, pas dans la vraie vie.

– Alors pourquoi avez-vous fait des reproches à Bruno ? demande Voltaire.

Pour la première fois je vois la déesse de l'Amour un peu troublée. Elle baisse les yeux et articule :

– Vous avez raison. Je regrette ce que je t'ai dit, Bruno. C'était juste un accès d'humeur. Bruno, tu es dans les vingt premiers et tu peux mener tes humains comme tu le souhaites. Ce que je t'ai dit est juste un avis d'observatrice, tu n'es pas obligé d'en tenir compte.

Bruno affiche aussitôt un air victorieux.

Ce brusque revirement me choque encore plus que tout ce qui s'est passé jusque-là. Décidément, je ne comprends plus rien aux règles de ce monde des dieux. Je repense à Lucien

Duprès. Il avait peut-être raison, nous sommes peut-être dans un piège. Nous, dont les âmes sont censées être les plus pures et les plus élevées, nous allons être obligés de collaborer à des monstruosités... J'en ai déjà accepté pas mal. Trop ?

Aphrodite reprend sa liste pour poursuivre l'énoncé de ses notes. Une fois de plus, je me retrouve en queue mais pas dernier. L'exclu, c'est le peintre Paul Gauguin avec son peuple des hommes-cigales qui ont si bien chanté en moissonnant mais ont oublié de créer la poterie pour mettre à l'abri des provisions pour l'hiver. Ils ont été trop faibles pour résister à l'invasion des hommes-rats. De leur civilisation extraordinaire, de leur art en avance sur leur temps, il n'est rien resté.

Un centaure emporte le chantre de Pont-Aven et des îles Marquises qui ne se débat même pas. La déesse cite ensuite sept autres dieux moins célèbres qui ont échoué le plus souvent après des guerres, des épidémies ou des famines. Ils sont eux aussi emportés par des centaures.

Décompte : 92 − 8 = 84.

Atlas accourt reprendre « Terre 18 ».

Tout le monde se dirige vers la sortie. Moi, j'observe les puces dans leur bocal sans couvercle. Et nous, c'est quoi notre couvercle ?

Je regarde au loin la montagne enneigée et je suis sûr qu'un jour je saurai.

104. ENCYCLOPÉDIE : LES DOGONS

En 1947, Marcel Griaule, un ethnologue français enquête sur une tribu de plus de 300000 personnes qui vit au Mali, isolée sur les hauteurs accidentées des falaises de Bandiagara, à une centaine de kilomètres de la ville de Mopti. Les Dogons.
Après une réunion des sages de la tribu, ceux-ci consentent à initier Griaule à leurs secrets et lui présentent

Ogotemmeli, un vieillard aveugle, gardien de leur grande caverne sacrée.

Pendant 32 jours les deux hommes vont parler. Ogotemmeli va alors raconter à Griaule la cosmogonie des Dogons en lui montrant des dessins gravés dans la pierre ainsi que des plans des étoiles et des planètes.

Selon la mythologie dogon, au commencement, le Créateur Amma était potier. Il prit un bout de glaise et fabriqua un œuf. Ce sera l'espace-temps où Amma mettra en germe les huit graines fondamentales qui donneront naissance à la Réalité. Amma engendra ensuite les Nommos, hommes-poissons qui seront ses représentants. Quatre Nommos mâles pour commencer et ensuite leurs quatre Nommos femelles. Le premier Nommo est le régisseur du ciel et de l'orage. Il est assisté d'un deuxième Nommo messager. Le troisième Nommo règne sur les eaux. Le dernier Nommo, Yurugu, se révolte contre son créateur car il n'a pas la femelle qu'il souhaite. Amma le chasse alors de l'œuf originel. Mais Yurugu arrache un morceau de l'œuf et ce fragment donnera la Terre. Yurugu pense alors trouver sa femelle sur cette planète, mais elle est sèche et stérile. Aussi Yurugu revient-il dans l'œuf originel et fabrique-t-il avec le placenta une compagne qui deviendra son épouse : Yasigui. Mais Amma, très énervé, transforme Yasigui en feu, ce qui donnera le Soleil. Yurugu ne baisse pas les bras et arrache alors un fragment de soleil et le rapporte sur Terre, où il l'émiettera pour en faire des graines, espérant tirer de leur germination une nouvelle réalité qui lui offrira enfin une compagne. De la mutilation du Soleil naîtra la Lune. Après tant de provocations, Amma en colère transforme Yurugu en renard des sables.

Dès lors éclate une guerre entre les Nommos qui arrachent des morceaux de l'œuf originel qui deviendront tous les astres de l'univers. Du combat naîtra une vibration qui entraînera dans sa spirale les astres.

Ce qui est troublant dans le récit et les gravures très anciennes que montre Ogotemmeli, c'est qu'il situe toutes les planètes du système solaire aux bons endroits, y compris Pluton, Neptune et Uranus alors que ces planètes difficiles à repérer n'ont été découvertes que très récemment. Mais beaucoup plus étrange est le fait qu'il situe le lieu de vie du Créateur, Amma, sur un emplacement du ciel qui est celui de l'étoile Sirius A. Et aussi que les cartes dogons placent à côté une autre étoile qu'Ogotemmeli définit comme « l'objet le plus lourd de l'univers ». Leur calendrier est d'ailleurs basé sur des cycles de 50 ans correspondant à la rotation de ces deux étoiles très lointaines l'une autour de l'autre. Or, depuis peu, on a découvert Sirius B, une naine blanche tournant autour de Sirius A, ayant un cycle de 50 ans et possédant, en dehors des trous noirs, la plus grande densité de matière connue à ce jour.

Edmond Wells,
Encyclopédie du Savoir Relatif et Absolu, **Tome V.**

105. L'ÉLÈVE LE PLUS IMPORTANT

Les Saisons reprennent leur service. Nous avons droit ce soir à quelques nouveaux aliments qui ont été découverts par nos troupeaux d'humains… notamment du beurre, du fromage et du saucisson. Le beurre me semble tellement bon que j'en reprends un morceau compact que je mange à même la fourchette. Cela a un goût de lait et en même temps d'amande. C'est vraiment délicieux. Le fromage et le saucisson également. Mais nous n'avons pas l'esprit à savourer les plats. Tout le monde commente la partie et regrette que Proudhon, cet envahisseur sans foi ni loi, se retrouve encore dans le trio de tête. Certains affirment cependant que la présence d'un

représentant de la force « D » y est nécessaire et que l'anarchiste représente le besoin de domination de certains
humains. D'autres rétorquent que la victoire de Marilyn sur
cet impitoyable adversaire prouve bien qu'il ne suffit pas d'être
violent pour remporter toutes les batailles.

— Dans l'état actuel des choses, qui pourrait défaire définitivement son armée de rats ? demande Mata Hari.

— Une autre armée encore plus puissante, qui aurait étudié,
imité et amélioré sa stratégie de combat, rétorque Raoul.

Ayant dit cela, mon ami rapproche sa chaise de la mienne.

— Tu as repris l'Encyclopédie d'Edmond Wells, n'est-ce
pas, Michael ?

— Edmond me l'a confiée avant de disparaître, en effet.

— Tu perds ton temps.

— Je m'en sers également pour nourrir la sagesse de mes
hommes-dauphins.

L'explication ne le convainc pas.

— Songe plutôt à les armer, sinon ils dépendront toujours
de ceux qui les hébergent. Ils sont comme ces commerçants
sans cesse rackettés par des gangsters qui leur promettent leur
soi-disant protection.

— Dis donc, Raoul, je te rappelle que ton peuple aussi fait
partie de ceux qui rackettent le savoir des miens en échange
de leur hospitalité.

— Je n'aimerais pas que tu te fasses éliminer.

— Merci, mais pour l'instant, mon peuple est vivant.

Il approuve sans conviction.

— Je n'ai pas du tout apprécié ce que t'a infligé Aphrodite,
chuchote-t-il. Moi, à ta place, j'aurais hurlé.

— Et cela aurait servi à quoi ? J'ai triché, je le reconnais,
donc je paie.

Raoul me tend une part de gâteau au miel.

— Dans un monde où tout est flottant, manger un bon
gâteau est au moins un plaisir certain.

L'orchestre des centaures apparaît pour accompagner nos agapes. Aux tam-tams, flûtes et arc instrumental, ils ont ajouté des trompettes.

Aphrodite se glisse entre les convives, soufflant un mot à chacun. Parvenue à moi, elle s'installe à mes côtés. Discrètement, Raoul s'éclipse.

– J'ai fait ça pour ton bien, dit-elle. Sans obstacle, on s'endort.

Je déglutis.

– …Si tu m'étais indifférent, poursuit la voix chaude, j'aurais laissé ton peuple s'encroûter sur son île et s'y engluer heureux, seul au monde, loin de la vraie vie.

– J'en aurais été très satisfait.

– C'est ce que tu imagines… Tes gens auraient fini par devenir arrogants, outrageusement fiers de leur savoir et méprisants à l'égard du reste de l'humanité.

Aphrodite me prend la main et la caresse.

– Je sais, souffle-t-elle. Tes hommes-dauphins se font partout persécuter et exploiter. On leur confisque leur savoir et on les en remercie à coups de pied et de fourche. Mais au moins ils sont éveillés.

– À force d'être maltraités, ils deviennent paranoïaques.

– Crois-moi, un jour tu me remercieras.

Lèvres closes, je songe que ce jour n'est pas encore arrivé et que, pour l'heure, je m'efforce de faire survivre mes humains pacifiques parmi des peuples violents et belliqueux.

– As-tu trouvé la solution de l'énigme ? me demande-t-elle.

« Mieux que Dieu, pire que le diable »… Mais c'est elle la solution de son énigme. Aphrodite, mieux que Dieu et pire que le diable… Elle me rend fou amoureux et est en cela mieux que Dieu. Et elle me détruit pire que le diable.

Sa charade me rappelle ce jeu de société, le jeu du Post-it, où des joueurs assis en cercle inscrivent sur un papier auto-collant le nom d'une personnalité qu'ils vous collent ensuite sur le front. Vous ne pouvez savoir qui vous êtes censé représenter, alors vous interrogez en tâtonnant : « Suis-je vivant ? Suis-je un homme, une femme ? Suis-je célèbre ? Petit, grand ? Musicien, peintre, homme politique ? » Les autres répondent par oui ou par non et à chaque « oui », on a le droit de proposer un nom. Le jeu s'avère parfois cruel car il révèle comment les autres vous voient. Les prétentieux ont souvent droit à des noms de rois ou de dictateurs, les rêveurs à des noms d'artistes, les fâcheux à des noms de raseurs. « À qui m'identifient-ils donc ? » s'interroge celui qui questionne.

J'aimais bien ce jeu jusqu'au jour où j'ai eu l'idée d'inscrire son propre nom sur le front de mon voisin. L'effet fut spectaculaire.

Peut-être le Sphinx a-t-il joué le même tour à Aphrodite. Mieux que Dieu, pire que le diable, la clé est si proche d'elle qu'elle est incapable de la percevoir.

– La solution de l'énigme, c'est vous.

Elle se montre d'abord surprise, et puis éclate d'un rire cristallin.

– Comme c'est gentil ! Je prends cette réponse pour un compliment. Mais désolée, ce n'est pas ça !

Elle ajoute :

– D'autres ont déjà pensé à cette solution, tu sais… Viens.

Elle se lève, je me lève, et elle m'attire contre ses seins. Je baigne dans son parfum voluptueux et je retiens mon souffle.

– Tu es important pour moi. Tu es même l'élève qui compte le plus. Crois-moi, j'ai des intuitions et je me trompe rarement. Je suis convaincue que tu es « celui que j'attends ».

Avec douceur, elle articule :

– Ne me déçois pas. Résous l'énigme. Et si cela peut t'aider à en venir à bout…

Elle colle ses lèvres contre mon menton. Je sens sa langue sur ma peau, je tressaille. Ses doigts noués aux miens, elle chuchote :

– Tu ne le regretteras pas.

Puis elle se détourne définitivement et disparaît entre les tables, me laissant sous le choc, la sueur dégoulinant de mon front à mon cou.

— Que te voulait-elle ? interroge Marilyn, agacée.

— Rien...

— Alors, viens, nous retournons vers le territoire noir.

Les uns après les autres, tous les théonautes nous rejoignent pour préparer la nouvelle expédition et Georges Méliès se mêle à notre groupe.

— J'ai peut-être un truc pour nous débarrasser de la grande chimère, dit-il.

— Et c'est quoi ?

— Il ne faut jamais exiger d'un magicien qu'il révèle son secret, il faut se laisser surprendre comme, je l'espère, nous surprendrons la grande chimère tout à l'heure.

106. ENCYCLOPÉDIE. LES MAGICIENS

Un parchemin égyptien daté de 2700 av. J.-C. mentionne pour la première fois un spectacle de magie. L'artiste se nommait Meïdoum et officiait à la cour du pharaon Khéops. Il émerveillait les spectateurs en décapitant un canard puis en lui rendant sa tête par un tour de passe-passe et le faisant repartir bien vivant sur ses pattes. Poussant son tour plus loin, Meïdoum décapita plus tard un bœuf pareillement ressuscité.

À la même époque, les prêtres égyptiens pratiquaient une magie sacrée, usant de trucages mécaniques pour simuler à distance l'ouverture des portes d'un temple.

Durant toute l'Antiquité, la prestidigitation se développa avec des balles, des dés, des pièces et des gobelets. Le premier arcane du tarot, le bateleur, représente d'ailleurs un magicien pratiquant ce genre de tours sur un marché.

Le Nouveau Testament relate l'histoire de Simon le magicien, prestidigitateur très apprécié par l'empereur romain Néron. Saint Pierre confronta son pouvoir au sien. Vaincu, Simon décida en guise de baroud d'honneur de s'élancer du Capitole pour un tour ultime : l'envol dans le ciel. Mais afin de prouver la supériorité de leur foi sur la magie, les apôtres le firent chuter par leurs prières. Par la suite, saint Pierre utilisera le terme « simonisme » pour désigner les faux croyants.

Au Moyen Âge apparaissent les premiers tours de cartes, plus tard complétés par des tours de passe-passe. Bien souvent cependant, leurs auteurs sont soupçonnés de sorcellerie et finissent au bûcher.

La distinction entre sorcellerie et magie ne se fera vraiment qu'en 1584 lorsqu'un magicien anglais, Reginald Scott, publiera un livre révélant les secrets de nombreux tours afin que le roi d'Écosse Jacques Ier cesse d'exécuter les illusionnistes.

Simultanément, en France, l'appellation « physique amusante » remplace le terme « magie », les prestidigitateurs étant dorénavant des « physiciens ». Dès lors, la magie peut s'épanouir dans les salles de spectacle, avec la création de tours utilisant des trappes, des rideaux, des mécaniques camouflées.

Robert Houdin, fils d'horloger et lui-même horloger, précurseur de la magie moderne, créera le « Théâtre des soirées fantastiques » pour lequel il fabriquera des automates et des systèmes complexes pour ses illusions. Robert Houdin sera même officiellement dépêché par le gouvernement français en Afrique afin de prouver aux marabouts et aux sorciers de village la supériorité de la magie française sur les leurs.

Quelques années plus tard, Horace Godin inventera le tour de « la femme coupée en deux » et un magicien américain, Houdini, surnommé « le roi de l'évasion » pour ses capacités à s'échapper de n'importe quelle geôle, se lancera dans de grands spectacles de magie qui feront le tour du monde.

Edmond Wells,
Encyclopédie du Savoir Relatif et Absolu, Tome V.

107. EXPÉDITION DANS LE ROUGE

Une heure plus tard, abandonnant les autres à leurs festins et leurs danses, les théonautes s'éclipsent discrètement. Nous sortons de la cité d'Olympie et nous dirigeons vers la forêt bleue afin de partir à l'assaut de la montagne centrale de l'île.

Notre escouade, de plus en plus expérimentée, avance d'un bon pas en se servant des raccourcis découverts lors de nos précédentes expéditions.

Ce chemin commence à m'être familier. Nous marchons et, peut-être parce que j'ai passé deux jours loin de la compagnie de mes amis, je retrouve mon enthousiasme des premières heures. De nouveau, j'éprouve la sensation d'être en train de repousser les limites de la terra incognita.

Mata Hari ouvre la marche, guettant le moindre bruit, au cas où une chérubine ou un centaure malintentionné nous surprendrait. Freddy et Marilyn, pour leur part, devisent avec insouciance. Je les regarde et je pense que Joseph Proudhon ne pourra pas l'emporter sur Marilyn car elle est douée de facultés d'adaptation qu'il ne possède pas. Elle est rusée comme un chat et, comme un chat, elle sait retomber sur ses pattes.

En queue, Georges Méliès traîne un grand sac contenant à ses dires son « truc de magicien ».

Je me sens bien ici, avec eux. Somme toute, la vie de mon âme est une réussite. Je suis monté au Paradis.

J'ai connu l'ascension. J'ai des amis, une quête, une responsabilité, une œuvre, un fantasme à accomplir.

Mon existence a un sens.

Raoul passe un bras autour de mes épaules.

– Tu fais un joli couple avec la déesse de l'Amour...

– Qu'est-ce que tu me chantes ?

– Nous avons tous eu une vie affective sur Terre, dit-il en montrant du menton Marilyn et Freddy... L'amour, c'est important. Qu'est-ce qu'une vie sans femme ?

Je me dégage.

– Pourquoi me dis-tu ça ?

– C'est étonnant. J'aurais cru que dans l'Empire des anges ou en Aeden les passions seraient comme des braises qui s'éteignent progressivement, et non, il y a des anges, il y a des dieux qui recommencent leur vie affective. Un peu comme ces vieillards qu'on croit à bout de virilité et qui tout d'un coup annoncent qu'ils divorcent et se remarient. Tu as beaucoup de chance d'être amoureux.

– Je ne sais pas.

– Tu souffres ? Elle t'en fait voir de toutes les couleurs ? Mais au moins tu vis quelque chose de fort. Je me souviens d'un adage qui disait : « Dans chaque couple il y en a un qui souffre et un qui s'ennuie. »

– C'est simpliste.

– Pourtant ça marche avec beaucoup de gens. C'est celui qui aime le plus qui souffre, et celui qui s'ennuie qui décide en général de la rupture. Mais n'empêche... celui qui aime le plus a la meilleure part.

– Donc celui qui souffre.

– Oui. Celui qui souffre.

Je retrouve le plaisir de discuter avec mon meilleur ami d'antan. Peut-être que la disparition d'Edmond Wells y est pour quelque chose.

– De toute façon, dit-il, je crois l'avoir lu dans l'Encyclopédie... la souffrance est nécessaire pour avancer.

– Que veux-tu dire ?

– Regarde comment nous fonctionnons avec nos humains… Si nous leur parlons gentiment, ils n'écoutent pas. Sans souffrance ils ne comprennent pas. Même si intellectuellement ils peuvent entrevoir un concept, tant qu'ils ne l'ont pas ressenti de manière aiguë, dans leur chair et leurs larmes, ils n'ont pas vraiment assimilé l'information. La souffrance reste encore la meilleure manière qu'ont trouvée les anges et les dieux pour éduquer les humains.

Je réfléchis.

– Je suis sûr qu'en développant la conscience nous pourrions parvenir à rendre les hommes meilleurs sans les faire souffrir.

– Ah, tu seras toujours un grand utopiste, Michael, c'est peut-être cela qui me plaît le plus chez toi. Mais ce sont les enfants qui croient aux utopies… Tu es un enfant, Michael. Les enfants refusent la douleur. Les enfants ont envie d'un monde de guimauve. Un monde imaginaire qui n'existe pas, une utopie, comme le Never Land de Peter Pan. Mais le syndrome de Peter Pan, c'est une maladie psychotique des gens qui n'acceptent pas de quitter l'enfance. On finit par les envoyer à l'asile. Car le sens de l'univers et de la trajectoire des âmes n'est pas de rester enfant mais de devenir adulte… Et être adulte c'est accepter la noirceur du monde, et aussi sa propre noirceur. Regarde la trajectoire de ton âme, tu es chaque fois plus adulte. C'est un processus noble qui n'en finit pas. À chaque étape tu as grandi et mûri et il ne faut pas revenir en arrière. Sous aucun mauvais prétexte. Même au nom de la gentillesse et de la douceur…

Il me fixe, navré.

– Même ton histoire avec Aphrodite, tu la vis comme une utopie d'enfant.

Nous traversons une zone de forêt plus dense, et je sais que le fleuve bleu se trouve derrière.

Soudain, la montagne émet une lueur.

– Aphrodite ne t'aime pas.

– Qu'est-ce que tu en sais ?

– Elle est incapable d'aimer qui que ce soit. N'aimant personne, elle peut faire semblant d'aimer tout le monde. Tu as vu comme elle est aguicheuse, elle caresse les gens, leur masse volontiers les épaules, danse, s'assoit sur les genoux sans la moindre gêne, et puis, si on tente d'aller plus loin, elle érige un mur. Elle se gargarise du mot amour car c'est le sentiment qui lui est le plus étranger. D'ailleurs, considère sa vie : elle a aimé pratiquement tous les dieux de l'Olympe et des centaines de mortels. Et en fait elle n'en a jamais vraiment aimé aucun.

La remarque de mon ami sonne juste à mes oreilles. La déesse de l'Amour incapable d'aimer ? Cela me rappelle mes études de médecine dans ma dernière vie de Michael Pinson. J'avais toujours été amusé de voir que chaque médecin choisissait pour spécialité le domaine dans lequel il présentait une faiblesse. Celui qui avait des plaques de psoriasis avait opté pour la dermatologie, celui qui avait des problèmes de timidité soignait les autistes, le constipé était devenu proctologue, jusqu'au schizophrène qui était devenu… psychiatre. Comme si le fait de côtoyer des cas plus graves leur permettait de se soigner eux-mêmes.

– Nous sommes tous des handicapés de l'amour, dis-je.

– Tu l'es moins qu'Aphrodite. Car ce que tu vis, ce que tu ressens pour elle est beau et pur. Au point que tu n'arrives même pas à lui en vouloir quand elle massacre ton peuple et te place en situation d'être exclu du jeu.

– Elle a fait ça parce que…

– Parce que c'est une salope. Arrête de lui trouver des excuses.

Nous marchons et je me sens une fois de plus déstabilisé par mon ami.

– Mais sache que je ne me moquerai jamais du sentiment que tu éprouves pour cette handicapée du cœur… Je crois que ce que tu vis, Michael, c'est une initiation par les femmes. Et à chaque épreuve tu évolues. Tu es frustré et malheureux mais tu es une matière qui travaille. Ça me rappelle une histoire que m'avait racontée mon père.

À l'évocation de son géniteur, Francis Razorback, mon ami marque une légère nostalgie, puis se reprend rapidement.

— Comme une blague. Il m'avait dit, si je me souviens bien...

« À 16 ans, les hormones ont commencé à me tourmenter. Je rêvais d'une grande histoire d'amour. Je l'ai rencontrée, et puis la fille est devenue collante, je l'ai quittée et je me suis mis à chercher le contraire. À 20 ans, je rêvais d'être dans les bras d'une femme expérimentée. Je l'ai rencontrée, très délurée, plus âgée que moi. Avec elle, j'ai découvert des jeux nouveaux. Elle voulait poursuivre ses expériences et elle est partie avec mon meilleur copain. Alors j'ai cherché le contraire. À 25 ans, je ne souhaitais qu'une fille gentille. Je l'ai rencontrée mais nous n'avions rien à nous dire. Notre couple s'est effiloché. Là encore j'ai cherché le contraire. À 30 ans, je voulais une femme intelligente. Je l'ai trouvée, elle était brillante et je l'ai épousée. Le problème, c'était qu'elle n'était jamais de mon avis et tenait absolument à m'imposer ses points de vue. À 35 ans, je désirais une fille plus jeune à modeler à ma convenance. Je l'ai dénichée. Elle était très sensible et prenait tout au tragique.

« Alors j'ai voulu une femme mûre, sereine, riche d'une spiritualité personnelle. Je l'ai trouvée dans un club de yoga mais elle m'a harcelé pour que j'abandonne tout et parte finir mes jours dans un ashram hindou. À 50 ans, je ne demandais plus qu'une chose à ma future compagne... »

— Quoi ?

— « ... posséder de gros seins ! »

Raoul éclate de rire. Pas moi.

— Ah ! L'initiation par les femmes, je te dis. Elles sont toutes merveilleuses, folles, intuitives, capricieuses, mystérieuses, arrogantes, exigeant la fidélité, volages, généreuses, possessives, nous amenant au summum du plaisir et du désespoir.

Mais à leur contact, nous sommes contraints d'apprendre à nous connaître et donc d'évoluer. Comme la maturation de la pierre philosophale… on est putréfié, évaporé, sublimé, calciné, mais on se métamorphose. Le seul danger, c'est de focaliser sur une seule et d'y rester englué comme une mouche dans du miel.

– Trop tard, pour moi c'est déjà fait.

– Aphrodite ne veut peut-être que t'enseigner une leçon : celle du lâcher-prise. Elle va t'apprendre qu'il faut fuir les femmes… comme elle. Voilà son enseignement à ton égard.

– Je n'en suis plus capable, elle est déjà toute ma vie.

Je courbe les épaules et Raoul me reprend par le bras.

– Tant que tu t'aimeras davantage que tu ne l'aimes, elle ne pourra pas te détruire.

– Je ne suis pas convaincu.

– Ah c'est vrai, j'oubliais la phrase d'Edmond Wells : « L'amour, c'est la victoire de l'imagination sur l'intelligence. » Et malheureusement, tu as tellement d'imagination que tu lui prêtes des qualités qu'elle n'a pas. C'est sans fin.

– C'est infini…, complétai-je.

Et là-dessus je pense : « … Et j'atteindrai avec elle cet infini, quoi qu'il m'en coûte. »

Je me fige. J'ai perçu un bruit de pas sur les feuillages.

Une créature circule à l'abri des fougères et s'approche de moi. Elle apparaît soudain. Une tête de voyou me fait face. Corps d'homme, jambes de bouquetin terminées par des sabots, visage aux yeux fendus en amande, petites cornes surmontant des cheveux bouclés, le satyre me contemple, l'air coquin.

– Qu'est-ce que tu veux, toi ?

– Qu'est-ce que tu veux, toi ? répète-t-il en dodelinant sa tête crépue.

Je fais un geste pour le repousser.

– Va-t'en !

– Va-t'en ?

Le petit monstre tire sur ma toge.

– Laisse-moi tranquille, dis-je.

– Laisse-moi tranquille ?

– Laisse-moi tranquille ?

– Laisse-moi tranquille ?

Ils sont maintenant trois satyres à jouer les échos et tous tirent sur ma toge comme s'ils voulaient m'entraîner pour me montrer quelque chose. Je me dégage prestement. Raoul les éloigne à grands coups de branche de saule. À quelques pas, les autres nous attendent.

– Moi, je les trouve amusants, dit Georges Méliès.

– En tout cas, ils ne sont pas dangereux, remarque Mata Hari. S'ils voulaient nous dénoncer, il y a longtemps qu'ils l'auraient fait.

Nous avançons et les satyres nous suivent. Alentour, l'air sent la mousse et les lichens. Une humidité étrange transperce nos poumons. Nos souffles produisent de la vapeur.

Je marche et l'image obsédante d'Aphrodite m'accompagne.

Les douze coups de minuit résonnent dans la vallée et nous voilà face au fleuve bleu.

Georges Méliès nous prie de nous arrêter et d'attendre les lueurs du jour, indispensables, affirme-t-il, à la réussite de son stratagème. Pas vraiment confiants, nous obtempérons cependant, et nous asseyons sous un grand arbre aux racines enchevêtrées. Pour patienter, je réclame de Georges Méliès qu'il me confie le secret de son tour arithmétique avec le « kiwi ». Il accède à ma demande.

– Tous les chiffres multipliés par 9 donnent toujours un nombre qui, additionné, fait encore 9, explique-t-il. $3 \times 9 = 27$. $2 + 7 = 9$; $4 \times 9 = 36$. $3 + 6 = 9$; $5 \times 9 = 45$. $4 + 5 = 9$, etc. Quel que soit le chiffre choisi, je sais donc d'avance que l'addition donnera 9. Si j'enlève 5, il reste 4. Alors, quand je demande d'y associer la lettre correspondante de l'alphabet, c'est forcément un « d ». Or, le seul pays d'Europe dont le nom commence par un « d », c'est le Danemark, et le seul fruit au nom commençant par sa dernière lettre, un « k », c'est le kiwi.

C'était donc aussi simple que ça. Connaître la réalité des tours de magie a quelque chose de décevant.

– Tu crois choisir et tu ne choisis pas. Tu suis simplement un rail caché dont tu ne peux dévier.

– Tu penses qu'ici aussi, nous croyons choisir sans pouvoir le faire ?

– J'en suis convaincu, répond l'illusionniste. Nous croyons jouer mais nous ne faisons qu'interpréter des scénarios écrits à l'avance. Certains événements de l'histoire de nos peuples ne t'en rappellent-ils pas d'autres survenus sur « Terre 1 » ?

– Les amazones appartiennent à la mythologie, pas à l'histoire.

– Peut-être ont-elles existé et disparu. On ne connaît pas l'histoire des anciens peuples vaincus. C'est précisément cela, le point de vue de l'Olympe. On cite les gagnants, on oublie les perdants. Sur « Terre 1 », les manuels d'histoire ne recensaient que les peuples vainqueurs. De plus, dans l'Antiquité, beaucoup ignoraient l'écriture, la transmission était orale. Du coup, ne nous sont parvenus que les récits de ceux qui avaient songé à les consigner dans des livres. Ainsi, nous connaissons l'histoire des Chinois, des Grecs, des Égyptiens et des Hébreux, et nous ignorons celle des Hittites, des Parthes ou des... Amazones. Toutes les cultures orales ont été défavorisées.

Cela me rappelle l'un des fragments les plus curieux de l'Encyclopédie. La mémoire des vaincus... Qui se souvient encore des civilisations massacrées ? Peut-être qu'en nous faisant rejouer une partie déjà écrite, les dieux nous font sentir cette douleur. La mémoire des vaincus.

L'histoire de « Terre 1 » me semble quand même différente de celle qui s'inscrit sur notre sphère de Terre 18.

Georges Méliès approfondit sa pensée.

– Tu ne vois rien de commun entre le peuple scarabée et les Égyptiens, par exemple ?

– Mais non, c'est moi qui les ai poussés à construire des pyramides. Quant à leur religion, c'est par pure coïncidence que je me suis inspiré des pratiques égyptiennes décrites dans l'Encyclopédie d'Edmond Wells.

Dans l'obscurité, je devine le sourire qui étire les lèvres de Georges Méliès.

– C'est ce que tu penses ? Et si ta... coïncidence relevait d'un plan qui nous dépasse mais auquel nous obéissons, comme lorsque tu te crois libre mais que tu aboutis inéluctablement à Danemark et kiwi ?

J'ai beau réfléchir, je sais que lorsque je prends une décision de dieu pour mon peuple, je la prends en mon âme et conscience. Je ne subis aucune influence. Je suis alors un dieu uniquement soumis à mon complet libre arbitre. Si je reproduis des éléments de « Terre 1 », c'est parce que son histoire est la seule que je connaisse et dont je me souvienne. C'est volontairement que je le fais. Ou par manque d'imagination.

Et puis, il n'y a pas dix mille façons de faire évoluer un peuple... Il bâtit des cités, il livre des guerres, il invente la poterie, il construit des navires, des monuments. Et même pour ces monuments, il n'existe pas tant de choix. On construit un cube comme le temple de Salomon, ou une pyramide comme Chéops, une sphère comme la géode à Paris, ou encore des arcs de triomphe comme les Romains. Je cherche à contrer Méliès.

– Il n'y a pas eu que je sache de peuple-rat.

– Oh que si, répond-il paisiblement. Il y a eu un peuple comparable aux hommes-rats, mais étant donné qu'il a disparu, on l'a oublié. Les Assyriens formaient un peuple indo-européen implanté en Asie mineure, du côté de l'actuelle Turquie. Ils anéantissaient tous les peuples étrangers et ont ainsi créé un empire guerrier que d'autres Indo-Européens, les

Mésopotamiens, les Mèdes, les Scythes, les Cimmériens, les Phrygiens, les Lydiens, ont fini par détruire pour s'en débarrasser.

Tous ces noms me rappellent vaguement quelque chose. Georges Méliès semble bien connaître l'histoire des peuples envahisseurs oubliés parce qu'ils n'avaient pas inventé l'écriture ou le livre. J'insiste pourtant :

– Et les hommes-oursins de Camille Claudel, ils ne ressemblent à rien de connu, eux.

Mon interlocuteur reste imperturbable.

– Je ne sais pas encore. Ces animaux-symboles ne sont pas toujours faciles à repérer. Mais regarde, si tu considères les hommes-iguanes, l'autre peuple à pyramides, ils sont comme par hasard installés de l'autre côté de l'océan, à l'instar des Mayas, eux aussi experts en pyramides. Je te le dis, Michael, nous croyons jouer mais nous ne participons en fait qu'à des scénarios déjà écrits.

Raoul se tait, comme s'il était satisfait qu'un autre exprime ce qu'il pense.

Mata Hari, adossée au tronc près de nous, a suivi la conversation et, depuis un moment, brûle d'intervenir.

– Sur « Terre 18 », dit-elle, les continents n'ont pas la même forme que sur « Terre 1 ». Ces différences géographiques changent complètement les données. Des peuples voisins sur « Terre 1 » peuvent être séparés par un océan sur « Terre 18 ».

À cela, Georges Méliès ne trouve rien à répondre. Pas plus qu'à Freddy lorsqu'il objecte :

– Ces similitudes sont le fruit de notre imagination qui nous pousse à toujours comparer l'inconnu au connu. Comme lorsque nous étions sur Rouge...

Nous nous souvenons de ce voyage, lorsque nous étions anges et que nous nous étions aventurés dans le cosmos à la recherche d'une planète habitée. Nous avions découvert Rouge, régie par quatre peuples : les hivernaux, les automnaux, les estivaux et les printaniers. Les saisons y duraient cinquante ans, en raison de l'orbite originale de cette planète et, à chacune d'elles, la civilisation correspondante obtenait la suprématie sur l'ensemble des continents. Ce qui avait particulièrement surpris notre groupe, c'était que, partout, il y avait un peuple très versé dans les sciences et le commerce, les Relativistes, qui se retrouvait opprimé et persécuté pour des raisons irrationnelles. Ils faisaient tout pour être assimilés et acceptés mais toujours ils étaient rejetés et demeuraient étrangers. Freddy en avait déduit que partout il existait un peuple truite (les truites sont généralement introduites dans les systèmes de filtrage des eaux pour y détecter les traces de pollution auxquelles elles sont très réceptives). À eux seuls, ces peuples truites faisaient fonction de détecteurs de dangers imminents planétaires.

– Si tout est écrit, reprend Georges Méliès, j'aimerais bien connaître le scénario général préparé à notre intention.

– Cela me rappelle ces émissions de téléréalité qui ont eu tant de succès autrefois, remarque Freddy Meyer. Les participants paraissaient n'en faire qu'à leur tête mais, à la fin, on constatait que toutes leurs situations avaient été prévues à l'avance et que, dans chaque cas, lorsque ces émissions étaient vendues à l'étranger, on retrouvait les mêmes archétypes : la blonde attendrissante avec un enfant caché, la snobinarde hautaine, le rigolo de service, le maladroit, le séducteur...

Une douce odeur de lavande est amenée par les vents. Les feuillages bruissent, alors que la nuit se fait à peine moins noire.

Et s'ils avaient raison ? Si tout était écrit à l'avance et contenu dans un scénario ? « Tout part et tout aboutit à un roman », m'avait déjà suggéré Edmond Wells. Je ne peux pourtant pas m'empêcher d'être choqué par cette idée de n'être qu'un pantin, jouet d'une dimension qui nous dépasse.

– Mon peuple des dauphins n'a encore jamais existé dans l'histoire du monde. Je n'ai aucun souvenir d'une population sur « Terre 1 » chevauchant des dauphins et se soignant grâce à la perception des champs d'énergie du corps.

Georges Méliès fait la moue.

– Attends un peu. Soit tes hommes-dauphins disparaîtront comme leurs homologues terrestres en leur temps, ce qui expliquerait qu'on les ait oubliés, soit ils muteront pour se transformer en un autre peuple. Mais j'admets que si on arrêtait maintenant le jeu d'Y, tes dauphins ne se retrouveraient dans aucun livre d'histoire.

Il est vrai que ma perpétuelle place d'avant-dernier ne me donne guère l'espoir de figurer dans les mémoires de la postérité. Et puis, les rares écrits rédigés à l'époque où nous avons laissé le jeu n'évoquent que les guerres et les mariages entre monarques. Personne n'est vraiment intéressé par une bande de naufragés qui ont débarqué un jour et se sont intégrés en transmettant la science et l'art.

La conversation s'interrompt. Le deuxième soleil se lève, il est une heure, le moment d'affronter le monstre. Nous nous étirons pour nous échauffer en vue d'un éventuel combat physique et nous reprenons notre progression.

Nous franchissons la cascade du fleuve bleu et débouchons dans la forêt noire. Nous hâtons le pas. En tête, Mata Hari nous fait signe que la voie est libre.

Je ne suis pas le seul à être inquiet, mais Georges Méliès semble sûr de lui. Que peut donc bien contenir son sac pour lui donner une telle confiance ?

Un grognement au loin, Mata Hari s'arrête et nous aussi. La bête géante nous a repérés. La menace galope vers nous, se rapproche, et soudain s'arrête face à nous.

Ainsi c'est cela la grande chimère… Une sorte de corps de dinosaure haut de dix mètres terminé par trois cous. Dire que j'avais cela derrière moi… Et au bout des trois cous, trois têtes d'animaux différents. Celle de lion rugit, celle de bouc bave un liquide visqueux et nauséabond, celle de dragon jette des flammes par la gueule qui en s'ouvrant dévoile entre deux canines un lambeau de toge, ultime vestige d'un élève n'ayant pas couru assez vite.

Nous sommes couverts par l'ombre de l'animal.

– Alors, c'est quoi maintenant ton plan magique ? demande Raoul Razorback à Georges Méliès.

Le pionnier des effets spéciaux ouvre son sac et en tire un grand miroir.

Calmement, il s'avance vers la bête et le lui présente. Instant d'expectative.

L'une après l'autre, les trois faces de la grande chimère se tournent vers l'objet scintillant et contemplent, incrédules, le monstre qui les fixe.

Devant son reflet, la bête s'agite, tressaille et ne parvient pas à se détourner de la troublante image.

– Il ne se reconnaît pas et il se fait peur, chuchote Marilyn.

La grande chimère est toute à son image. Elle tremble, recule, revient, mais à présent se désintéresse de nous.

Avec prudence, à gestes lents, puis de plus en plus rapides, nous quittons sa zone de vision. Le fait de nous en tirer aussi facilement nous semble incroyable. Le pouvoir des magiciens a peut-être été sous-estimé.

Nous félicitons Méliès qui nous fait signe de nous éloigner au plus vite avant que l'animal ne change de comportement.

Nous progressons dans la zone noire, enfin libre d'accès. Je me souviens avoir erré ici, poursuivi par la grande chimère. J'avais chuté, trouvé un souterrain, les traces d'un groupe humain, et puis un lapin blanc aux yeux rouges m'avait sauvé... Tant de sortilèges en ce lieu. Et tout est résolu par un simple miroir...

Nous dépassons la zone noire, jusqu'à une montée qui aboutit à un plateau. Là se découvre un nouveau territoire, rouge celui-là, étendu à perte de vue devant nous. Le sol est meuble. Nos pieds s'enfoncent dans une terre argileuse.

– Après le bleu, le noir. Après le noir, le rouge, remarque Freddy Meyer. Nous montons vers la lumière en suivant les phases de maturation de la pierre philosophale.

Les arbres laissent place à un immense champ de coqueli-cots. Tout est bel et bien rouge, d'une nuance carmin. C'est le moment que choisit le soleil pour se teinter et illuminer d'un éclat de feu le paysage pourpre.

– Arrêtons-nous.

– Qu'est-ce qu'il te prend ?

Les autres me regardent. J'ai dans la tête tous les tambours des centaures qui résonnent, j'ai l'impression que je vais m'évanouir.

– Arrêtons-nous, j'ai besoin d'un peu de repos...

Tout ce qui se passe ici est trop insensé. Je n'en peux plus.

– Mais la grande chimère...

– Elle est occupée, dit Mata Hari, compréhensive.

Le groupe des théonautes hésite, puis, sur l'injonction de Raoul, ils consentent à faire une pause.

Je me dégage, leur tourne le dos, m'assois dans les coque-licots et ferme les yeux.

Il faut que je comprenne ce qui m'arrive.

Tout est allé trop vite pour ma petite âme.

J'ai été homme, j'ai été ange, je suis dieu.

Élève dieu.

Moi qui ai toujours cru qu'être dieu c'était disposer de tous les pouvoirs, je découvre que c'est surtout avoir toutes les res-ponsabilités. Si mes hommes-dauphins meurent, je ne m'en remettrai pas. Je le sais. Ce ne sont pas de simples pions. Non, ils sont bien plus que cela. Ils sont le reflet de mon âme... Ils sont mon esprit démultiplié et hantant chacun des individus qui composent cette tribu. Un peu comme ces hologrammes qui forment une image. Pourtant, si on les brise, on retrouve l'image complète dans chacun des morceaux. Mon âme de dieu est dans les hommes de mon peuple, et tant qu'il y en aura un seul de vivant, j'existerai. Et s'ils disparaissent tous ?

Si je vois le dernier homme-dauphin seul, tel le dernier des Mohicans face au monde qui les a évincés... alors j'attendrai avec impatience mon éviction du jeu ou mon assassinat pour me transformer en chimère muette et immortelle. Et mon âme sera toujours vivante mais ne pourra plus rien faire d'autre que se promener en forêt et taquiner les nouveaux élèves dieux comme la chérubine m'a taquiné. Peut-être deviendrai-je centaure, ou Léviathan, peut-être deviendrai-je... grande chimère bloquée devant un miroir. Mais le pire sera que je n'aurai plus aucun espoir d'élévation. Plus aucun mystère. Je ne ferai que porter le deuil de mon peuple.

Des images me viennent, comme des cartes postales. Mon peuple paisible sur la plage, la vieille dame parlant pour la première fois avec un dauphin. La construction du bateau de la dernière chance et l'intronisation de la première Reine...

L'île de la tranquillité. La cité merveilleuse de pure spiritualité... détruite par le déluge. Et puis une voix, au fond de moi : « C'était nécessaire j'ai fait cela pour ton bien. Un jour tu comprendras. » Aphrodite... Comment suis-je encore capable d'aimer cette femme ? J'ouvre les yeux.

Et le Grand Dieu là-haut, c'est qui ? Zeus ? Le Grand Architecte ? La Dimension supérieure ?

Probablement quelque chose que nous ne sommes pas capables d'imaginer.

Une idée me fait sourire. Il est aussi difficile pour un homme de comprendre Dieu que pour un atome de pancréas de chat de comprendre un western passant à la télévision des humains.

Qui est Dieu ? Mon regard ne quitte plus le sommet de la montagne.

Être si près de ce mystère est terriblement frustrant.

Comme pour répondre à ma question, une lueur perce l'opacité du nuage permanent qui recouvre la cime de la montagne.

Illusion d'optique ? La lueur me semble avoir la forme d'un 8...

Pourquoi nous a-t-il amenés ici ? Pourquoi nous éduque-t-il ? Pour que nous devenions ses égaux, que nous prenions sa relève ? Il est peut-être fatigué, le Grand Dieu, il est peut-être agonisant.

Cette idée me donne des picotements dans le cou. Je me souviens vaguement des paroles d'Aphrodite :

« Certains d'entre nous croient en lui, d'autres pas. »

Je me souviens de la mort de Jules Verne : « Surtout ne pas monter là-haut. » Et puis Lucien... il a dit quelque chose comme : « Vous ne comprenez pas qu'on veut vous transformer en tueurs ? », « De toute façon vos troupeaux humains mourront comme sur "Terre 17". Au mieux vous serez complices. »

Et feu Edmond Wells : « Nous sommes ici dans le meilleur endroit pour observer et comprendre. Ici toutes les dimensions se connectent. »

Me revient la première apparition d'Aphrodite : « Votre ami dit que vous êtes timide. » Elle me touche. Ce contact avec cette peau fine comme de la soie... sa bouche ourlée, son regard mutin. « J'ai une énigme pour vous... »

À nouveau cette maudite énigme hante mon esprit comme un rongeur qui me grignoterait de l'intérieur.

« Mieux que Dieu, pire que le diable. »

« C'est vous Aphrodite, vous êtes mieux que Dieu et pire que le diable. » J'entends à nouveau son rire cristallin. « Désolée, ce n'est pas ça... »

Et Dionysos : « Êtes-vous "celui qu'on attend" ? »

Si seulement je savais qui je suis vraiment. Je sais que je ne suis pas seulement Michael Pinson, mais qui suis-je d'autre ? Une âme qui s'élargit et découvre sa vraie puissance...

Je me souviens du Léviathan : « L'initiation par la digestion aquatique », disait Saint-Exupéry. Je me souviens de notre virée chez Atlas. Tous ces mondes presque pareils au nôtre, où des humanités maladroites tentent de faire du mieux qu'elles peuvent... plus ou moins aidées par leurs dieux respectifs. Dieux qui ont eux-mêmes leurs propres soucis, leurs propres styles, leurs propres peurs, leurs propres morales, leurs propres ambitions, leurs propres utopies, leurs propres maladresses.

Et puis je me souviens du déicide. Comme disait Athéna : « L'un d'entre vous tue ses compagnons. Sa punition sera au-delà de tout ce que vous pouvez imaginer. [...] L'un d'entre vous... l'un des 144 est un tricheur. Vous devez tous vous méfier les uns des autres. » « Et toi, Michael... Méfie-toi de tes amis », disait Aphrodite.

Aphrodite, toujours elle.

Son baiser. Son visage. Son parfum.

Penser à autre chose. Mes anciens clients. Igor, Venus, Jacques transformés en d'autres mortels et se débattant dans leur karma comme moi-même je me débattais dans ma vie de mortel sans rien y comprendre. « Ils essaient de réduire leur malheur plutôt que de construire leur bonheur. » Et cette phrase : « L'être humain n'est pas encore apparu, ils ne sont que des chaînons entre les primates et l'humain, c'est à nous les dieux qu'il revient de les aider à devenir un jour des êtres de conscience 4. Pour l'instant ils ne sont que des 3,3... »

Je regarde la montagne.

Je referme les yeux.

J'ai envie de renoncer. De dormir. De tout arrêter.

Mon peuple dauphin survivra sans moi. Aphrodite trouvera une autre âme à séduire et à tourmenter. Les théonautes trouveront d'autres élèves dieux pour les accompagner dans leur quête du dernier Mystère.

– Réveille-toi, vite, Michael !

J'ouvre d'un coup les paupières et ce que je vois me laisse éberlué.

Soudain vient d'apparaître dans le ciel un œil, un œil immense qui obstrue l'horizon.

Serait-il possible que ce soit...

NOUS, LES DIEUX :

*

L'île des sortilèges

**

Le souffle de l'histoire (à paraître)

***

Le dernier mystère (à paraître)

Remerciements à :

Patrick Jean-Baptiste, Jérôme Marchand, Reine Silbert, Françoise Chaffanel, Dominique Charabouska, Stéphane Krausz, Jonathan Werber, Sabine Crossen, Jean-Michel Raoux et Boris Cyrulnik.

Événements survenus durant l'écriture de *Nous, les Dieux* :

Tournage du court-métrage *Nos amis les humains* : un contre-champ de la pièce du même nom, où les extraterrestres analysent les mœurs des humains comme dans un documentaire animalier.

Écriture du scénario pour le film long métrage *La Planète des femmes*.

Écriture de la bd dérivée de la suite de cette histoire : *Les Enfants d'Ève*.

Création du site informatique : « arbredespossibles.free.fr » pour recenser tous les futurs possibles.

Sites internet :
www.bernardwerber.com
www.albinmichel.com

Transcontinental
IMPRESSION
IMPRIMERIE GAGNÉ

IMPRIMÉ AU CANADA